徐则臣 | 作品

四川人民出版社

　　徐则臣，1978 年生于江苏东海，毕业于北京大学中文系，供职于人民文学杂志社，著有《耶路撒冷》《王城如海》《跑步穿过中关村》《青云谷童话》等。

　　曾获鲁迅文学奖、老舍文学奖、冯牧文学奖、庄重文文学奖、华语文学传媒大奖等，部分作品被翻译成德、英、日、韩、意、蒙、荷、俄、阿、西等十余种语言。

自 序

徐则臣

写了二十一年，如影随形折磨二十一年的，不是写作的难度，不是创新、求变，不是让自己一天比一天更好的焦虑——这些都算不上折磨，就算是折磨，那也是痛并快乐着；折磨来自虚妄，来自意义：二十一年来，意义像条狗一直凶猛地追在身后。对意义的追究常导致虚妄，成了我的写作中间歇性发作的"偏头疼"，这头疼排山倒海、桀骜锋锐，经常让生活也跟着偏瘫。我必须想方设法寻求支持，把空荡荡的事关文学信心的量杯灌满，才能让生活重新站直了，平稳地往前走。

为什么要写？写这些有什么用？拿起笔，打开电脑，首先面对的就是这两个问题。我必须先把自己说服了，故事才能启动。所以，每一个小说，不管长短，第一句话之前我都得像头拉磨的驴子在房间里转很多圈，直转到那口气上来了，足了，坐下来开始干活儿。也因为这个原因，我极少回头看自己的作品，绝大多数写完了、改好了、送出去，从此就不再看。我担心突然又找不到那个"意义"。那失重的虚妄感是如此狂暴，如同一闷棍迎头砸来。

很多人会觉得可笑，一个活儿干了二十多年，竟然还解决不了"为什么干"的问题？说来惭愧，这病我一直没法根治。写作干的就是件说服别人的事，但讽刺的是，我最大的问题在如何说服自己，说服自己写作这件事值得做，眼前的这个东西值得写。二十一年来，我不知道我的作品多大程度说服了别人，说服了多少人，但我知道我多少次勉强说服了自己。这三本集子里的这些小说，就是勉强说服自己之后，赶紧趁热写出来的。

这些年，关于文学我说了一些貌似嘹亮正大的道理，好像我对文学有多少正解，其实，这所有的道理都是我跟自己搏斗的结果，我曾用它们说服过自己。我得让自己先信，然后去做。

有一年我去拉美，抱着一本被翻译成西班牙语的小说跑了好几个国家。每到一处都要谈文学，谈得我后背发凉、内心发毛，虚妄之症突然就犯了。一本小说，值得穿过大半个地球么？值得穿过大半个地球去说它么？我都想直接从讲台上下来。出于礼貌，我把自己摁在座位上，深呼吸，继续谈。谈不了自己我转而谈起了拉美文学。谈墨西哥的胡安·鲁尔福、富恩特斯、帕斯，谈哥伦比亚的加西亚·马尔克斯，谈智利的米斯特拉尔、伊莎贝尔·阿连德、波拉尼奥，谈阿根廷的博尔赫斯、科塔萨尔。

碰巧这几个国家我都去过，谈着谈着我的腰杆就挺起来了。我发现，我对这些国家的所有理解几乎都建立在上述作家和诗人的作品上，行前突击恶补的政治、经济、文化诸种资料和旅游指南小册子，全然记不起一句，能想起来的对于该国、该地的历史、风物与人情的知识，皆出自那些伟大作家和诗人之手。在他们的小说、散文和诗歌里，一个国家最真实可靠、最丰沛动人的细节被最大限度地保留了下来。假如理解一个国家需要一幅地图，最有效的，也许并非那种花花绿绿画了无数线条、遵循某种严苛的比例尺的地理之图，而是文学，是小说、散文、戏剧和诗歌。我的声音里立马就有了理直气壮。至少那阵子的突发性偏头疼治好了。

文学跟GDP永远也扯不上关系，文学也降低不了房价、抑制不了通货膨胀；读完一篇小说我们该刷牙还得刷牙，该吃饭还得吃饭，它连一截牙膏和一碗稀饭的价值都不具备；但是，它能让我们想起GDP，想起房价、通货膨胀，想起牙刷牙膏稀饭馒头和咸菜，它还能让我们想起这些之外的所有东西，想起整个世界。还有什么能比唤起对整个世界的好奇与回忆更大的意义？

兜了一个大圈，我终于再一次找到个有效的方子。写作要克服偏头疼，出版集子更得克服这个毛病。赶上这三本集子的编选，是个大事，我无论如何得对自己说OK，要不下不了印刷厂。这三本集子囊括了二十一年里写作的大部分中短篇小说，它们也许没有能力让读者想起整个世界，但它们确曾真诚地试图去呈现我所理解的那个世界，关于故乡的，关于花街和运河的，关于北京的，关于长长久久的各种疑难和在路上的。

我知道我对"意义"的理解过于狭隘，因为，于作者的意义只是作品意义的一部分，还有另外一部分，在读者那里。亲爱的读者朋友，那剩下的事情就交给你们了。谢谢！

2018 年 6 月 14 日，安和园

目录

梅 雨

1

十四岁那一年我过得懵懵懂懂。除了背上书包去五里外的中学念书，其余时间都待在家里，或者坐在石码头上。有很多船从运河里经过，我都没看清楚。我不知道我想干什么，心里长久地乱糟糟的，无数种荒草在里面疯狂地生长。什么都做不了，也不想做。上下学我不再骑自行车，跑或走，闷着头一个人独来独往。我喜欢进了校门和回到家里时一身汗的感觉。流了汗我觉得仿佛得到了自由，整个人不再被禁锢在衣服里，而是和整个世界息息相通，通透了，身体上的每一个地方都活起来了。我跑或疾走，流汗。下雨天也不例外。印象里那一年梅雨天出奇地长，似乎一半时间都笼罩在大大小小的雨里，我湿漉漉地流汗，所有人家的衣物和棉被都长了霉。

花街在这一年里没有什么变化，除了出现一个女人。她在雨季的前一天来到花街，梅雨快结束的时候死了。我想讲的就是她的故事。

老人说，别对着运河发呆，水鬼要抓小孩。我不是小孩。大人了。他们都这么说，栋梁和五百，我同学。放学后我背着书包去学校的厕所撒最后一泡尿，一排子人站在便池前又摇又抖。栋梁弯下腰伸长脖子在我旁边四处瞅，然后叫起来，他长毛了！他长毛了！很多人冲到我面前我才知道他说的是我。栋梁一脸坏笑，五百和其他人也跟着叫嚷和怪笑。他是男人了！他们说我。我突然紧张起来，尿撒了半截就提上裤子，裤裆里湿了。我的脸红得像小偷，全身可能都红了。他们大喊大叫。我知道他们其实早就长了毛，私下里男生们都在说，但为什么他们偏偏对我感到惊奇和兴奋，好像他们是清白的。然而当时我惊恐地提上裤子时，的确觉得只有自己才可耻。所有可耻的人一起讨伐你的时候，他们似乎就清白了，干净了，而你成了唯一可耻的人。十四岁的下午我第一次发现这个道理。此后的多少年里，我一次次地感觉到自己的可耻，尽管事实上我可能比所有人都更清白。我跑出厕所他们跟在后面继续叫，见到女生叫得更起劲。我想我完了，有一个女生知道了，所有女生也就都知道了。我鬼魂附体似的狂奔，五里路没停歇到了石码头上。坐到石阶上时，心脏在嗓子眼里跳，眼泪和汗水一起流下来。老人说，别对着运河发呆，水鬼要抓小孩。跟我没关系。我坐在那里如同屁股生了根，直直地瞪着一大片水和船，两眼里是空的。来来往往的人走过我也不让路。

我不是难过，也不愤恨，是什么我不知道。真要找点什么，那只能是空白。就像没有船驶过的宽阔水面一样。

风把我吹干了，天依然热，夕阳落了一半，石码头上忙起来。船和行人该来的来，要走的走。绛红色的光铺满半边运河，另一半是黑的，远处雾气升起来。一艘船摇着铃铛靠上码头，插在并排的几艘船中间的空当里。一个女人拎着巨大的皮箱上了岸，左手里还有一个鼓鼓囊囊的包。有三十岁？我不知道，我向来猜不准别人的年龄。她在第二个台阶上停下，清冷地站在水边扭着身子往回看，船夫在数钱。她慢慢地把脸转向花街的方向，傍晚的光像温润的丝绸拂过她，那个柔和的脸部的弧度让我有点恍惚。我觉得一定在哪个地方见过这张脸。我歪着脑袋盯着她看，清晰地感到汗水蒸发之后留下的琐碎的结晶盐。她用右手小拇指把眼前的一缕头发挂到耳后去。她的右耳朵是透明的。我在哪里见过她。要么就是在过去的某个时候，有人对我说，不要在水边和一个坏女人站在一起。为什么坏，我也不知道。

她的脸清冷。当她看见我的时候，对我笑了一下，露出了一口白牙齿。然后牙齿消失了。我赶紧把目光躲到一边去。她的那一个笑说明我们是陌生人，我从来没有见过她。那是对陌生人的笑，或者说，是面部表情的一个调整，而碰巧我坐在这里。我既失望又坦然，这样的情景在我时常发生，莫名其妙就会在某个时候觉得眼前的事情发生过，几乎是一模一样，像做过的梦一样。所以我推测，在过去的十三年里，我一定做了无数的我记不起来的梦。

那个女人经过我面前时磕绊了一下，最后一个台阶对她的大皮箱来说有点高。我帮她扶住箱子，屁股还是没动，我挡了她的路。我看见她衣服的左胸处绣了一朵小玉兰花，然后我闻到了幽幽的玉兰花香气。

"谢谢，"她说，"这就是花街？"

她的声音听不出来是哪里人，我敢断定离这里不是很远。我点点头，往身后指了指。码头饭店旁边的巷子进去就是花街。其实我还想问她要找谁，因为街上所有人我差不多都认识。但最终没吭声。我羞于开口，也有点怕。

坐到晚饭时我才回家，父亲正给别人针灸。他在家里开了间私人诊所，花街、东大街、西大街，甚至更远地方的病人都会赶过来找他。据说我父亲医术不错，中医西医都拿得出手，好像还有几手绝活和偏方。深的我不懂，我只零散学了一点皮毛，头疼脑热的也能给人下点药。父亲不在家这事就归我干。日常用药就那几种，即使医不好病也不会把人治死。父亲有用酒精棉球擦手指的毛病，这和他的一丝不乱的分头一样，培养了我对男医生的基本想象，以后的多少年里都没能改掉。父亲让我去看他针灸，我转身去了另一间屋，那病人瘦骨嶙峋的后背让我打了个抖，觉得冬天提前到来似的。

母亲在做饭，见到我就开始训。训我只是一个做母亲的习惯而已，见到我迟归就忍不住想说两句。自言自语也要说。整天游魂。我告诉她，就是在石码头上看船，没跟别人打群架。母亲哼了一声，早晚也不让我放心，跟你爸一路东西。她总是对我父亲充满仇恨，顺便把我捎带上。如果我还有一个哥哥或者弟弟，或者祖父还在世，他们应该也逃不掉。男人都不是好东西。花街上的女人都这么认为。所以她和父亲总是吵架。饭桌上说得好好的，我盛一碗饭回来他们可能就吵起来了。一旦这时，母亲就会说：

"花街，该死的花街！"

父亲就低声对着我耳朵篡改母亲的话："男人，该死的男人！"

花街被置换成男人。我当时理不清其中的逻辑。

母亲让我给她打下手。"船有什么好看的，你是运河管理处的干部啊？"

"有个女的下船了。"

"又来一个！祸害啊！该死的花街，上面为什么不找个推土机把这地方给推平了！"

2

母亲说"又来一个"，是因为有很多女人在花街上来来往往。我是不是跟你说过，花街现在是名副其实的"花街"？没有？那是你忘了。我再说一遍。

这地方原来叫"水边巷"。很多年前的名字了。因为靠近石码头，往来的船商要在这里歇脚。都是长年漂在水上的男人，见了女人就走不动，既然这样，那很好，想钱的女人就打开门，等你带着钱袋进来。生意好，大家就想来，外地的男人来，女人也来。女人在街上租下一个小院，等着男人来。水边巷就慢慢变成了"花街"。后来就只知道花街不知道水边巷了。花街就成了花街的名字。不是所有花街的女人都干那一行，如果我十四岁那时候的某个夜晚你出现在花街，所有门楼底下挂小灯笼的院子里，都会有一个柔软的身子迎接你。你摘下小灯笼，提着敲开她的门，门楼底黑下来。你进去了，然后离开。如果她还要挣钱，灯笼还会再挂出来。当然不是所有女人都愿意挂小灯笼，她们不愿让所有人知道，那你只好通过其他途径了解。你别介意，不是说你。现在看来，其实挂不挂都无所谓，只要哪个男人想，他就能准确无误地找到她。男人在这方面生了一只比狗还好使的鼻子。这是有一天我穿过花街，听见谁家院子里一个女人说的。当然现在已经不一样了，挂小灯笼的越来越少了，门面气派的洗头房、美容院摆在那里，露着胳膊和大腿的女孩子坐在玻璃门前，大白天她们也敢招呼你。不是说你。

那不是我十四岁那一年么。

那一年雨季漫无边际。六月刚到，梅雨就来了。在那女人来的第二天。我记得清楚，是因为我差点把她撞倒了。

半下午突然变天，下了课太阳不见了。放学时雨正大。我没带雨具，冲进雨里就往家跑，进了花街浑身已经湿透。花街在阴雨天显得更幽深。青石板路面放出闪亮的青光，雨水一处处汪着，雨点击打路面的声音在两边的高墙间回旋。潮湿的青苔爬满半墙。当时的花街上全是老屋，瘦高，一家家孤零零地站在雨里，像衰弱的老人披着件大衣裳。檐角在半空里艰难地飞起来。墙很多年前是白的，现在布满霉斑，瓦色灰黑，瓦楞和屋脊里长出了一丛丛野草。在雨里它们看起来相当阴冷。所以阴雨天我不太愿意在花街上走来走去，买东西除外。临街两边有很多店铺，林家裁缝店，蓝麻子豆腐店，老歪的杂货店，孟弯弯的米店，冯半夜的狗肉铺，还有寿衣店、小酒馆和服装店。加上一家家的门楼，一条街挤得满满当当。

杂货店和米店之间的一个门楼里忽然走出来一个女人，我刹不住脚，撞到了她身上。她小声地叫了一下，一盆水泼到路面，铁盆咣当当响，在青石板上转了好几圈。要不是倚上了院门，她就跟盆一块倒地上了。我惊慌地看她，是昨天在石码头上见到的女人。她换了衣服，头发窝成一个鬃，好像用一根筷子插着，做了簪。我嗯嗯两声，没道歉就跑开了。我感到心慌，跑得像逃。我听见她又叫了一声，可能是我鞋子甩起的水溅到了她身上。

她在这里租了房子，没错。一定是。和昨天相比，她陌生了。不再是我似曾相识的那个侧面的脸，她成了在花街上租房子的陌生女人。而我没变，还是老样子。我突然有些生气。我把脚步沉重激烈地落到雨水路面上，没回头跑进了家门。

换完衣服，我坐在窗边看屋后树底下的两只麻雀打架。老槐树枝叶茂密，树下那一圈土地基本上是干的。父亲看完了病人，走进来让我背前两天教给我的一个口诀，关于出血热的症状的。我费了很大的力气才想起其中的两句：皮肤黏膜出血点，恶心呕吐蛋白尿。别的打死也记不起来了。父亲又一次对我表示了失望。他习惯了。我也习惯了。父亲一直希望我能成为扁鹊、李时珍那样的旷世名医，希望我的名字能被千秋万代地传下去。而我是他的儿子，他也会被人万代千秋地挂在嘴上。可我不是那块料，在学校成绩一般。尤其这一年，父亲明确表示过，他认为我的智商正在下降，这从平常的言语行动可以看出。我反应迟钝了，动作迟缓了。看来窝生的孩子就是有问题。没错，我是两只脚先来到这个世界上的。

父亲摇着头出去了，我给自己倒了杯水，喝水的时候总是把握不好杯子的倾斜度，水洒出来，流了我一脖子，好像我弄不清自己的嘴究竟有多大了一样。这也让我生气。我闷不作声，任由水从脖子往下流。那两只麻雀还在打架，我从抽屉里摸出弹弓，拿起一颗在运河边上精挑细选过的石子。只一下，一只麻雀就躺在地上不动了。它死了，毫无疑问，我对自己的弹弓技术还是有相当把握的。这些年弹弓是我最重要的玩具，别人用鱼叉叉鱼，我用弹弓，只要那条鱼在水面上露一个头，我就会让它永远漂在水面上。另一只麻雀先是跳开，然后又跑过来，围着死去的朋友跳舞，唧唧的叫声变了调。它不停地跳，用嘴啄自己的羽毛，一根根往下扯。它以为那是件衣服，要把它脱掉。它不知道逃走。

我把弹弓放下，已经装上的第二颗石子也拿出来。我对着那只活着的麻雀嘘嘘，哄它也不走。然后开始打喷嚏，一连三个。我感冒了。

3

躺在床上生病是件无聊透顶的事。我想起来，但是药力让我浑身无力，动一下就觉得骨头和肉一起疼。不知道父亲给我下了什么药。父亲帮我到学校请了假，然后给我配药。他说这些反应是正常的，我已经六年没有感冒过了，所以来势凶猛。六年了，也就是说上一次感冒在八岁。我都想不起来八岁时我是一个怎样的小东西，甚至怀疑是否经历过八岁。至少我没看见八岁留给我的任何痕迹。父亲却说，八岁时整个花街都知道我是个聪明可爱的孩子，成绩一级棒，学什么会什么。我不相信，因为"可爱"这个词让我厌恶，矫情，甜腻腻的，像电视里外国老太太抓着小女孩的手使用的词汇。我不愿意自己在看不见的八岁里可爱。

你连着在床上躺过三天没动吗？哦，没有。那真比死了还无趣。我一整天都睁大眼看着屋顶上蜘蛛在结网，窗外雨声急缓相间，我怀疑时间已经停下来不走了。一天都如此漫长，这一辈子可怎么过。我让母亲把老掉牙的飞马牌挂钟挂到我床对面的墙上，我要看着它往前走。其实这样凉爽的天气非常适合昏天黑地地睡觉，可我睡不着，我看着钟摆在潮湿的空气里有气无力地晃荡，突然想到那些出入花街的陌生男人。他们走进花街的时候步履匆匆，当然一般都是在晚上，也有白天来的，离开的时候就像这个老钟摆，有气无力地拖着两条腿晃荡出去。我想象我是其中一个，那一定是穿风衣，竖起高领子，戴礼帽，像个冷酷利落的地下党人。可是，地下党人到花街来干什么呢。晚上九点之后，母亲是坚决不许我在花街上乱转的。

"该死的花街，有什么好看的！"她一直这么说。

如果不是那个女人，我还会在床上继续躺下去。父亲去西大街出诊了，母亲在玻璃厂上班，她的任务是从一堆酒瓶子里把有缺口的挑出来。母亲对我和父亲常常不满，应该是职业病，她对一切有缺口的东西都不放过。那个女人敲我家的门。我不得不从床上爬起来。

"是你啊，"她摁着右耳朵后面的那个地方，"你是医生的儿子？哦，我头痛。"

我点点头，两腿发软。身子如同一块板结的土地，点头的时候能听见生锈的螺丝艰难地转动的声音。她的右耳朵已经不再透明。她的蓝底小白碎花雨伞竖在门槛之外，雨水从伞尖流到更多的雨水里。她穿一双塑料拖鞋，指甲淡红色，脚很白。她的玉兰花香气好像还在，在她胸部凸起的地方，另一朵玉兰花绽开花瓣。

"我头疼。"她又说。

我赶紧把目光提上来，顺便把全身的力气也提起来，然后驴唇不对马嘴地说："我感冒了。"说完我就尴尬地笑了。如果有镜子，我一定会发现，那也是会让别人尴尬的笑。

她笑起来。在笑声里我头一次发现她有一点鼻音。之前说话的时候竟然没发现。

如你所知，我那点皮毛功夫用上了。治疗头痛和偏头痛我都懂一点。就那几服药。我不生气了，我很高兴。我给她详细地讲述我所知道的跟头痛和这些药相关的知识，其中五分之一的内容是我临时杜撰的。我对这些药的价格也熟悉。不能不收钱。离开的时候她夸我真能干，到底是医生的儿子。她撑着伞跳过一个个小水坑，白白的脚后跟一闪一闪。我换个角度去看她的侧面，我有些兴奋，但是那个下午的光线和熟悉的脸颊的弧度还是没找到。它们一起消失了。陌生的女人。

从床上下来我的病就好了。也许早就好了，只差我站到地上来。我开始上课、跑步和走路，穿过花街，在停雨的间歇来到石码头上。雨没完没了。全世界都是湿的。

她的头痛病没有治好，两天以后她又来我家。我给她开的就是两天的量。

周末，父母亲都在家。我发现槐树底下那只死麻雀不见了。野猫很多，可能已经把它叼走了。那女人的鼻音一进家门我就听出来了。父亲很客气，他对所有的病人都比对我客气。他让我母亲给她沏茶。然后他们说起头痛病，可能还有别的病。反正那鼻音反复说她不舒服。父亲为我开的药没效果向她道歉。她说也不是一点效果没有，只是不彻底。治病要彻底。我躲在屋里竖起耳朵，看钟摆甩上去又落下来。它对这种一成不变的体操早就厌倦了。

父亲开了处方。他对经手的所有病人都有详细记录。这是成为好医生的前提，因为他能凭借这个说出他们疾病的来龙去脉。我就是在处方上看到那女人的名字，高棉。一个挺拔、柔软的词。一个挺拔、柔软的女人。那时候我还不知道有"红色高棉"这回事。

吃饭的时候又吵架了。母亲说，那女人面带桃花，一看就不是正经人。

"带不带桃花关我什么事？"父亲说，"就一棵桃树来了，我也只负责帮它找虫子。"

"不关你事你还问长问短？眼珠子都跳到眼镜外面了。"

"街坊邻居嘛，说两句家常而已。"

母亲冷笑一声："套近乎吧？人家跟你说了？还不是一问三不答！"

"不说拉倒。你还真以为我想知道她是哪里人。"

母亲沉默一会儿，又以她的口头禅结束争吵。"该死的花街！都跑来找死啊！"

"找钱。"父亲说，"谁想死。"

"面带桃花"让我很费解了几天。字典上查不到。我在学校里又问一个好哥们，他也不明白，就跑回家问他父母，被劈头盖脸骂了一顿。他懊丧地说，早知道不问了。小孩子问这些，作死啊。我用一包傻子瓜子安慰了他。

我们都不知道高棉是哪个地方人。我父亲甚至说，名字可能都是假的。很多在花街租房子的女人都不说真名，她们住几年就会搬走，有的一两个月就可能离开。她们对着花街随便报出个名字，一听就不像真的。真的假的有什么关系呢，一个代号而已，杂货铺老歪养条狗还叫哥伦布呢。他连哥伦布都知道。

她们来花街干什么呢？找钱。一想到高棉也来找钱，我就莫明其妙地难过。她为什么也要来找钱。我开始借口买直尺、圆规和本子，在晚上出门，心事重重地穿过花街。

雨正在下，或者刚刚停。都一样，花街是湿的，青石板上汪着水。九点钟，花街在黑暗里安静下来，水越积越多，青苔奋力向上蔓延。屋顶上的草湿漉漉地站着，没有风它们也弯着腰。运河里只有机动船在走，大功率的柴油发动机，可以想象它最多可以在身后绑上二十五条拖船。这是我看到的最高纪录。脚步声也湿漉漉的，被石头、墙壁和水放大，花街上好像有很多人在走。当你怀有心事，走路就不像个好人。别笑。那时候我才十四岁。像个十四岁的小嫖客？呵呵。是挺可笑的。十四岁其实啥也不懂。对，没错，我在找灯笼。

九点钟以后该挂的就挂出来了。次第在巷子里亮起来，地面上黑黝黝的，那感觉像走在恐怖片的鬼街里。在杂货店和米店之间，在米店和杂货店之间，我来来回回在花街上走，那个小门楼底下，都没看见小灯笼。好几个晚上，我偷偷地从院门的缝里向堂屋看，要么黑的，要么灯光清白。听不见暧昧的声音。猜不出来她在干什么。

4

除了在高棉的门楼底下，我基本上见不到她。她不再到我家的诊所里来，也许病已经痊愈了。石码头上也看不到，她好像从不去那里。在整条街上，能不去那里的人几乎没有。码头上宽敞，如果你有兴趣可以坐着看上一天。女人可以去买鱼和蔬菜，很多来往的小船都在码头上做小生意。什么都不买，她吃什么。我上下学都穿过花街，其实完全可以走另外一条路，那样更近一点。我也搞不清为什么快到她的门楼前心里总被一些兴奋紧张的东西填满了，而看见她院门紧闭，所有的东西一下全部从身体里撤掉。身体空了，坦荡荡的空。松了一口气。我是不是想把那个布满阳光的柔和的弧度找回来？

可是，真的在门楼底下碰到她，我根本就把那个弧度给忘了，甚至不敢抬头看她。我装作在地上找硬币，磕磕绊绊从她身边经过。只看见了她的拖鞋里的硬净的脚，白得眩目。有一次我看见她对我笑了，但是因为急切地低下头，忘记了回应。此后，连看她笑一下的时间都没有了，远远地我就自觉地低下头。她的门楼前的路面共有九块青石板铺成，积水有六处，三处大的，三处小的。你别笑话，看多了就清楚了嘛。

有一天夜里做梦，梦里也下雨。满天地都是雨，好像有人告诉我那就是悲伤欲绝的小雨。悲伤欲绝是个什么状态，我没体会过，因此那场雨对我来说很抽象。我看见高棉出现在雨里，她的脸上没有了光，是阴天，阴冷，坚硬，发暗。她在石码头上拦住我，说，跟我说说话，我就亮起来。梦里就是这么说的，像个病句。因此醒来我依然感到费解。窗外的确还在落雨，黑的夜里透明的雨，而透明我们看不见。

我决定跟她说说话。不管说什么。

第二天上课我一直走神，设计了不下十个方案。放了学一路小跑，到了门楼底下才发现都使不上，我首先需要解决的是如何见到她，比如敲门。只好继续向前走，雨停了，石码头上闹哄哄一片。我凑上去看见很多人在买鱼。刚从运河里打上来的活鱼，价钱也便宜。我心一横，急匆匆跑到高棉门楼下，敲响她的门。

她出来了，一手掐腰。梦做了一半被叫醒的样子，很疲惫。她看着我。

"石码头上在卖鱼，"我说，"他们让你也去买。"

"我不喜欢吃鱼。"她笑笑。我觉得她是为了迁就我才笑的。她的脸上没有光。她还是没有亮起来。现在即使她笑了，依然是冷的，硬的。她的玉兰花还在衣服上，但是香气消失了。整个雨季都在她脸上。"没别的事了？"她努力把微笑坚持到这句话说完，接着就要关门。

我转身就跑。雨滴滴啦啦又开始下。雨点打到脸上热得烫人。我听到关门的声音。我停下来，把左手用力插进墙上的青苔里，然后继续跑，我感到指尖发热变麻，开始尖锐地痛、迟钝地痛、火烧火燎地痛。跑到花街尽头，墙壁和青苔没有了，我的四根肮脏的手指头开始往外冒血。更大规模的痛开始了。我跑到河边，把手插进水里，那感觉像烧红的铁钎在淬火。血溶在运河里，和雨水一起扩散直至看不见，直至手指头再不往外流血，我才把手收回来。除了磨烂的皮肉，这只泡得发白的左手看上去和好手没有区别。

上下学我改了道走。不愿意经过杂货店和米店，只要是在杂货店以南，什么店我都不去。有时候会想起日光里那个柔和的弧度，也就想想而已。说到底，一张脸的一半有什么好想的呢。

周末我在家，决定把挂钟拆开来检查一下。我觉得它走得太慢了，一定比时间走得慢。外面在下雨，从昨天晚饭时开始，一直到现在没停过一分钟。一分钟应该是飞马牌挂钟摆五十下的时间，我说过，它走得太慢了。父亲去给人看病，走了半个小时，母亲从西大街的朋友家里回来了。

"你爸给谁看病了？"

"不知道。"

"往哪走了？"

"我又没看着他。"

"你这孩子！"母亲惊叫一声，"你怎么把钟给拆了？"

她想上来抢救也迟了，已经被我大卸八块。齿轮松了，我把一堆零件递给母亲看。我知道她看不懂。弄坏了怎么办？弄坏了也不过是一座破挂钟。我是说你记清楚了，哪个东西在哪个位置。放心好了，换个地方想搁也搁不进去。我觉得记得挺清楚的，但最后还是出了问题。多出了一个零件。奇了怪了，该放的地方都放了，跟拆之前一模一样，怎么就多出来一个东西呢？我重新拆开继续组装，这回多出了两个零件。第三次又多出了先前的那个。到处都找不到它的位置，被遗弃了。我把它扔到抽屉里。挂钟竖起来，像死人一样安静。完了，真让母亲说中了。我绝望地拨动一下钟摆，动了，声音清晰有力，像心跳一样振奋人心。它竟然活过来了。我拿出电子表核对一下，缺了一个零件之后，飞马牌挂钟终于和时间步调一致了。

因为高兴，我感到了闷热，是梅雨天特有的蒸汽升腾弥漫的热。天亮堂不少，我以为太阳出来了。雨倒是停了，太阳遥遥无期。我又想起高棉的半个脸。距上次看见太阳已经一个月了。这时候母亲又走进来，问：

"你真没看见你爸往哪走了？"

"没看见。"

"不是去那个，女人那里了吧？"

"哪个？"

"就是，那个，什么高棉。"

"她不是好了吗？"

"说是别的病，我也不明白。"母亲说，"你爸都去过好几次了。该死，什么病不能到诊所来看！"

"有病在哪看不一样。"

"你这孩子，懂什么你！你们男人哪，都是一路货！这该死的花街！早晚水淹了，雷炸了！"

我漫不经心地出了门，我说得去买块橡皮。母亲说，又买橡皮，吃橡皮啊你，学问不大，字写错了不少。好多天来我第一次接近那个小门楼。院门关着。买完橡皮，我慢腾腾地往回走，看见父亲从那个院门里出来；拎着出诊箱。他习惯性地咳嗽一声，理理头发和衣服。每看过一个病人他都这样。我远远地跟在后面，到了家里父亲正在跟母亲解释。

"我去东大街了，不信你问问儿子，"父亲指着我，"出门时我嘱咐过的。是不是，儿子？"

"是的。"我说，肚子里哪个地方突然剧烈地痛了一下，像被谁扯了一下肠子。

"那你不早说？"母亲很生气。

"忘了，刚想起来的。"肠子又被扯了一下。

5

我父亲？没有。他从来都没向我道过歉，也没感谢过我。也许他真去过东大街，谁知道。我没有揭穿，我也不知道为什么。我不希望他为此感激我，也说不清楚此刻是否讨厌他。任何人都可以从高棉的院子里出来，也可以从任何人的院子里出来，只要他们愿意。但是就此开始我不愿意和他多搭茬。本来我就不是个话很多的人，尤其这一年。

但是我开始留心很多事。比如父亲提到高棉，或者他从高棉的门楼里走出来，甚至他经过那个小门楼。实话实说，那次之后，我只看到过一次父亲从她的门楼里走出来，就是高棉死去的那天。他拎着出诊箱急匆匆地跑进那个院子，后来垂头丧气地走出来。他没救活高棉，死亡打败了她，同时打败了我父亲。偶尔看见父亲走到那个小门楼前，我的心总会咯噔一声停止跳动，等他走过去之后再接着跳。好在我看见的几次他只是经过。

高棉死去之前，在那个雨季里，除了该死的雨，母亲认为和花街一样该死的就是高棉。母亲和父亲经常吵架，她听到一些传闻，尽管是捕风捉影，母亲宁信其有。她觉得父亲出入高棉的小院次数多得有点过分，街坊邻居放出风，那是因为大家都看不下去了。父亲就解释。和母亲吵架他从来都是解释，就像在做判断改错题。

父亲说："你看，我是医生，就是一只猫生病我也不能袖手不管，何况是人。"

"那些野猫整天竖着直挺挺的尾巴到处跑，没见你管过。"

"它们没请我。再说，我还不知道猫挺直尾巴是不是一种病。"

"那女人请你了，"母亲用鼻子嘲笑他，"你知道是什么病了？"

"知道我不是早治好了嘛。"

有时候我觉得他们只是在练习绕口令。经过常年的争吵，他们早就具备出色的口才。他们认为我越来越没出息，很可能就基于这一点。我越来越沉默，都不像他们的儿子了。母亲也只能争吵一下，她拉不下脸来去跟踪父亲，也不能去那女人那里对质。也许父亲就捏准了这个，所以总是息事宁人地解释。

说一个可能会让你失望的事实，那就是至今我也不知道父亲是否和高棉有过，那个，你知道的。现在父母正缓慢地走在他们的后半生，不清楚他们是否会在某个时候说起高棉。作为儿子，我不能去问他们中的任何一个人。即使母亲对一切其实了然于胸。关于高棉，我知道的不比十四岁时多一点。

父亲三天两头在诊所里翻他的大部头医书。那可是梅雨天，不下雨身上就开始黏糊，没病人的时候他就把衬衫敞开，一边查书一边挠前胸和后背。按他说的，一直没诊断出高棉到底得的是什么病。扁鹊、张仲景、李时珍都没见过。父亲弓腰趴在书上，头发乱了。

花街上的家具和棉被开始长毛，衣服晒不干总有一股难闻的怪味。那天父母出去，我坐在门槛石阶上看着对面墙上的青苔两眼发直，高棉来了，听不见脚步声，但我闻到一股散淡的玉兰花的香气，神经质地一扭头，她已经到了我跟前。她穿了一件我从来没见的衣服，左胸前照例有一朵小玉兰花。我想站起来的时候她的手已经碰到了我的头，她笑了笑，因为她的手我就那么半弓着站着，直到她跨过门槛进了我家，我才站直了。她径直进了诊所那间屋，穿拖鞋和一双淡紫色的袜子。我跟进去，她已经开始在药橱里拿药。一小瓶一小瓶地拿。

　　"你找什么药？"我问。

　　她转过脸看看我："我认识。"

　　她拿了五瓶，然后转身就走。我觉得有点不对劲儿，跟上去问："你拿药干吗？"

　　"吃。"她说，又笑笑。我觉得玉兰花的香气是从她的酒窝里散发出来的。"别跟你爸说。跟谁都别说。"

　　我又问："你拿药干吗？"

　　她腾出一只手摸了摸我的耳朵，我立马感到整个人绷紧了，耳朵热起来，慢慢透明。她已经到了街上。我摸着耳朵，忘记了她的脸刚刚是否亮起来过。

　　我坐在门槛上睡着了。天开始落雨，父亲跑到门口的时候花街上已经喧闹起来，下午五点，飞马牌挂钟精神抖擞地响了五下。父亲语无伦次地说，出诊箱，出诊箱。诊所里稀里哗啦一阵，父亲跑出来，门槛差点把他绊倒，眼镜摔到地上，捡起来只剩下一个镜片。父亲就戴着一个镜片的眼镜继续跑。我从来没见他如此没章法。我看见父亲在那个小门楼前消失了。很多人都往那里跑。我头脑嗡的一声，撒开腿也往那里跑。

高棉死得很难看，嘴角堆着白沫，衣服上的玉兰花也弄脏了，身体扭曲，旁边放着五个小药瓶。她以为这些药可以让她体面安静地死掉。父亲把急救的法子都用了一遍，高棉的身体还是扭曲着，已经硬了。她是凉的。房间里的日光灯开着，她的脸是灰色的。玉兰花的香气断掉了。父亲颓败地蹲在尸体旁边，灯光打在眼镜上，闪亮的那只眼好像不存在一样。

因为没有人知道高棉家在哪里，无法通知家人，这样的天气尸体又不能长久停放，最后由花街的头头和派出所出面，当天夜里火化。第二天一早葬在了河对岸的公共墓地里。下葬时我没去，我躺在床上没起，做了一夜噩梦，累得我腰酸腿疼。噩梦里的所有天气都是阴的，不刮风就下雨。

两天之后的傍晚，放了学，我在石码头边上随便解了一条小船摇到对岸。天正飘毛毛雨，高棉的坟墓很小，一个新隆起的土堆。一根木条做的墓碑，谁在上面用毛笔写了两个笨拙的字——高棉——连"之墓"都没有。

很快梅雨季节就结束了，太阳出来，满世界轰轰烈烈的光亮。你猜得没错，我对谁都没有说过那五瓶药是从父亲的诊所里拿的。除了你。没有人对这感兴趣，因为那些药随便一个药店都能买到，只要想死，谁也挡不住。我不清楚父亲是否发觉他的药少了，没听他提过。

我还是老样子。念书。生活。在家里和石码头上发呆。看着越来越多的阳光说不出话来。母亲认为，我再这样下去，迟早会变成哑巴。父亲说，为了防止我变成哑巴，他决定提前研制一种能让哑巴说话的药。他们继续吵架，一个提出问题，一个判断改错。一起庆幸漫长的雨季终于结束了。

到了十月份，偶尔经过那个小门楼，发现院门虚掩着。我推门进去，沿一条碎砖头铺成的小路走到堂屋，慢慢地推开门，看见两个人重叠在床上，上面的人是黑的，下面的人是白的，一条大腿垂下床沿，也是白的。他们在动，一起喊着号子。我转身就跑，两腿轻飘飘的。阳光漫溢，比白的更白，我两腿轻飘飘地跑。

那是我最后一次去河对岸的公共墓地。高棉的坟上长满茂盛的荒草，本来就矮小的坟堆完全被荒草淹没，如果你不知道这地方埋葬过一个人，你根本就发现不了这地方还有一个坟墓。木条歪倒在草丛里，两个毛笔字也消失殆尽，像从来没有存在过。

就这些。你是不是打瞌睡了。对不起。高棉的故事只有这些。可能我还是不该说出来。这故事只跟我一个人有关。对不起。

2007 年 1 月 18 日，芙蓉里

夜　歌

1

月亮升起来，我们坐在石码头上开始聊天。月亮地里好说话，我们都睡不着。人越聚越多。往常就是这样，直到三三两两占满石码头。但是周围还是很安静，好像花街整个都空了，拎着凳子过来的人在走猫步，月光照不到人的脚底下，所以看不见他们的鞋子是否接触了青石板。多少年来，这条通往石码头的路被磨得放出青光，月亮底下像杀人者在睁大眼。风经过运河，很多个月亮在水面上抖，声音很小，往来的船只都歇在码头里，更多的停在半路上。摇船的天一黑就累得打起呼噜，声音巨大，吓得大大小小的鱼都往深水里游。我们听不见。有人两眼望天，说：

"多好的天，笛子该吹了。"

"要是二胡呢？"

"没准儿是口琴。"

"笛子。"那人说，"轮它了。"

周围一摊人就笑，一起似是而非地往西大街的方向看。只能看见西大街有很多槐树，看不见西大街，西大街隐没在茂盛的槐树后面。月亮很好，但槐树在晚上还是黑的。黑灯瞎火的西大街突然就亮起一道光，在那道光里笛子声响了，上来就是高音，直往天上跑。

"看看，"两眼望天的人低下头去抠脚丫子，脚气跟了他二十年，"笛子吧。歌马上也唱了。"

"还用你说！"

这个预测毫无意义。在花街和东西大街，随便抓个人都知道，书宝的乐器一响，布阳的歌声就起，比打完雷就下雨还要准。书宝在西大街吹奏，布阳在花街唱歌。书宝常用的乐器有笛子、二胡、口琴、单簧管、三音号、箫和萨克斯。每一样他都能弄得很好听，一样东西一个调。为了搞明白这个"萨克斯"，我特地查了有关词典，对不认识的人解释，就是这东西，错不了；而且我还知道一般都是长头发的外国男人喜欢吹，吹的时候摇摇晃晃，又挺肚子又撅屁股；萨克斯声音怪怪的，相当好听。书宝是五里外的小学校的音乐老师，我们都怀疑他什么乐器都会玩。

在方圆几十里，什么乐器都会玩只有两个人，神仙和齐开云；神仙我们谁都没见过，齐开云现在是大半个废人，两条腿没了，听说头脑也开始不好使了。拿笛子来说，据说齐开云已经无法把《扬鞭催马运粮忙》一口气吹到头了，到半截准跑调，跑到《纤夫的爱》或者《血染的风采》上，不让跑不行，他自己管不住笛子也管不住嘴，然后《纤夫的爱》和《血染的风采》没吹完，又跑到《十送红军》上，然后是《映山红》《江河水》《小寡妇上坟》和《苏三起解》。只要能吹的他就能跑，只要能跑的他就能继续跑，直吹到肺能力衰竭口吐白沫两眼发直不能再吹为止。当然，这都是小道消息，石码头上类似的消息很多，上到领导人下到经常来花街收破烂的老马，每个人在我们这里都可能配有一身引人入胜的传奇。齐开云是开云鼓乐班子的班主，乐器玩得那个好，现在他残废了，真让我心里难受。我听过他演奏过多少美妙的曲子啊。

布阳就是开云鼓乐班的成员，主要管唱歌。唱得好，声音一出来你就知道。即使你对音乐一窍不通，你也能听出它好听，除非你是聋子和傻子。布阳长得也好看，不是我一个人说，公认的，花街上最漂亮的姑娘，你要不承认那你不是瞎子就是傻子。所以开云鼓乐班子离不了她，演出的重大时刻准有她。布阳一出场，所有人都要闭上嘴、睁大眼、竖起耳朵。就这样。

现在，书宝吹的就是《扬鞭催马运粮忙》，欢快的高音上去了。布阳的歌声跟着从花街上升起来，没有歌词，只有调子，所以我们只能听见她一个劲儿地"啊啊啊"。节奏严丝合缝，跟排练了几百回似的。笛子声和歌声都鲜亮，又鲜又亮，听起来生活无限美好。如果声音能发光，我们在石码头上一定能看见两道闪闪发出金色和银色的圆润的光线，如同耀眼的焰火分别从两条街上优雅欢快地钻出来，各画半个弧形，像屋顶交会在屋脊上一样相遇成一点，然后彼此缠绕，钢丝绳一般越缠越紧，一起继续往星星上飞。月明星稀，夜空淡蓝，适合一切闪光的东西朝那里飞。

石码头上安静下来，都在听。有人完全是被声音和旋律迷倒了；有人三心二意，比如男人会想着唱歌的布阳，女人会想一想吹笛子的小伙子书宝，这从他们脸上的表情可以看出来，男人眼珠子躲躲闪闪地乱转，女人两个腮帮子在夜里也擅自发红；还有人对音乐本身一点都不关心，这样的人只有两个，她们脑子里有点乱，想着接下来到底该怎么办呢。一个是布阳她妈，她用眼角斜看右后方，犹豫着是不是要赶紧回家让不知羞耻的女儿闭嘴。一个姑娘家，高门大嗓地跟着男人的调调跑，你说让我这个做娘的脸往哪里搁。这还不算最要命的，最要命的，人家不乐意，等于捧着猪头往庙里送，啪，庙门关上了。你说说。她盯紧右后方，一只手已经把竹凳的腿攥住了，当她发现右后方有个影子剧烈地动了一下时，拎起凳子就走。她想，我走在你前头了。

那个在右后方站起来的女人是书宝妈。她对着布阳妈的背影哼了一声，嘀咕一句：不要脸！后悔自己反应还是慢了半拍。早知道听见腻歪歪的歌声一起，就该拎起板凳，最好嘴里还骂骂咧咧，书宝书宝，大晚上你发什么疯，作死啊！她要把样子做足，让石码头上的人都知道，她根本就不赞同儿子半夜三更弄出来任何一点动静，烧香引鬼么！

我们看见两个女人一瘦一胖，都五十来岁，甩着胳膊、凳子和屁股，地上幽蓝的影子像两个蠕动的大爬虫，一个急匆匆进了花街，一个气呼呼走向西大街。

六分钟后，歌声突然断掉。十一分钟后，笛声拐了一个陡峭的弯，间断两秒钟，拖了一个大失水准的尾音，没了。我们面面相觑，有人在看不见的地方嘿嘿地笑。

2

书宝和布阳在谈恋爱，看不见也听得见。起码一年了，你吹我唱，你奏我和。可能都不止，他们是小学同学、初中同学，八年，还不算上光屁股就认识和初中毕业之后的时间，抗日战争都打赢了，足够他们培养出那种叫爱情的东西，如果他们的确早恋的话。这一年来我们听了很多歌，乐器唱的，布阳唱的，他们差不多把天下的歌都唱完了吧。唱得好。

私下里我们争论过他俩的事。我认为当然没问题，郎才女貌，绝配，古书上都这么写。书宝是咱们三条街上最有出息的小伙子，中师毕业，虽然论才华做小学老师有点委屈，但好歹是铁饭碗。什么叫铁饭碗，就是随便往哪里扔，捡起来照样能吃饭。我们就不行，瓷的，泥的，端不好掉地上就成了碎片，接两滴雨水喝都可能把嘴扎破。小伙子太有才了。布阳也是，你都想不到花街上还能出这号人物，看哪哪好看，就是哑巴也是个抢手货，人家还会唱歌，咿咿呀呀声音就上了天。树梢不动了，麻雀也忘了飞，噼噼啪啪往下掉，好像也是古书上说的。

和我为敌的那帮混蛋不这样认为，他们做悲天悯人状，头插进裤裆里半天才拔出来，眯着半只眼像伟人一样说："我看玄。"

玄你妈个头。但他们还是说玄。你看看，他们把手指头摊开，一个个拨，跟抠脚气似的。首先，书宝是吃公家饭的，正经的中师高才生，知识分子，什么乐器一到手，立马就像从自己身上长出来的一样，想怎么弄怎么弄，艺术家啊。布阳，虽然脸长得也不错，但如果不是靠那身时髦的行头，未必就比花街上别的姑娘漂亮；嗓子是也不难听，能哼唧几个小调，但是初中差一个月才毕业啊，算什么？农民。咱们花街、东大街、西大街，吃不上公家饭的都是农民，也别不好意思，不种地了做小生意你还是农民。歌唱得好你能进剧团当演员也行，进个鼓乐班子，整天为死人吹拉弹唱，草台班子都算不上。戏子？没资格呢。我反正是看不出好来。再说，你住得离布阳家比我近，你该清楚，布阳她妈过去是干吗的？那个，干那个啥的。你知道就好。书宝他妈这辈子最恨的就是这个，想起来牙根都痒痒，你要不拦着，保不齐她能找个小锤子把自己的牙全敲掉。

他们说："玄大了。"

我最讨厌他们说这个。要这么说，书宝在三条街上还找不到老婆了，我数了很多遍，没有谁家的姑娘在铁饭碗里吃饭。人家好是因为，那个爱情。你们懂么。我们的脸都红了。在花街，说出这个词让人难为情。我们的叫法是："好"，或者"两人合伙挣碗饭吃"。"爱情"太隆重太正规了，乡下人哪敢用。我不知道他们俩是怎么开始好的，但我知道他们是怎么好的，那叫一个腻歪，现在想起来我胳膊上的鸡皮疙瘩还乱蹦。

去年十月，天出奇地热，所有的鸟都在半空里飞。我扛着土铳去打猎，沿着运河向西走，走几步放一枪，枪膛里的铁砂子四散飞出来，穿过很多种鸟的身体，它们就像中暑一样倒头栽到地上。书宝和布阳坐在芦苇荡旁边的石头上说话，指指点点，眉开眼笑的样子。我咳嗽一声说，有啥话不能天黑说? 走，跟我捡鸟去。他们就高兴地跟在我后头，书宝拎着蛇皮口袋，布阳负责捡鸟，捏着翅膀往口袋里丢。有一只柴咕咕一头栽进水里，布阳伸手去捞，芦苇荡里突然蹿起一条小白蛇，我们都叫它"白条线"，尾巴一甩咬了布阳的右手食指，布阳叫一声，白条线就撒嘴跑了。这种蛇据说只有我们那里的芦苇荡中才生，跑起来极快，贴着水面走，只有尾巴摆一摆，身体几乎不打弯，看起来很美，像在飞。东西不大，但有毒，通常的解毒方法是找一只快要下蛋的母鸡来，把伤口对准鸡屁眼，因为母鸡要收紧屁眼兜蛋，它就会拼命吸，吸几次就把毒吸出来了。当然，那个蛋是不能再吃了，我们都怕中毒。

布阳的指头上渗出一滴紫红的血，慢慢开始变黑，食指也开始半寸半寸地往下黑。我从衣服上撕下一根布条扎住她手指，布阳都没叫，书宝倒心疼得直哼哼。我对手足无措团团转的书宝说：

"还转，你找钱啊! 逮鸡去!"

书宝噢噢，两条腿长短不齐地往西大街跑。布阳也怕，他们都没被白条线咬过。她问我该怎么办，我说等鸡屁眼来了再说，她的脸就红了。依我看，书宝不仅乐器搞得好，跑步和抓鸡的功夫也不错，他一定是把见到的第一只母鸡就抓来了。时间摆在那儿。我把母鸡的屁股对着布阳的手指头，快，放上去。她的脸又红了。见个鸡屁眼脸都红。书宝抓着她的手帮她，好容易贴上去，半天了鸡也没感觉。我忽然想起来，这鸡一定是没蛋可下，看它挺胸摇头的样子像个将军，只有下完蛋的鸡才这样，下蛋之前的母鸡都是寻寻觅觅的像用人。我一把将鸡扔了。只有用另外一个法子了，用嘴把毒液吸出来。我对书宝示示意，这事轮不到我啊。书宝一点都不客气，连布阳手指上的鸡屎都含进嘴里了。

黑红的血一口一口地往外吐。布阳僵硬的身体放松了，一厘米一厘米地往下软，眼神都不对了，每只眼里都有一条连绵不绝的运河，她用闲下来的左手去抚弄书宝的脑袋。实话实说，我在花街几十年了，从没见过哪一对正经的男女这样摸索对方的头，花钱找乐子的男女除外，这事一会儿闲下来我再跟你说。手指头上的黑影子开始慢慢往上爬，幸亏白条线毒性不大，要不布阳说不定能把书宝摸回摇篮里。那个温柔劲儿，一圈一圈又一圈，最后就没了章法。只有做娘的才会没完没了地摸孩子的脑袋。我在旁边找了个树根坐下来，歪着头看他们旁若无人地吸啊吸，摸啊摸，然后觉得身上一点点痒起来，自己摸自己胳膊一把，好家伙，鸡皮疙瘩一个比一个大，红着脸往外跳。

但是，不管书宝和布阳两人有多好，不管我对那帮说"玄"的混蛋有多烦，还是得承认他们俩的事有点麻烦。主要是书宝他妈不同意，这老太婆，脑子里长熟石灰了。她就认定两样事：一，坚决不能给儿子找个做过那个啥的丈母娘；二，坚决不能给自己找个卖唱的儿媳妇。书宝把两样都占全了。

3

布阳她妈年轻时做过妓女，三条街的人都知道。历史谁也改不了。要我说也不是什么大事，花街自古以来就不缺干这行的女人，因为自古以来都有生活艰难的人要活下去，男人要活，女人也要活啊，很可能这女人就是为了他妈的男人活得像样点才干这行的。当然布阳她妈不是为了哪个男人，而是为了布阳的外公外婆，那时候还没有布阳，布阳她妈那时候是大姑娘，年轻水灵，走起路来腰和屁股扭得都很好看。外公外婆除了生过一个好看的女儿，别无特长，运河在屋后两口子也吃不上鱼，晕船，乌篷船小舢板都晕，到了水上一个分不清南北，一个辨不出左右，这在花街的历史上绝对是空前的。老头子四十岁一过就专心生病，尽是些莫名其妙的毛病。那时候医生也搞不懂什么病，如果电视上说的话都是真的，我看像是前列腺癌再加上帕金森病。什么叫帕金森我不清楚，但抖成那样我还是能看出来的。那时候我还喜欢着爬树，没事就爬到老槐树上看老头在院子里抖，就跟手不是自己的似的。老太婆按说没什么病，但也是病恹恹的，十有八九是被老头子传染的。电视里说，病歪歪的样子也是能传染的，可能就是说他们这样的。就靠女儿当家了。其实是靠钱当家，拿女儿换钱。老两口当然不会恶心到主动卖女儿，革命全靠自觉，女儿自己把自己卖了。

我说了，在花街做点这种生意不是新闻，很多女人都做。大部分都是外地来的，顺着水，跟着船，自带设备求发展。有水的地方就有人，就有男人，有男人的地方就有钱，女人就来安营扎寨了。把床和好日子扎在钱眼里。布阳她妈一咬牙一跺脚，爹娘都只有一个，让狗日的臭男人来吧。就这样。布阳她妈明里暗里做了好几年，当她终于能够完全克服职业的羞耻心，正大光明地开门迎接男人时，爹娘按顺序死了。父亲年龄大两岁，先死，母亲小两岁，所以后死。她大哭两天，把老天都感动了，陪着她下了两天大雨。父母埋在运河北岸，都收拾停当，回到南岸她就决定从良。又过几天，她发现自己有了，孩子的爸爸是谁她弄不清。让你你也弄不清，那些在石码头上停下来买笑的船老大，还有本地的男人，一个个膘肥体壮，都是播种的好手，防不胜防啊。不管谁当爹，孩子都是自己的，她坚持生下来，跟自己姓，叫路布阳。名字有点怪是不是？但是好听，我没啥文化都觉得好听。布阳她妈没嫁过人，一直到现在。

找个做过那个啥的女人做亲家的确不是太好听，一般人接受不了也在情理之中。在书宝他妈，这还不是主要原因，她不是从名声上敌视，而是作为书宝他爸的老婆，她根本就接受不了这号女人。我不说你肯定也明白了，书宝他爸不是个好鸟，那是只馋猫，闻到女人味全身能竖的地方都会竖起来。三条街上的男人都流着口水说，樊苏三这辈子可没错过一天他妈的好日子，有条件他能上，没条件创造条件他也能上。在活着的四十五年的绝大部分时间里，樊苏三不是在唱戏就是在女人的床上，据说花街上的妓女他闭着眼抽两下鼻子就知道谁是谁，谁是什么味他一清二楚。男人都羡慕他，上下两头都不闲着，忙成那样还能活到四十五岁，不容易。老樊不叫"苏三"，苏三是大伙儿给他起的外号，在所有的戏里，苏三他演得最好，唱腔、动作、眼神无不拿捏得精准到位，他还靠《苏三起解》在市里拿了个啥奖，市长亲自颁奖，把他的手握了长达四十七秒。

这就很明白了，一切都因为樊苏三是个卖唱的，说好听点，唱戏的，搞艺术的。谁都知道搞乱七八糟狗屁艺术的这个圈子里烂事多，电视上报纸上都这样说，男人不学好，喜欢瞎搞女人，女人也不学好，喜欢和男人瞎搞。都是以疯做邪，拿腐化堕落当脂粉朝脸上抹。樊苏三没进宣传队之前多本分，见女孩子都脸红，眼皮盖下来盯着自己的脚指头看，才吊几天嗓子摆几天花架子啊，就学会搞女人了。不要钱的他乐意搞，要钱的他也想搞。当然，书宝他妈也是这样被他搞上的。正因为这样，书宝他妈才痛恨妓女和卖唱的，这两种在她看来互为因果，都相当不可靠，不是自己出事就是早晚让别人出事。书宝小时候喜欢吹拉弹唱，她就很反对，好在儿子性格上随自己，不是瞎搞的那种人，就随他去了。现在冒出来个要做自己儿媳妇的卖唱的，还有一个做过那个啥的娘，那是无论如何也不能答应的。

月亮光光的晚上布阳她妈走回家，一路看自己的影子贴在地面上，还没有青石板路面光亮，于是悲从中来，因为难受她觉得左边的乳房隐隐作痛。她当姑娘时就爱俏，睡觉时都把自己收拾得利利索索的，就像现在的布阳一样；从良以后，她更加注意形象，一根头发都不让乱，她想让别人知道她其实是个很干净的女人。可有什么用，有些东西任你用多少桶水都洗不干净。布阳站在院子里的槐树下啊啊啊地唱《扬鞭催马运粮忙》。很好听，但这个时候越好听错得越大。她一脚踹开门，对女儿喊：

"别号了！咱真贱到那份上了么！"

这话太重了。布阳嘴空张着，声音没了，看着妈。她妈把竹凳放下，扶着槐树干坐到凳子上。"你和书宝好，妈懂，"她说，"可人家不待见咱们啊。"布阳不说话，等着她妈说下一句。下一句是上一句的重复，她妈说，"人家不待见咱们啊。"布阳就看见她妈眼睛里明晃晃地发亮，大好的两个月亮映在里面慢慢滚下来。布阳转过身往屋里走，到门槛前停下来，老式飞马牌挂钟在墙上当当地响，她折回身去了厨房，端一只杯子出来。

"妈，你喝口热水。"布阳说。

笛声还在响，丰收的人民开始走神，运粮的马车举棋不定。然后稻麦金黄的好日子不见了，娘儿俩听见西大街有人大喊一声。

布阳站起来说："妈，我就不信了，凭什么！"

4

书宝开了锁，一脚踹开院门，屁股朝外坐在门槛上，摸出一根烟点上。他有点烦，原因是文化馆的馆长高瘸子跟他说："知足吧，别吃着碗里看锅里。"那意思就是，老老实实做你的音乐老师吧，别盯着文化馆看，这年头，地主家也没有余粮啊。书宝的路就断了。

本来他打算往文化馆里调的，只有这种地方他才有用武之地。在小学里，即便中学，音乐从来就是作为可有可无的副科，语文老师一高兴，就把你的课占了，算术老师一不高兴，也把你的课占了。人家是主科，升学得看他们的，占了有理。这其实都无所谓，书宝不较那个真，他也不相信自己的课堂上真能培养出什么像样的音乐人才。现在的问题是，所有老师的工资都只能发百分之五十六，上面没钱，上面的上面说了，地方财政包干，教师的工资自己解决。上面没钱，能发百分之五十六就不错了。大家的生活每况愈下，只看青菜萝卜和洋葱头噌噌噌地往上涨价，兜里的钱一分不见多。有点能耐的老师就辞职自谋生路，去南方，或者更南的南方，像宁波、广州、深圳等地，那里无数的民办学校在高薪聘请优秀教师。走的都是教主科的，副科的像音乐美术人家不要，现在只要升学率。书宝心里痒痒一年了，也联系过好几所外地学校，对方都摇头。

眼看像样的同事都走完了，剩下的一帮歪瓜裂枣也军心不定，书宝觉得待下去实在没意思，就想到了文化馆。文化馆也是清水衙门，但起码还算个政府单位，工资也能足额发放，而且不拖欠，这就很好。去找高瘸子之前，书宝还是挺有信心的，如果他没听过自己的演奏，可以当场让他开开眼。他把二胡、笛子、萨克斯等一套家伙全带去了。高瘸子抽着烟，已经把手里那份过期的报纸看了四遍，上面一条消息说，市里某书法家的字卖到了三千块钱一个，他倒吸一口冷气，如果像他这样在办公室里坐一下午，那要写出多少钱来。为此后悔当年没有好好练字。他看见书宝从袋子里一件件往外掏乐器，问：

"卖唱？到菜市场上去，那地方摆摊好。"

书宝说："馆长，我想调进来。我是——"

"不管你是谁，不用说了。"高瘸子把报纸放下，"现在馆里一共三个人，我，副馆长，还有一个馆员，兼打杂。要不是看他年底退休，现在我就让他回家。"

"馆长，我会——"书宝对着他摇晃各种乐器。

"会当馆长也不行。咱们没钱，上面就给这么一点，你来了别人就得饿死。要不，这馆长你来做？"

弄得书宝挺不好意思，就没法再说了，尽管心里在犯嘀咕，给我照样做得来。

第三根烟抽完了，心里还乱，没有出路的乱。十八般武艺样样精通，有个屁用。远远地他听见母亲清嗓子的声音，她从街南头走过来。母亲有慢性咽炎，多少年了。当年也能来两嗓子，要不也不容易和樊苏三扯上一辈子的关系。但这慢性咽炎很要命，不要说犯病的时候唱不了歌和戏，就是平常和好人一样时，多唱几句喉咙也不舒服，总觉得有絮絮叨叨的东西上不来又下不去，停下来就得咳咳咳地清。宣传队就让她出来了。这以后她也就很少唱了，怕人家指指戳戳，出来了还有脸唱。现在她就只剩下慢性咽炎和清嗓子了。

　　母亲又清一下嗓子站到他身后，说："你去看看！"

　　书宝没转脸，准备点第四根烟。"什么？"

　　"布阳！"

　　书宝抬了抬下巴，听见东大街传来嘈杂的唢呐声，然后转过脸看到母亲手里拿着一块白布。这才想起东大街韩三丙死了，今天办事。母亲一定是去出丧礼的，街坊邻居出完丧礼都会得到一块白孝布。书宝看看表，正是吃午饭的点，照理说母亲出了丧礼韩三丙家要请吃饭的。

　　"还吃饭？"母亲冷眼看天，"我看见她十天不吃饭也饱了！"

　　"她又怎么你了？"

　　"她还想怎么我？在那里又蹦又跳扯着嗓子号，衣服也不好好穿，肚脐眼都露在外面，还不够要你妈命啊？可算把我们樊家的脸丢尽了！"

　　书宝站起来让母亲进门。看来韩三丙家请了开云鼓乐班子了。布阳在班子里一直是主唱，不唱的时候敲敲鼓打打锣，对乐器她知道一点。书宝觉得母亲少见多怪，露脐装、露背装现在城里到处都是，也就在乡下还当个新鲜事。鼓乐班子为招引眼球，让女孩子偶尔穿点这种衣服也正常。肚脐眼长出来又不是为了东躲西藏的。书宝一直都很喜欢布阳的肚脐眼，像个突起的纽扣，手感好极了。但他已经对那种感觉陌生了，现在他妈盯得紧，他们见面的机会少多了，见了面一般也没闲情逸致去摸布阳的肚脐眼。书宝觉得右手的食指有点痒，这根混蛋的食指开始渴望一粒别致的小纽扣。既然母亲让他"去看看"，去就去，谁不是窝着一肚子无名火啊。书宝把烟重新装进烟盒里，把乐器放在门后，说：

"那我去了。"

他知道母亲一直盯着他的后脑勺，果然，只走了五步，母亲说："回来！"

"你让我去的。"

"我让你回来！"

书宝站着不动，果然母亲又眼泪汪汪地说："你要跟你爸是一路货，我还不如早点死了算了。"书宝有点怕这一手，这样一说你就不好意思不给她点面子。于是转身进了院子，拎着乐器袋回自己的房间了。

午饭三个菜，都是书宝最爱吃的：麻辣鸡胗，芹菜肉丝，鱼香茄子。这一年来，书宝其实一点都不想看见这三道菜，因为每次这些菜上桌都意味着母亲要痛说家史。小时候她受过多少多少苦，他的死鬼爸爸如何拈花惹草，她如何受那些前赴后继的野女人的气。然后，往往一个急转弯，对书宝说，你要是像你爸那样，我今晚就往运河里跳，淹不死我爬上来找棵槐树吊死，吊不死我喝盐卤，喝敌敌畏，我不能再丢人现眼地活在西大街上了；布阳那样的人家，打死我也不能同意的，我怎么就看不出她哪里好呢？书宝你怎么就鬼迷了心窍呢？你看看那哪是正经姑娘！我们就不能找个好人家么？

在饭桌前一坐下，母亲就开始她的"老三篇"。书宝盯着菜，一双空筷子在半空里剪来剪去，手机响了，一条短信。布阳用一大串上气不接下气的省略号间开了五个字：你妈骂我了。后面又一串急鼓繁花的感叹号。书宝正想问骂啥了，母亲用筷子点着桌面问他：

"谁啊？"

外面一阵猛烈的敲门声。书宝喊："谁啊？"

"我！"

母亲脸就撂下来了，用下巴指一下院门："开门，儿子。"她把"儿子"两个字的发音弄得一言难尽，如同只有母子之间才可能会有的私房话。她说"儿子"时，声音里有种"你是我的"的自豪感。

书宝往外走的时候带倒了一把小木椅。他刚把门打开一半，布阳就推开另一半进了院子，满面怒气，马尾巴斜扎在右后脑勺上。的确是露脐装，低腰牛仔裤，一圈白腰露在外面，肚脐眼因为愤怒起起伏伏地动。

"你妈骂我了！"布阳说。

书宝回头看看母亲，母亲正对着院门坐在饭桌前，扭头看别的地方。"骂你什么了？"书宝说。

布阳就有点委屈，她是主动向书宝妈示好的，都像巴结了。她正在唱歌，看见书宝妈和花街的一个大婶从旁边走过来。书宝妈本来不想往前凑，那大婶硬拉她过来，也是好意，她想让书宝妈看看布阳其实很不错，人长得漂亮，歌唱得也好。三条街都知道书宝和布阳的事。布阳看见书宝妈来了，正赶上一个间隙，那首歌有漫长的过门，她一瞬间就把所有的笑都集中在脸上，说：

"阿姨也来了。"

哪知道书宝妈把她上上下下巡视一遍，答非所问地说："你妈就是这样教你穿衣服的？"

布阳和那大婶的笑当时就僵了，像面具一样卡在脸上。歌曲开始了布阳都没反应过来，旁边有人拍肩膀提醒她才接着唱，唱腔里就多了刘欢那种浓重的鼻音。

书宝小声说："你别生气，我妈她就这样。"

书宝妈筷子在饭桌上顿一下，喊道："书宝，吃饭！"

布阳一把推开书宝，小皮鞋咯噔咯噔响，进屋坐到了饭桌前，端起书宝的饭碗就吃。每一筷子都夹起来好多菜。

书宝妈清了一下嗓子说："那是书宝的碗。你妈没教你吃饭各用各的碗么？"

"书宝在我家也是这么吃的，"布阳看着书宝妈，端起书宝的杯子喝了一口水，"用我的碗，我的杯子。"

书宝妈喊："书宝！"

书宝从厨房出来，拿了一只碗和一双筷子，对母亲说："妈，布阳忙了一上午，该饿坏了。"

"那就吃呗。"母亲说，撂下筷子站起来，"我饱了。"

5

为了表示对书宝和布阳两个人的反对，书宝妈再没去过韩三丙的葬礼，她不想再看见布阳。鼓乐班子在葬礼上要吹奏四天，在每一天布阳都可能出场。韩三丙家请了两个班子，开云的和小头的。

如果你对我们那地方熟悉，小头你一定也知道。我敢说方圆几十里知道开云的人一定也知道小头。齐开云还没出道时小头就已经名满天下，那时候他的头已经很小了，跟没长开的西瓜似的歪在一边，现在更小。脑袋也能越长越小，这辈子我大概只听说过小头一个人。绝对的奇人，高瘦，简直是根一米八的竹竿，腰围一尺七，裤子只能跟裁缝定做。因为头小他才被大家叫"小头"。在齐开云出道之前，小头名声最大，他有两个绝活，一是能够同时演奏七种乐器，嘴、鼻子、耳朵、手、脚、膝盖和屁股，你都搞不清楚他究竟是如何把它们派上用场的。一个人就是一个鼓乐班子。另一个绝活是玩魔术，除了不能让死人从棺材里爬出来，其他的都多少能实现，包括让一个大活人莫名其妙地钻进了棺材，和死人躺在一起。这事我也是听说，据说是很多年前的事，小头和另外一个鼓乐班子竞争，要抓人眼球，就玩了这么一个惊世骇俗的魔术。这个魔术其实不好，随便开棺是对死人的不敬，对死者家属也不吉利，当初那家人答应，也是认为小头根本玩不来，竟然就成了。之后就再没有死者的家属愿意了。没有死者家属愿意，你也就没法验证事情的真伪。

绝活其实不是个好东西，伤人，用小头的话说，折寿。你想想，你玩的东西都是一般人搞不来的，你一定就得花费常人几倍、几十倍甚至几百倍的精气神。精气神我没见过，但我懂，你一定也懂。你说就咱们这样一百来斤的小身骨，能有几斤几两的精气神？得节约着用。所以绝活也"绝"人。小头轻易就不露。他轻易不露，轻易也不动手，就往那里一坐，像泰山石敢当一样镇着，年龄大了嘛，老胳膊老腿的。而且头变得更小了，原来没长开的小西瓜已经严重脱了水。这样齐开云就占了便宜，技术好啊，又年轻，可以随时随地吹吹打打，开云班子跟着就逐渐上来了。即使现在齐开云躺在家里当残废，班底的实力也是数一数二的。好东西不怕价钱高，有钱人家出了丧事，最常请的就是小头和开云班子。

两个班子碰一块就掐，你不让我我也不能被你抢了风头，所以布阳这样的主要人物一般都要在，随时准备把锋头亮出来。

韩三丙葬礼的第三个晚上最关键，要去花街南边五里外的大柳树底下送盘缠——树底下有个土地庙——就是给死去的韩三丙烧纸钱、纸元宝、纸马、纸房子、纸花轿、纸汽车，等等，让他去阴间的路上一帆风顺，顺便向阎王小鬼土地老爷祷告一下，让他们多照应下韩三丙，他在阳间一辈子大好人，没干过一件伤天害理的事。浩浩荡荡的队伍从东大街出发，一上路两个鼓乐班子就开始斗法，都要把观众引到自己跟前。浇了汽油的十几个火把烧红了半边天，扛纸房子、摇纸马的走走停停，以便让鼓乐班子尽情表演。越激烈越好看，韩三丙的家人脸上越有光彩。

书宝跟随在开云班子前后，布阳没上场时两人就凑在一起说话。说什么我不知道，除了他俩谁也听不见，鼓乐和人声极度喧嚣，两个人话说得像吵架。布阳还穿着那件露脐装，伸胳膊扭腰时衣服就往上面跑，更多的一圈肚皮露出来，书宝就帮她往下搋。在这点上他比他妈要开明一点，但是也不乐意让所有东西都无限制地给别人看。

离大柳树还有一里路左右，小头班子占了上风，他们不知道从哪里弄出来一个小矮子，头大腿短，高不足一米。小头领着他走到众人面前，两个人怪异的比照让大家一下子就来了兴趣。小头松开侏儒的手，作了个揖就不见了，小侏儒在场子里走来走去，然后开始往一个蹲着的小伙子的肩膀上爬。小伙子慢慢站起来，这侏儒开始升高，手里多了两只唢呐，嘴里像野猪似的叼着两根别人递上来的细烟袋，高度差不多时，过来一个穿吊带衫的女孩子，夜晚的风还有点凉，她把胳膊和半个胸脯后背都露在外面，小矮子竟然顺势爬到了那姑娘的肩膀上，像个怪异的孩子骑在姑娘的脖子上，然后开始用鼻子吹唢呐。这个过程做得缓慢细致，极富观赏价值，等小侏儒的唢呐吹响时，围观的人群已经把嗓子都叫哑了。拥向小头班子的观众真如潮水一般。谁见过这阵势，侏儒爬到姑娘身上，嘴抽烟袋鼻吹喇叭。开云班子身边一下子就空了，就像运河突然漏了底，水没了，剩十几条船干巴巴地陷在河床里。

齐开云的老婆一把拍到布阳的肩膀，对着身后一挥手，两个人走过来。一个抱着一堆花花绿绿的衣服，一个拿着麦克风。齐开云的老婆说：

"布阳，该你了。"

这女人声音响亮，三十五六岁，人长得饱满又精神，在火把底下脸部轮廓分明，长得不错。尤其鼻子，像石头雕出来似的布满阴影，因此说话显得分量十足。书宝知道她叫王玉南，代齐开云主持这个班子，自称副班主，其实是正的，齐开云没瘫痪时就听她的。布阳告诉过他，这女人很牛，男人能干的事她都能干。

王玉南说："穿上。"

抱衣服的人就拎出一件递给布阳，布阳穿上。又递一件，再穿上。穿完了四件，书宝不明白了，问布阳："穿这么多衣服干吗？"

布阳说："你先回去，明天我给你短信。"

第五件衣服递过来，书宝抓住了，又问："你到底要干什么？"

王玉南一把抢过衣服，扔给布阳，说："为了脱。"

书宝就明白了，一边唱一边脱。真想得出来！他突然就愤怒了，再次把衣服夺过来甩到地上，对王玉南喊："她是唱歌的，不是干这个的！"

王玉南没生气，捡起衣服抖了抖，问布阳："谁？"

"我，男朋友。"布阳说，然后摇摇书宝的胳膊，放小了声音说，"没你想象的那样严重，回去吧，求你了。"

"男朋友？嗯，不错，"王玉南把衣服又抖了抖，"脱下来吧。"布阳和旁边的几个人都没回过神，王玉南又说，"脱。"布阳看看她，又看看书宝，犹犹豫豫地开始脱，最后剩下了本来的露脐装。等布阳全脱完，王玉南对着旁边一个正敲锣的女孩招招手，等她走到身边，王玉南把捡起来的那件衣服扔到她身上，说，"穿上。"转身走了。

布阳唱到第二首歌才逐渐进入状态，之前她心里一直打鼓，王玉南那态度不是个好兆头，没准这次的奖金要砍掉一大半，还得挨训。王玉南向来强调一点，干活就要有干活的样子，没那么多叽叽歪歪的理由。其实布阳脱衣服也就做做样子，不能脱的时候她坚决不会再脱。书宝哪里知道，他就知道一点，当着众人的面，布阳一件衣服都不能脱。

现在布阳的歌声盖过了小矮子的唢呐，旁边那年轻的姑娘边跳边脱，她的舞蹈毫无章法，只是为了让脱不显得单调和尴尬才跳起来。布阳的歌已经足以吸引人，还有姑娘在脱，流走的人群又流回来，小头班子的观众空了。

这是书宝头一次完整地看布阳唱歌。他留下来开始只为了监督王玉南，防止他们找布阳麻烦，让她再脱，后来也听得入迷，满脑子美好的声音在飘扬了。他陪布阳到那晚的吹奏结束，已经凌晨两点。分手后回到家，母亲已经睡着了，书宝洗漱后刚躺下，布阳咚咚咚敲响了院门。

6

敲门声惊动了整条街，花街上的狗在黑暗里叫起来。布阳在门外喊："书宝，快起来！"声音像哭。

书宝出了房间门，母亲也披着衣服出来了，说："半夜三更瞎叫唤，怕别人不知道啊！"

书宝没搭理她，小跑开了院门。布阳在门外大口喘气，一把抓住他胳膊，满脸的汗闪着蓝灰的光。"我妈，"布阳说，"快，疼得受不了了。"

"还是那儿？"书宝问。布阳说过，她妈的左边乳房偶尔会疼。布阳点头。书宝拉着布阳刚跑几步，停下来说："等等，我去骑摩托，得去医院。"

书宝进屋拿了现金和存折，然后去杂物间往外推摩托，他妈又问："她到底要唱哪一出？这都几点了！"

书宝也烦了，生硬地回了一句："妈，你就不能睡你的觉？"然后发动了摩托，直接骑出了院子。

布阳她妈躺在床上，脸上的汗珠子一层层地出，腿脚紧绷，两只手里攥着床单，书宝头一次看见她头发凌乱纷披的样子。这样子根本坐不了摩托车，附近又没有别的机动车，能拖病人的只有平板车。书宝让布阳帮她妈穿上外套，他跑出院子去敲我的门。

摩托车发动机的声音和狗叫已经把我弄醒了，我正躺床上猜外面传来的含混人声是谁，书宝叫我的名字了。这事当然不会有二话，我开了门，两个人开始收拾平板车。我的车好长时间没动过了，在门灯底下现装车轱辘。都折腾好了拖到布阳家院门口，布阳已经把褥子棉被准备好了。布阳她妈坐在椅子上，头发梳理好了，换了干净合体的衣服，看起来不像去医院，倒像去走亲戚。接下来的情况是，我们把布阳她妈安顿在平板车上躺下，布阳坐在一边守着，书宝骑摩托车，我坐在他身后，两手抓紧平板车车把。摩托车载着我跑，我拖着平板车跑。那一路差点把我累残废，两只胳膊一刻不敢松懈。到了医院，胳膊都僵了，半天才伸直，那酸痛的劲儿应该不比布阳她妈小。我觉得自己的力气还可以啊，怎么会这么累呢。布阳她妈急诊时，我在外面守车子，一低头，他奶奶的，平板车的轮胎都碾坏了，瘪瘪的，一点气都没有。出来太急忘了打气了，我这破轮胎一直有慢跑气的毛病。

抽血。化验。B超。透视。还有一大堆我不懂的程序。要不是夜风有点凉，我坐在平板车就睡着了，天亮的时候书宝从一扇门里塌着肩膀走出来，见面第一句话是：

"哥，有烟么？"

我从屁股兜里摸出一个空香烟盒给他看，刚被我抽完。他就蹲下来在我扔掉的烟头里找，拣了个烟屁股长点的点上。我小心地问："医生，怎么说？"

"乳腺癌，"书宝说，第一口烟才缓慢地出来，人也跟着松了劲儿，顺势坐到了水泥地上，"医生建议马上手术。切掉。"

我觉得脊背开始往下流水，也慢慢地往下蹲，挨着他的屁股坐下来。癌这东西我没见过，听起来就已经够吓人了。"全切掉？"我问。书宝点头。我一下子想到刘松河家的那只白鹅，左边的翅膀被喝醉了的刘松河用镰刀齐根砍掉，跑起来东倒西歪，左边的身体光秃秃的，右边扑扇着巨大的翅膀，有种令人发指的怪异，怎么看都不像只鹅。

"怎么突然的就有了这病？"

"原来布阳说过，"书宝说，捏着过滤嘴吸最后几口烟，"偶尔疼一下，都没在意。这儿疼那儿痒的都常事。她妈说，昨晚在石码头上聊天，突然感觉到又疼，就回家了，越来越疼，受不了就吃了片止疼药，不管用。后来布阳半夜里回到家，才找我。"

在石码头上就疼了。我想起来了，那会儿我也在，刚从送盘缠那里回来。看完了小头变得更小的脑袋之后，我就去了石码头。现在不像过去，有点景就想看，不就那么回事么。不年轻了。石码头每天晚上都有很多人，一帮比我还没心思看景的人，坐着发发呆，有一搭没一搭地说说话。我也越来越爱扎这个堆了。我到那会儿，书宝他妈正和几个老太太说话，不用听都知道在说书宝和布阳。这个婶儿就这点不好，到哪都急着向别人撇清跟布阳的关系。你说布阳是多好的女孩子，真是。我在旁边坐下来，听见她说：

"我撂个死话在这儿，那丫头要想跟咱们家书宝好上，除非我死了，要不是她妈，非死一个不行！"

裁缝店的林婆婆扯起手势要劝，一扭头看见旁边站着个人，布阳她妈拎着小竹凳。书宝他妈也看见了，愣一下，装作没事人一样清清嗓子，对着运河的方向吐了口痰。我就看见布阳她妈的腰开始往下弯，右手捂住了左胸。

林婆婆赶紧站起来，说："布阳妈，你没事吧？"

布阳她妈腰一下子又挺直了，手也从左胸上拿开。"没事，你们聊，"她说，还对我们笑了笑，在月亮地里你看不到她一点难受的痕迹，"你们聊啊，我先回去了。"

那应该就是那会儿开始疼的。我对书宝说："噢。"

"你说什么？"书宝扔掉烟头问。

"我说我也想抽了。"麻烦已经不少了，我想还是别把他妈再扯进来，"你等会儿，我去买两盒。别，这点零钱我还有。"

烟买回来，每人抽了两根，书宝要去病房。走前他帮着抬起平板车，我把车轱辘卸下来，该补胎了。这种平板车的两个轱辘靠一根长轴承连在一起，只要推着那根和车厢等长的轴承，两个轱辘就跟着走了。我推着它们在大街上转来转去，天还早，修车的师傅没出摊。找了个避风的地方吃了早饭，两根油条，一碗豆腐脑，一个烧饼。城里的大街比花街宽，慢慢的人和车就多了。城里的人和车也比花街多。

我把车轱辘放在修车摊上，买了些早饭先送回医院。书宝和布阳都在病房里守着，布阳她妈的精神好了一点，医生给打了药水让她暂时不疼了。他们都是象征性吃了一点，吃点总比空肚子好。布阳她妈说谢谢。街坊邻居的谢啥，书宝是我好兄弟呢，布阳是我好妹子。书宝拉我一起到外边抽烟，说布阳她妈还不知道自己是癌症，手术的事还没来得及跟她说，让我把嘴管好，别漏了风声。我说当然，这点事老哥我还能做。

等我取了车轱辘回到医院，大约上午九点半钟。书宝说："阿姨她不愿意手术，死活不答应。要回去。"

"她知道了？"

"没人跟她说。不过，"书宝说，"这事也不难猜。"

上午十一点半，两瓶点滴挂完了，布阳她妈用酒精棉球摁着针眼，从床上坐起来，让布阳给她梳头。然后对书宝说："收拾一下，我们回家。"正看着病呢，哪有半路往家跑的。我们都劝，没用，她坚决要回，布阳都急哭了。书宝去找医生，医生说，荒唐，住旅馆、赶大集啊，想来就来想走就走！医生来到病房，说了一大堆怎么怎么和如何，布阳她妈认真听完了，最后还是一个字：走！医生也生气了，没见过你这样的病人，有本事你走了就别来！

"不来就不来，"布阳她妈说，"现在就走！"

医生没办法，只好开了些药让带着。我们原样回到花街，不同的是，现在布阳她妈坐在平板车上。

7

三条街的夜晚在那段时间一直安静，没有笛子、二胡、萨克斯、单簧管的声音，也没有歌声。坐在石码头上聊天，偶尔大家都没话说的空白时候，你能感觉到这世界在那一刻有点荒凉。除了不得不去到某个葬礼上唱歌，布阳都待在家里，陪着她妈。她一直疼，但不说出来，明显在忍着，疼得受不了了才吃药。到晚上，止疼药、治疗的药和安眠药一块吃，要不睡不着。稍微舒服一点，她就让布阳给她梳好头发穿好衣服，娘儿俩到石码头上走走。病是藏不住的，她努力和过去一样走路说话，我们还是能看出来。本来就瘦，现在更瘦，跟张纸片似的飘，所有衣服都显大，我总觉得她身上散发着医院里的那种苏打水气味。大家都知道了她是癌，说话都小心，兜着圈子嘘寒问暖。

照这个状态，不是晚期也不远了。医生建议立即手术的原因也在这，早点切掉还有希望。她坚持不切让大家不明白，谁都知道命最重要。后来我知道了，她不切的原因很简单：切了不好看。这是布阳告诉书宝，书宝又告诉我的。听完了我直想笑，什么事啊。书宝说：

"没办法，这对她很重要。阿姨一辈子都爱俏。"

"那也不能跟命过不去吧。"

"你不懂，"书宝说，"她年轻时不是那个么。"

"哪个？"我问，然后就明白了，"你是说，那个啥？"

"她放不下。就想后半辈子干干净净体体面面地过。"

要我看就没必要，有什么放不下的。花街上做过这个的不止她一个，还有现在正做的，哪一个不是活得好好的。

"活得好不好你怎么知道？"书宝说，"人家又不会把什么事都写个牌子挂在身上给你看。"

那倒也是。谁也不能真正弄懂别人在想啥。比如书宝他妈，我的老婶子，你当然可以对布阳她妈有想法，可人家现在有难了，咱得想开点，书宝不帮谁帮？书宝过来照顾一下是应该的，你别整天叽叽歪歪，一会儿拦，一会儿又骂，一会儿又嚷嚷要断绝母子关系，像什么话嘛。就算街坊邻居你也不能这样，你说是不是。书宝怎么说也是布阳的男朋友，而且早就把人家姑娘睡了。这话我在石码头上说过，转了几圈一定是钻进她耳朵里了，见了我就让我别走，要跟我理论。她说：

"走大路的咱们家书宝怎么帮都行，那是因为再帮也扯不上关系，她们家不一样，越帮越成女婿了，还是倒插门的。你说我急不急？"

讲道理你永远都讲不过女人，这是我在花街混了多年的主要心得之一。我一急，只好说："婶儿，布阳她妈犯病，就是那晚你死啊活啊的那句话刺激的，当时就疼了，回去就不行了。人家还没找你算账呢！"

书宝他妈愣一下，说："当时她抓着奶子就开始疼了？"显然那会儿她已经感觉到布阳她妈不对劲了，但她还是不依不饶，顺了口气声音就大了，"你当婶儿是头脑不够用啊，没听说过一句话要人命的。她那病啊，还不知道怎么得的呢！"

我赶紧跑了。她那点小心眼，我用膝盖都能想出来，她无非想说：不知道多少人摸啊揉的，不出毛病才叫怪！

第二天我摇船到鹤顶的芦苇荡里打了几只野味，拎给布阳她妈熬汤喝。从医院回来，陆续有街坊来看她，鸡蛋、挂面啥啥的送了不少，只有我这新打的野味最稀罕。布阳在收拾行李，三十里外的磨山镇死了人，请了开云班子。书宝也在，坐床边给布阳她妈拉二胡，《二泉映月》。我说书宝，来个高兴的，别跟欠了银行几万块钱似的。布阳她妈就说，她就爱听这个，心里安稳。布阳在旁边说："只要是书宝拉的，我妈都爱听。"

"听听，"我对书宝说，"什么叫丈母娘看女婿，越看越喜欢？你可得好好拉。"

然后我就提两瓶热水到阴沟边蹲下，给这些鸟煺毛。他们都不会。布阳她妈也下不了手，逢年过节杀只鸡都要喊我帮忙。毛煺完了，正要开膛，书宝叫我进屋。布阳也收拾好了，坐在床沿上握着她妈的手。那手干白硬净，细长得像骨头。

布阳她妈要欠起身子，书宝在她后背下垫了两个枕头。"书宝，布阳，他哥也在，"她说，躺久了力气有点跟不上，"我就想说两句话。我这病一时半会儿看来也好不了，把你们都拖累了。布阳，别哭，我不好好的么。你看现在多好，咱们不是一家人也像一家人。"

我宽她的心："路姨，你这话说的，咱们就是一家人。"

"对，他哥说的对，就是一家人。"布阳她妈说，眼泪开始转了，嘴也开始抖，"咱们要是一家人该多好。"哗地就泪流满面。

"阿姨，你别哭啊，"书宝给她递上湿毛巾，"医生说，情绪一定要稳定。"

布阳她妈把书宝的手也抓住了，说："我没事，我就想看见你和布阳好好地在一起。"

"阿姨你放心，我会对布阳好的。我妈那边，我会尽快处理好的。你安心养病。"

"那就好，"布阳她妈笑一下，要躺下。躺下的时候嘴角动了动，疼痛可能又开始了。布阳要去拿药，她说等会儿再说，还能忍。她躺下的时候还抓着布阳和书宝的手，"我就想说这个。布阳从小没，爸爸，又任性，你多让着点。"

书宝一个劲儿地点头。我觉得这种场合还是避开好，刚要走，布阳她妈叫住我，说："他哥，给你添了不少麻烦。书宝和布阳他们还小，不懂事，你多担待，有什么事以后还得常麻烦你。"

"又客气了，路姨，书宝他俩的事就是我的事。没二话。"

那天我把野味全收拾好了，回到家就跟老婆说，多少年了，头一回看见布阳她妈淌眼泪。老婆正在井边洗衣服，咕哝了一句什么我没听清，完了也就把这事放下了，帮儿子做算术题。这小子成绩跟不上总赖我，说我家教跟不上。你说我拿什么跟上，初中赖赖巴巴毕业，最后一次考试数学考了十三分，还是给教导主任送了两瓶香油才混到一张毕业证。

当时我模模糊糊觉得有点问题，没往深处想，我这糨糊脑子就没法往深里想，事后才恍然大悟，这不是托孤是什么？电视上演《三国演义》，刘皇叔在白帝城给诸葛亮托孤，那语重心长的，不就凄凄惨惨这样的么？我他妈的怎么就没想到呢！老婆说我一看电视俩眼珠子都要钻进去，都看到哪去了我。我打自己嘴巴子，是因为布阳她妈已经死了，在布阳去磨山的第四天，晚上布阳就该回来了。她把多少天省下来的安眠药，一顿吃了。

8

在花街，每年都有人寻短见，喝盐卤、敌敌畏，上吊，投河，一个个龇牙咧嘴，死得都不好看。布阳她妈不一样，整整齐齐地躺在床上，乍一看就是睡着了，被子都没乱。她死得干净、体面，拖鞋都摆得好好的。而且把里里外外都收拾过了，灶台擦干净，三盆花浇过水，布阳喜欢的那个机器猫玩具也冲洗了一遍。

书宝最先发现的。他从学校回来，窝了一肚子火，上午校长找他谈了话。文化馆的高瘸子这人不地道，不要书宝就算了，还嘴尖毛长地跟校长说了，你们学校那个某某某，要进来，我没要。校长认为，现在已经人心浮动，樊书宝你一个副科老师也跟着凑热闹，太过分了。书宝说我为什么就不能找个活路？副科老师就该在这里饿死？校长说我跟你没道理可讲，你不想想，你个教唱歌的都闹辞职，那些教主科的还蹲得住？这样，我也不跟你啰唆了，要么你立马拍屁股走人，要么你就老老实实待着，别三天两头哼哼唧唧！书宝一下子哑火了，他现在拍完屁股没地方可去，只好忍了。

心情不好，他就直接先来看布阳她妈，免得回到家再出来母亲又跟着唠叨。他叫门，没人应，院门从里面闩上的。书宝觉得不妙，翻墙进了布阳家，开门看见布阳她妈安静地躺着，以为睡得正好，就坐石阶上抽了一根烟。抽完了还是生疑，小声叫阿姨，一动不动，大点声，还是不动，他就小心地推一推，僵直得像木头。他像兔子似的跳进我家，舌头怎么都摆不好位置，结结巴巴地说：

"出事了！出事了！"

怎么处理死人我也不懂，就找了米店老板的孟弯弯的老娘孟婆，女人死了都是她收拾。孟婆踮着脚进门，拉开被子先上上下下看一圈，又掀开布阳她妈的衣服，看一看，闻一闻，转身就走，说："她自己都收拾好了，洗过澡，梳过头，衣服里面都是新的，袜子也刚穿。"我们就看地上的鞋，也是新的，白银线在脚尖缀了两朵牡丹的黑色绣花鞋。孟婆出门坐在石阶上，老眼泪开始流，"她是早打算好要死的啊。"

布阳接到电话哭不出声来，半天才说噢噢噢，行李都没收拾就租了一辆车从磨山赶回来。女儿在，这边才能开始筹备葬礼。其实她回来了也没有主张，一会儿抱着她妈胳膊哭，一会儿抱着书宝胳膊哭，只会流眼泪。经过的那些场葬礼对她一点作用不起，因为死的是别人家的人。

书宝他妈在西大街听到动静，将信将疑地来到花街，看见进进出出那么多沉着脸的人，心里开始发慌。如果真死了，那是应了她的话了，不是她死就是布阳她妈亡，这太吓人了。她只是一句高傲的气话，不想咒任何人死。我的老婶子腿有点软，不知道该走近还是远远地避开，然后看见我从老歪杂货铺里抱了五十丈白布出来，下巴就挂下来了。

"她，真死了？"

"死了。"我说。

我婶子她扶着裁缝店的墙一点点往下缩，最后蹲在青石板地面上。"怎么就死了呢？"她眼神里一下子空空荡荡，"怎么就死了。"

吓得她那样让我心有不忍，就说："早晚的事，癌症，也没钱治。"

她腰杆稍微挺直了一下，对我感激地咧咧嘴，算是笑了。"不是因为，"她用两只手指着自己，"不是因为我吧？"

"不是，婶儿，"我说，"人要死谁也拦不住。老天爷都不行。"

书宝他妈扶着墙又一点点站起来，说："他哥，你能不能，跟书宝说，帮帮忙可以，别过头，咱不是人家女婿。咱没关系。"

这话我又不爱听了。布阳她妈都死了啊。我扭头就走，她还在后面嘱咐，让我把话带给书宝，他不是人家女婿，大家没关系的。

当天晚上，开云班子结束了磨山的那一摊，直接把工具车开到了花街上。班子里的人都在，各人带着自己的家伙。这是王玉南的决定，她说布阳是班里的人，她要让老人风风光光地下葬，所有人都是义务参加，以后就定为开云班子里的规矩。这女人义气，够哥儿们。布阳和书宝很感激，他们俩正为操办葬礼的钱发愁，那可不是一笔小数。活着四处要钱，死了花费也不小啊。省下鼓乐班子的钱就松快不少了。只有开云班子一个，但自始至终他们都很卖力，不唱也不跳，不玩任何花哨的东西，只吹奏，哀乐低回，悲伤又严肃，反而比别人家葬礼上联欢晚会似的吵吵闹闹的演出效果更好。这才是正经的葬礼鼓乐。

鼓乐一奏响就带来另外一个问题，因为鼓乐也带着仪式走，仪式上孝子贤孙的身份是有讲究的。迎骨灰、摔火盆、捧牌位、领棺等一串子事要儿子来干，儿子不在找孙子，儿孙都不在，像布阳她妈这样只有一个女儿，正常应该由女婿顶上。现在要命的是，书宝这种半吊子身份，算不算女婿。我和主事的料理客琢磨半天，拿不定主意，只好去找布阳和书宝。布阳看看书宝，书宝握着她的手说：

"女婿。"

布阳就哭了。我和料理客对对眼，就算是吧。主事的料理找来裁缝店的林婆婆，让她给书宝量身做一套孝子服。

第二天早上，书宝让我帮料理客照应一下，他和布阳去趟城里，很快就回来，骑着摩托车就走了。喊都喊不住。这俩人，头脑坏了，什么时候了还进城！九点半左右他们回来了，丢下摩托车就往灵堂里跑。布阳跪在她妈的灵前大声地哭。书宝也跪着，布阳叫妈，书宝也叫妈。然后我看见书宝从口袋里掏出两个小本本，书宝把本本打开，一手一个，对着路姨的遗像说：

"妈，我和布阳结婚了，你就放心地走吧。"

我听过火线结婚的事，但在这种时候火线结婚还是头一回听说。也不枉路姨搭上一条命。当时在场的人都哭了，谁扛得住这阵势。

临时结婚的事书宝是自作主张，他妈中午时才知道。中午宴请宾客，街坊邻居、亲朋好友要过来出礼。出多少一是自愿，二也要看关系，亲戚一般都得高过街坊。书宝他妈也来上礼，拿一张二十块钱递过去，收钱的没接，旁边记账的说：

"这点儿你也拿得出手？"

"怎么拿不出手？"书宝他妈说，"街坊四邻不都这个数？"

"你是街坊四邻？你是亲家母！"

"别瞎说啊！我什么时候成了亲家母了？"

正争论，书宝和布阳进来了。他们听说他妈来了，想不说一声有点不合适。我婶子一看书宝那一身孝子服，不是女婿就是儿子，眼都大了，指着书宝半天说不出话。布阳怕他们娘儿俩吵起来，就碰碰书宝让他冷静，自己走过来扶着婆婆的胳膊，用哭哑了的嗓子说：

"妈，我和书宝已经结婚了。"

"不可能！"我婶子一胳膊肘把布阳甩到一边，"你胡说什么！"

书宝说："妈，是真的。"从口袋里掏出结婚证，红底子照片上两个人的脑袋碰在一起。我婶子的脸唰的就白了，跟白灰泼上了脸似的。她退了两步，喉咙里像鸽子一般咕噜两声，站在原地清了好一阵嗓子。大家都站着看他们娘儿仨，屋里异常安静，外面的唢呐仰天长叫。我婶子清完嗓子，抽筋似的从口袋里往外掏钱，每个口袋都不放过，毛票和一分两分的硬币都掏出来了，大大小小一堆，整个摔到记账的丧簿上，两张毛票飘到桌子外，三个硬币滚到了书宝脚边。然后我婶子转身就往外走，两条腿拧着麻花迅速跨过门槛。

整个葬礼上书宝的表现都很好，三条街的人除了他妈，没有不夸的。都松了一口气，布阳她妈没白死。下葬之前，书宝还亲自给岳母拉了一曲她最喜欢听的《二泉映月》；布阳跟着哼调调，哑的嗓子配这二胡声，那真是大悲声，那个凄婉哀伤，那个款款深情，不懂音乐的人听了都要飘起来，都得掉眼泪。开云班子里的鼓乐手也听呆了，他们头一次听书宝拉二胡。他们以为只有齐开云才能把二胡拉得这么好。一曲终了，班主王玉南抹着眼泪哗哗拍手，说："好！"

9

因为书宝背着她跟布阳结婚，我婶子气得生了一场病，把自己关在家里，死活不见书宝和布阳，也不让他们进门。小两口只好请了医生上门给她看病，书宝进自己屋收拾好衣物，搬到布阳家去住了。一个礼拜后，我婶子病好了，头上多了好多白头发，人也沉默多了。布阳托我去鹤顶打几只野味，她煲了一砂锅汤，担心婆婆见了她冒火，再气出什么病来，又托我帮着送过去。我把砂锅端到西大街，书宝她妈正坐在门楼前晒太阳。我觉得她一下子老了，就像布阳她妈从医院里回来一下子变老一样。女人到了她们这个岁数，大概是经不起折腾的，折腾一下就老几分。从里到外的衰落。

"婶儿，"我说，"布阳煲的汤，央我送过来的，趁热喝了吧。"

她看看我又看看砂锅，老半天才清了一下嗓子，用下巴指指门槛下的台阶："放那儿吧。"

我把砂锅放台阶上。本来想跟她说说话，但她好像没心思聊天，就算了。只按布阳交代的说："婶儿，书宝和布阳明天要过来看你。"

"别来，"她挥一下手，"我担待不起。"

"婶儿，这话说的，儿子儿媳妇还有什么担待不起。"

"我没这样的儿子！"说完起身进了院子，随手把大门关上了。

热乎乎的砂锅在台阶上。我怎么喊门她都不开。这老太婆，我知道你不高兴，儿子跟自己都不吭一声就跟别人结婚，还是自己坚决反对的姑娘，放谁都不会高兴，可是，我的老婶子，那也是被你逼的啊。书宝又不是不要你了，人家小两口主动过来孝敬你，还拿头用劲儿，没道理嘛。真是。干脆我也不管了，扔下砂锅就走。

后来书宝和布阳都来看过他妈，也分别单独来过，具体情况我不太清楚，听说都没得个好脸，起码三口人从没在同一张桌子上吃过饭。我婶子还挺记仇呢。她去石码头的次数明显少了，去了也不像过去那样张牙舞爪地聊天，听人家说起书宝和布阳的名字都犯急。大概她觉得书宝把她伤透了。因为这样，书宝两口子也尽量不招惹老娘，我给他们出馊主意：这事不着急，让我婶子缓缓劲儿，消她个半年气，就这么一个儿子一个儿媳妇，还怕她不宝贝。

他们也忙，主要是布阳忙，三天两头往外跑。好日子来了，反而马不停蹄地死人了，班子的生意好得不行。如果去的地方近，书宝就骑着摩托车每天接送；路途遥远的，只能分开几天了。书宝并不反对布阳的工作，能整天唱歌是个好事，能把唱歌作为生活的主要任务，那是相当美好的；但有一条，坚决不答应布阳脱衣服，外套都不行。为此他跟王玉南声明过，过去他就不提了，现在布阳是他老婆，他得管：一件都不能脱。王玉南爽快地说，没问题。果然就没再为难过布阳。

　　大概过了半年，布阳有了。他们俩都没在意，有一天开云班子在离花街四十里外的店头镇演奏，布阳突然打电话给书宝，说她恶心得要死，总想吐，胳膊腿都使不上劲儿，不知道怎么回事。手机里也能听见她咕噜咕噜的出气声。当时书宝刚下课，骑了摩托车一路狂奔就去了店头。布阳正在休息的地方躺着，王玉南和当地的医生也在。王玉南担心是吃坏了肚子，就让丧礼主事的帮忙请了医生。对他们这些经常吃冷饭冷菜的人来说，吃坏肚子不稀奇，但反应很少有布阳这样的激烈。书宝刚进屋，王玉南就说，书宝，恭喜啊，医生说，咱们的布阳有啦。书宝激动坏了，大老远跑过来竟然听到了个好消息。他都没顾上感谢提着药箱正打算离开的医生，赶紧握住布阳的手，像珍惜古董瓷器一样让她躺好，别乱动，整个人眉开眼笑，樊家的历史开始有了新篇章了。布阳因为开心和害羞，把脸埋到他手上。

　　正恭喜来恭喜去，外面忽然热闹起来，很多人嗷嗷地叫。班子里的一个成员小高急匆匆地跑进来，对王玉南说："王姐，他们有人拿大顶，观众都过去了。"然后看看布阳，犹疑地问王玉南，"能出场吗？"

"现在不行，得歇着，"王玉南在屋里走动起来，"我再想想。"走几步停下来，"大伙儿都想想。"

没人有高招。一会儿又进来一个成员，贝司手王山，留一头长发。"王姐，不能再等了，"王山说，"人快走完了。"

布阳说："王姐，还是我去吧。"撑着胳膊要坐起来。

"别！"王玉南制止她，"你这是大事。总会想出办法的。"

书宝就是那一刻头脑一热，站起来说："王姐，你看我能不能帮上什么忙？"

小高说："王姐，我看行。除了开云哥，我还没听过谁的二胡拉得比书宝好。"

王山也说好。王玉南眼睛一亮，也拍手说好，那惊喜的样子完全不像班主，倒像个小姑娘。"问题是，"她掰着手指头说，"直接上去个空身人拉二胡，效果不好。得整点新鲜的。"

"这还能整出啥新鲜的，"小高说，"总不能让个大活人钻衣橱里吧。"他就那么随口一说，随手指一下墙角边立着的一个简易衣橱。几根玻璃钢做的架子，外面套上防水的花布，布上有山有水有一片树林子和很多正在飞的鸟。这衣橱是他们随身携带用来挂衣服的。

"怎么不行？"王山说，"书宝坐在里面拉二胡，谁也看不见，不知道的人没准会以为是咱们开云哥呢。"说完了才觉得不合适，齐开云残废了，现在一首曲子都没法完整地演奏到底，他不好意思地说，"王姐，我不是那个意思，你别生气。"

"生啥气？说得好！"王玉南走到衣橱前，拉开衣橱拉链，把衣服都拿出来，比画了一下空间，正合适。"就这么来。书宝，委屈你了。"

小高问：“就跟他们说，是开云哥来了？”

“不，”王玉南说，“什么都不说，让他们猜去。”

那天店头镇人看见一辆推车从外面推过来，车上是个简易的衣橱，衣橱里传来昂扬激愤的二胡声。懂行的人一听就知道是《万马奔腾》，拉得相当漂亮，每一个细节都落了实，都照顾到了。一个人推着车子，一个人拿着麦克风对着衣橱，跟着车走，二胡声被放大后，一万匹马跑过店头镇。有人开始以为衣橱里是一台录音机，后来隐隐约约看见里面坐着个晃动的人影，激烈地拉动弓弦的动作带着衣橱一起哆嗦。毫无疑问，有人在衣橱里拉二胡。因为关在衣橱里，因为看不清人，观众的兴趣立马被吊了起来。人群从对面的那个班子前一拨拨地撤回来，拿大顶的家伙眼睁睁地看着刚才还在喝彩的店头人一个个头朝下地离开了他。

先是《万马奔腾》，大家被激昂的二胡声搞得浑身发热，觉得满身的血液被煮得直冒泡泡，接着弓弦一顿，雄浑悠缓的《江河水》流动起来，大家的血液慢慢开始平息，但不悲哀落寞，反而觉得身上逐渐充满了平和又持久的力量，拳头就一点点攥起来。

然后是忧伤的《二泉映月》，然后又是欢快的《十送红军》。观众在不同的情绪里出出进进，彻底服气了。开了耳了。他们议论纷纷。

一个说：“齐开云又出山了？”

另一个说：“听说他早不行了。”

再一个说：“除了他，还会是谁？”

第四个说：“谁知道呢，还藏在衣橱里，有点奇怪。”

王玉南一声不吭地笑了，最后实在忍不住，对旁边的鼓手说：“这个书宝，救了我们的命哪。”

10

辛苦费三百。不是一个小数目。班子里的成员每场葬礼忙上三四天，分到手的不过三四百，书宝前后忙活不到两个小时。不单是班子里的人眼睛瞪大了，书宝和布阳眼也大了。他们坚持不要。

"那不行，"王玉南一挥手，"外援是外援的价，救命有救命的价。不嫌少就拿着。"

书宝只好拿着了。当然不会嫌少，按书宝每月那百分之五十六的工资，这一个多小时差不多抵上他干半个月的活儿。

这是竞争的关键时刻，扛过去了，开云的班子就算胜了，剩下的演奏就是走形式，其他人打发就可以了。王玉南干脆做个顺水人情，让布阳提前跟书宝回去算了，该拿的钱一分不少。"这是大事，"她亲热地碰了碰布阳的肚子，"出了问题书宝可要找我拼命的。"弄得书宝满心感激，一激动又说，啥时候用得上他了，一句话。王玉南说："谢谢，来日方长。"

回家路上布阳抱着书宝的腰问："再让你帮忙，你真愿意来啊？"

"总得表个态吧。不是吃人的嘴短，拿人的手软嘛。"

布阳噘着嘴说："就知道你不愿意。拉不下脸。"

"没有啊。"

"还没有！我知道你其实跟你妈一样，瞧不上我们干这行的。"

"别瞎说！"书宝右手摸到布阳的屁股，拍一下，"我老婆不管干什么，我都喜欢。"

说是这么说，书宝心里头还是有杆秤的。他可能没他妈激烈，但还是对这行当心存偏见，毕竟连个草台班子都算不上，而且整天跟死人打交道，不是下三烂也是下九流，那感觉不好。他的工资是低得让人难为情，布阳挣的钱远超过他，但他好歹是人民教师，体面，铁饭碗，跟布阳比，天上地下。布阳知道他嘴硬，也知道书宝的确是真心喜欢自己的，就不再说什么了。书宝也不再解释。这事越抹越黑。书宝想，幸亏躲在衣橱里，要是光天化日，被熟人或者同事看见了，这脸就丢大了。

　　本来暗暗地决定再不去帮那个忙的，可半个月里竟连帮了两次。

　　头一次是被大伙儿哄起来的。他去接布阳，赶着布阳任务结束的时候到了一个葬礼上。布阳收拾行李，他坐在摩托车上等。班子里的人都认识他，几个刚换下来的家伙多事，根本不知道他的清高，就觉得是布阳老公嘛，那也是可以随便瞎说的亲人。一个说，闲着也是闲着，书宝你不如来上一段，让大伙儿爽一把。其他人一起叫好，也不管书宝答不答应，开玩笑似的把他往衣橱里拖。这伙人平常以走江湖自诩，言行上也逐渐有了江湖气，也拿江湖气来对付书宝。书宝又抹不开面子生气，只好向布阳一个劲儿地递眼神。眼神不递布阳也会了意，可她也没办法，这群伙伴不明白，她若说清楚了那一定得伤人。书宝于是活生生地被塞进了衣橱里，接着塞进来一把二胡和一支笛子。他们没找到推车，借了个平板车就把书宝推到了演奏现场。

　　可以想见那对所有听众都是个惊喜，书宝进去了只能干活。三曲二胡，三曲笛子，听得大家耳朵都竖直了。王玉南正在和主家结账，计算器按了半截子，吓得一激灵，冷汗出了一身，来不及扔下计算器就往外跑。她以为对方的鼓乐班子请来了高人，相当高的高人。等她看见了那个熟悉的简易衣橱，眼泪就出来了，自己人。

这次演奏纯属偶然的玩闹，按理说不在支出范围里，但王玉南还是坚持给了书宝三百元的酬劳。她的意思是，只要给开云班子长了脸，挣了威风，报酬是应该的。哪怕书宝只拉一支曲子，只吹一首歌，这个价也值。倒搞得书宝觉得自己的清高有点小气了。

第二次缘于这一次。同一地方死的人，相隔不到半个月。死者的女儿做生意发了财，要把父亲葬礼的排场搞大，越大越好，她想让老家的父老爷们看看，当年她这个被父亲赶出家门的不孝女，如今是如何衣锦还乡孝敬父亲的。父亲当年坚决反对她和一个离过婚的男人相好，和她断绝了父女关系。她请了四个鼓乐班子。和王玉南联系时该女儿提出要求，必须上衣橱，因为大家都说好。她要的就是让大家都说好。钱不是问题。王玉南不敢肯定就万无一失，但她还是答应了，然后谈了钱的问题。谈的结果是，她可以随便书宝开价，只要他肯来。

葬礼的第二天王玉南才找布阳，首先强调了当前的困难：四个班子，那血肉横飞的竞争场面肯定是空前的，谁都没有见识过的，开云班子的声誉正在面临前所未有的挑战。然后，王玉南说，主家特别提出，一定要衣橱。她不说衣橱里的人是谁，布阳肯定明白。王玉南说："布阳，你要是觉得姐还心疼过你，就帮大伙儿一次吧。全班人都靠你了。"就差声泪俱下了，布阳哪扛得住。一咬牙一跺脚，拨了书宝的手机号，叽叽咕咕说了半天。

"书宝，"最后布阳说，"我们娘儿俩一块求你了！"

书宝就挺不住了。"娘儿俩"，让他激动的心惊肉跳的词。这是他们的私房话，自从知道老婆有了，他就称布阳和她的肚子为"娘儿俩"。两个人就是比一个人管用，书宝答应了。但他说："我还要钻衣橱。"

布阳转达了他的要求。王玉南开心地说："他不想钻我还不让呢！"

四个班子在大门两边顺次排开，每个班子都有一块巨大的领地，用来演出和挤满观众。就像四个班子同时站在同一张桌子上较量，谁好谁赖一目了然，那残酷的程度完全称得上是血肉横飞，所有人都在拼命，不拼命你都说不过去。

布阳上场的时候也只能和小头班子持平，此时小头已经顾不上折寿，亲自出马了。如果他玩魔术大变活人或者大变死人说不定就赢了，但他没有，他只是同时演奏七种乐器。这就很要命。七种乐器一起响，队伍排得再好也免不了要杂乱，而且贪多嚼不烂，每一种都不可能演奏到最好，这是肯定的，最后只剩下个花活儿。书宝不一样，他一样一样来，每一样都极其精妙，每一样都是最好。他带来了自己的家伙，二胡、笛子、单簧管、箫和萨克斯。既然为了"娘儿俩"，就得隆重点，自己的家伙使起来顺手，不敢保证超水平发挥，正常发挥还是没问题的。书宝用圆满的一个、一个、又一个，打败了小头的残缺的七个。

为了隐瞒住身份，他到了指定的地点与王玉南他们会合。书宝发现迎接他的不是那个简易的衣橱，而是一个崭新怪异的小屋：基座是一个巨大的轮椅，后面有两个把手可供推动；基座上面是一个房子模样的空间，天蓝色的锥形屋顶，四壁是一种特殊的材料做成，既像玻璃又像塑料；墙壁上均匀的分布很多小孔，用来透气和传音；打开左边墙壁上的一扇门，可以看见小屋里宽敞宜人，放着一把可供折叠的躺椅；已经安装好麦克风和扩音器，喇叭装在小屋的右墙外。当书宝坐进去小屋里时，浑身上下立马充满了乐符和演奏的欲望。此外书宝还有一个发现，那就是坐在里面可以清楚地看见外面，而外边的人充其量只能看见里面人的影子，就是看见的那个影子很大程度上也得益于想象。

为了在关键时刻隆重推出书宝，王玉南特地找人定做了这个怪异的东西。

书宝的出场即使一声不吭也足以让观众们把脖子转过来。现在他是用二胡演奏《十面埋伏》的激越之声上场的，铮铮铁骨，嘈嘈切切，汹涌澎湃，声音之大之雄壮能把天掀翻。观众呼啦一下就围过来。为了防止有人趁机搞破坏以及企图弄清楚小屋里的人是谁，王玉南早就安排了班子里的几个壮小伙拦在轮椅周围守着。

那天书宝演奏得极其尽兴，完全忘了下九流这回事。他把乐器一件件轮着来，每件乐器都演奏出最经典的曲目，那些完美的声音让对手们也暗自赞叹不已，他们和其他人一样，吃不准制造出如此美妙音乐的人是不是齐开云。尤其是书宝开始吹奏萨克斯时，对手们完全绝望了。他们玩了一辈子音乐，当然知道有种外国乐器早就传到中国，叫萨克斯，能吹出极度抒情的声音来，但他们基本上都是土乐手，萨克斯还没来得及学，可能这辈子都不会再去学，而这个陌生的、动听的、仿佛可以用来梳理内心的声音已经被开云班子里的一个人吹奏出来了。它适宜独奏，也可以用来伴奏。当萨克斯成为布阳歌声的伴奏时，其他三个班子彻底没脾气了。

小头的七种声音戛然而止，屈指可数的几个人看见他歪着更小的小头甩手出了场地。

11

书宝挣到了钱，这我知道，他拿到了钱回来就请我喝酒。

"哥，日子不好过，"他端着酒杯啃着我打来的野味，舌头明显大了，"可想想，赚钱也不难。就两个小时，哥，我挣了这个数！"他把左手对着我竖起来，大拇指蜷在一边，另外四根油腻腻的手指摇摇摆摆。四百块钱，的确不少。在花街你想在两个小时内赚四百，据我所知只有一种可能，就是你是个女人，足够年轻足够漂亮，愿意做那种生意，而且还得遇到个冤大头，或者你能在两个小时里解决掉多个男人。我羡慕地说，老弟，还是你行，跟那些女人一样都有本钱。要在平常，拿他跟那些女人比，他一定不会善罢甘休，但今天他没有。他说："哥，你不知道在大兵压境的时候孤身一人扭转局势有多爽！真的，你不知道。我躲在小屋里看着观众你拥我挤地往这边跑，另外三个班子门前一下子就空了，那感觉实在是太漂亮了，跟喝啤酒啃野鸡腿一样过瘾。你觉得你有用，相当有用。有用真他妈好！"

我听出来，绕了一圈他关心的还不是钱。是观众。"想要观众好办，"我说，"那破书别教了，跟布阳一起干，观众拦都拦不住，还争着给你送钱。"

"那不行，"书宝总算还没糊涂。"工作不能丢。"

这话说完才几天啊，我觉得自己身上的酒气还没散清爽呢，书宝就把职给辞了。这事是让他的一个叫李银川的同事给闹的。我没见李银川，书宝说这人舌头长，喜欢来事。电视里不是流行"八卦"这个词么，该长舌男就是他们学校里的"八卦王"，人称"八卦李"。放个屁正好穿过针眼，真他妈巧了，八卦李就住上次书宝大显身手的那个村的隔壁，骑电驴子五分钟的路，他听说有四个鼓乐班子斗法的好戏，忍不住就去看了。据说他们村一半人都去了。八卦李好歹是个文化人，萨克斯他是听明白了，这洋玩意儿会使的人极少，他知道的只有同事书宝。可吹萨克斯的人藏在小屋子里不露脸，很多观众还是倾向于认为是齐开云，只有齐开云才能把乐器玩得如同自己身上的器官。此外，因为齐开云身体的某些重要部分没了，所以才会躲进小屋里。这是说得通的。但是，八卦李想不起来齐开云好胳膊好腿的时候曾吹过萨克斯，他也听说齐开云已经没能力把一首曲子演奏到底了。

八卦李的过人之处就显出来了，他特地打电话给一个教语文的老师求证。该语文老师和齐开云家住不远，回他话，齐开云那天下午一直在河边钓鱼。八卦李初步判断，躲在小屋里的应该是书宝。他老婆布阳就在开云班子里。八卦李第二天见了书宝，上来就说：

"萨克斯吹得好！"

书宝一愣，想到这家伙住邻村，就装疯卖傻："一般般。瞎吹。"

"听过的都说好。"八卦李笑眯眯地说，"要是地方大一点，摇晃着吹，更有味。"

"什么意思？"

"我是说，你吹的好，就是地方太小。挣不少吧？"

"说什么呢，"书宝看看手表，"该上课了，我先走了。"他急匆匆走了，听见八卦李在背后说，你拿两份钱呢！那声音酸得让人倒牙。

过两天书宝就觉得不对劲儿了，同事们的眼神老是歪歪扭扭，拉不直，跟他说话时起码保持了斜上三十度的夹角。他们一句萨克斯的话不提，只是嘘寒问暖，跟几年没见了似的，书宝被关心得都难为情了。然后他们就微笑，嘴角的皱纹里有看不见的千言万语。小学校嘛，就那么几个鸟人。我兄弟书宝想，就挣了几百块钱，就让他们恨上了。这年头，你一个人私下里挣钱就等于在害别人，他们挣不了啊，心理哪能平衡。他们不说自己不平衡，他们最后让校长站出来替他们说：

"樊书宝同志，你知不知道，你丢了我们学校的脸，丢了我们全体人民教师的脸？"

"我怎么就丢你们脸了？"书宝站在校长室里争辩。

"你是一名堂堂的人民教师，却去赚那种不入流的钱，让学生和家长知道了，我们还能站得住讲台吗？再说，你这是不务正业，对我们的教学工作十分不利。"

"你凭什么认为我赚了不入流的钱？"

"你看，"校长说，用烟头指着书宝，"你在继续丢人民教师的脸。起码的诚实都没有，我们还怎么去教育学生？回去好好反省反省。"

"没什么好反省的！"

书宝软一下这事也就算了，他偏不给校长面子。我蹲家里都知道，领导最恨人家给自己台阶下。所以校长就发火了，"樊书宝，我警告你，"校长站起来扔掉了烟头，"三番五次就你事多，还真以为缺了你一个教音乐的学校就办不下去了你！不想干你就给我回家！"

"回家就回家！"书宝火气也上来了，"谁稀罕！"

他气冲冲回到办公室，拎着乐器袋就往外走，办公桌都没收拾。既然回家了，那些东西带回去也只能当废纸卖。回到家他就找我喝酒。布阳不在家，大秦镇死了人，她昨天跟班子一块走了。喝酒时书宝啥也不说，就闷头喝。他的那点酒量我太清楚了，赶紧夺下酒杯。憋了半天他才说，老子他妈的就不干了！

到底还年轻，要在我这岁数，低个头就过去了，过日子不容易，讲道理他讲得比我好一百〇二倍，可他就是做不来，低不下去。年轻人脖子硬点当然是好事，可是兄弟，咱那是铁饭碗哪，三条街就你这只碗摔不坏，你却大脑一抽筋给扔了。我劝他，把我老婆也动员起来一块劝。我们两口子说，忍一忍，前面是个天。书宝说，是个屁。我们说，看开点，一辈子长着呢。书宝说，是那群王八蛋看不开。我们说，就算不干了，也不能让那些王八蛋来说，咱这铁饭碗是上面给的，他们凭什么。书宝说，是老子自己他妈的不想干了！他说得意气风发，就跟电视上那些英雄人物站在山头上，风呼啦呼啦地吹。他把筷子拍到桌子上，掏出手机开始拨号。

"我！"书宝说，"问问你们王姐，我去了他们要不要。"

"你说什么书宝？"我听见手机里布阳的声音。"你要去哪儿？"

"去你们班子吹萨克斯，我不教书了！"

"你说什么？"布阳停顿一下，"你喝酒了书宝？"

"喝了。我在和我哥嫂一块喝！"

"你让大哥接电话，"布阳说。

"不接。你就问问要不要，我一会儿就过去！"

我抢过手机，对布阳说："别听他的，喝酒说瞎话呢。没事，你忙——"我还没说完，书宝又把手机抢过去，说："别问了，我现在就过去，我就不信你们也不要我！"不等布阳说话就关了手机。他给自己倒满一杯，碰了一下我的杯子，又碰一下我老婆的手，说，"哥，嫂，喝！"一仰脖先倒进嘴里，放下杯子就站起来，"你们慢慢喝，我现在就去！"

根本拦不住。手机响了他也不接。斜挎乐器袋，发动摩托车一溜烟走了。两个小时后，我想该到大秦镇了，就去老歪的杂货铺借公用电话打布阳手机。我担心书宝在路上出事，他喝了酒，又一副不管不顾的样子。布阳在那边说：

"到了。在场上吹萨克斯。非要上，不给上不行。哥，他怎么成这样？"

年轻嘛，扛硬不扛软，我也没办法。"有挡头没有？"我问。我的意思是，千万别一清二白地站在别人眼皮底下吹，太惹眼了就更不好回学校了。

"有，上次专门给他做的小屋昨天就带来了。"

放下电话我就纳闷，那小屋昨天就带过去了，他们怎么知道书宝会去？我一直嘀咕到家。老婆说，那还不简单，不就是个假小屋么，又不是两层楼，随身带着，万一需要书宝去救场子，不就派上用场了嘛。老婆又说，我看那个王玉南第一眼时，就觉得这女人有心眼。看看，我说的没错吧。

12

进了班子书宝就再没有出来，他们当然要，求之不得呢。他其实还是放不下教书，也没法真正拉下脸来当个吹鼓手，但是回不了头了。刚开始几天回去也就回去了，时间一长，就是校长八抬大轿来请，他也没勇气回去了。布阳一直劝，没用。王玉南也象征性地劝过几次，然后就满心欢喜地绝口不提了。书宝的情绪很多天以后才缓过来，把自己矫正过来很困难，得说服自己去接受和适应另外一种工作和生活。好在有一拨拨蜂拥而至的观众跟数目可观的酬金，每次稍微出现一点因为工作性质而难为情和后悔的念头时，他就主动提醒自己，你看，音乐在你手里既能获得足够的观众，又能赚到大把的钱，你他妈的还有什么不满足的？你以为你是谁啊！三天两头地迎头来这么一棍子，逐渐也就转过来了。

对书宝的离职，布阳当然十分惋惜。那铁饭碗在三条街上，还是能好好虚荣一下的；在班子里也是，老公是文化人，起码觉得有半边身子是不俗的；还有一条很重要，孩子，她没来由地对尚未出生的孩子的未来充满信心，知识分子家庭，总不至于差到哪里吧。现在都没了。但很快她也就认了，自己老公，天塌下来还是老公。再说，她就是干这一行的，也没什么不好啊。两个人忙一起忙，闲一起闲，总能待在一块，挣比过去更多的钱，日子还是相当诱人的。

一直放不下心的是书宝他妈。儿子离职半个月后她才知道，她从河对岸的菜园子里回来，在石码头上听别人说完，立马头晕眼花，路都不会走了。她扔掉菜篮子一屁股坐到地上，放声大哭，跟着叫骂个不停。先骂书宝糊涂，丢祖宗十八代的脸，发誓一定断绝母子关系；接着骂樊苏三，就是续了他哼哼唧唧的狗屁脉，书宝才会去学乐器，又成了个不学好的东西；最后想起来主要罪过其实在布阳，都因为这个小妖精，他们娘儿俩才过成如今这个恓惶样，好好一个家四分五裂，这小妖精把儿子抢过去也就罢了，现在竟然把一个体面端庄的工作也弄没了，让儿子成了一个赚死人钱的卖艺的！她不能不气，不能不骂，不能不大哭一场。她完全忘了这么久她一直对他们撂脸子的。

把天骂漏了也白搭，书宝已经成了开云班子的正式成员。入班的仪式很简单，就是拜见一下班主齐开云，然后烧炷香。王玉南带着，布阳陪着，在风和日丽的上午到了王玉南家。齐开云把空荡荡的裤管捋上去，残废的程度让书宝抽了一口冷气，两条腿在膝盖以上就早早结束了，末了处是两个圆溜溜的肉尖。齐开云想换个坐姿，用力的时候，两条腿根摆动的幅度小得可笑，显得极其无助，让书宝有强烈的荒诞感。这就是当年名声比县长、市长还大的齐开云，四十五岁，头发白了一大半，白里杂黑的头发让他看起来有点阴险，很少笑。

书宝记得他一共笑了三次，一是听见书宝拉完二胡，笑了，拍手说好。他的两只手因为长年转动轮椅，骨节粗大，青筋暴出，一点不像搞艺术的手。第二次是他自己吹笛子，他说既然书宝入了开云班，他就应该教给他一招，即在处理颤音时如何更科学地抖动指头，因为要演奏，齐开云本能地兴奋，笑了，甚至还有点羞涩。平心而论，书宝觉得那一招挺管用，理论上学不来的，只能是长期实践的心得。艺术中有绝招，千真万确。也就是在这次笛子吹奏中，书宝证实了传闻不虚，齐开云的确无法完整地把一首曲子吹到底，快结束时串了，到了一首流行歌曲上。王玉南提醒他时，齐开云恐惧地停下，接着出现狂怒的前兆，眉毛开始上下跳动。好在王玉南已经习惯了处理这种事故，安抚他说，主要是时间不早了，该上香了。拜的不是什么乐神，而是一把二胡，供在长案上。据说是齐开云草创开云班的时候用的，他靠这把二胡镇住了其他人。齐开云燃香，递给书宝，书宝三拜二胡，插进香炉里。书宝第二拜时，齐开云又笑了。

饭后，布阳和王玉南在另外房间里聊天，听她说育儿经。他们的儿子七岁，刚生了儿子齐开云就残废了。书宝和齐开云在香炉下面谈音乐。齐开云是野路子，不跟你谈什么理论，就实打实讲哪个好哪个不好，哪个管用哪个不管用。后来说到萨克斯，齐开云一定要听书宝吹一曲，这种新玩意王玉南跟他说过好几次了。书宝也不客气，来了一首美国乡村民谣，清新抒情。书宝闭着眼吹，结束了睁开眼，发现齐开云眼泪下来了。书宝想不至于啊。齐开云突然抓住书宝的手，说：

"我真成一个废人了。"

这话让书宝记了很久，也成为他平衡内心的理由之一。他理解齐开云的悲痛和绝望，只有真正热爱音乐的人才会有这种灰到生命里的想法，由此他想，做个吹鼓手其实已经非常幸福，整天和音乐在一起，想起来随手就能拿到，可以自由舒展地去吹拉弹唱。他凭什么还要不满？起码在那一刻，他因为抱着一只萨克斯而感到了某种悲壮和崇高。

王玉南把他们送出门，临分别时对书宝说："正式进班了，可别害怕啊。"

"这有什么好怕的？"书宝问。

"遭人黑手啊。"王玉南说，"知道开云为什么那样？车祸。当时他也骑摩托车，有人在螺丝上做了手脚，正骑着车子散架了，对面过来一辆卡车，两条腿就没了。还好，命没丢。"

"谁啊，这么歹毒？"

"对手。树大招风啊。正经事上胜不了你，他们就背地里玩手段。"

"查出凶手没有？"

"往哪儿查？都猜是祥鹿班子干的，但你找不到证据，一点办法都没有。"

祥鹿班子早就不行了，老班主死后，基本上是一盘散沙，更是找不到债主了。而且几年过了，没准凶手早就死了。听得布阳紧张得抓住了书宝的胳膊。

"也别太放在心上，"王玉南笑起来，"我带了六年班子，不是好好的么。不过小心点好，书宝，你们俩都是班里的宝贝，尤其要注意。"

书宝拍拍布阳，说："谢谢王姐，放心，咱们的布阳是福将，天下是太平的。"

13

成了正式成员，第一次分钱书宝有点不高兴，他和别人一样，三百五十元。过去做外援，两个小时不到就四百，现在四天里随叫随到，出场时间四个小时都不止，价钱反倒下来了。他没明说，私下里跟布阳嘀咕。布阳让他想开点，进了班就该一视同仁，要不王姐那里也为难。皇帝的女儿金贵吧，嫁到别人家也只能是媳妇。书宝只好闷头不吭气。

大家都在收拾行李准备解散，王玉南给书宝发了条短信，让他过去一趟。书宝就去了，屋子里只有王玉南一人。她关上门，让他坐，说他毫无疑问在整个葬礼上是最抢眼的，能把另外一个班子打败，书宝的功劳最大。说完了，从包里抽出两张老人头，"这是额外的酬劳，"她说，"也是应得的。刚才人多，怕大家有想法，单独给你。以后也这样。"

轮到书宝不好意思了，有点小人之心了。"别，王姐，"书宝把钱推回去，"皇帝的女儿成了媳妇，再金贵也是家里人。"现学现卖，他把布阳的话换了个说法。

"那也不是哪家都能娶到公主的，该宝贝还是得宝贝。听姐一句话，拿着。"王玉南笑得亲切，像自家人。"姐给你的钱还啰唆什么。"书宝觉得心头一热，顺从地接了。王玉南说，在布阳她妈的葬礼上头一回听书宝拉《二泉映月》，她就在想，要是班子里有这么个人物就好了，他会是另一个齐开云，甚至比齐开云更厉害，现在得到了，她很开心。开云班谁也打不败了。"姐再多一句，为你好，也为咱们班子好。"王玉南说，"场上的调子越高越好，场下的调子，该低还得低。"

书宝懂，说没问题，多少年都夹着尾巴做人的，习惯了。

"那就好。"王玉南笑笑，拍了拍他的肩膀，意味深长地说，"姐放心了。"

生活逐渐进入了正轨，书宝两口子出门一起出门，回家一起回家。书宝继续钻小屋，稀松平常的演奏他是不露面的。有一次他在那个小屋里想，王玉南也煞费苦心，也许她就知道最终他会用上这个怪物的，所以才花大力气找人设计制造出来。布阳的演出也逐渐减少，肚子已经显山露水，力和气都得小心着使，不能动了胎气。王玉南的意思是，有时未必要她出场，但是人来了，同志们心里就有底了，干劲儿就足了。

一个大活人藏得再结实，总会被发现的。和他们对手的小头、祥鹿、中寨、火车头等几个班子，陆续都打探出那个躲在小屋里的人是书宝了。王玉南也没打算瞒他们多久，要的那点神秘感主要是针对观众的，老百姓需要这点新奇。不是齐开云，几个班子为此松了一口气；但书宝比齐开云还牛，他会萨克斯，让他们更加忧虑，因为齐开云最风光的时代他们都见识过，心里有谱，书宝如果真正抢了所有人的风头，会是什么样的格局他们是一点底都没有。尤其是在黄庄的一次葬礼上，小头亲自出马大变活人也输给了书宝，他们更加忧心忡忡了。在所有鼓乐班子里，只有小头还有抗衡的实力，他老人家都不行了，这日子还怎么过。

那次竞争中，如果小头大变活人圆满成功，书宝未必就敌得过他，可惜小头要变的那活人不争气，中午喝多了，也吃多了，泡黄豆烧肉，一顿饱吃，积了满肚子的气。活人还没变出来的时候他躲在柜子里就憋不住了，三个大屁半个庄都听得见。一下子就把小头聚敛的精气神给泄了。小头那个气啊，要不是上百号人围起来看着，他就上前扇那家伙的耳刮子。脸面算丢尽了。魔术本就是假的，但观众不管你，只当是小头年纪大了，本事不济了，一声声喝倒彩，一双双手鼓倒掌。他们得了结论：完了，小头彻底不行了。另一边书宝的小屋刚推上来，观众呼啦啦全过去了。

布阳准备留在家里专心保养胎儿之前，出事了。那天整个演出结束，分完钱天已经黑了。王玉南让书宝、布阳和他们的工具车一起走，有一段路顺道，布阳说她想回家煮点白米粥喝，还是先走吧，器械还没装好，要等一会儿。他们俩的摩托车在夜路上行了大约十五里，前头突然从路边沟底冒出来两个黑影子堵在正路上，书宝一个急刹车，车倒了人也跟着往下掉，书宝反应快，跳下车去抱布阳。她肚子里有东西，千万不能摔着。总算抱稳妥了，他坐到地上，布阳坐在他身上。那两个黑影子随即窜过来，一个踢书宝，一个踢布阳，因为疼痛布阳惊叫了一声。唱歌的嗓门大，声音响亮，那两个人吓了一跳，一愣神的工夫书宝已经爬起了一半，一个人赶快上前补一脚，书宝又倒在地上，背在身后的乐器袋垫得后背疼。那人手里多了一把刀，在夜色里也能看见冰凉的光，书宝看见那家伙戴着一张京戏脸谱面具，唱黑脸的。黑脸的刀即将扎到刚才他撑地的左手时，书宝猛地一抽，右手已经从乐器袋里抽出了二胡，顺手抡过去，打到对方的胳膊肘上。这时候他听到布阳又叫了一声，她肚子上又挨了一脚，既是疼的，也是吓的，书宝看见她面前的那个人戴的是白脸面具，他正打开一把手电照自己的脸，那张阴惨惨凶神恶煞般的面具，在突如其来的灯光下的恐怖效果极其巨大，就连书宝也被吓得突然间停住呼吸，头发寒毛全竖起来了。布阳继续尖叫，书宝迅速爬起来，一手二胡另一手抓着乐器袋，里面有笛子、洞箫、单簧管和萨克斯，对着那两个装神弄鬼的家伙乱抡，一边抡一边大喊大叫，希望附近有人听见。他守在布阳跟前。对方躲躲闪闪始终近不了身。这时候很远的地方传来汽车喇叭声，远远地也有光照过来，那两个人撒腿就跑，在路边沟渠的缓坡上拎起一辆放倒的摩托车，发动起来骑着就跑。等王玉南的车赶到时，他们已经没影了。

他们跑得差不多了，书宝扔掉手里的东西就喊布阳，蹲下来把她抱在怀里。布阳一直在惊恐地叫，整个身体僵硬发凉，她啊啊啊地叫着，两腿张开。书宝胆战心惊地撩起布阳的上衣下摆，看见了她屁股底下汪着一小摊黑水，他听到自己身体里的某个地方发出咯嘣一声，像哪根骨头断了，胃里也跟着剧烈地痛起来。

书宝说："布阳，布阳，你说话呀布阳！"

布阳只是啊啊啊地叫，脖子神经质地转动，两只手不停地抖。王玉南的工具车到了，灯光照亮他们。布阳慢慢地低下头去躲避灯光，看见了身子底下越汪越多的血。灯光底下血是黑红的，不是黑的。布阳歇斯底里大叫一声，整个人就软了，倒进书宝怀里。

14

医生说，孩子没了。书宝点点头，眼泪往肚子里流。医生又说，病人受到的刺激过大，现在这种状况，最好送精神病院。

"多久能恢复？"

"说不好。有人一年半载就回来了，有人一辈子都不行。"

"别难过，书宝，往好里想，"王玉南抚着书宝的肩头说，"钱不是问题，大伙儿可以凑。待一块几年了，我们都舍不得布阳，你看，"她指着门外，开云班子里的所有人都站在走廊里，面色凝重地往病房里看，"大家都很难过。"

"医生，"书宝说，"我想把她带回家，自己来照顾。行么？"

"当然可以，这样其实更好。亲人在身边，知道她需要什么，越熟悉的越最容易把病人的理智唤醒。不过也得坚持药物治疗。"

班子里的工具车把布阳送回来，书宝指路，直接开到我婶子的门口。发生这事我也不知道，但一看见布阳空洞的眼神、迟钝的反应和几乎不愿动弹的手脚，我就知道出大事了。他们几天不回家我就觉得有问题，果然就来了。车一进西大街我就看见，很多人聚在孟弯弯米店门口打麻将，我站一边看，那车我认识。我跟在车后就追上来，车停在我婶子家门口。

我婶子站在门口一脸怒气，要关门不让书宝进。书宝说："妈，布阳出事了，孩子也没了。"还没说完，眼泪鼻涕就流了一脸。他妈也刚听到布阳怀孕的消息不久，才几天，听到却是孩子没了，而且布阳也出事了。她矜持着不吭声，踮起脚半信半疑地往车厢里看，一看见布阳的脸色和眼神就完全明白了。我婶子的嘴唇抖起来，嗓子里咕噜咕噜地突然生出了扯不清的痰，一巴掌扇到书宝脸上，声音里立马有了哭腔："你早干什么去了！弄成这样才送过来！有孩子了你还让她在外面跑！"她扒住车厢要往上爬，好几脚都没踩到车轮上，就拍着车厢冲书宝喊，"还站着找魂哪？把她抬进屋啊！"

我和书宝还有班子里的一个小伙子抬着布阳往屋里走。王玉南想跟我婶子道歉，她哪有心思听，甩着手跟在后面小跑，嘴里嘀咕着："这可怎么得了。这可怎么得了。"

布阳在床上躺好了，空荡荡的眼睛找不到焦点，屋顶上垂下来一条蜘蛛网，在她头顶上晃悠。我婶子站在床边看布阳，像看一个陌生人，过了半天，她弯下腰小心地把手放到布阳肚子上，轻轻地碰一下，又碰一下，转脸问书宝：

"医生真说，没了？"

书宝点点头，说："妈，没了。"

"没了。"我婶子慢慢蹲下来，左手摸着布阳的右手，右手攥皱了一把床单，"没了。"

事情弄成这样谁都没料到。书宝搬回了他妈那边住，为了可以更好地照顾布阳。布阳不再说话，让她吃饭都要跟哄小孩似的，张嘴，张嘴，对，吃一口。她就张嘴吃一口。不笑，不哭，也不闹，除了吃喝拉撒，其余时间基本上用来发呆，坐着发躺着发。偶尔弄出点动静来，多半也是夜里做噩梦的时候，书宝说，她啊啊啊地叫，手脚活动灵活多了，像逃跑又像跟人打架。

那段时间书宝没去班子里。王玉南让他先安心照顾布阳，顺便也休养一下，稳定情绪。班子重要，命更重要，开云班已经对不起他们俩了。在家里他也难受，布阳看他如同看一个陌生人，眼神里没喜没忧。更多的时候是他看布阳，看她坐在椅子上发愣，躺在床上发呆，布阳的眼神空洞游离，都分不清她到底在看哪里。书宝照医生嘱咐的，按时给她服药，有空就跟她说话，不管布阳听不听他都说。他把上厕所的力量都用上了，希望像医生说的那样，尽快地唤醒她，让她回来。他不知道哪一句话哪一件事可能对她有用，就拼命说，想到什么说什么，直说到喉咙发干冒火，布阳还是一点反应没有。这种时候，他就会抓着布阳的手掉眼泪，然后抹一把，让母亲来陪着布阳，他过来找我喝酒。

我几次问到仇家，我说："兄弟，找到了我替你出气，我拿土铣子把狗日的全家都端了，一个不剩！"他摇摇头，没用，不可能找到的。这种事多了去了，派出所都没时间理你。天黑，那两人又戴着面具，现在就是站面前也未必认得出来。鼓乐班子里常有这种事，背后捅刀子，多少年也不知道积累了多少糊涂账。听他说我才知道，齐开云表面上是出车祸，其实是被人算计的。我只好把牙咬得嘎嘣嘎嘣响。干咬，使不上力气。

在家守了一个月，布阳还是没有好转，书宝决定先回到班子里。得挣钱了。布阳这一折腾把积蓄花得差不多了，一直吃药也需要钱。他给布阳买的是治疗这种精神病症最好的药。王玉南来过两次，每次都要送钱，书宝坚决不收。人家已经够义气了，没道理全推到别人头上。他给王玉南电话，只提了一个要求，就是，不想再躲小屋里，他要明明白白地站出来，那帮龟孙子不是想下刀子么，那就来吧。王玉南犹豫片刻，一是有点冒险，二来她还是希望吊吊观众胃口，但随即就答应了。她早就盼望书宝进班了。这一个月来，布阳书宝都不在，那日子过得可想而知，眼睁睁地看着别人抢尽风头，但是布阳的病摆在那里，哪里开得了口。现在书宝主动要来，要天上的月亮王玉南也会爽快地说没问题。

果然就不再用轮椅上的小屋了。王玉南发现，大活人站出来的效果并不比藏起来差，甚至更好。过去观众只用耳朵听，现在可以看了，还是个帅小伙子，书宝演奏时的动作和体态让他们觉得新鲜。尤其是吹洋玩意萨克斯时，太有意思了，身子摇来晃去，歪歪扭扭，像跳舞一样。他们喜欢。对老百姓来说，好看其实比好听更重要。他们发现从小屋里走出来的不是齐开云，一点也没有失望，猜谜语久了他们也烦，现在看见了真相反倒有种更大的满足感。书宝一上场就把观众拉了回来。他演奏得极其卖力，就要气气那帮龟孙子，气死你们这群狗日的！

天开始凉了，闲着没事的老人开始结伴死了。不知道你发现没有，天凉的时候总比天热时死人多，原因我也说不上来。反正书宝有好长一段时间都在外面跑，要回家也顶多待一两天又走了。那段时间我感觉满世界都在死人。

书宝在家时间少，布阳只能我婶子来照顾。她开始按照她的方式来，首先是喊魂。她想布阳的头脑既然是吓坏的，一定是魂跑了，她就用我们三条街上的老办法，半夜里拎一盏小马灯在三条街和运河边上走来走去，走两步喊一声：布阳啊，回来吧。听得人心里发凉，怪凄惨的。连喊了两夜。一星期过去了，当面叫一声布阳，布阳还是没反应。没喊回来。她又托人从运河下游的鹤顶帮忙请来仙奶奶。仙奶奶头发全白，都说能降妖捉鬼，还会踮着小脚跳大神。仙奶奶围着布阳看一圈，肯定地说：

"这媳妇被鬼附身了！"

然后仙奶奶开始作法，把稀拉拉的几根白头发披散开来，穿上长袍大褂，手持一把木剑围着火盆跳舞，火盆里烧着一刀纸。跳得踉踉跄跄，看上去随时都可能跌进火盆里，但一直跳完了都没跌。她用剑刺正在燃烧的火纸，一下，两下，三下，一共刺了十来下，然后喷了两口水。这场法要两百块钱。做完了，仙奶奶说，这个鬼道行太深，为防止它再回来，得把它的窝弄掉。我婶子问，怎么弄掉？仙奶奶说，蒸！具体做法是，在床底下烧两只炉子，火烧得旺旺的，每只炉子上坐一口大锅，烧开水，让沸腾的水散出蒸汽，布阳躺在光席子上蒸。我被叫过去帮忙，主要是担心布阳不愿意老老实实躺在床上，必要时我把她手脚捆上。

整个过程花了三个小时，我除了提水、添水、换煤球，啥忙也没帮上。布阳平躺在床上很老实，就跟她知道自己必须得躺上面一样，满头满脸的汗，衣服都湿透了也不要下来。这个法术价钱是一百五十。我婶子还请仙奶奶吃了一顿大鱼大肉才把她送走。

同样没见效。我婶子有点急了，从豆腐店麻婆那里得了一个偏方，用野山药根煮水擦身体，一天两次，管用。她就决定试试。要在家照顾布阳，她没时间去挖野山药根，想让我帮忙，我说婶儿，别信这些仙点子，一个人说一个样，没准野山药叶子煮水管用呢。

"不想挖就直说！"她还生气了，"等她睡着了我自己去，我就不信挖不来！"

"算了吧婶儿，还是我去吧，"我说。只能去了。她现在是有病乱求医，你要告诉她狗屎能治病，她没准也要试试。问题是，现在挖野山药根太难了，叶子没了，你分不清哪里有哪里没有，只能跟算命似的，凭感觉随便挖。

"你要不情愿，我出钱，一百块钱一斤。"

"婶儿，你饶了我。我这就去。"

不仅我去挖了，我把老婆儿子都发动起来，全家干革命，十天才挖到一斤半。够用两个月的。整天弯着腰找，人都站不直了。别人看见我，抓着脑袋问我，才几天不见，你怎么长矮了？我说我他妈的会长，怎么的吧。

那段时间三条街的人都知道我婶子忙来忙去，见了她先同情一番，问问布阳的好些了没有，接着就含含糊糊地说："不是挺心疼儿媳妇么！"

"心疼她？"我婶子用鼻子冷笑一声，"我是疼书宝！治不好这个病秧子，书宝怎么办？书宝日子不好过，我能好得了？"

"说到底还是心疼。"街坊就笑了。大家觉得布阳如果能尽快好起来，出这点事未尝不是福。

"我哪那么多的心去疼别人！"我婶子说，"她要是棵树栽院子里，不动就不动了。她连树都不如，我还能把她扔了不管了？"说完她就急匆匆地走了，该回家给布阳擦身子了。

15

书宝他妈说的一半是实话，那时候她对布阳依然谈不上喜欢。还是小妖精。她更多是心疼书宝和那个没来得及出生的孩子，后悔自己没有及时放下臭架子，要不，一家人和和睦睦住一起，说什么她也不舍得让怀了孕的儿媳妇整天往外跑。那是樊家的香火，守在身边才放心。现在尽心照顾布阳，很大一部分原因是，她觉得自己跟这事也脱不了干系。

每天三次药，书宝他妈像喂小孩一样，哄着布阳张嘴。她不知道布阳是否需要哄，但哄几句却是有效的，虽然布阳整个人还是面无表情。然后是煮野山药根水给她擦身。这个有点麻烦。天逐渐凉了，既要保证药水是热的，擦的时候又不能让布阳着凉感冒。她特地找木匠做了一个支架，支在床上，这样她给布阳擦身时被子就盖在支架上，既碰不着人又可以保暖。

第一次擦身，布阳躺在床上一动不动，她给脱掉衣服，第一次完整地见到儿媳妇的裸体她感到一阵心慌和难为情。她知道布阳什么都不知道，还是止不住地心慌。儿媳妇长得好看，在心底下她也是承认的，儿媳妇的身体也好看，皮肤、形状、线条，细腻、饱满、流畅，甚至像小孩子一样粉嫩，她在心慌和难为情之外，感到一些酸溜溜的东西出现了。她擦得躲躲闪闪，像做贼一样，擦完了赶快把被子盖上。那时候还没想到要做支架，她把被子直接盖在布阳还没晾干的身体上。然后毛巾都没涮，就站到镜子前看自己，真是老得不能看了。脸上长着来历不明的斑点，皱纹一条挤着一条，因为皮肤松弛，年轻时引为自豪的眉毛末梢一头也掉了下来，弯月眉瞒着她悄悄变成八字眉了。脖子上的皮肤如同被风吹皱的水面。她还看见布满斑点和皱纹的皮肤后面，沁出了越来越多的红。

布阳翻身弄出了一点动静，吓她一跳，赶紧离开镜子走过去。儿媳妇躺在床上睁着眼，什么都看不见。她把手伸进被子里，在布阳腰间的皮肤上狠狠地拧了一把。书宝他妈也没想到自己会下这一手，拧完后感到巨大的恐惧。布阳嘴角扯动一下，又和刚才一样。她盯着布阳看了足有两分钟，没发现任何异样，才慢慢平息了恐惧。她站起来去涮毛巾，把水泼到院子里老槐树的树根上。回到屋里坐在床边，想照书宝嘱咐的那样跟儿媳妇说说话，可她不知道说什么好。她搓着手，又掀开一点被子，正好看见了布阳两腿之间的地方，她陡然感到了难过，那么好的身体一动不动。就是一棵树，风来了也要摇动叶子，也要发出响声。布阳一声不吭。

晚上她在布阳的屋里住，睡在书宝之前睡的那张小床上，以便于夜间照顾布阳。一天夜里突然醒了，大好的月光从窗户和门缝里照进来，她一歪头看见布阳也睁着眼，她觉得看见了布阳的眼珠子在慢慢转动，就说："布阳？布阳？"布阳没反应，闭上了眼，月光照亮了她干净圆润的鼻尖和半个颧骨，因为呼吸鼻翼偶尔会动，书宝他妈就在那一刻有了做母亲的感觉，布阳就是个孩子，跟自己是有关系的。后半夜她一直都在感受着旁边睡着一个和自己有关系的人，就像当年书宝还小的时候，她感受到的书宝一样。

书宝越来越忙，一直要赶场子。偶尔他回到家，他妈就自觉地搬回自己的屋里住，即使儿媳妇啥也不知道，她也明白儿媳妇更需要书宝。她在院子里忙活，帮儿子洗带回来的脏衣服，或者做饭，经过房门口就能听见儿子在说话，说过去的事，说班子里的事，说从别人那里听来的好玩的事。只有儿子一个人在说。有时候说着说着书宝的声音就急躁起来，跟别人吵架似的。她赶紧丢下手里的事跑过去，问出了什么事。刚问完又觉得多余，还能有什么事，儿子着急，布阳这样不死不活已经好久，什么时候是个头却遥遥无期。她也急，但她不停地告诉自己，不能急，得忍着，如果她也烦了，布阳怎么办？这日子怎么过？

"给她吹吹口琴吧，"书宝他妈说，"笛子也行。"

"在外面整天吹，"书宝烦躁地说，"哪还吹得动。吹了她也听不见！"

她就不说话了。儿子整天跑，挣钱，回家还得照顾病人，够难为他了。

有一天下午书宝回来，给母亲打个招呼就去看布阳，看了布阳几眼就去花街上的澡堂子洗澡。他走后，他妈站在他待过的地方发愣，愣什么她自己也搞不清楚，只是不停地抽鼻子。然后她听见书宝放在家里的手机响了，当当两声。她跑过去看看，没敢动，这东西她不懂。过一会儿又响了，当当两声。她拿起来又放下。正收拾打算做晚饭，手机又响了，一段长长的曲子，她没听过的，根据调子她觉得应该是流行歌曲。书宝原来的响铃她知道，《花好月圆》。她犹豫接不接，担心别是急事。她决定如果再响就接，没再响。

后来书宝回来了，看一眼手机，说："我同事。"顺手把脏衣服递给他妈，走到院子里去打电话。

他妈把脏衣服放到盆里，倒水之前停下了，抓起衣服来嗅一下，又嗅一下，太阳穴跳一下，浑身没了力气。女人的味。不会错的。不是布阳的，布阳的味她清楚。这里有种香的、艳的、更成熟的东西在。她扭头看一眼布阳的房间，迅速地把盆里倒满水，将衣服埋到了水下面。布阳坐在门里边的藤椅上，瞪着大眼看下午将要消失的阳光。书宝还在接电话，好像在争执，说什么她听不清。接完了，书宝对她说：

"妈，班子里有点事，我得去一下，今晚可能不回来了。"

"不能吃过晚饭再走？"

"催得紧，你们吃吧。我是副班主了。"

噢，副班主了。领导了，不去不行。书宝他妈看着儿子把摩托车推出门，坐上去，发动起来，一串子烟，走了。她在围裙上擦干手，走到布阳跟前蹲下来，握着儿媳妇的手，鼻子一酸，说："人家是副班主了。"布阳低下头，不吭声，看阳光离开门口。

16

半路上王玉南打他手机，问："到了没有？"

书宝说："快了。"

"记着，进小区第一栋楼302。"

书宝没吭声就挂了电话。他看见小区旁边就是医院，布阳她妈和布阳都进过这医院，更巧的是，站在302的窗户前能清楚地看见"急诊"两个大字，布阳娘儿俩都是从这两个字底下的大门进去的。王玉南开了门就抱住他，兴奋地说，这房子至少可以借给她半年。这是她住在城里的朋友的房子，朋友两口子去深圳做生意了，空着也是空着，正好借给她。

"这么好的环境你不喜欢？"王玉南只穿了一件棉睡衣，现在已经脱了一半。

书宝不是不喜欢，环境当然没得说。比他花街、西大街的家要好上几十倍。席梦思大床，巨大的落地窗，天鹅绒窗帘漫到地上，空调此刻调到二十五度，冰箱里储藏了足够两人一周吃的食物，音响里正放着柔曼的轻音乐。王玉南问，要喝酒么？书宝没说话，拎着她就扔上了床。王玉南有点重，半途上差点脱了手。

王玉南说："你干吗？又不是在野地里，也不是人家小屋。"

书宝三两下扒光了自己，直接开始干正事。路上他还觉得自己这次会更棒，王玉南已经向他好几次描述过那里宽松舒适的条件，天地广阔，一定会大有作为。但事实上并非如他所想，那柔软的席梦思他很不适应，总觉得使不上劲儿，好几次觉得下半身突然找不到了。他出了很多汗，还是草草收了兵。王玉南很不满，这等于糟蹋了大好环境，他们从来没在这么好的环境里做过。

"怎么了？觉得对不起布阳？"王玉南光着身子下床，啪地关了音响。"我又没让你把她扔了，也不要你负什么责任，你摆脸色给谁看？"

"没有，"书宝说，点上一根烟。王玉南把烟都给他买好了，他喜欢抽的牌子，两条，摆在床头柜上。"可能路上着了风。"

"啊？我试试，"王玉南把手放在他额头上，"好像有点热，等下我去拿药。"

书宝想阻止，根本不行，她把感冒药和温水一起拿过来了。没感冒吃一粒预防也好。强迫他吃了一粒。她伺候得很好，让他躺下，还要拿毛巾给他做热敷。书宝有点感动，平心而论，作为女人或者老婆，王玉南肯定胜过布阳，她知道你在什么时候需要什么东西，她能把一切问题都摆平，不用你跟着操心。他们俩有了第二次，在野地里，冷风吹着，王玉南缩在他怀里，说，你别以为我跟哪个男人都这样。也就是说，她很少对一个男人如此好过。书宝忽然有了点感动，一把将王玉南又拽上了床。

这一次很好。相当好。两个人相互看看，笑了，很满意。这就是他们共同想要的。王玉南在床上让书宝眼花缭乱，书宝被动的时候心里闪过一个念头，这方面布阳跟她比，只能是个小学生。王玉南脱掉衣服之后的丰饶，时刻让他感觉到这才是真正的女人，像陷阱一样危险，也像陷阱一样让人着迷。书宝觉得自己可能很难从这个陷阱里爬出来。从第一次掉进去他就有这种预感。

第一次在他意料之外。他刚把布阳托付给他妈，第三次跟着班子去一个葬礼上。因为担心布阳，晚上睡不着，一个人到外边抽烟。死者的家在村子边上，出门就是野地，黑灯瞎火的看不见人影。夜风有点冷，吹到身上他觉得有种病态的舒服，漫无目的地就走到了一片收割过的玉米地里。玉米早砍了，秸秆扎成捆竖在地头。书宝放倒一捆坐在上面抽烟。两根烟抽完了，听到有细碎的脚步声，转身看见一个黑影走过来，他下意识地站起来。

黑影子说："书宝吗？"

王玉南的声音。书宝说是，又坐下来。王玉南走过来，坐在他旁边，说看见烟头一亮一亮，猜可能是他，就过来看看。

"姐知道你难受，"王玉南说，"我们都难受。一定要挺住，吉人天相，布阳很快就会好的。"说话的时候她把手放在书宝的肩头，轻轻地拍着安慰。书宝突然觉得有点委屈，脑袋就搭到王玉南的肩膀上，王玉南顺势就抱住了他。其实当时书宝根本没往歪处上想，但王玉南粗重的喘息提醒和刺激了他。王玉南呼吸突然急促，紧紧地抱住了他，书宝能感到她丰满的乳房在剧烈地起伏，王玉南说："书宝，不难过，不难过啊乖。"她把他的脸捧起来，就在他嘴边说："不难过啊，乖。"书宝看见她两只眼睛发出黑亮的光，她湿热的鼻息喷到他脸上。"不难过，不难过，"她说，两只手不由自主地往下移，一边移一边抖，胸脯也慢慢地向书宝身上贴。当书宝再次抱住她时，她的嘴立马堵住了他的嘴，然后舌头一闪就进了他的嘴里。

他们就在野地里，在几个玉米秸秆之间，夜风一遍遍地吹。书宝感觉到王玉南整个过程都在抖，抖得不成个样子，身子抖，声音也抖，拼命压抑的叫声也只能一小节一小节地出来。结束了他们才感到风的冷，露水也下来了。他们没有再说话，结束了穿好衣服就分手了。王玉南先走，书宝又抽了一根烟才走。书宝每抽一口就骂自己一句，布阳那样了他还干这事，实在是太不要脸了。

以后的几天他们几乎不说话，碰个眼神就错开了。

第二次还是在野地里，晚上，另外一个村庄。班子里的人都睡了。书宝明显感到了身体的欲望，对此他觉得奇怪。自从那个晚上和王玉南在野地里之后，好几天他都感到勃勃的欲念。两个葬礼之间空闲，他在家里守着布阳，受不了了就爬到布阳的床上，他像过去一样进入老婆的身体。只几下他就生出怪异的感觉，布阳一动不动，甚至眼睛都没闭上，他停下来往大脑深处挖，终于想起来他模模糊糊感觉到的一个词：奸尸。这个词让他倍感恶心，恶心这个词也恶心自己，恶心自己此刻脱光的身体。他从布阳身上滚下来的时候溜到了床边，差点掉到地上，吓出了一身冷汗。然后慌忙地爬到自己床上，对着脸狠狠地扇了两个耳光。第二天就离家进了班里，他完全可以推迟一天去，但还是去了。那个晚上他又感到一股力量全身乱跑，就带着烟出了门。死者家差不多在村庄中间位置，他直往村外走，路上还往身后看了几次，他有一种说不清楚的了断之感。他无端觉得这可能也是一次了断，跟王玉南，上次在野地里完全是偶然，从此一张纸翻过去。跟没发生过一样。

野地里有几棵间距二十来米的白杨树，书宝倚着其中一棵抽烟。一个人没有，村子里有几声狗叫。他夸张地松了一口气，神经质地往四处看，相隔四十米外的一棵树后闪出一个人影。书宝愣一下，扔掉烟就往对方走，对方也是，正往这边走。他们什么都没说，抱上了嘴就粘在一起。他们就靠着两棵树中间的那棵，中间除了喘息和阻止不了的喉咙里发出的声音，如果远处有人看见，那就是两个黑影子在爬树，却怎么也爬不上去。书宝觉得王玉南像绳子一样把自己捆得结结实实，要把他整个人勒进身体里。最后王玉南长叫了一声，惊动了村里好多条狗又开始叫。

王玉南说："没想到你会来。"

书宝说："我也没想到你会来。"

他们抱在一起，第二次就自然多了，如同理所应当。

"别以为我对哪个男人都这样。"王玉南说，"只有你。"

书宝没说话。

"书宝，真好。"王玉南又说，"我都好多年没和男人在一起了。"

书宝想起残废的齐开云，想起他的两条断腿无助地动，既可笑又荒诞。"你和齐开云没有？"书宝说。"我们不提他行么？"王玉南说，呼吸又重起来，她的手伸到了书宝的裤子里。"书宝，我们不提他。"

此后他们在一起好多次。有时候在野地里，有时候就在王玉南的房间里，死者家属要给鼓乐班子安排住处，王玉南是班主，单住一间。有时候甚至是大白天，其他成员在忙，他们俩没事，王玉南一个眼神书宝就懂了。一次，两次，三次就自然成了习惯，不需要理由了。当然白天他们得挑好时间，一只耳朵听着门外，千万不能让其他人知道，否则她这个班主就不好当了。多数时候都是王玉南递眼神，书宝开始以为是她太想跟自己在一起，后来发现，在那方面她甚至比他更需要，每一次都像厮杀。这也没什么不好理解，这么多年了嘛。书宝也无所谓，反正年轻，不觉得累。

　　王玉南总是找他，书宝觉得不妥，常在河边走，总要湿鞋的。王玉南想了想，这样，你就做副班主吧，省得每次多给你的钱都得偷偷摸摸，可以光明正大地拿。书宝坚决反对，一是有卖身求荣之感，二来他是新人，别人会有看法。王玉南说这好办，就说齐开云定的，他们都听。书宝还是反对，王玉南说再说吧，下一次班子集合时她竟然就公布了。好在大家都赞同。书宝直抽凉气，这女人胆子要是大起来，比男人还可怕。

　　王玉南在那方面相当坦率，从来不让书宝有负担。"我不会缠着你的，放心。"她跟书宝说，"我得照顾齐开云一辈子，他把我带出来的，又是孩子他爸，我不能扔下他。我知道你也不会打算要我的，都老太婆了，这个自知我还有。"

　　"你不老。"书宝说。

　　"我就当真话听了吧，"王玉南笑了，"要是镜子这样说就好了。"

　　书宝从没想过要和王玉南怎么怎么样，但他又离不开，就像现在，他在席梦思大床上感觉这女人是个陷阱，还是想往里跳。他管不住自己的身体，除了王玉南，他不知道过几天就在身体里乱窜的那些力气往哪里送。但每次把那些乱窜的力气送完了，他又会想起布阳。不知道她现在怎么样。

"以后班子一散就过来，"王玉南说，拍了拍席梦思，"这个感觉我想了很久了，别浪费了。想什么呢？布阳？"

"没想什么。"书宝说。

"这半年里，哪天布阳好了，你想回去我绝不拦着。"王玉南自己也点了一根烟，"到时候你要是还不嫌我老，随时想来我都欢迎。说真的，从一开始我就没有过非分之想。到我这个年龄，一个女人，有孩子，有那样的老公，哪还敢有别的想法。如果不是你，我可能都忘了自己也是个正常的女人了，也需要男人。就算你在心里根本瞧不上我，能和你在一起，我已经很知足了。非常非常知足了。"王玉南一边说一边抽烟，眼泪慢慢流了下来。

17

我把新挖到的一斤多野山药根送过去。书宝他妈正在对布阳说话。

我说："婶儿，书宝好多天没回来了吧？"

我婶子说："八天了。"

过两天我把刚打到的野兔送过去。书宝他妈也在对布阳说话。

我说："婶儿，书宝还忙哪？"

我婶子说："忙呢，当副班主了。"说完了，又跟布阳重复了一遍，"人家是副班主了。"

"婶儿，整天看你叽叽咕咕，都跟布阳说什么了你？"

"我还能说啥？老黄历呗，想到哪说哪。刚说到我二十三岁那年，运河发大水，石码头上的船大大小小都翻了个身漂在水上。"

那可真是老黄历了。我对布阳努努嘴，意思是，布阳好点了吗？我婶子叹了口气，说："可能好点了吧。我说话的时候，她能看着我了；拿起勺子，她也知道张嘴了。你说我一个老太婆，什么话她爱听？"

我哪知道。我就说："说话她不爱听，你唱歌啊。婶儿，年轻时你不是挺能唱的么？"

"唱你妈个头啊，"我婶子骂道，"知道我有咽炎还让我唱！不过，我当年唱得还是可以的，是不是？"

我说是，那太可以了。其实我没听过几句，听了也忘光了。我离开的时候听见她说："布阳，你要不爱听我说话，我就唱歌给你听。真的，当年我是唱花旦的，黄梅戏也会唱，那时候的流行歌，电影插曲，《红太阳》，我都会。要不是咽炎，我一准还在唱，不比你差呢。"在我听不见的时候，她继续说："布阳，你要不嫌弃，妈真就给你唱两句。你就将就着听吧，书宝他不要咱们娘儿俩了。你要能听懂就点个头。"

我婶子说唱还是没唱，刚要起调，嗓子里就开始絮叨了，清了半天嗓子，兴致早没了。改说话了。对她来说，两件事最重要，一是说话，医生交代的；一是给布阳擦身子，麻婆说这是老中医的偏方，时间久了自然就见效。

她继续给布阳擦身子，每次都把药汁熬得浓浓的，用最软的毛巾一遍遍擦。过去一天两次，现在一天三次。此外就是跟布阳说话，不仅待在家里说，还在太阳好的天气里把布阳带出来说。在三条街上和运河边走，像牵着小孩一样牵着布阳。那些地方布阳走过多少年，我婶子拣所有人都知道布阳也一定知道的东西说给布阳听，这是洋槐树，那是紫穗槐枝条，另外一个是青石板路面，被很多人的很多双脚踩得发亮，蓝麻子的豆腐店，老歪的杂货铺，林婆婆的缝纫店，孟弯弯的米店，孟弯弯的爹叫老弯，儿子叫小弯。还有布阳家，她指着院门的锁说，钥匙在书宝手里，那个没良心的一个月里就回来两次，在家的时间加起来没超过五个小时。他不要我们了，布阳。我婶子还带着布阳经常到我们家串门，指着我老婆说这是嫂子，指着水井说那能解渴，指着我们家乱糟糟的屋子说，你哥他是个懒鬼，一年到头不知道收拾出来一个利利索索的生活。

走在路上，遇到的人都要停下来，跟她们娘儿俩说话。大家都当布阳什么毛病没有，该说什么说什么。他们说，布阳你又长胖了，胖点更好看了；布阳你的衣服在哪儿买的，真好看，明天我也给我们家丫头买一件；布阳姐你看昨晚的电视没有，那个歌星声音真像你，就是唱得没你好；布阳，我们家的秀琅也想学唱歌，有空了你给教教啊；布阳妹子，你嫂子在家打毛衣，不会织暗花，过天让她去问问你啊；布阳，天不好，别老站风里；布阳，天不早了，该回家了，要不，在我们家凑合吃点？

我婶子对着每一个跟布阳说话的人都点头，都感激地对他们笑。笑完了她就去看布阳，发现布阳嘴角翘了翘，分明在笑，她几乎是喊叫着对别人说："你们看，布阳笑了！"别人去看时，布阳的嘴角又正常了。我婶子急于想跟所有人争辩，就跟她撒了一个谎似的。当然没有人会跟她争，大家都希望布阳刚才笑了。我婶子心有不甘地对我和我老婆说：

"布阳真笑了，都笑好几回了。"

"我也看见了，"我老婆说，"婶儿，回家吧，转了一下午了。"

我婶子的确感到累了，从中午出来，可不就是一个下午。

吃完了晚饭，两个人说了一会儿话，我婶子开始给布阳擦身子。擦完了她感觉到有点累，今天路走多了。两个人和往常差不多的时间躺下来。在过去，我婶子躺在床上也要侧身对布阳说话的，说到布阳闭上了眼睡着了才停下。那天晚上不行了，我婶子累，躺下来刚说几句就连打四个呵欠，说过去的事，自己都差点睡着了。布阳也走了一下午，精神倒很好，眼睛睁得大大的看昏暗的房梁。

"闭上眼睡吧，布阳。"她说。布阳不睡她也睡不踏实。布阳就是不闭眼。没办法，我婶子拿出了哄孩子的那一套，说："布阳乖，我给你唱个催眠曲，睡吧。"这么久她的确也是把她当小孩来照顾的。

所以我婶子哼起歌来是自然而然的，在平常，她根本出不了口，一打算唱觉得嗓子里有东西。那天晚上没这些毛病，歌声就出来了。她唱得挺投入，一首催眠曲唱完了，意外地发现嗓子里依然清清爽爽，而且，她发现布阳把脸转到她这边了，在看她。我婶子没敢动，怕惊动了这种好效果，就侧着身子又唱了一首催眠曲。这一次因为刻意要唱，嗓子里又感觉不舒服了，她忍着，坚持唱。布阳竟然一直看着她，她能看见昏暗中布阳的目光有了焦点，在看她，没错。我婶子心跳开始加快，忍着嗓子里的折磨继续唱第三首，第四首，她发现布阳慢慢地把身子侧向她这边了。这说明歌声起作用了。

我婶子激动坏了，不得不回过头重新唱第一首，催眠曲她一共就会唱四首。她就把那四首曲子一遍遍重复唱，每唱一遍她发现布阳的表情就松动一点，生动一点。她听懂了，起码是喜欢听。我婶子想，终于找到让她回来的办法了。她就一直唱，声音很小也把嗓子唱哑了，因为一直唱到了后半夜。布阳在睡着之前，我婶子看见她笑了一下。直到布阳入睡好半天，我婶子才停下来，开始一点点小声地清嗓子，足足清了半个小时。

第二天一早，我婶子醒来就去看布阳，布阳还睡着。她想起昨夜的催眠曲，觉得像做一场梦，她拿不准是否真实发生过，她就小声开始唱。只唱了几句，布阳的眼睛突然睁开了，被惊醒了一样。我婶子说："布阳，布阳，你能听见我唱歌吗？"布阳慢慢转过脸，看着她。一点都不会错，眼神里有了东西，不是空的。她就继续唱，中间忍不住清了两下嗓子，好像对布阳并没有影响。布阳的表情在歌声里柔和起来，歌声越大表情越柔和。真见了鬼了，我婶子想，赶紧又纠正，是碰到神仙了。为了让歌声放大，她由躺着变成坐着，从床上慢慢又站到了床下，当她的声音放到这些年她从没到达的高度时，她看见布阳嘴角翘起来，笑意越来越明显，最后露出了牙齿。几个月来终于真正地笑了。

她继续尝试其他歌曲是否有效。有，只要是好听的曲子，包括京剧和黄梅戏，都没问题。我婶子那几天一直唱歌，她觉得每多唱一首，布阳的精神就好一点，人也就回来一点，所以就不停地唱，除了不得不停下。做饭时她都让布阳坐在厨房门口，以便于听歌。

我知道唱歌有效，是因为我婶子让我帮她到城里的药店买胖大海和金银花。唱戏唱歌的人才用这些东西泡水喝。我说婶儿你又要重操旧业啊？她说多大了还有旧业重操？唱给布阳听，管用。别问了，买回来再跟你说。

那段时间我三次去药店，胖大海、金银花，还有治慢性咽炎的药都买来了。我婶子专管唱歌。说实话，唱得相当不错。可惜了这么多年。她把歌和戏都让给樊苏三唱了，樊苏三死了，她也唱不起来了。现在好了，压在箱子底的那些歌谱、歌本都翻出来了，连戏装也找到了，一抖开都呛人，很多小虫子在上面钻了洞。看她那架势，比专业还专业。

有一天我去送药，看见我婶子穿着戏衣像被点了穴似的一动不动，花架子、兰花指僵在半空里，只有嘴里在唱，咿咿呀呀的我也不知道是哪一出。

我说："婶儿，你跳大神啊？"

她对我龇牙咧嘴眉毛直跳，用下巴示意我看布阳，我当时就原地蹦了一下。布阳嘴里出了声音，不大，但实实在在是出来了。她的声音和我婶子的是同一个调，只是有点生硬和结巴。我张大嘴，喘气声都不敢大，一直等到她们把那一段唱完。唱完了我婶子跑到布阳跟前，捧着她的脸说：

"布阳，布阳，你把一整段都唱下来了！"

布阳缓慢地笑了笑。一笑，我就觉得过去的那个布阳要回来了。

"你不知道，"我婶子说，"这几天她越唱越好，开始只能唱一两句，现在一整段都唱下来了！快了，快了！"

这样的训练大概持续了三个月，春节过了，转眼春暖花开，运河的水都开始涨了，很多船开始在水上跑。书宝回来的次数依然不多，但每次回来他都会和布阳一起待很久，眼睛揉得红肿才离开。我婶子告诉他，布阳能唱歌了，有时候也能说几句话了。晚上她们娘儿俩经常聊几句天。她让布阳说几句话给书宝听，布阳只是看看书宝，不张嘴；让她唱一段，她只笑笑，也不开口；她开始唱，让布阳跟，布阳竟也不跟。急得我婶子直跺脚。书宝以为这不过是母亲的小伎俩，为了让他留下，就说：

"妈，你就别瞎费心思了。我出门不是逃跑，是忙。"

"我不管你忙不忙！布阳就是能说能唱了，我都半辈子了还跟你说瞎话？"

"那你倒是让她说让她唱啊！"书宝突然提高了嗓门，两眼一下子通红，"你还想她能说能唱、跟过去一样啊？！"

我婶子蹲在布阳面前，说："布阳，你怎么就不张嘴了呢？你是不是什么都知道了？"

书宝冲母亲喊："她能知道什么！我又没打算和她离婚，没打算不要她，你知不知道，我比她好好的时候还想她。我也不知道怎么会这样。"书宝都快哭了，揪着头发蹲到槐树底下。

我婶子没再说什么，照旧做了他最喜欢吃的三个菜：麻辣鸡胗，芹菜肉丝，鱼香茄子。吃完了，我婶子说，你走吧。书宝看看布阳，把她的手握了又握，骑上摩托车出了门。

那天夜里，乍暖还寒，因为冷，花街上有种近似透明的寂静。十点钟所有人家都睡了。半夜里我醒来，迷迷糊糊听到哪里传来歌声，支起耳朵使劲儿听，是从西大街来的。

我推醒老婆，说："我婶子又唱歌了。"

我老婆把脑袋伸向窗口，说："不像。不像一个人唱的。"

"你耳朵里肯定塞驴毛了，布阳就是唱，你也听不见，那才多大声。"

"你耳朵才塞驴毛！"我老婆打开窗户，更多的声音进来了。"真是两个人的。"

我把脑袋伸出窗外，那时候已经无须分辨，两个人的声音。我婶子的，还有一个陌生的声音，再陌生我也听出来是过去的那个布阳的。她们的声音响亮而忧伤，在唱运河边流传了多年的一首老歌《水上船》。

2007 年 7 月 2 日，芙蓉里

长　途

1

　　研二暑假，我从系里申请了一笔费用，抱着一台借来的高清DV回到老家。我要拍叔叔的跑车生活，申请计划书上写的题目是：长途。叔叔是个跑长途车的，三十二岁，瘦得像根麻秆，已经在大卡车的驾驶室里坐了十二年。他不厌其烦地从中国的南头跑到北头，再从黄海边一直跑到青藏高原上。叔叔大我七岁，因为整天窝在车里他被蒸得很白，我俩站在一块别人就觉得我们是兄弟。我和叔叔一样，眉毛粗黑，高鼻子大嘴。他有一肚子故事，见过全中国的人，脑子里装着一张详细的中国地图，他会说上百种方言，其中一半像鸟语。这是我决定拍他的一个原因。

　　另一个原因是，很多年前我就有一个隐秘的愿望，做一个卡车司机。为此，念大学之前我一直被认为是胸无大志，老师让大家说一说各自的理想，都是科学家、作家、医生、国家领导人之类，只有我站起来大言不惭，卡车司机。全班人都笑翻了，似乎这是全世界最卑微的理想。想笑就笑吧，我的确想做卡车司机。我叔叔那时候已经是卡车司机了，带我去过很多地方，我们把车窗摇下来，让大风穿过驾驶室，风过耳边如同旗帜猎猎地响，卡车穿过野地，在柏油路上放开了跑，油菜花在两边黄金一样盛开，一开就是一片海洋。那感觉好极了。他们笑，那是因为他们从来没有感受过。我们光着膀子戴墨镜，像牛仔奔跑在美国西部的荒野里。我叔叔歌唱得好，嗓门也大，我跟着喊，大地上仿佛就剩下我们两个人，那种孤独悲壮和淋漓尽致的既想哭又想笑还得大喊大叫的感觉，他们也不会知道，所以他们笑。

我想用DV告诉大家的就是这么一种寂寞漫长、前路遥迢的生活，一两个人，壮丽、艰辛，坚持不懈地奔走，走完了还走，没有尽头。我没能成为一个卡车司机。我想让叔叔代替我在镜头里过一个卡车司机的生活。我在电话里兴奋地跟叔叔说，我拍你的长途。

叔叔说："没问题，正好赶上个长途。"

回到老家，我爸说，你叔叔说了，明早就到石码头。我一愣，这跟石码头有什么关系？

"你不是要拍子归的长途么？"我爸说，"他的船明天就到。"

子归就是我叔叔。可他怎么突然就变成跑船的了？

"半年了。"我爸说，"有一天回到家，死活要卖车。不干了。谁说也不行。"

六个月前，我叔叔把跟了他五年的"解放"卖了。两天后去了河上游的一家船行，成了被雇用的船老大。运河上跑的船他都会玩，我爷爷年轻的时候就吃水饭，运河上上下下地跑，叔叔打小就跟在船上瞎摆弄。等我爷爷快跑不动了，希望他以后把船接下来，我叔叔却不干了，他嫌船慢，来来回回就这一条道，跑到死也只能在运河上。他要跑车，果然上了岸就成了卡车司机。十年前水上生意不错，我叔叔不干，现在水饭难吃了，他头一别又回来了，大家就看不懂。这个陈子归，只能是脑子里进水了。

可是，我的《长途》怎么办？我打了报告递了申请，光可行性论证就用了五张纸。你个陈子归！第二天一早我站在石码头上，对着从上游驶来的一条船放开喉咙喊。我痛扁他的心都有。

陈子归站在甲板上像根船篙，歪着头一脸坏笑，向我摆手："陈小多，当了研究生就是不一样啊，都学会准时了。"

"尊重一下知识分子好不好？叫陈千帆！"

"屁！还陈千帆，你以为你挂了个相机就不是陈小多了？不上我可掉头了。"

陈小多是我小名。我跳上船，一屁股坐到甲板上，陈子归，你可把我害苦了。

"多大的事，不就照个相么，照哪不是照。这一路水道，比岸上的好看一百二十五倍。"

哪里的长途都是长途，只能这样了。要怪也怪我当时没说清楚。这是条单放船，柴油机在船头呼嗵呼嗵叫。八点钟的太阳落在船头，水汽正从平稳的河面散尽。船头劈开水面的声音我从小就在听，白天有些嘈杂，夜晚时像很多人在小声说话。我把DV抓在手上，想着无论如何也得拍点啥。叔叔从驾驶室里伸出头说：

"先照，一会儿我给你讲点岸上的事。"

这办法不错。我拍我的水上长途，穿插陆地上的长途故事，就拍我叔叔讲的，对准他的嘴。问题解决了。我把DV往驾驶室里伸，为了盖过马达声我必须提高嗓门，我说："这个帅呆了的船老大是我叔叔陈子归，花街人，未婚，高考落榜两次，二十岁开始跑长途运输，开了十二年卡车。今年一月份突然决定坐到这里，立志将水上的软饭硬吃。现在开始他的长途生活。"

我刚说完，叔叔伸出右手的食指和中指，说耶。然后对准镜头说："我得给我酷毙了的侄子陈小多补充一句，本人第二次高考只差一分。耶！"

2

水上的生活其实枯燥，这我是知道的。因为慢，看来看去风景都差不多，除非到了一个个小码头，采买食物和日用品，下个馆子喝点小酒。如果沿途有朋友那当然好，船一停下他们就拎着酒瓶子上来，就算聊聊天也好。长途船一般至少要两个人，这和跑长途车一个道理，轮流驾驶。上岸放风时也可以轮着来，这个码头你去花天酒地了，下一个码头就得轮上我。船必须留人看守，一舱的货。叔叔这趟船从扬州来，满满的一船麦子要送到几百公里外的另一座城市的加工厂。和他搭档的是花街上游十公里的一个庙头人，外号秤砣。秤砣刚在老家相上个女朋友，听说我要跟叔叔跑这趟船，船到庙头就提前下去了。秤砣结巴，跟叔叔说："回家睡睡睡了她，弄弄弄大大了她就跑不掉掉了。"我叔叔就成人之美，让他回去睡。你要不让他回去睡女朋友，半路上他就会上岸睡别的女人。你要不让他上岸，他能急得挠墙，拿脑袋往甲板上撞。

"秤砣心里亮堂着呢，"我叔叔说，"夜里说梦话，要买一条船，自己放。我就问他，跟谁一起放？他说，跟跟我老老婆一起放，想啥时候搞就啥时候搞搞。还吧唧嘴，跟吃了红烧肉似的。"

"那你呢？"我能看见此刻全家人都把耳朵竖起来了。三十二岁的叔叔的终身大事让他们焦虑不已。"有头绪了？"

"船上有女人不吉利，没听说啊？"

河边的人谁不知道。可现在跑的大部分都是夫妻船，两口子常年在水上过日子，孩子就生出来了。身后不远就是一条夫妻船，船上拉着条晾衣绳，花花绿绿地飘着女人的内衣。我把镜头对准那条船，慢慢调焦，一个光着上身、戴黑鸭舌帽的男人突然出现在镜头里，正往这边看，我赶紧把机子放下。

"不带上船不就完了。"

"那没事就往家跑，烦也烦死了。一个人野着，这他妈多自在。陈小多你这书是白念了。"

"基本明白了。"我说。叔叔应该不缺女人。跑长途的很多都这样，跑到哪睡到哪。我嘿嘿地坏笑，搞得我叔叔很紧张，陈小多你没病吧？我又说，"嘿嘿，我基本明白了。"

我叔叔就笑："个小东西，你知道个屁。"他把船速放慢，指着右前方的一个破旧的码头让我看。仅从露出水面的那部分巨大的条石看，若干年前应该是个颇具规模的码头。石头边缘已被风化剥蚀，青苔像葛藤一样细密地向上攀爬。有一条行迹漫漶的小路从码头伸出去，歪歪扭扭穿过野地，四五里地的远处是房屋、树木，之后是贴着白瓷砖的一片大大小小的楼房。我的镜头从废码头的倒影开始走，拾级而上，爬上小路，逐渐升高，一个小镇降落在镜头里。叔叔要停下，我让他继续走，要的就是行进的效果。但他还是停了，坚持让我看两块歪倒在荒草中的石碑，一块写着：御码头；一块写着：舍舟，"舟"字下面只有半个字，形状如"上"。

"说是康熙乾隆下江南，都在这里上过岸。"叔叔说，"另一块碑，舍舟上马。我扒开泥看过。"多年前的胖墩墩的楷书，真有那么一点好大喜功的皇家气派。我给两块碑来了特写，然后把镜头对准叔叔，希望他能再说几句。没想到叔叔说，"刚和秤砣搭班，跟他在这地方干了一架。狗日的，他说去镇上买包烟，回来身后多了个女人，他要在船上睡。后来？我把他踹水里了。狗日的，我这可是条新船。"叔叔响亮地朝水里吐了一口痰。

如果这两块碑都不是赝品，当年市镇应该就在河边。我弯下身子去找水平线，发现这一片野地凹陷了下去，不出意外，是为了避开运河泛滥房屋才迁到远处的。康熙乾隆当年威仪壮观的登陆之地，成了结巴召妓的码头。

"这船上就没睡过女人？"我对这个规矩一直心存疑惑。

"睡过。"叔叔说，给我一根烟，自己也点着一根，"我一上岸他就闲不住，有一次我从酒馆里回来，老远就看见船在晃，这个死秤砣他把动静弄得还挺大。当时我们一船的毛竹呢。我就在码头上抽烟，半包烟抽完了船才平稳下来。我等那女人上了岸我才上船，我说你他妈跳舞啊你。这狗日的像摊烂泥似的躺在床上，有气无力地说，跳不动了。"叔叔一边说一边模拟秤砣的动作和表情，笑得我摄像机一直抖。他让我看休息舱，狭窄的空间里摆着三张床，一副高低床，被结结实实地焊接在墙上，旁边是张折叠过的行军床，叔叔指了指行军床。"我住下床，不许他乱碰，这家伙就买了张行军床备用。"我把镜头对准上床，床板离天花板实在太近，秤砣哪里能活动得开。

对秤砣的行为，我叔叔后来也就睁一只眼闭一只眼，眼不见为净。一把年纪了，得人道点。我把镜头对准叔叔，跟开车的时候比，他变黑了，也结实了，一弯胳膊大臂上的肌肉就暴出来。

出了休息舱，夕阳照到我们的脑门上。阳光依然很热，但水上风大湿漉漉地吹，夏天还可以忍受。半条河水都是红的。我叔叔进了驾驶室，把速度开到最大，我们必须在天黑前赶到下一个码头。

路上不安全，水上也一样，打劫的那帮浑蛋什么事都干得出来。此时候的光线最合宜拍摄，我站在甲板上原地打转，把能看见的一切都收进镜头里。后来，水面一半泣血的红，一半绝望的暗紫，天空在逐渐降低，很多小船、单放和拖船被我们抛在后面。夜晚从水底下浮上来，我看见了越来越多的灯光汇聚在岸边。

3

十三条船凌乱地摆在码头，我们的船停在外围，边上只有一挂八节的运煤拖船。停在最外面怕半夜有人上来瞎折腾，停到中间退出来可能又不太方便，叔叔喜欢大清早就上路。开车时也这样，别人出门时他已经下去近百公里了。他说一个人走路清静，撒开来跑才舒坦。跑长途的感觉就是做孤胆英雄。这是我上船的第一天，叔叔落好锚就上岸给我买吃的。这地方的麻辣鹅味道好极了，还有一种叫石子馍的小烧饼，醒好的发面揪成小团，摁在滚烫的鹅卵石上，烤熟了就是石子馍。我把摄像机打开，在灯火之间叔叔大步跳上了岸，嘴里哼着大西北的小调。红绸绸的个裤哎绿丝呀么带，我给我那个公么公哎腿撒开。我跟过船，但没跟过这么远，这地方也从没来过，一切都是新鲜的。我的镜头紧紧抓住叔叔的后背，直到他融进异乡的夜晚里。

麻辣鹅好吃，石子馍也好吃。一斤麻辣鹅和二斤石子馍下了肚，还有四瓶王子啤酒，两个人的饭量吓我一跳，简直是养猪。我叔叔在镜头里摸着膨胀起来的肚皮说："挣自己的钱，吃自己的饭，这才是他妈的好日子。"

收拾停当，叔叔带着我检查一遍货舱，把雨布和绳子理顺扎好，河面上升起了水汽。我们坐在甲板上，蒲扇打腿，我带的驱蚊花露水根本不管用，高脚的蚊子大如苍蝇。叔叔喝了一口浓茶说："陈小多，老子给你讲个大雾天的故事吧。讲完了睡觉。"我打开摄像机，叔叔是个黑暗的影子，只有脸上闪着油光，晃一下，又晃一下。

《长途》故事一：

那时候我还没完全出师，出车还得师傅跟着。我师傅老蟹头，不喝酒开不了车，放在现在那不行，上路就得给警察抓。可跑长途的谁他妈的又能不喝点酒呢。我想多练练手，半夜里起来撒尿，把我师傅的酒壶给藏起来了，所以一清早起来他就没精神。车就归我开了。我爱开早车，就是老蟹头带出来的。他要也喝了酒，半夜就爬起来开车。

碰巧那天早上大雾，浓得像变质的牛奶。我他妈开心坏了，这天气我可以露一手了。老蟹头坐在副驾座上，冷水击头也没清醒，车一动就东倒西歪。我把眼睛睁到最大，这种天气开车就跟你在浑水里游泳一个道理，能看见多少就多少，其他的只能跟着感觉走。我想看看我的感觉咋样。好司机都有好感觉，比狗还灵。不紧张那纯属胡扯，我腰杆都僵了，下去了五十公里才敢放松一点。就这样也没发现我师傅打开了他的酒壶。他在黄书包里找到了，喝了半天我都没闻到酒味，顾不上。

路上车很少，我的速度不慢，超过我的都是小车，我们来到一座大桥上。桥上慢行，所有司机都懂，我逞能，油门和挡都没变，桥在颠簸，像踮着脚尖在跳。刚上桥，一辆小车嗖的就过去了，又跑几米，又一辆小车过去了，快得像去抢银行。

尾灯闪了几下，突然就没了。我就疑惑，妈的，就是抢银行也不能快成这样啊，就亮那么一下。我的车原速跑。突然我师傅，这个喝了酒就精神抖擞的老东西，一脚踹到了我脚上，死死地踩住了刹车。我差点从车头里钻出去。我师傅说："不对！"我才闻到一驾驶室的酒味。"这桥不拐弯，我走过。"老蟹头又说。我突然就明白了，赶紧打好车灯跳下车，漫天清冷的变质牛奶，啥也看不见。

我跟老蟹头往前走，抱着手电筒，也就十米远，桥没了，直直地断掉了。水声也被雾盖住了。那两辆小车一定是钻水里了。老蟹头说，快，快，把我往后推，喊！我就往前跑，一边跑一边喊："停下！停下！"声音都变成女人腔。我喊老蟹头也跟着喊，手电光在大雾里乱窜。那会儿我还没手机，报不了警，就跟我师傅哼哧哼哧喊了两个多小时，拦了差不多二十辆车。后来的司机也跟我们一块喊，车灯都开着。后来警察来了，我嗓子也哑了。他们问我们需要什么，我说水。我师傅说，酒。

4

后半夜下了大雨，我不知道。七月里的天说变就变，睡觉前我和叔叔在甲板上聊天，还是一头的星星。叔叔身上的雨水把我弄醒了。我迷迷糊糊觉得胳膊上落了水滴，猛然惊醒，我正做一个相当不吉利的梦，梦见船翻了，我被卡在水里出不来，到处乱抓，抓到哪里都是一把水。就醒了，看见叔叔正往上铺上爬，脚底板还在往下滴水，落到我伸到床外的胳膊上。我说叔，你尿床了？

"你才尿床！"叔叔说，头回勾到床下，屁股撅着对我说，

"下雨了。"

我才听到大雨点砸到船身的声音，像很多面小鼓在乱敲。雨落进运河，隔着舱板听起来如同十万只大白蚕在吃桑叶。然后是雷声、霹雳，闷闷地响。我噌地坐起来，脑袋撞到了床板上。我得把这个雷雨夜拍下来。

"脑子坏了。"叔叔说，"雨大得要死，你那啥DV行不行啊？"

"那你帮我打伞。"

叔叔磨不过，只好又爬下床。他刚围船检查了一圈，能掖的掖，能挡的挡，确保麦子上不会漏水，淋了个稀里哗啦才回来，干裤衩和背心换上身没三分钟。他让我穿上雨衣，刚才他急着看货都没来及穿，然后撑着一把巨大的黄色油纸伞护住我的摄像机。他说船上风大雨大，这玩意儿比天堂伞管用。

凌晨三点二十一分，大雨跟夜一样黑。雨珠子雨线子都是黑的。我把镜头从黑暗的水面上慢慢抬起，运河在动，好像隐藏了凶险的千军万马，对岸的树木和房屋远到了千里之外。这种水面我有点怕。小时候在运河里洗澡，突然天黑下来，乌云压着头顶走，我就得赶紧爬上岸。我老感觉水底下会突然生出很多恐怖的妖怪，要抓我的手脚，所以浑身奇痒，那痒能钻进骨头缝里，简直瘆人。几条船上细小的灯光氤氲摇晃，偶尔见到一两个人影在船上出没，他们在捆扎货物。雷声从远处滚过来，越滚越低，简直要贴着水面才走，似乎后面有很多人在呐喊着推着它费劲地跑。雨被风裹住，如同巨大的鞭子唰地抽到这边唰地又抽到那边，抽到油纸伞上时，所有的声音都被淹没了，我分明感到了灭顶之灾。抽到脚上一道冰凉。

"我刚出来时，看见两个小偷，"我叔叔在雨声里必须喊出来我才能听见，"划着泡沫筏子，要解那条运毛竹的单放船的绳子，我大叫一声，抓贼啊，他们就跑了。"

一条火红色的闪电折了两道弯，呈六十度夹角插入拖船旁边的水里，一大片水面都照亮了，溅起的水花也是红的。然后才是咔嚓一声。鼓膜乱颤，我吓得倒退两步，DV差点脱手。

"看见没？就是那种泡沫筏子。"叔叔指着闪电入水处附近，我啥也没看见，那地方此刻已经归于黑暗。好在又一个闪电，半个天空都亮了，我看见了拴在拖船上的那个四四方方的小东西。用几块大泡沫塑料捆在一块做成的，上面裹了层塑料纸，正随波浪涌动。"当小筏子用，原来我这条船上也有，太丑，我给扔了，换了个橡胶救生筏。"

这一段拍得艰难，风吹雨打浪涌动，从头到脚都不安稳。结束了回到休息室，两人全身都湿了。我叔叔光着身子拧他的湿内裤，抱怨说这下好了，明天得光屁股开船了。我说那多性感，油门加到底，准比裸奔刺激。经过这一折腾我反倒不困了，大雨敲出一条船的轮廓，我问叔叔那都是哪里的贼。

"说不好。当地的，也可能是别的船上的。能捞点都想捞点。"

叔叔喝了两杯开水，开始打哈欠。可我兴奋得如同刚喝完咖啡。我还想再问。

"陈小多你饶了我吧。明天我还得赶路。再说几句咱们睡。镜头伺候。"

我叔叔就光着身子裹了个花床单。当然你不可能在我的镜头中看见床单里面的光身子。

5

关于偷。《长途》故事二：

这是小贼，没啥意思。我见过偷车的，豪华大巴，那才够味。想不起来哪一年了，也是大雾，对，还像变质的牛奶。我一个人开，没听音乐，这种时候眼睛耳朵都得用上。四车道的马路，车极少，有点浪费了。但你也不能大意，这玩意儿随便撞着啥都比害眼厉害。因为那年桥断了的事，一遇到大雾我就强迫自己慢下来。但那次我又不得不快一点，交货的时间催着，赶不到我这一千多里路就白跑了。只好不停地摁喇叭。那是十一月份，我把窗玻璃摇下来，后背和脚心还是出汗。刚从一条路斜插到另外一条路上，一辆大巴擦着我车身过去了，吓我一跳，快得简直是玩命。

它在我前头狂奔。我想这下好了，留下一个足够急刹车的距离，跟着它飞起来都不会有危险。有事它在前头担着。我就摁一下喇叭表示感谢，换了个挡上去了。逐渐靠近，它突然就提速了，噌的就把我甩了。我加速，再靠近，它又提速了。这就有点意思了，我继续跟上，它就继续提速。我再跟，它再提速。我不知道它为什么一再提速，反正我加速是为了跟上它，跟上它是为了更安全。我们就这么在大雾里较劲，为了跟上它我全身都汗透了。两辆车追逐了差不多一个小时，我下意识地看了眼时速，你猜多少，马上一百五了。就是大太阳底下你跑这个数，也够可怕的了。还是个大雾天，我突然就不敢再跟了。这好长一段时间里，我基本看不见周围的东西，只盯着它的尾灯跑，我把急刹车的距离都忘了。赶紧慢下来，我敢断定开大巴的家伙在玩命。这榜样不能学。在慢下来之前我又加了一回速，想看清这辆诡异的大巴到底是什么车。好像是快鹿，也可能是沃尔沃，那小标志没看清，因为我刚靠近它又加速了。我看到的另外一点是，那车没牌照，可能有过被摘掉了。反正空白一块。

我就更不明白了。回到驻地跟师傅一说，老蟹头说，百分百是偷车。那贼一定是以为你是来追他的，你快他不能不更快，没命地跑。你把他吓着了。做贼也不容易啊。

果然，过两天我重跑那条路，在路边吃饭时捡到一张当地的旧报纸，上面说，车主举报，新买的一辆沃尔沃在大雾天被偷了。好，关机睡觉。

6

第二天船已经上路我还睡着。叔叔叫醒了我，他在门口说陈小多快起，拍大水。我抱着DV出去，还飘着雨丝，河水浑浊，无数条细流从岸上汇进来。更大的水从上游奔涌过来，土黄色的浪一波波跳到甲板上。"没准要发大水了，"叔叔说，把船速放慢让我拍水。"刚刚听那拖船的老板说，上游的暴雨现在还没停，河汊里全满了。"正是雨季，不好说。我把镜头对准水面，骚动不安的浪涌因为浑浊变得沉重，一副踌躇满志闹革命的样子，简直要把镜头胀破。所有的船都慢下来，尤其是串在一起的拖船，不规则的水流把船队冲得拐弯抹角如条长蛇。船上的几个壮汉子不停地从这条船跳到那条船上，用巨大的长铁钩矫正后面的拖船的航向，相互扯开喉咙喊话。有个大约四岁的男孩挺着圆鼓鼓的肚子出现在一条单放的甲板上，右手攥着根绳子，左手扶着小鸡鸡往翻腾的河水里撒尿。我调整焦距，恶作剧地看见镜头里的小鸡鸡像条弯头的胖虫子。

有人在船上放爆竹。叔叔从驾驶室里摸出两根二踢脚让我点，我说你来，我拍。他就把船停到一个合适位置，站到甲板上点上烟，用烟头点燃二踢脚，一根两个响，一根又两个响。运河两边是野地，所以尽管是阴天声音依然空旷高远。有人在远处嗷嗷地叫，以示附和。长途船多半备有鞭炮，放两响可以避邪。若是长途运送容易受潮怕湿的货物，雨天久了也会炸一串，送乌云上路请太阳回来。叔叔站在甲板上抽完烟才回驾驶室，他早上六点就进了驾驶室，一夜支离破碎地睡了不满四个钟头。风把他的沙滩裤裹到两条瘦腿上，大大咧咧的大裤衩里没穿内裤。

再走一个半小时，天空裂成两半，太阳从白亮的那一边露出来。水面上一道金光飞速往前奔跑，半分钟之内整条运河金光灿灿，又有人嗷嗷叫起来。很快，前后的几条船上衣衫飘飞，湿衣服挂到阳光下。我把叔叔和我的湿衣服也挂出来，一件件地拍过去。然后叔叔说：

"陈小多，那边！"

我扭头看过去，一个小伙子，比我大不了几岁，只穿着一条鲜红的三角裤衩站在他的货船至高点上，两臂张开仰天长啸，只有一个"啊"字，声音拖了几里长。肺活量挺大。

"他要干吗？"

"发发狂呗。"叔叔漫不经心地说，嘴里叼着烟。"这一路你要看下去，神经病的不在少数。可不喊几声又干啥呢，路远长程的，憋死了谁管。"

我原以为对水上生活还算熟，出门就是运河，就是石码头，就是一堆从水上来去的亲朋好友和陌生人，大大小小的船也坐过无数，还有什么我不知道的？现在看来，我走得还不够远，像穿个三角红裤衩就敢站在高处叫嚣的事，也只在长途上能见识到。叔叔说，头一回你还会新鲜，三趟以后你就没脾气了，红烧肉再好吃，一天三顿也要死人的。这一条水路跟陆路不同，开船都可以漫不经心，你再能折腾也跑不到一条船外面去，看的东西也不会比两岸上的更多。喊一喊闹一闹，正常。

"那你呢？"我对叔叔如何排遣很感兴趣。镜头直直地杵到他面前。"陈子归先生，能否谈谈你对长途水路的感受？"

"个死小多，我有什么好说的。"叔叔说是这么说，但还是很有点镜头感的，立马将香烟夹到手指间，注意，是右手中指和无名指中间，这种夹法我觉得有点酷。"如果要说，怎么说呢，"这个陈子归还做着样子把自己当明星，"我一直觉得长途是一个人的事。好和坏，孤单，嗯，孤单和热闹都是一个人的，满满当当的，你把它抱在怀里，白天看水，夜晚看天，一趟跑下来还是很有成就感的。"

"跟跑车比，你是不是更喜欢跑船？"

"说不清楚。年轻时可能会喜欢跑车，脑子里空荡荡的，只想着速度；跑车像摇滚，整个人是动的，到哪里都不会安分。年纪大了，可能慢慢会喜欢跑船，心里能装点事了；有点像这音乐，让你静下来还得动点脑子去想。我真说不好。这么说吧，跑车时我总感到饿，见到饭店就想停车；跑船不一样，我可以在这里坐上一天，一包烟两瓶水就够了。"

说得有点玄。在巨大的马达声里叔叔还放着一段二胡曲子，不仔细听根本听不见。

"你突然决定跑船，是因为发现自己老了？"

"那倒也不是。大概是想想点事吧。"

一听我就乐了，有情况。开始想事了。"想啥了？"

"一边玩去，小屁孩！"叔叔脸上的那点认真立马没了，"前面就要穿过一个小城，先把你的小裤衩收起来。"

我把晾晒的内裤暂时收起，然后坐在甲板上跟叔叔一块抽烟。小城外围的厂房越来越近，厂房之后是越来越多的居民楼和平房。我们经过钢铁厂和发电厂，运煤的拖船在它们的码头前停下开始卸货。然后是竹器厂，装毛竹的单放也停下了。陆续出现了平房和居民楼。运河拐了一个小弯之后突然瘦下来，水流变急进了城市。

7

从城东进，到城西出。运河入城水流急是急了点，但野不起来了。我们从一座桥下钻过去，为了防止擦着桥墩，叔叔让我拿一根毛竹竿小心以待，关键时撑一下桥墩。当然一切都很顺利。桥这边河道突然肥大，大水到这里也许会有失重之感，明显泄了气，水面是平的。他们把这一片呈椭圆形的水域做成了水上游乐场，几十只脚踏船和双桨小舟罗列岸边，有大人带着孩子在圈定的一小片水面里划船，一片切割出来的条石阶梯通往岸上，整饬，鲜明，修建的时间应该不长。旁边不远是另一种古旧斑驳的石阶，都是采自山上的原始巨石，当然现在已是千疮百孔，石头中偶尔间以沉厚的灰砖，这砖也是老的。叔叔让我再往上看。河边上柳枝垂拂，老石阶的尽头也是一块碑：御码头。

按旁边的碑文说，康乾六下江南，在此各上岸两次。我拍完了跟叔叔说，这两个皇帝要是都有前列腺毛病，这一路得有多少御码头。叔叔说，一听就没做过皇帝，那龙船大得像别墅，抽水马桶怎么也得装它十来个，要不一伙儿都痢疾了，咋办。然后我们一块大笑。因为我们大小便都是就地解决，站在船边往水里尿；遇到大事，也懒得用便盆，直接在腰上拴根绳子蹲在船边，以免一个浪过来把人弄到水里去。

"你慢慢拍，我开慢点。"叔叔说。

可够慢的，相当于不动。我把两岸的马路、行人、房屋和高楼逐一拍下来。贴着河两岸的房屋低矮破旧，青砖灰瓦白墙，屋脊倾斜，青苔和霉斑爬满半个山墙。已是中午时分，卖烧饼的夫妻把烧饼炉推到门外，男的贴，女的买。然后还有卖酱菜的、卖卤肉的、卖西瓜水果的、卖西安凉皮和凉面的，还有卖冷饮和杂货的，如果是沿街的店面，多半是木排板门。叔叔说，河两边当年最繁华，是城中心，有钱人才能靠水住。现在不一样了，有钱人都住后面的高楼里。平房后面不远就是楼盘，一幢挨着一幢。但我还是喜欢小房子，路边有老头穿大裤衩老头衫和拖鞋，摇着大蒲扇，光屁股的小孩在电动自行车缝隙里奔跑追打。还有人在门前生煤球炉子做中饭。满满当当的两街烟火气。我饿了。

"想吃啥？"

"凉皮，烧饼。"

"再让你尝尝这里的著名小吃臭豆腐、素鸡、酒酿。"

我叔叔脑子里也有张美食地图，到哪都要吃当地的特色。这是老蟹头留给他的传统。船停在一处烟火气最盛的码头。码头本身早就衰败了，码头上的人家和店铺却热闹。好吃的不仅我和叔叔，还有三条船停在那里，船夫早就光着膀子坐在船头吃开了。烧鸡、啤酒、大饼和麻辣香锅，吃得舌头都快咽下去了。我让叔叔从他们船上经过，这样我就可以同时拍到几个船老大的生活场景。叔叔比他们斯文，长裤长褂上了岸。在他回来之前，我又拍了小城里的水上清洁工。

两个四十岁左右的男人划着小船在码头附近打捞垃圾。塑料袋，广告纸，水果皮，扑克牌，水草，堆了半船。岸上的法国梧桐树荫下一群人在打麻将，洗牌的声音清脆诱人。树上有知了在叫。一家门面简陋的美发厅里在放流行歌曲《两只蝴蝶》。

叔叔买回了午饭，还带了一份报纸和一盘磁带，当下的流行歌曲大拼盘。船上有台破录音机，没事可以听一下。我说这些乱七八糟的歌你又不喜欢，买它干吗？听嘛，叔叔说，闲着也是闲着。小吃好吃。尤其那臭豆腐，闻起来真臭，吃起来真香。我吃过不少臭豆腐，都没这个臭，也没这个香。午饭结束，其他三条船都出发了，叔叔却一点没有动身的意思。

"你要不要上岸逛逛？"叔叔问。

"啥意思？"

"难得来一趟嘛。"

"下次吧，不能误了陈老板的行程。"

见我实在没有上去的意思，叔叔笑呵呵地说："陈老板还有点别的事要办。"

他那笑一看就半真半假，一点都不自然。我想不会吧，大中午热得想跳河，难道你还要见缝插针召个相好的上来？叔叔笑得更难看了，陈小多的叔叔哪能干那事，一会儿有个朋友要搭船。直说不就完了么，光明正大的事也弄得跟做贼似的。那我先眯一会儿。

等我捂了一身汗醒来，马达已经响了。出了舱，看见船头多了一个短头发女孩，背对着我抽烟。身段不错。原来如此。叔叔还是心怀鬼胎了。我装模作样咳嗽了一声，那女孩转过身，眉眼清秀，长得也很好，大概二十五六岁，就是有点凉，还有点凄清和另类，头发挑染，有几绺是红的。她对我淡淡一笑，只是淡淡一下就把脸转回去了。有点过分，我还等着她说话。想想算了，没准以后就是我小婶子，不计较了。于是为调动气氛，我故作轻薄地说：

"我叫陈千帆，小名陈小多，陈子归一定跟你说了，我是他亲侄子。"

她把脸转回来，笑了一下又转回去。没吭声。我觉得脸上有点挂不住，太不给面子了。摆什么酷。我嘭嘭嘭拍响驾驶室的玻璃，我说："起来了。"叔叔才发现我站在边上，他开船一定走神了。他把脑袋伸出来，对那女孩喊："这就是我侄子陈小多。这是秦来，朋友。"她再次转过脸，再次对我只是笑一下。我不觉得她是摆酷了，我猜这人没准头脑不好使。现在很多白痴都喜欢把自己打扮成个聪明人。当然，她也有可能是哑巴，那我就会原谅她。我对叔叔坏笑一下，小声说："你品位不低啊。"心里却想，陈子归，把这号人带回家，等着我爷爷奶奶训吧。我爷爷这辈子最讨厌两眼望天的人，你说你傲什么傲。我折回去拿DV，打算把这情报拍回去。

刚开机，秦来突然转身，看见我把镜头对准她，慌忙摆手，"别拍别拍，"她说，"我不喜欢拍照。"同时往驾驶室一边躲。原来会说话嘛。我慢腾腾把DV收起来，觉得有点不对，可又找不到问题出在哪里。就四处乱瞅。太阳躲在云后。我们穿过小城最西面的一座桥，房屋、楼房和喧闹的人间烟火正在一米米后撤。城市边缘的运河边生长了茂盛的芦苇，风吹动芦苇荡，把每一根芦苇的腰都拉弯，涌动大如波浪，野鸟在其中进进出出，直窜上天的某一只会亢奋地尖叫。跟在我们后面的那条船装了满满一船圆滚滚的口袋，此刻油布打开，让风和阳光落上去。年轻的老板娘坐在船头的马扎上敞开怀来奶孩子。下午两点三十五分，一切正常。我又看了看见人只会笑一下的秦来，她以为自己妨碍了我的拍摄，赶快扶着驾驶室走到另一边。

她一挪脚我就明白了，是个瘸子。尽管她在努力掩饰，颠簸的幅度依然不小。我的心情突然就坏掉了。不知道是不是因为腿，她才抽烟、挑染、矜持、见人只笑、一张脸上凉风飕飕。我对她笑笑，说："没关系，瞎拍着玩。你随便。"她还是觉得拍摄是件大事，觉得自己不适合也没有理由出现在镜头里，坚持避到一旁。后来为了真实自然地再现水上的长途生活，我叔叔颇费了番口舌才说动她答应进镜头。

直到她出现，我才觉得拍摄有了转折。我开始暗自高兴，不管此人什么身份，都将有助于拍摄。我不能从头到尾就拍一个男人生活的流水账来，我叔叔长得不错，但看久了你一定烦；水上的风景可能新鲜，但几百公里下去还是老样子，你也会不喜欢。现在好了，多了个人，无论如何是个好消息。所以，我钻进驾驶室给叔叔吹风，女主角来了，你无论如何得让她牺牲一下色相。

"可我跟她也不熟啊。"叔叔抓着后脑勺说。

不厚道。一个女孩子，都单独到你船上来了，还不熟？这话骗骗我老眼昏花的爷爷可能还勉强凑合，我才不吃你那一套。我把两个大拇指竖起来往一块乱碰，你们是不是，啊，啊，这个关系？

"瞎扯，"叔叔有点不好意思，"这是她第四次坐我的船。有一次她在码头上要搭船，没人愿意，都不想长途船上载一个不相干的女人，我就让她上来了。她有个小服装店，每个月都要去下游的大城市里进货。"

我将信将疑。偏偏就上了你的贼船，这种事谁能说得准。不过，我还是提醒了叔叔一句，她的腿好像有点问题。我说这话的时候，觉得身后站着全家人。

"我知道。"叔叔不咸不淡地回了三个字。我就适可而止了。

"陈老板帮帮忙，你说话一定管用。我就是瞎拍，就跟拍你一样。"

叔叔答应试试，他让我来驾驶。操作很简单，我只要保证它不冲到岸上就行。马达声可够响的，等我差不多适应了这噪音，能分出一只耳朵来听甲板上的对话，叔叔已经指手画脚了半天，他把脸憋得通红，像只过了油的大河虾。我觉得秦来如果再不答应很可能就被我叔叔挤到船下去了。果然就答应了。出了驾驶室，我对秦来说：

"我就是随便拍，你该干啥就干啥。"

这么一说她基本就放开了，跟我叔叔一样都有很好的镜头感。其实她没什么事，就坐在船头发发呆，抽两根烟。坐在这种机动船上抽烟的时髦女孩多少有点性感。后来她开始翻一本时装杂志，里面全是细高挑的模特儿走在T型台上，花枝招展，衣服千奇百怪。

8

到了晚饭，我们才真正体会到船上有个女人的好处。秦来的饭菜做得好，就那么一会儿工夫，三下五除二端出来四菜一汤。船到一个小镇码头停下，她就要上岸买菜，我掐了一把叔叔，跟上啊。

叔叔说，她不让，说免费坐我的船，伙食得她来。我握着DV，那你也得跟着，上。我推他一把，镜头对准了他的屁股。他俩一前一后上了岸，周围几条船上的炊烟升起来。然后他又一前一后回到船上。秦来一步步走过来，长时间的高低倾斜的起伏让我心惊，说实话，有种说不出来的别扭。如果她的腿脚完全正常那该多好。

秦来的饭菜做得很好。这是我上船以来最丰盛的一顿饭，我给每一道菜都来了个特写。我和叔叔都露出了贪婪的吃相，当然这也是秦来喜欢看到的。她吃得少，微笑很多。叔叔才喝了两瓶啤酒就有点舌头大，要给我们讲一下他的英雄事迹：如何撞坏两辆小轿车。

——这是《长途》故事三：

你们听过"公路游击队"的故事没有？就是专门盗抢化工原料的事，像聚乙烯、聚丙烯那样的。没有？那得听听。聚乙烯和聚丙烯到底干啥用我也不清楚，反正就是一种化工原料。去年，就是去年五月份，我头一次帮别人运这东西。那混蛋之前也不跟我说那条道上有偷盗打劫的，我想就是平常的一次运输，干活儿拿钱呗。一车货装上了，我跑夜路。都是口袋，我担心半道上掉下来，就让他们多缠了几道绳子。

那是阴天，高速路边都是野地，好像还有点雾，反正能见度不高。后半夜路上的车就少了，我一个人放开了跑，录音机里放着秦腔，我跟着吼。想听我唱秦腔？等会儿再说。要唱给别人听我得喝好了才行，洋河酒半斤以上。那夜是阴天，跑起来耳边呼啦啦的风，车灯照得不远，到处都是黑夜。一辆小车从我旁边经过，嗖地就窜到我前头了。小车跑得比卡车快，我不能跟它计较。它一直就在我前头跑，速度适中，嗯，就像陈

117

小多说的，不即不离。我也没在意，不耽误我事就行，路又不是我们家的。一段《打柴劝弟》没吼完，又来了一辆小工具车，那家伙跟我并排的时候车窗是摇下来的，他一定是听见了我在吼，还对我摁了一下喇叭喊了一声好。我扭头去看他，模模糊糊看见后视镜里有个黑影子闪了一下，当时没留心，过几秒钟突然又响起来，再看，啥也没有，就继续唱。

工具车里也响起来摇滚音乐，唐朝乐队唱的《国际歌》，要跟我比赛似的。我们两辆车并排跑着比，它贴我很近，我能看清那司机的脸，他对我笑。我把声音放大，右手不停拍着方向盘，真有点热血沸腾的味道。我觉得车微微抖了一下。你们不常开车不知道，如果你习惯了车上的重量，稍微有点变化就能感觉到，当然你得在意的时候。我觉得那抖几乎就不存在，我就随意瞥一眼后视镜，什么都没有。继续开车。过一会儿又抖了一下，我想今天是怎么了，神经兮兮的。我就憋着等，很快又抖了一下，唐朝乐队的《国际歌》唱完了，换成了《浪漫骑士》。这家伙为什么一直和我并肩跑？我根本就不认识他。一个很小的拐弯处，我看见了身后还有一辆小车，这才觉得不对劲儿。前面一辆，左边一辆，后面一辆，把我夹在了中间。有点诡异。我放慢速度，盯住后视镜，过了几秒钟忽然看见一个黑影子从我车上滚下来，我想坏了，没准遇上打劫的了。我换了个角度看后视镜，原来如此，那工具车的车帮多出来一块，斜着往上有一个坡度都快搭到我的车上了。一个黑影子又从我车上滚下来，直接滚进了工具车里。

不害怕。长途和夜车跑习惯了，没事就害怕那还怎么混。不怕，我生气，妈的，欺负到老子头上了，让你们好看！陈小多，给我倒杯水。懒鬼。谢谢你秦来。接下来我当然要想办法，我知道车上有人了，他们合伙算计我，剪开了绳子在偷我的货。我突然一个急刹车，有人在车上惊叫一声，然后一个人影子从车的右后方飞过来，直直地摔进了高速路障外面的野地里。狗日的，活该！不好意思，有点粗。后面的那辆小车没想到我会刹车，一头钻进我卡车的屁股里。我是卡车我怕什么。小车里也叫，我猜那小车的车头起码得报废。然后我突然加速，前面的小车没料到我会突然冲上去，临时加速又来不及，后备箱的箱盖被我撞得翘起来，司机没控制好方向盘，斜着冲到了旁边的车道上，这下好看了，它的小屁股又被工具车杆到了，咣叽一声，唐朝乐队也不唱了。

道路一下子宽敞了，趁他们乱成一团我加大油门开始跑，逃命要紧。这帮人能偷就能抢，能抢就能杀，我可不想和他们耗。一边跑一边报警。我说你们这里有路贼啊。他们说，你才知道啊，这帮人自称"公路游击队"，主要偷化工原料。我说那就对了。

冤枉好人？没有。当时我也担心前后两辆小车没准是无辜的，后来问了些朋友，他们说，什么无辜，那帮混蛋是死有余辜。他们一向如此夹击。要是无辜他们会找你的。我就等，一直到现在也没人找。做贼心虚他们。我那车，车头前面瘪了一块，花点钱就修好了。问题是货，被他们翻下去七口袋。他们的"飞车手"从工具车跳上我的车，这叫"跳帮"，这个词陈小多你应该知道，我爸说过无数次，就是两条船并行时，船员只身从一条船跳到另外一条船上。这群混蛋"跳帮"的技术不错，我都没感觉到。

七袋货没让我赔，他们没好意思，因为事先没告诉我半道会跳上来小偷。后来我听说，有司机为此还丢了命。所以我跟他们说，你们这哪是让我送货，简直是送命。他们一个屁没放。呵呵，又粗了。修车的费用当然我自己出，哪好意思再张口要钱。你说是不是，秦来？

9

睡觉的问题好解决，照之前的惯例，秦来先洗漱进舱，她睡行军床。当然是裹着衣服睡。我们坐在船头聊到十点，水上风大，蚊子站不住脚，头顶上是无数的星星，我把脚丫子垂到水里，清凉顺着脚腿往上爬，相当惬意。从现在的水面上看，发大水的可能性已经很小了。偶尔会看见上游漂下来的断木、杂草和死猫死狗，打个漩也就不见了。叔叔来了段秦腔。我让他来他不干，我就给秦来递眼色，秦来说，来一段吧。秦来话少，所以比较管用，叔叔就唱了个《花庭相会》。声音很大，脖子上的青筋蹦跳，他把那个下跪的状元唱得情深凄切。别的船上有人叫好。然后秦来说，她有点累，先进舱了。

总算给了我点时间。秦来上船之后我就没机会跟叔叔说两句悄悄话。

"陈子归同志，能否谈谈你的个人问题？"我的意思我叔叔很明白。船上突然多出个女人，我要是不好奇那我一定有问题。开问的同时我打开摄像机。光线很不好，我要的就是这效果。

"你小子，变着花样撬我的嘴。"叔叔说，在黑暗里点了一根烟。"跟你说你也不明白。别看你学问比我大。"

"这是要什么学问啊，那得看本事。"

"你个小东西！说正经的。有两年时间，我长途无数次经过同一条路，就是那条，"叔叔指着离岸边五十来米远的一条高速公路，几乎跟运河平行着向前走。"在那小城边上有个岔路口，分道的地方生意都好，尤其饭店和旅馆。那时候我三天两头经过那路口，但不吃饭，也不住宿，连口水都不会下去买。我习惯在前面一个路口停车。但在那个路口我经常看见一个女孩蹲在路边，就那么蹲着，有时候抽烟有时候两手空空。如果是大清早，她蹲在路边的时候还穿着睡衣，头发凌乱，脚上是夹趾凉拖。通常都是面无表情，不知道该干什么事似的。"

"大美女？"

"还不错。有点像个纸人，风一吹就要破那样的。第一次看见我注意到了。"

我适时地发出两声坏笑。

"我就觉得有点怪兮兮的。很长时间我就是觉得怪而已。跑长途的见的人多得没边，很少有对谁有兴趣的。喜欢？没有，就是好奇。跟你一样。我想知道她为什么没事就蹲路边。"

"知道了？"

"不知道。因为经常看见，慢慢就知道她家也开饭店，在路边不远，一个小门面。我突然想进去看看，就破例在那路口停了车，进那家饭店吃了饭。第一次没看见她，第二次也没有，第三次还是没有。我想算了，真是穷极无聊，一点儿不饿也往这里跑。还是去了第四次，这回碰上了，她就露个面，从外面掀起门帘晃晃悠悠进来，绕过吧台就晃晃悠悠到院子里去了。再没出来。我没理由进人家院子。就这些。"

这好像是半截子话，等于啥也没说。反正我是没能领会他的精神。"那以后呢？"

"没以后了。以后我就跑船了。"

"没再去找？"

"跑船经过那里，我上岸找过几次，都没看见。"

"有感觉了？我陪你再去找一次。长得不错吧？"

"应该就是秦来。"

什么叫"应该"？"就是人认不清楚，那条腿不至于看不出来吧？"

"那时候还不瘸。"

"这也好办，问一下就搞定。"

"问题是，她没说是，也没说不是。"叔叔续上一根烟。

他没跟人家明说，不好意思，就兜了个圈子。这我也能理解，你求证的原因主要就在那条腿上，你总不能上来就说，我认识的那个人腿还没瘸呢。我估计他说起这事就跟对我讲长途故事一样，一边讲一边察言观色看秦来的反应。秦来没任何反应。她不置可否，可能跟我一样，也就当段故事听了。这还真不太容易判断。问题是，他们有必要这么绕圈子么。

"叔，老侄帮你一把。逮着空我来问。"

叔叔立马蹦起来，"陈小多你别乱来，"因为着急嗓子都哑了，"没你什么事啊。"

我撇撇嘴："那可不好说，要不，拿点东西谄媚一下？"

叔叔就从了。和多少年来一样，随我提要求。我说先记账。旁边的船上打开舱门，一个女人从光亮里走出来上了岸。不用猜也知道她是干什么的。这事就过去了，我的确没把它放心上，只是有那么一瞬间好奇，陈子归反应为啥如此强烈呢。多大的事。看来老男人要是脆弱起来，进个火星子都会害怕，即使像我叔叔这样的只是心老了点。

秦来是个卖服装的个体户。我和叔叔进休息舱时她已经睡着了，或者是假装睡着了，侧着身子面向舱壁一动不动。男女共处一室休息，这是避免尴尬的最好办法。我睡着了。睡着的时候一点看不出她腿瘸。她去下游一个巨大的服装批发市场淘货，那里有无数多的便宜衣服，如果你有足够的眼光和耐心，你就会从中淘到非常好的东西，可能是断码的名牌，可能是做工和款式都极其精良的一般品牌，这样的东西放在大商场价钱那得成几倍十几倍几十倍地往上翻。秦来的任务就是在批发市场里面淘上两三天，装满五六个大口袋然后打道回府。装衣服的口袋很大，比麻袋还大，这些放客车上有点麻烦，司机也不愿意带，叔叔说，所以船是秦来最好的运输工具。他去过秦来的服装店，小门面，但布置精致，衣服怎么看都上品位，生意想不好都不行。

我在睡着之前想，要是这个女个体户腿脚没毛病岂不更好。

10

临睡前定了手机闹钟，还是起迟了。听到闹钟就跳下床去抓摄像机，等我抱着机子出了舱，秦来已经做好了早饭，正在擦溅落到煤气灶上的油星。只好拍了这一段。西红柿蛋汤，煎蛋，还有叔叔从码头上买来的豆浆、油条和烧饼。太阳还没升上来，码头上刚刚开始出现人声，不习惯赶早路的船夫还在梦里。

路上经过一片辽阔的芦苇荡，几乎长满了运河两岸，中间只剩下一条狭长的水道。快进芦苇荡时，叔叔嘱咐我把休息舱里的一杆猎枪拿出来，这地方前两年一直有水盗出没，不少船都打劫过。冷不丁就会从芦苇荡里钻出来两条改装过的巡逻艇，用砍刀和猎枪威逼，要钱和船上值钱的东西。我叔叔的船还没出过事，他和秤砣搭档以后，每次到这里都是加速至最快，另一个人端着猎枪放哨站岗。叔叔先对着芦苇荡放了一枪，双管猎枪的动静巨大，半条河水都晃动起来，芦苇荡里哗啦啦飞出无数的野鸟，胖得飞不动的野鸭就在水里咕噜咕噜叫。打劫我还没有经历过，免不了紧张和兴奋，一遍遍问他是不是很可怕。叔叔说，怕了？那就进船舱去。我硬挺着，小看人，这个时候男人会怕么。和叔叔的轻描淡写相比，秦来就正常一点，她盯着叔叔看，说：

"没事吧？"

"没事，你先进舱。"

女人抛头露面只能纵容打劫的干更多坏事。秦来生在水边，都知道。"那你小心，"她说，一高一低地进去了。她说话不多，这种时候脸上的表情也是空白的。这个女人。

应该没事，除了自然的声音听不见其他的人声和机器声。叔叔让我端好枪，他开始加速。这是我坐到这条船上以来见过的最快速度，也最为惊险，河道弯曲，一条大单放在其中穿游，那感觉如同看好莱坞大片。

当然是有惊无险，出了芦苇荡叔叔满头满脸的汗。秦来也从休息舱里出来，突然对着叔叔笑了一下。她笑的时候比板着脸好看。承蒙一笑，叔叔都有点不好意思了。"不怕一万就怕万一，只能这么闯。"他解嘲似的说，"你弄不清有没有贼。"

速度慢下来，我从叔叔的右前方开始取镜头，拍下了他身后浩荡诡秘的芦苇荡，太阳尚未升起，芦苇荡上盘踞着炊烟一样的水汽。秦来在他旁边，在镜头里又笑了一下。

"前年腊月，"叔叔大声说，"我跑东北，被两个孙子劫了。"

《长途》故事四：

那时候的哈尔滨，气温没零下二十度下不来。我从来没在大冬天跑那条线，就是想看看腊月里东北啥样，我跟头儿说，这趟我来。皮袄、皮裤、皮帽、大毛皮鞋、毛手套一家伙全上了身，苫布用大粗绳子捆紧，车轱辘上装上防滑铰链，雄赳赳气昂昂走在东北的大路上。冷那确实是冷，咱这地方一辈子都见不到的冷，喘口气直冒白烟，胡子上跟着就结冰。人家说尿冰柱，不好意思，这个先不说了。我就开车跑啊，东北大平原上那真是叫爽，白桦树直得像一根根筷子，叶子掉了你也觉得长势喜人。陈小多，给我拿根烟。我就抽着烟听着二人转的磁带往哈尔滨方向跑。

天变成玫瑰色，找不到确切高度，风呼呼的，树尖转着圈旋。路上没几辆车，偶尔见着一两个走路的也低头哈腰，把自己裹得只剩下鼻子、眼睛和嘴，跟去见领导的。为了早点到哈尔滨，我有阵子没睡了，有空就咬一截朝天椒提神。辣得我浑身出汗。二人转里那男声应该是赵本山，我经过集市时随手买的一盘盗版带，那声音老让我想起他的小品，所以我就想笑。那两个孙子拦车时我还在笑。他们要搭车，年纪跟我差不多，长得也像兄弟俩，说是出门找老娘的，他们老娘精神不正常，没事就出走，他们就只好舅舅姨妈表哥地找，刚从老姨家出来，不在。他们住前面那个镇子，我的车顺路。上车他们就问我笑

125

啥，没开车门他们就看见我咧着嘴，我说赵本山。当哥哥的就说，那家伙，给咱东北人长老脸了。驾驶室挤下他俩没问题，我们就一路走一路聊。兄弟俩是说段子的好手，二人转唱得也不错，跟着录音机能哼出个八九不离十。就是会唱这一条让我放松了警惕。快到那镇子时天已经黑了。

按照同事前面的跑车经验，我应该在再下一个镇子上停车住宿。那两个孙子说，哥们儿义气，把我俩捎回来，喝杯酒总是要给个面子。我推辞不过，只好停在镇子头一个小饭店门口，店名叫"大饭店"，敦敦实实的三个大字，有两辆货车停在那里，旁边是几个大雪堆，借着店里的灯光我还看见有个雪人，浑身插满了冻僵的胡萝卜。饭馆里面热气腾腾，那几个卡车司机在吃涮火锅。当弟弟的说，缘分哪，铁定得给个面子。我就给了。店老板出来迎客，拿下火车头大皮帽哈腰，光头上冒出一团热气。

酒我是能喝一点的，陈小多知道。那哥俩未必喝得倒我，他妈的他们下了手脚，一定放了东西。我才半斤烧刀子就晕乎了，而且是那种啥也不知道的晕乎。后来光头老板说，那顿饭钱还是我自己付的，我争着要付钱，不让付我还跟人家急。老板和老板娘把我们送出店门，我们三个看样子都喝醉了。我把帽子都扔了，大喊到了到了，开门睡觉。当哥哥的就说，一定是到了，开门没钥匙啊。我就把车钥匙扔给他，扔完了还翘着大拇指喊，拿呀拿呀，怎么不拿钥匙。然后我一头就钻进了雪堆了。当哥哥的跟着我一起倒在雪地里，把皮袄扣子解开，好像也醉得不轻，拿雪往胸口上塞，说吃，吃，再吃点。我就一口口吃雪。弟弟拿了车钥匙，跟跟跄跄开了车门，也大喊大叫，到底还是把值钱点的东西全搜罗走了。老板和老板娘都是厚道人，他们当时就看出来那俩孙子有问题，什么人没见过啊。但他们不敢说，做小本生意的都这样，多一事不如少一事。老板说，当时他就想，这种事三天两头有，喝了二两猫尿就不知道自己是谁，随他去。两口子就摇着头进屋了。后来店要打烊，出来一看我的车还在，我还趴在雪地里呢，皮帽子、手套全没了，那哥俩早没影了，才把我抬进饭店里。我喝了三大碗姜汤才缓过劲来，他们说，我那会儿都僵了，可以直接做冰棍。

值钱点的都没了，幸好车上的货还在。我在"大饭店"里养了两天才上路，白吃白喝还拿了人家两百块钱。后来？当然是寄还一笔钱给他们了。本来我还咬牙切齿要再去那地方，寻思掘地三尺也得把那两个狗日的揪出来，再当面感谢老板和老板娘，后来还是算了，那地方实在太冷了，零下二三十度，想一下我都觉得浑身没力气。笑，陈小多你有什么好笑的？你也笑，秦来，好玩吗？笑就笑吧，那天我喝醉了就开始下大雪，老板和老板娘找到我时，我像只北极熊被埋在雪底下。想想也的确有点好玩。

11

跟陆路比，水路还是安全一些，但枯燥，最怕的是半路上给养没了，柴油短缺了，如果前不着村后不着店那就很要命。我们的船出来已经好几天，一路都有小码头，人吃的基本不愁，需要提前考虑的是船吃的。备用的柴油不能带太多，那样既麻烦又危险，所以千万不能错过中途的加油站。过了芦苇荡二十里水路有家油库依水而建，船进了他们的码头，两个穿红色工作服的小伙子从昏睡的藤椅里起来，工作服里是硬邦邦的肌肉。我拍下了加油的全过程，年轻一点的小伙子见我在拍摄，干脆把工作服脱掉一半，露出半个上身来，一边对秦来做鬼脸，秦来扭头转到船的另一边。另一个小伙子呵斥他一声，好像是领导，那家伙乖乖地把衣服穿上了。叔叔付钱的时候，那领导模样的说：

"老板别见怪，他有些日子没见过女人了。"

那像孔雀一样的小伙子嘟哝一声："谁说没见过，刚刚才过去一条船。"

叔叔和那领导相视而笑。

继续走。前面有条船。叔叔对我招手，诡异地问，知道那小家伙什么意思么？我没明白。叔叔就指指前面的船。那船也没什么出奇，不过我还是拿出DV。在花街时我常看见这样的房船，三四间屋大小，大部分房间里摆满杂货，就是一家水上杂货店。但从叔叔的暧昧的表情和语气看，里面有门道，我的镜头里出现两只随风飘摇的红灯笼。我们的船逐渐靠近，我们是赶路，他们是散步。从一扇窗口里伸出半个女人身子，大波浪卷长发，脸上有鲜艳的口红和画上的假眉毛，尖下巴，穿一件吊带衫，大半个胸脯露在外面。

她对叔叔咧开嘴说："嗨，大哥，天还早，进来歇会儿么。"

叔叔伸出脑袋拉着腔调喊："妹子，哥得挣钱呢！"

"磨刀不误砍柴工。不急这一会儿大哥！"开始挠自己的腋下。

为了调整画面我走到船头。她看见我手里的机子，愣一下，然后恢复了老样子："别光照，相片能看出个啥滋味？还有冰镇啤酒，大哥要不？"

叔叔坏笑着问我："陈小多，你要不？"

128

我转过镜头要拍叔叔，秦来端着玻璃水杯从舱里出来，说："你没大没小。"叔叔立马不吭声了。

突然出现一个女人有点出乎吊带衫的意料，但这个长年漂在水上的老江湖很快就换了套路，扭头跟里面的人说："老鳖，问问这妹子，要不要套。"

窗户里就伸出一个男人的脑袋，抓着两个花花绿绿的小盒子问秦来："妹子，要安全套不？昨天刚进的货，新鲜的。"他把两个盒子分别放在左右手，准备就功能加以详细说明，看见秦来冷着一张脸，不知道是否该继续说下去。他看看吊带衫，吊带衫抓过来，对着秦来摇："妹子，这个真不错，带点的。"

秦来面无表情地说："好你留着自己用吧。"然后拍了一下驾驶室玻璃，"快点！"

船加速超到前头。吊带衫在后面喊："不就那点事么，还假正经！"秦来对着房船把水杯砸过去，落到了水里。

这之后秦来一直不怎么说话，本来话就少，现在更少了，像个哑巴一样坐在船头。一条船上就我叔叔一个人忙，我摆弄着摄像机，有一下没一下地拍。长途实在没我想象的那么好玩，新鲜劲儿一过它就开始消耗我。我看着秦来的背影也发愣，这个头发被风吹起来的女孩究竟跟叔叔是啥关系呢。我怀疑他们自己也搞不清楚。也许这就对了，恋爱好像都是这么开始的。只是，我觉得如此想已经有点龌龊了，但还是避不开，她的腿。

"待会儿能吃顿好的，"叔叔说，"下一个码头她就下了。"

然后他把录音机声音开到最大，《山丹丹花开红艳艳》，他跟着一块唱，声音尖细直往天上插，高得几乎盖过原唱。马达声就更不在话下了。秦来坐在船头，背对我们，脑袋对着浩浩荡荡的运河水点一下，又点一下，一下一下地点。每一下都点在节拍上。

12

午饭吃了一顿好的。秦来下厨，叔叔陪她上岸买了三荤四素，买了紫米以便让米饭蒸出来更好看也更好吃，还有我们共同喜欢的麻辣鹅，这个城市里的人也都喜欢这道凉菜。有酒有肉有西红柿蛋汤，摆满了一小桌。我觉得我得说点什么，我就对秦来说，你应该一直留在船上，这样我们每天都有好日子过了。秦来没说好也没说不好，她吝啬地笑一下，那我也得做生意啊。能笑一下已经不容易了。旁边两条船上的四个人草草吃了饭，忙里偷闲凑成一桌牌局，麻将洗得哗哗响。太阳在头上照，水里有很多人、车辆和建筑的影子。

喝了酒我就想睡觉，尤其这夏日午后，酒好像直接灌进了眼皮子里，直往下坠。我开始打哈欠，想借口午睡提前离开饭桌，给叔叔和秦来留点私密空间。成不成另一说，作为侄子，我应该坚持为叔叔创造机会。叔叔一把拽住我，陈小多，你不是要听跑车的事么，我再给你讲一个。还有你，他竟然也抓住了秦来的胳膊，当然只是那么一下，时间短得如同抓了把烙铁，赶紧放开了，还有你，叔叔说，秦来，你也要听一听。我叔叔的眼皮很明显比我耷拉得还要厉害，本来他就有点我们家祖传的肿眼泡。他很像喝多了的样子，我们只喝了五瓶啤酒。这个故事我一定要说，秦来，你一定得听。

《长途》故事五：

那家伙是我哥们儿，张春平，外号大猫。个子大，喜欢跑长途，喜欢夜不归宿，喜欢打台球和斗地主，喜欢看侦探小说，天生是个开长途车的料，跑到月球上都不会迷路。出了场事故，大猫就再也不开车，要开也只开自行车。

那次我俩一块出车，一人一辆，去山东运大葱。那一车葱码砖似的堆了一车，雨布根本挡不住那味道，坐在驾驶室里两只眼就没消停过，从山东开始一路眼泪汪汪地走，现在想起来那滋味，要不是蘸面酱卷单饼，我对大葱真是没什么胃口。那葱味把大猫给害了，直往眼里钻。他开车时间不比我短，梦游时坐在方向盘前都不会闯红灯，那天我们开车穿过一个小城，他忍不住去揉一下眼睛，然后就出事了，咣叽，撞上了一个骑自行车的老头，他都没看清撞到了老头的哪个部位。停车下来一看就傻了，老头倒在地上，面前一摊血，自行车后轮子包了饺子，两头翘。大猫开了十来年车，从没出过事，更没见过哗哗啦这一摊血，当场就晕菜了。我的车跟在他后头，我下了车看见他拿着手机浑身哆嗦，脸上都没有人色了，怎么都摁不准急救电话。他跟我说，救救救护车。我接过手机帮他摁，等我跟急救中心说清楚这场事故，大猫不见了。

我也想不了那么多，忙着和周围的人一起救人。那一摊血真是够吓人的，我也怵了，那也得收拾啊。我把自行车扶起来，已经变形得怎么也立不住了，那老头躺在地上一动不动，我想完了，出人命了。手放到他鼻子底下，还有气，我又打急救电话，没办法，我担心自己不懂急救分不了轻重，反而坏事。等救护车到时，老头突然从地上坐起来了，跟诈尸似的，吓了我们大家一跳。但他站不起来，腿折了。坐起来他就叫，我的血，我的血。

医生本能地去他身上找伤口，除了裤子上有血迹，上衣只有路面上的浮土。医生也懵了，腿上的血流出这么多，只有大象才能做到。老头抱着腿哼哼，还在说他的血他的血，另一只手去够旁边的一个装涂料的铁桶，桶歪倒在马路上，一摊血在它周围。血是从桶里流出来的。我们都糊涂了。老头继续哼唧，我的血，老婆子好吃的猪血。原来是猪血，老头刚从屠夫那里接来，热乎乎的还没凝固。这桶猪血把我们吓坏了。救护车走后，我死活找不到大猫，他的手机还在我手上。

忽然有个人从前面跑过来，说："有人要跳楼了！"

我想不会是大猫吧，这家伙胆子没这么小，也没到跳楼这么大。秦来你在听吗？噢，也给我根烟。谢谢。我就跟着大家往前跑，老远就看见大猫真的站在四层楼顶上，晃晃悠悠的像个大玩具，我喊大猫你别乱来，那人没事！他没听清楚，在跳下前还对我绝望地挥挥手。跳楼像什么呢？像一脚踩空了直往下掉。大猫没跟跳水运动员似的有个起跳，他起跳的力气都没有了，所以跳得简单朴实，他只有力气往前迈出一脚，咕咚，一颗肉弹斜着砸下来。我两眼一闭，歇菜。那一瞬间脑子里一片空白，一千瓦的白炽灯突然照到你眼睛时的那种空白，银光闪闪却又空空荡荡。我一屁股坐到地上，然后听见有人尖叫和呻吟。

大猫的身底下压着个男人，四十来岁，块头不大，但足够用的，结结实实垫在了大猫身下。后来大猫每年都去看他，叫他曹老哥。曹老哥一直在楼底下看热闹，以为大猫不过是做做样子意思一下，现在跳楼主要的功能就是表演，在楼顶上站半小时，威慑作用起到了就甩甩手下楼。大猫真跳了，曹老哥本能地伸手去接，咕咚，被砸在了身底下。大猫屁事没有，曹老哥胳膊腿都折了，还弄了点轻微脑震荡。大猫从他身上爬起来就让我再叫救护车。我想说的其实还在下边。天是有点热啊。陈小多，你给我端杯凉水。大白天也有水蚊子，真是没天理，秦来你当心点。

我想说的是大猫，从此不开车了。心理障碍？队里领导也这么说。可大猫不同意，他说你们没有在生死关头走一回，不知道一条命有多脆，咯嘣一下就可能没了，跟吃个蚕豆一样简单，你们也不知道背着两条人命在身上，那有多重，有多累。那老头和曹老哥没死，只是因为他们人好命大，这债他该背还得背。我完全理解大猫，你们未必懂，那是因为你们没有感受过车轮稍稍抬起一点，底下没准就垫着一条命。再给我一根烟。今天的太阳真是好，码头上人也多。谁都逃不掉，真的。

你是不是该走了，秦来？回来时我给你电话，就在这里等。嗯，对。

你应该多说几句话。再见。

13

我拍了秦来上岸。她上台阶有点艰难，背影一声不吭。叔叔站在船头看她，然后秦来被岸上的人群淹没。我很少见到如此沉默的年轻女孩，偶尔我能感觉到，她的沉默对我们是种折磨，极具杀伤力。具体原因我也说不清。她就那么面无表情，沉默也是空白的。我们的船继续走，明天中午将到达此行的目的地。满满一船的麦子将被送进面粉加工厂，他们的价钱更地道。

船上现在剩下两个老爷儿们，如果不上岸我们就穿着小裤衩，潮湿的风经过皮肤像挠痒痒。叔叔抽烟喝酒，我们大声唱歌，把洗过的裤衩晾到船外面。

还有一顿晚饭和一顿早饭，单趟就到头了。一路上总在途中的感觉很好，就是多少年来我要的跑长途的味道，但是等太阳再升起来，我就看得见结束了。有目的地的感觉当然不如在路上。叔叔对此持不同意见，现在他很看重结束，一个又一个的结束让他心安。他说每次一个长途跑下来都要在本子上记上一笔，他想看看这辈子能跑多少个来回。睡不着觉时他就想这一个个来回，品味每前进一米的好感觉。我就笑话他，典型的过日子心态，该老婆孩子热炕头了。我叔叔就笑，过点好日子也不错啊，该闯的时候闯，该还的时候还，清清爽爽利利索索，一清二白。稀里糊涂地混下去，他已经不喜欢了。

太阳如期升起，我们已在路上，船速很快，我拍下了一路的南方风景。清瘦、柔软和分明的民居别的地方不会有，丰肥恣肆的树木和花草别的地方也不会有，还有蝉声，知了知了磅礴汹涌，不习惯的人会觉得很烦。少了一个人，我和叔叔都觉得船变大了，厨房、休息舱和船头都变空旷了。

前面有座不大的山，山上的凉亭越来越大，河道拐了一个弧度极大的弯，水面突然开阔起来。叔叔说，快拍，这是两条大河的交汇处。我把镜头拉到最大，水面好大其大如天，所谓汪洋大概就是这样子。水面平平地铺在日光底下，各种当地的船漂在水上，行驶缓慢貌似不动。城市在岸上开始拉开序幕，越往里走越繁华，楼开始高，玻璃向很多方向反射出白光，楼房上巨大的广告牌开始拥挤，而我们只能围着山脚下的弧形的水道继续转圈。在山的背面有一家规模巨大的面粉加工厂，我们的小麦就送到那里。

上午十一点二十八分，引擎停息，我们的船排在第二。这是一路上我见到的最大的码头，光上岸的台阶就有一百级开外。运气很好，叔叔拍一把我的肩膀，我们只需要再等一天就可以卸货，我的镜头抖了一下。回放的时候我发现抖这么一下恰到好处，我正在拍履带传送一袋袋的麦子，那装满麦子的麻袋已到履带尽头，正准备落下去，因为抖了一下麻袋高高地跳起来，然后才落下去。我拍到这袋麦子长途的最后一个瞬间。

午饭后叔叔上岸去找生意。货我们运到了，回去尽量不要跑空船。在这趟出发前，有个老主顾和叔叔联系，要托运三吨水泥。可是三吨货物对这条单放来说，实在太少了，叔叔还想再揽两份生意。傍晚时分他从城里回来，说搞定了，有个大主顾打算运一批松木，差不多能装满整条船了。这是个好消息，我们必须多喝几瓶以示庆祝。

第二天我们无所事事，叔叔和其他船上的老板凑对子打牌，因为之前说好不来彩头，最后叔叔带着一脸的白纸条子回来了。除了打牌吃饭，叔叔主要的任务就是睡觉。跑长途车时他就这样，路上紧张，消耗也大，放松下来倒头就睡，稀里哗啦地把前面亏欠的都补回来。我拍他睡觉，也拍了他睁开眼起床，叔叔对镜头说，长途的生活就这样，干活的时候像贼，干完了就变成了猪。

我问："当贼好还是当猪好？"

叔叔咧开嘴，响亮地吧嗒一下："都他妈的好！"

14

卸货很简单，是个力气活，把麦子扛到传送履带上，一袋袋自动上了岸，落到卡车里。花了大半天时间才卸完。结束后我和叔叔都觉得浑身散了架，他还好，毕竟常干，我都多少年没经历如此规模的体力劳动了，每一袋扛到肩上两条腿都打软，很多次我都觉得腰椎会突然咯嘣一声断掉了。中间我还要停下来端着DV拍摄，因为突然的大强度劳动，手端机子都抖，拍出来的叔叔光后背上的油汗珠子都是蹦蹦跳跳的。扛完了，我四仰八叉地躺到船头，觉得像死了一样一动不动真他妈太幸福了。天高云淡，太阳毒辣，我却觉得这刻儿实在凉快，简直沁人心脾。叔叔跟面粉厂交接完毕，也光着上身躺到我旁边，问我跟念书比，是不是干体力活更爽？我说爽，简直爽歪歪。然后咬牙爬起来拿摄像机，得把叔叔四仰八叉的丑态拍下来。体力活我干不好，拍摄总得敬业点。

船空了就没什么好担心的，叔叔带我上岸去了一家特色菜馆。基本上是我吃菜叔叔喝酒。他说对跑船的来说，酒很重要，一趟跑下来总会莫名其妙地失落，买卖越大越失落，你只有结结实实下来一趟才能明白。喝足了酒既能把空掉的那部分填满，也是对自己的奖赏。通常是白酒，在水上敛聚的寒气也得好好的驱一驱。他一个人喝掉了一斤白酒。

从馆子里出来，已经晚上九点半，叔叔说："干点什么好呢？"

我以为他下半身开始蠢蠢欲动了，就说："你忙你的，我可得回去了。"

"你个小东西，往哪想呢。"叔叔愣一下，拍我脑袋，"你叔叔早不干那种事了。走，喝茶去。"

他要玩雅的。这是我叔叔擅长的，在花街的时候就这样，什么时髦玩什么。台球流行玩台球，霹雳舞流行玩霹雳舞，游戏机流行玩游戏机，还总能玩得不错。这回去的是个茶馆，就在河边上，叫"大茗房"，透过玻璃墙能看见我们的船。一壶龙井没喝完，他又要喝啤酒，在茶香缭绕中一口气灌下六瓶啤酒。每喝完一瓶他都跟我说说："陈小多，我有话跟你说。"

"你倒是说啊。"

我叔叔却咕咚一声醉倒在桌子底下了。啤酒掺进了白酒里，六小瓶就把他撂倒了。

只好我来结账，然后扶着他往回走。扶着他也不好好走，踩着太空步，我就半拖半背把他弄到了船上。这比扛麻袋累多了，叔叔喝过酒人都变重了。他躺到床上时，手机响了，摸了半天才摸到，我听见他说，好，好，没问题，知道了，知道了，要睡了。

那一夜我睡得那个沉，四大皆空，梦都没力气做。叔叔贴着我耳朵大叫才把我吵醒，已经是第二天上午十点。

"陈小多，昨晚我是不是接过一个电话？"

我眼睛睁到一半就开始点头。

叔叔拿我的手机开始拨纸条上的一个号。他的机子一夜没关，电耗光了。通话的结果是，叔叔确认了那个打算运松木的客人改期了，最快也只能明天上午装货。

对方问："一天也等不了？我加价。"

"一天也等不了。"

这桩生意就黄了。叔叔跟我解释，约好了明天中午接秦来。

没时间再去找别的货源，我们的船载着下午装上来的三吨水泥就返程了。货少船轻，有顺流而下之感。天黑之前就入了码头。照这样的速度，距离秦来只有一夜加大半个上午。晚饭后我们坐在船头，岸上灯光星星点点连成一片。

"不是有话对我说么？"我说。

"我？"叔叔说，"你一个大男人，我能有什么话对你说？"

"昨晚你叽咕半夜要跟我说，后来喝倒了。"

"真有这事？"我叔叔在下巴上摸索半天，揪下一根胡子，"好吧，摄像机伺候，我再给你说段故事。"

《长途》故事六：

一个哥们的事。其实人挺好，就是关键时候犯了迷糊。那家伙开了多少年车，没出过事，所以出了点事就格外心慌。那事刚开始不大，可能一点都不大。那天他跑夜车，晚饭后才上路。跑了三个小时，经过一个小城，时间大约晚上十点。城边上一到晚上就冷清，路灯一路坏过去，路边又长满白杨树，整个道路都是黑的。我那哥们喜欢跑没人的路面，速度提得很高，接近一百码。他对那条路很熟，当然知道旁边有条小路斜插到大道上来，但那天晚上他忽略了，在靠近小路时摆弄了一下录音机。他在听刘欢的演唱会磁带，B面结束了，他要翻到A面继续听。小路上突然冲出来一辆自行车，等他反应过来时已经听见一声极其短促的尖叫。先给我根烟，小多。

没死。是个女声。听起来短是因为我那哥们紧急刹车，你听过紧急刹车的声音吧？跟泡沫擦过玻璃一样撕心裂肺，把那女声盖住了。帮我点上啊，再点一次。烟受潮了是不是。说到哪了？噢，对，车停了。那哥们跳下车就往后轮子跑，车头没碰着她，要出问题也是在后轮子，最可能的就是卷进去了。他习惯了车头的灯光，一下有点茫然，什么都看不清。只能根据声音和更黑的黑影子去判断。先是听见微小的呻吟，细若游

138

丝，起码是重伤。然后他看见一个蜷曲的黑影子躺在地上，一点都没错，那位置正是右后轮经过的地方。变了形的自行车歪倒在她身上，两只轮子正往相反的方向转。

给我倒杯水，小多。他脑子里就像你说的那种空白，不仅是脑子空了，整个人都空了，他从来没出过车祸。他说，喂？声音怪异，中间是空的，鸡被割破了喉咙才能叫出来那样的声音。他都觉得有另外一个人在代他说话。什么？别插话。他希望倒在地上的那个人能回答他，回答什么他也不知道。那人没说话，只是艰难地哼了一声。他攥着拳头往前走一步，看见了对方贴着地面的半张脸，那张脸长什么样到现在他也想不起来，但在当时他觉得应该是一张年轻的姑娘的脸。他又喂了一声。对方只是痛苦地哼了哼，反应相当迟钝。我得再喝口水。

她会不会死？我那哥们头脑里像被灯光照亮了一样，无数的经验都从黑暗里跳出来。他们都说，真出了事绝不能手软，宁愿赔一个死人也别赔一个活人，死人一次性付清就拉倒了，活人，那要是个残废，你得养他一辈子，那就是个无底洞。他的脑子里金光闪闪就这一条最鲜亮。他上车的时候两腿拧着麻花，第一脚没踩上去，右膝盖都磕破了。那兄弟，后来跟我说，倒车的时候他手脚冰凉，全身都哆嗦，最后一咬牙一踩脚，车原路倒了回去。倒完几乎没有停顿车又开始向前冲，他说他觉得那根本不是开车，而是逃亡，为了把自己送出去，随便送到哪里。接下来的十几公里他完全凭感觉在跑，都没怎么看路，幸亏路上空无一人，要不他很可能杀人无数。等他觉得全身肌肉僵硬，停下来，已经泪流满面。

别着急，我慢慢讲。烟。对。有点热。我也很紧张。我接着讲。他觉得自己后脑勺上长了一只眼，看见一个披散长发的血淋淋的姑娘一直站在他身后，尖利的红手指伸过来要抓他。他必须不停地跑，稍微慢一点就可能被抓住。他跑了一整夜，尿了裤子都不知道。他把路都跑白了，太阳出来时他放声大哭。

他觉得自己是个杀人犯，梦里都有刀和血，整个人跟丢了魂似的，想起来后背就出冷汗。煎熬了一周，他还是回到那个小城，把车祸之后几天的报纸都搜罗来一个字一个字看，没有任何相关报道。他甚至住进了城边的旅店里，用各种借口就向周围的人打听，最近是否死过人。大家都说没有。那有人受伤吗？比如车祸。大家继续说，不清楚。有点奇怪是不是？我也觉得有点怪。但我那哥们的确没打听到。

没出现预想中的死亡消息，让他松快不少，那条看不见的人命把他腰都压弯了。但他还是放心不下那个姑娘，想知道她到底怎么样了。后来他不再开车，该干别的了。他一次次经过那个小城，每次他都会停下来到出事的地方看看，希望能遇到那个姑娘或者别的什么蛛丝马迹。三个月前，他距离那儿两百米外看见一个瘸腿的女孩。他觉得，一定是她。

15

"结束了？"

"结束了。"

"哦，"我说，又递给叔叔一根烟。"你那哥们叫什么名字？"

"查户口啊你。"

"我猜他叫陈子归。"我对着满天的星星吐出一个烟圈，"那女孩可能叫秦来，路边小饭店老板的女儿。"

"你听出来了？"叔叔笑了一声，"的确是我。那姑娘，谁知道呢。"

应该是。这是我的观点。如果是，那么秦来是否知道我叔叔就是那个心狠手辣的肇事司机呢？在我看来，百分之七八十该是知道的。起码有所怀疑。我叔叔开过车，就在讲给我听的故事里也免不了要暗示，他在忏悔。她比谁都明白。你看她那张凉飕飕的脸，请人帮忙哪能这样，分明是来讨债的。她不指责也不痛骂，就用一声不吭来折磨你。

"我认，"叔叔说，"这样我会安心点。她头一次找船时没看见我，是我主动招呼她的。"

"她啥反应？"

"上下看我一遍，说：好。"

如果说当时叔叔的确在秦来的眼里看见了仇恨，那么现在呢？好像变味了。变成什么味只有我叔叔和她本人明白，这事不归我管。我可以想象的是，在以后漫长的长途岁月里，叔叔一次次地在码头上接她送她，也许，再坚硬的仇恨和报复都会被时间打磨掉寒光，石头失去棱角，终成为暖玉。权且这么想想吧。

到这里，我的《长途》拍摄也该结束了，陆地长途和水路长途碰上了头。接下来的故事和沿途风情与已经拍摄的必将大同小异，而我的录像带也已经转到了尽头。需要花大心思的是更具意味的剪辑。

2008 年 8 月 25 日，知春里

莫尔道嘎

那两年生意砸得厉害，见了鬼，下的力气越大赔得越狠。朋友说，别跟运气对着干，出去走走，没准回来百无禁忌了；趁车还在。朋友的意思是，别把车也搭进去。我就开着我的斯巴鲁越野出来了。放松地跑，当然要去大草原，我把油门一脚踩到底，就到了呼伦贝尔。九月的草原天大地大，江水长，秋草黄，一听到马头琴我就忧伤。我得把自己从失败的坏感觉里拽出来，鸿雁南飞，我一路向北。

从黑山头镇沿301省道往东北走，出了第一个加油站天就黑了。在加油站刚喝了一罐咖啡，觉得浑身都是力气，穿过额尔古纳市也没停下。照我的预期，加把劲儿，半夜到根河再住下。天很黑，整条路上看不见别的车开灯，就我一人在大草原上狂奔。这在七八月份的草原上是不可想象的，那时候旅游的人多如牛毛。现在呼伦贝尔冷起来，车里必须开着暖气才能把路一直跑下去。但黑暗和孤独慢慢侵占了斯巴鲁的空间，也可能是因为马头琴的音乐一直开着，我在忧伤之外感到了恐惧，就像被整个世界遗弃了。不管如何努力生意依然每况愈下时，我感受到的恐惧与此刻一模一样。我的后背开始发凉。仅有力气是跑不了长途夜路的，就是在这时候我遇到了老哈。路拐了一个缓慢的弯，在山坡的另一边他站在路边，

142

旁边是他的摩托车，尾灯在闪。他高举交叉的两臂对我摆。

　　"借个火。"他站在我车灯的灯柱里，证明他只是求助。他把头盔和手套都取下，一身的户外行头，防风，保暖，穿一双山地靴。"撒了泡尿把打火机给弄丢了，"他抽烟的样子有点狠，憋坏了，"兄弟你要不来，今晚我能不能撑到图里河都难说。"他吐了一口浓烟，眼眯起来，"跑长途缺了这一口，等于进了洞房找不到新娘子。"

　　他自己先笑起来，因为脸黑，显得牙白。有点东北口音。五十多岁的样子，结实的大块头。

　　"去哪，兄弟？"他问。

　　"根河。"

　　"够跑一阵子的。"

　　我都想跟他一起去图里河了。但我说的是："是有点累。"

　　"累了就停下，"他说，"别跟自己较这个劲儿。你去加拉嘎，前头拐个弯就到。我认识牧羊的老包，他家的炕暖和。就说我老哈介绍的朋友。"

　　这是个话多的老哈。我们各抽了三根烟。上车之前老哈说，去过莫尔道嘎么？走多少冤枉路都值；镇上有家客栈叫"牧马人"，老板娘那叫一个好看。我们一起踩油门，他的摩托车比我快。他不喜欢跟别人一路跑。他在我的车灯柱里从摩托车座上抬起屁股，像支箭钻进了黑夜里。

　　一个半小时后，我已经躺到了老包家的热炕上。老哈说的没错，你能在老包的皱纹里至少找到两根羊毛。老包说："好好闷一觉，明早起来跟我放羊去。"

　　我跟老包放了三天羊。一大早出门，带上大饼、羊肉和一大保温罐奶茶，把四百只羊赶到他们家草场上。羊吃草，我们找个避风的山坡躺着晒太阳，有一搭没一搭说话和抽烟。话题自然离不开老哈。他俩认识四年，每年九月老哈都会到老包的牧场上来。他喜欢心无挂碍地躺在草原上。他骑着摩托来，住上三五天，离开，下一次再见可能得明年，也可能过上个把星期他又来了。来了还是放牧，半天跟老包说上一句话。

"狗日的老哈，"老包说，"马骑得是真好。到底是个牧马人。"

我一下子来了精神。

"没跟你说？这老哈，在新巴尔虎左旗当过知青，放了三年马。"

我仔细想了一下昨天晚上见到的老哈，好像两条腿是有那么一点罗圈。这个张嘴一口东北味儿的青岛人，按老包的说法，算是活明白了。你能想象这老小子六十岁了么？退了休开始周游世界，就一辆摩托车，山南海北地跑。九月份准时到呼伦贝尔，比寒流来得还准。

"为啥九月？七八月草原那才叫美。"

"九月二十六号他得赶到莫尔道嘎。"

我笑起来。"为了牧马人客栈漂亮的老板娘？"

"那你得问狗日的老哈。"

不得不说，幕天席地的生活会改变一个人。天地间只有你和一群羊，你会觉得除了这群生灵，什么都可有可无。放过羊的人和没放过羊的人不是同一个人。老包说，他阿爸是放羊的，他阿爸的阿爸也是放羊，他阿爸的阿爸的阿爸也是放羊的。他躺在草原上看着这群羊，觉得他阿爸、他爷爷、他太爷爷都活在他的身体里，他们跟他一起放羊，他们跟他放的是同一群羊。羊的身体里也活着羊的祖先。我的悟性不够，但多少也感受到了一点跟听了马头琴一样的忧伤，只是这忧伤是饱满、明亮和喜悦的，而在车里听马头琴，那忧伤像只空荡荡的口袋，整个人都饥饿，肚子里全是恍惚的风。我跟老包说，生意的事问题不大了，可以离开了。

"回北京？"他问。

我想是吧。但出了老包家，我突然决定去莫尔道嘎。再跑几天，把整个人彻底"放空"，像下坡时给车挂一个空挡。

莫尔道嘎很有名，但莫尔道嘎的确不大，刚转到第三条街就看到老哈的摩托车停在一座三层小楼前。没错，牧马人客栈。办好入住手续我才向前台打听老哈住哪里，竟然就在我隔壁。我在老哈极具穿透力的呼噜声里也睡了过去，从加拉嘎到根河再到莫尔道嘎，我在斯巴鲁里坐了大半天了，腰都快断了。被敲门声吵醒时天已经黑了，老哈在门外喊：

"兄弟，一块儿喝两杯。"

"你咋知道我来了？"

"前台的丫头是我干闺女。"

因为经他引荐我才来莫尔道嘎，老哈坚决要到附近一个馆子里给我接风。现在是旅游淡季，整个客栈加我才住了八个人，"牧马人"的厨师请假回老家了，开不了伙。穿过大堂，前台的姑娘没叫他"干爹"，叫的是"哈叔"。

当然是吃羊肉。手扒肉。老哈很讲究，肉热腾腾地上来时，不像我穷凶极恶地扑上去，而是从口袋里摸出一把小刀，慢悠悠地在一只瓷碗底下咔哧咔哧磨起来，磨完这面磨那面。要我看，那刀锋利得很，根本用不着磨。磨完了，我都吃下好几块肉了，他割下一块连骨肉，刀锋向内，慢条斯理地再割下条条块块的肉，用手捏着放进嘴里。"要吃肥的，"老哈说，"只挑瘦的那不叫吃羊肉。香不起来。"

我们喝蒙古王酒。劲儿大，过瘾。累了一天整上个二两老烧，神仙日子也不过如此。老哈用指头蘸上酒，敬过长生天才喝。他说多少年都这样，礼数不到心里不踏实。

"在家也这么用刀？"

"用。过去蒙古人出门做客都带自己的刀。"他把小刀举起来给我看，刀把上缀着一颗狼牙。刀和狼牙都有了一层厚腻的包浆。"在青岛我自己做手扒肉。"

"说说放马时候的事呗。"

"老包又多嘴了？"

"他可没提老板娘。"

酒是个好东西，两杯下肚我就觉得跟老哈是亲兄弟和忘年交了。我举着羊肉开起了玩笑。老包的确什么都没说。

"嗨，"老哈打了一个嗝，"那时候真是他妈的年轻啊。"

故事肯定要开始了。我不吭声，勤快地给老哈满上酒。

"刚到新巴尔虎左旗那年，我十九岁，高中刚毕业。"老哈说，"都说当知青光荣嘛，我死活要去。临走时我妈隔着绿皮火车窗玻璃跟我说的最后一句话是：草原上夜里冷，千万别蹬被子啊。"

"啥时候遇到的老板娘？"

老哈没搭我的茬儿。随他去，真有事他肯定憋不住。他跟我讲起四十年前的知青生活。他的运气实在太好了，他们那个知青点只有两个人被挑去放马，他是其一。在整个牧区，最好的工作就是牧马，"自由。骑着高头大马，那真叫拉风，吆喝一声就下去四十里地。"老哈说，"马倌可以骑最好的马。好马跑起来速度就是快。那真是快。"老哈眯起眼，身体开始前后上下颠动，四两酒就可以把他送回新巴尔虎左旗的草原上。次之是放牧牛和羊。牛羊没那么快，但它们起码在动，一天下来总能像乌云或白云那样刮过一大片草地。知青们最不愿干的是当猪倌，臭烘烘的一群趴在那里，吃了睡，睡了吃，看着它们自己身上也跟着长肉。他们宁愿随屯田的牧民去开荒种庄稼。"姑娘都喜欢马倌，嘿嘿。"老哈说。

我以为要入正题了，老哈话锋一转，说："那时候我做梦都想来莫尔道嘎。"

"年轻人有心事了。"我坏坏地笑，我猜某个姑娘，比如现在"牧马人"的老板娘，就是莫尔道嘎人。

"牧民们都说莫尔道嘎好，原始森林像海一样大。我一个青岛海边长大的，水见得多了，想看看树。他们不说我也要去。莫尔道嘎，听听这名字。头一回听我就喜欢上了。就冲着这名字我也得去看看。"

这我能理解。我也喜欢很多地名，耶路撒冷，伊斯坦布尔，阿姆斯特丹，圣彼得堡，不知道它们在哪里的时候，我就想去了。这辈子的愿望之一，就是把想去的地方都走一遍。"你来了？"我给老哈倒上酒。

老哈一口干掉，"倒满。请不下来假。兄弟，干了！"

20世纪60年代的呼伦贝尔草原，火车跑得很慢。老哈得头一天从驻地骑马到海拉尔，住一夜，赶第二天早上海拉尔去根河的火车。到根河停下，住一夜，再等根河去莫尔道嘎的火车。有可能还要住两夜，去莫尔道嘎的火车两天一班。等那慢悠悠的小火车晃到莫尔道嘎，三四天已经过去了。在那里转一圈打道回府，又三四天过去了。生产队里都忙着大生产，没那么多时间让他去搞闲情逸致。一个萝卜一个坑，他溜号就得别人顶上来，这个账没法算。

问题在于，想去莫尔道嘎的不仅是老哈，老哈的马倌搭档巴图也想去。巴图大老哈三岁，赤峰人，比老哈早一年来这个知青点。老哈叫他巴哥，但在生活和牧马上，巴图是他师傅。要去得两人一块去，老哈这个海边人有点晕草原，一个人出远门想想都发怵。两个人坐火车去莫尔道嘎，理论上无论如何都行不通。

还有一种可能，骑马去。从知青点到莫尔道嘎直线距离不到三百公里，一匹好马悠着点跑，得两天，歇一天，再跑回来，又两天。五天也不短，还得确保天公作美，马也不出问题。但这是他们去莫尔道嘎的唯一可能。老哈和巴哥达成共识，等机会。

"等到机会了？"我问。

老哈说："喝酒。"

一瓶"蒙古王"下去了。

老哈终于说："等到了。"

他们跟生产队长做了个交易，每次把马群里最好的驯马给队长骑。这是个了不得的待遇。马倌要伺候的官人能数出一串子，谁需要马就得给谁提供，队长排在这条串子上差不多最下面，但凡有另外一个领导有要求了，最好的马就到不了队长手里。但县官不如现管，领导指示下来了，老哈和巴哥就借口"乌云"身体不适，把"赤兔"给了领导；领导一走，"乌云"就到了队长的屁股底下。条件当然只有一个：合适的时间让他俩骑马去一趟莫尔道嘎。

老哈当知青的最后一个冬天，机会来了。前两天刚下过一场说大不大说小不小的雪，天不错，朗月当空，队长在他俩宿舍里喝了半瓶酒，脑袋一热，舌头就大了，说："只要你们敢现在出门，我就答应。"那会儿已经晚上九点，整个草原都睡着了。老哈和巴图一对眼，卷了简单的行李和吃食就出了门，胳膊底下夹着一套马具。"乌云"和"赤兔"都不能动，以备领导不时之需，他俩骑了次一等的两匹马，巴图的是枣红色，老哈的是白马。呼伦贝尔大草原如同一个冰冷清澈的梦，他俩上了马就往东北跑。月亮在星星就在，他们盯紧了星星跑。老哈说："有种不真实感。"他们跑了差不多一个小时，巴图突然勒住马，说：

"那儿！"

老哈看见白银般的月光底下坐着一头狼，它缓慢地站起身，想从山包上退下去。老哈踢了一下马肚子，挥起套马杆，"追！"

月夜下两个人纵马逐狼的画面确实有种不真实感，但老哈知道这事假不了。躲在羊皮棉帽里的耳朵听得见马踏残雪的声音、月光打在枯草上的声音，甚至他胯下的白马出汗的声音，他感到草原从未如此辽阔，他听得见呼伦贝尔在马蹄下像布匹一样蔓延和展开的声音。那头狼几乎在和他们平行地跑。老哈听见巴图喊："它吃得太多啦！"这从那头狼的体形和奔跑的速度就可以看出，它有点吃力。这是个好消息，它耗不了多久。

问题是，老哈也耗不了多久；准确地说，是老哈的马耗不了多久。这是匹好马，但年龄偏大，短跑显不出来，五十公里之后就有点使不上劲儿。他眼看着巴图的枣红马多出他半个身位、一个身位、两个身位，他们的距离越拉越大。月光底下枣红马像团黑红的火焰，巴图的套马杆平稳地与身体一起摆动。老哈希望那头狼最好能立马就跑不动，他套过马、套过牛、套过羊，没套过狼。正在他

149

希望破灭之际，狼艰难地停下了，老哈打马直奔过去。那狼突然对天长嗥，然后勾着脑袋，扭曲着身体，老哈明白复燃的希望再次破灭了。果然，狼在呕吐。它把身体的负担全吐了出来。在巴图的枣红马离它三十米时，那头狼又长嗥一声，四蹄悬在半空一般消失在一个山包之后。老哈喊："巴哥，追！追！"巴图显然也有此意，鞭子抽到了马屁股上。他们都舍不得，狼皮八块钱一张。八块钱在当时，是笔不小的财富。可以买书，买衣服，也许他俩都想到了，可以给喜欢的姑娘买件礼物。

巴图追到山包的另一面，接着是老哈。等巴图追到另一个山包的对面时，老哈再跟过去，狼和巴图都不见了。他只能隐约听见孤零零的马蹄急骤地击打大地的细小声音。他骑着马在周围的几个山包间转圈子，两棵白杨树提醒了他，这地方有个羊场。

跟着星星走，二十分钟后，老哈看见了牧羊人的蒙古包。如他所料，迎接他的是牧羊人的女儿乌兰娜。她给他打了洗脚水，倒了热奶茶，铺好了热被窝。他冻坏了。他甚至都没想清楚乌兰娜若是穿上汉人的连衣裙会有多漂亮，就歪着头睡着了。

天快亮时，他觉得脚头一阵冷风，激灵一下，醒了。巴图疲惫地坐在床铺的另一头，掀开被子盖到了腿上。巴图的右脚露在被子外面，在微小的羊油灯下，包住脚的布全是黑红色的。

"怎么回事？"老哈问。

"没事，血止住了。"巴图笑了笑，指指外面。

老哈正好要起身去小便，昨晚乌兰娜倒的两大碗奶茶他全喝了。在蒙古包外木栅栏上，他看见挂着的一张狼皮，旁边还有一张，他凑近了看，还是狼皮。老哈抽了一口冷气。

那天晚上，巴图一个人穷追那头狼，在它筋疲力尽的时候套

150

住了它。但就在他套那头狼的时候，不知道从哪里又蹿出来一头母狼，完全是以玩命的方式向他扑过来。马受了惊，狂乱地跑，好处是把套到的那头狼给拖死了，坏处是，它不停地转圈子给新来的母狼提供了机会。母狼咬住了巴图的右脚，咬住了就不撒嘴。难以想象，那头母狼分寸把握得如此之好，一口下去竟然没碰到马镫。直到巴图抽出打狼棒击碎了它的脑壳，母狼也没有松口。

母狼咬断了巴图的脚筋。这是老哈后来才知道的。巴图当时也没意识到问题如此严重，他撬开母狼的牙齿，下马收拾两头狼尸时，只觉得走路不得劲儿，除了流血和疼，他没往深处想。用行李袋里的药粉止了血，撕一块衣服简单包扎了一下，就把死掉的两头狼往马背上捆。刚安静下来的枣红马哪里愿意，一直暴躁地踢踏，巴图没办法，只好在月光地里掏出刀子，现剥了狼皮。他把剥下来的狼皮皮毛向内卷成两团，枣红马才允许捆到它背上。

这个血性的故事让我俩酒兴大发，一杯接一杯地干。除了有限的几次跟财神级顾客这么玩命地喝，我想不起来什么时候如此渴望过酒。然后老哈就沉默了，换了我开始说。

如果有人喝高了喜欢一声不吭，那老哈就是高了。那晚的后半段我肯定也高了；我一高就管不住自己的嘴。我跟老哈说，你知道吗老哥，我的生意砸了，一塌糊涂，一塌糊涂啊。后来说了啥我完全没印象，只迷迷糊糊记得我架着老哈，老哈也架着我，我的两条腿木木的跟白桦树一样不打弯，我俩像双头鸟一样跌跌撞撞回了客栈，竟然都顺利地躺到了自己的床上。

一觉睡到中午，头没疼，说明酒跟人一样醒得彻底。想到楼下找点东西吃，前台老哈的"干女儿"说，哈叔嘱咐了，我起来就带我到"她家"。

　　她家在马路对面，一楼。进了门看见老哈坐在客厅的沙发上，旁边是把老式藤椅，铺着一张熊皮。一个中年女人在收拾碗筷，一桌好菜。如果那女人再瘦一圈、年轻二十来岁，完全可以分毫不差地重叠进"干女儿"的身体里。一对漂亮的母女。老哈向女主人介绍我：

　　"这我小兄弟，小穆，北京来的。"

　　女主人大方地和我握手、问好，松开手后转向老哈，说："叫嫂子。"

　　"你看——"老哈说。

　　"叫嫂子。"

　　"好，嫂子。嫂子。"老哈说，烟叼到嘴上又取下来塞进烟盒里，"我把穆兄弟请来，是想给咱巴哥热闹热闹，生日嘛。"

　　"谢谢你来给我们家老巴庆祝生日，"那女人给我斟上奶茶，"我叫乌兰娜。"

　　"我知道。"我可能不该这么回答，但进门第一眼看见她，我就知道她是乌兰娜。千真万确。那天晚上的蒙古包，牧羊人的女儿。

　　"你还知道什么？"乌兰娜的脸红了一下。她的皮肤很好。然后她转向老哈。

　　我赶紧说："就这些。"

　　老哈也赶紧说："就，这些。"他不敢确定昨天晚上究竟对我说了多少。

　　小乌兰娜已经在蛋糕上插好了蜡烛，"阿妈，我把阿爸推过来？"

老哈站起来。我也跟着站起来。乌兰娜坐着没动，似乎颇费了一番踌躇才点了点头。

三分钟后，小乌兰娜推着一个轮椅进来，寿星老巴图斜靠在轮椅背上。腿上搭着一条羊绒毯子，两只手放在毯子底下，因为看见毯子的抖动，我才注意他庄严的蒙古男人的脸。老巴图的脸不对称，右边的眉毛、眼角和嘴吊起来，用不同的节奏在一起微微地抖。老哈走过去，一只手搭在老巴图的肩膀上，说：

"巴哥。"

老巴图一动不动，两眼空空荡荡；除了抖，表情也是空的。

"他说不了话了。"乌兰娜说。

"去年不是好好的么？"老哈说。

"去年已经过去了。"乌兰娜从毯子底下拿出老巴图的手握着，说，"老巴，咱们过生日，好不好？还有新朋友小穆，他特地来咱们牧马人客栈。"

老巴图和刚才一样，脸上没有任何时间经过的痕迹。

接下来就剩下了程序。切蛋糕。唱生日歌。吃饭，典型的蒙古餐，有手扒肉。老哈没有用自己的刀。乌兰娜一顿饭的三分之二时间都在喂老巴图，而喂进去的食物三分之二都漏了出来，幸好喂食之前给他戴上了一个巨大的围嘴。我们的话很少，大部分时间只能听到吃饭的声音。在断断续续地四个人的对话里，我得到了如下信息：

老巴图的腿脚一直不好（从打狼的那夜开始），走路是瘸的；后来腿部肌肉萎缩，行动逐渐不便，只能深居简出；去年的某一天（肯定在老哈来给他过生日之后），摔了一跤，突然中风，或者突然中风才摔了一跤；总之，这就是现在的老巴图。

饭后，我们沉默着喝奶茶。老哈放下杯子蹲到收拾干净的老巴图面前，把手伸进毯子底下握着他的手。老哈说："巴哥，你还认识我吗？我是小哈啊！"

除了抖，老巴图有的只是一张庄严、空白的脸。老哈眼泪唰的就下来了。他站起来，急急地出了门。

回到客栈我们就退了房，去老包的牧场。老哈说，他有话想跟我们说，跟我和老包。他要当着我和老包的面说。我们原路返回，从莫尔道嘎到根河，然后回到加拉嘎老包家的牧场。我开车跟在老哈的摩托车后面，从半下午一直开到夜里。除了抽烟上厕所，我们一直在跑。老哈不敢停下，他说停下了可能就再也开不了口了。

如你所知，谎言总是没完没了，而真话通常只需要几句。

坐在老包家的火塘边，老哈一杯杯地喝奶茶，声音断断续续。

"……那天晚上，老巴只想专心赶路，是我想追那头狼的，我想给乌兰娜送个礼物……我喜欢她，我也知道她喜欢我……我是看见那头母狼才装作被落下的……我的确怕了……不过我的确也追不上老巴，他的马比我快很多……可是，我可以一直跟着他跑，只要找，总会找到他的，就算给老巴提个醒也好……狼太狡猾了……或者叫上乌兰娜的阿爸一起去找也行……我没有……凌晨老巴回来，很快就睡着了……我知道老巴没法再跟我一起去莫尔道嘎了，但我不想失掉这个机会，骑上马一个人出发了……上马前，我带上了一张狼皮……"

"一个人敢出门了？"老包抽着大烟斗问。

"还是怕。可我想，老巴一个人把两头狼都对付了，我不过是赶个路。"

"去了莫尔道嘎？"我说，"买的是啥礼物？"

154

"从一个二毛子手里买了条俄式围巾，很漂亮，稀罕。那会儿中苏关系已经决裂了。乌兰娜直接从蒙古包里给扔了出来。我就知道，我们没戏了。"

　　"然后呢？"

　　"知青返城。我离开了。真像是逃命。"

　　三个人都不吭声。木头在火塘里噼噼啪啪炸出很多火花。

　　"要有朋友去莫尔道嘎，"老哈说，"推荐一下牧马人客栈。乌兰娜不容易。"

2015 年 11 月 18 日，知春里

刊于《江南》2016 年第 4 期

我们的老海

　　胡小鱼让我五天后到她家去，我就五天后去了她家。夏天的鲨鱼镇是个好地方，中巴车还没正式进入镇子，我就闻到了海风清凉的咸味。整个车子里都是宽阔的大海的味道。我旁边几个戴草帽的渔民说，又有几艘船回来了，个个装得满满的，这趟发了。我就想起革命歌曲里唱的，清早船儿去呀去撒网，晚上回来鱼满舱。当然他们不是，他们是大船，出远海，要十天半个月才能满载而归。这地方是个海边渔镇，很多人都靠出海捕鱼为生，听小鱼说，有的船胆子大，都跑到韩国日本去了，私下里跟外国人做生意。有鱼卖，有生意做，所以日子过得很不错。

　　我在镇子中心下了车，靠着不锈钢的大鲨鱼雕塑给小鱼打电话。一个男声接的电话，用的是气呼呼的方言，谁？

　　"我找胡小鱼。"

　　电话传递过去的声音，然后是小鱼。我说我来了，在大鲨鱼的阴影里躲太阳。

　　"等一下，我去接你。"

　　关掉手机，我掏出一根烟。整个镇子被两条交叉的水泥路分成四半，路面宽阔，不比城里的马路差。我总觉得路面上有星星点点的小东西在闪着银光，盯着一个跑上去看，是落在路上的鱼鳞。两边的房子也不错，很多粉红色和海蓝色的小楼房。一根烟刚抽完，一个黑红脸膛的年轻人骑摩托车过来了，摘下墨镜问我是不是小鱼的朋友，我点点头，他就咧开大嘴呵呵地笑，用力地和我握手。

"我叫海生，"他帮我把旅行包拎到车上，让我上车。"小鱼是我老婆。"

"哦，"我说，"我在别的地方做了个社会调查，顺便过来玩玩。打扰你们了。"

我不知道我为什么要迫不及待地告诉他，我是做了个社会调查之后路过他们家的。这是小鱼教让我说的，见了她丈夫就说，我只是调查之后顺道经过这里。她让我到他们家看看。我答应了，我想看看这里的海。

如小鱼所说，海生是个沉默寡言的人。除了刚才的那句话，摩托车发动之后他就一声不吭，车速很快，在我看来有点野。太阳明晃晃地挂在头顶上，我们的影子连成一体在路上跑。我觉得应该找点话说。

"最近没出海？"我问他。"听小鱼说，你是镇子里最年轻的船老大。"

"呵呵，就是个打鱼的。刚回来，过几天再出去。"他的嗓门很大，火热的风在耳边像大水一样哗哗地流，声音小了听不清楚。

"哦。打鱼好玩吗？"

"就打鱼呗。出海，拉网，再回来。"

"哦。"我好像找不出问题要问了。他不是一个能激起别人问题欲望的人。

车子又跑了一会儿，他主动开口了，声音低了下来，不过我还是听得很清楚。"我们在吵架，她还说要离婚。"停了一下他又说，"你是她朋友，你帮我劝劝。"

"你不想离？"

"当然不想。"

"哦。"

太阳真晒，我摸了一把脖子，全是汗。到家了，是一栋六层的海蓝色住宅楼，他们家在二楼。看来渔民的确很有钱。他锁上车，坚持要帮我拎包，不让拎都不行。上楼之前，他又红着脸让我帮他劝劝小鱼。我点点头，说哦。

小鱼显然是刚刚才化了妆，我想海生一定看得出来，隔着防盗门我就闻到她身上散发出来的新鲜的脂粉和香水味。我觉得小鱼做的太明显了，有点过。

"你来了。"她在自己家里反而有些羞涩和生分了，开了门就把手放到身后去，看上去完全是个城里的女孩子。"调查做得还顺利？"

"还行，但是整理起来恐怕很麻烦。"我拍了拍旅行包，"记了很多草稿，还有录音带，够我忙上半个月的。"

我到卫生间洗了个脸，站到电风扇底下正对着吹，舒服多了。小鱼说，等一下，她给我切西瓜。她刚说完，海生就去拉冰箱的门，西瓜吃完了。"西瓜吃完了，"他歉疚地对我笑笑，"等一下，我下楼去买。"我说就不麻烦了，喝点水就行了。海生还是出去了。

小鱼说："让他去。"

海生盘旋而下的脚步声越来越小。小鱼侧着耳朵听，突然迎上来抱住了我，电扇吹乱了她的长头发，把我的整个脑袋都包在了乱发里。我的耳朵也竖起来，门外静悄悄的，我们相互找到了对方的嘴。在她家里接吻让我觉得时间过得太慢，我不得不推开她来喘口气。

"回来了就开始吵架。"她一边整理头发一边对我说。

我没说话，走到镜子前看嘴上有没有口红，然后闻到自己脸上蹭到的香味，只好又去卫生间洗了一次脸。

"你不希望我同他吵架？"

"这是你俩的事。你有吵架的自由。"

我把电扇转了一个方向，像什么事都没发生一样坐到沙发椅上。沙发椅不错，看起来像是红木的。小鱼穿一件我最喜欢的连衣裙，她特地带回来的。风鼓起裙子，一个有点热的女人站在我面前，有那么一会儿，我想抱住这个身体，把额头放在她的小腹上。可是她的丈夫回来了，抱着两个大西瓜噔噔噔跑上了楼。

因为我的到来，他们两人至少表面上不再吵了。我跟小鱼说了，我不是来听他们吵架的。

"那你是来干什么的？"她问我。

"看海。"

"真的？"

"真的。"

我一本正经地说。我真的想来看看海。

这么多年我只看过一次海。很小的时候，父亲带我去一个海滨城市看病，顺便去了一趟海边。那时候甚至连"海"和"江"的区别都不懂。我只看到了一片起伏的大水，无边无际，远处有轮船，水面上有白色和灰色的大鸟飞来飞去。耳朵里是水波涌动的声音，身上是病痛。那次看海只是一瞥而过，我连海水都没能用手摸上一下。小鱼说，她家的旁边就是海，从小在海边长大，她父亲当年是镇子上最威风的船老大，现在老了，把船老大的位子给了她丈夫，海生成了鲨鱼镇最年轻的船老大。她这近三十年里，看得最多的就是海，任何时候的海都见过。原始的海，人工经营之后的海，都看了个够。镇上在海边开辟了一部分休闲旅游区，供游人和附近的居民游泳消夏，还取了个响亮的名字——小北戴河。

"我带你去看老海。"听说我对海感兴趣，小鱼对我许诺不下二十次。

她把身边的海叫"老海"，他们都这么叫。充满了敬畏和家常，他们的食物和生活都从那里面来。老海。

"老海有什么好看的？"海生刚进卫生间，小鱼就凑过来，抱着我的头，把我的额头放到她平坦的小腹上。她知道我喜欢这样深情的动作。她说，"人不比海好？"

我歪着脑袋看看关上的卫生间门，里面传来她丈夫水流的声音。在水箱响起之前，我推开了小鱼。我总感觉不对劲儿，在她的家里和她在一起，我放松不下来。这里是她的家，旁边不时地总要坐着她的丈夫。我对这一切感到陌生，对小鱼也觉得陌生，似乎她已经不是那个出现在我的生活里的胡小鱼了，而是一个渔镇上的年轻的女人，一个船老大的老婆。

晚饭理所当然要吃海鲜。本来海生要下厨的，他对海鲜太在行了，但是小鱼说她来做，要让我这个朋友尝尝她的手艺。我说好，吃上正儿八经的海鲜机会不多。小鱼进了厨房，我就和海生隔着茶几聊天。

"冰箱里的海鲜已经少多了，你要是早几天过来就好了，那会儿出海刚回来，什么样稀奇的东西都有。"

"对我这个过路的食客来说，有的吃就已经很感激了。"

"不行，你是小鱼的朋友，一定要招待好。我们这穷地方别的没有，海鲜不缺。明后天就有几艘船回来，我们请你吃最新鲜的海货。"

他的笑还是有点腼腆，端茶杯的时候都能看到胳膊上大块大块黧褐色的肌肉，这是一个被海风吹透的汉子。他一个劲儿地让我喝茶，除了这个他好像就不知道说什么了。憨厚的沉默让我不安。

"海上的生活还好么？"

"怎么说呢，还行吧。老海就像个人似的，你能说一个人好还是坏？打鱼的总得出海。"

他总是让我无话可说。我们端着茶，看着电视上有人在蹦蹦跳跳地唱歌。时间过得真慢，但我们得等下去，直到小鱼把晚饭做好。我们得把这些空白的时间打发掉。

"听说老海很好玩。"连喝了三口茶，我重新挑起了话题。

"他们说是'小北戴河'，呵呵。"

"这个名字好啊。"

"噢，小鱼说了，你是来看海的。"

"对，我很喜欢大海。"

"看老海方便，吃完饭我们就去，还能游泳哪。"

"好。"我说，把第三杯茶喝完了。小鱼从厨房里出来，对我们挥挥手里的铲子，晚饭终于做好了。

喝了一点酒。海生喝了不少，他能喝，出海的人都能喝，口袋里经常装着老烧和二锅头。他没让我多喝，也没让我多吃海鲜，他说这些东西不少都生长在深海里，性寒，乍吃海鲜的人扛不住，吃多了要拉肚子。小鱼开始还打算让我多吃点，也不敢勉强了。那顿饭我吃的多少有点矜持。

晚饭后已经七点了，我们决定去海边。步行到海边大约要二十分钟，摩托车不用五分钟就到了。我建议步行，小鱼说太远了，我坐了一天的车，还是省省吧。海生就去楼下车库里推摩托车。我坐在海生身后，小鱼坐我身后，抓住我的衣服。傍晚的海边小镇很凉快，风从空旷的大海上吹过来，清凉宜人，伸出舌头到空气里都能尝到咸味。车子沿海滨大道向前跑，一边走小鱼一边向我介绍路边的景致，比如哪家小店铺不错，她在里面买了什么东西；哪家服装店还可以，她看中了其中的某一款。然后就是一条河道，这次是海生介绍了。他指着河道里的一艘大船说：

"那就是我的船。"

那艘船让他成了意气风发的船老大。海生说，那条河道是人工开凿出来的，引的是老海的水，归来的渔船都停在河道里。河道里有好多艘船，大大小小的不同，水很浅，所以每次要出海，必须在老海涨潮的时候，海水漫进来，河道里的水不断上涨，这时候把船驶出河道。他把车速放慢，指指点点向我介绍他的渔船，在一群渔船里，他的船俊朗雄壮，威风八面。正说着，他突然停住了，车子猛地颠簸了一下，差点翻到路边。我本能地抓住了小鱼的手，不知道什么时候她不再是抓着我的衣服，而是抱着我的腰，我分明感觉到她的胸部挤压在我后背的力量，她的呼吸在我的脖子边上。我看了一眼后视镜，在镜子里我的目光和海生的撞到了一块儿，他在盯着后视镜，显然看见了小鱼抱着我的腰。我赶紧用胳膊肘碰碰小鱼，让她把手臂松开。

现在该说说老海了。

我终于又一次看见大海了。不是我少见多怪，实在是壮怀激烈，波涛浩荡一直连到天边。很多人在海边乘凉，一部分人在水里游泳。更多当地的人源源不断地穿过度假村的大门来到海边。度假村就是一个大院，有宾馆和饭店，更多的是兜售纪念品的小商贩，他们在贝壳海螺上拴了一条红线就挂在遮阳伞下卖。现在老海正退潮，退得慢慢腾腾，尽管在退，看起来依然是前进升腾。一个个浪涌上来，掀起来，落下像拍打，浪花碎得如雪。满世界都是涛声，喧嚣的人声都被掩盖了。只有老海，从脚底下开始，直至无穷到天边。我想着海生光着上身站在夹板上的风里，指挥一条大船在浪里走，天苍苍，水茫茫，背影都觉得是个大男人的样子。这样一来，我对海生的感觉莫名其妙地就好多了。我希望能听他即兴地说说海上的生活，但他沉默不语，一个人远远地坐在沙滩上，低着头用手指在沙上划。

我和小鱼只是在沙滩上走了走，没有游泳，小鱼说现在海水凉，下了水很可能会感冒。我喊海生一起散散步，他不去，哪天不看海，索性躺在了沙滩上。天渐渐暗下来，摄影师抓住最后的一点天光要给我们照相。我不想照，小鱼坚持要照，咔嚓一下，照片慢慢从机子里吐出来，我看到我俩像情人那样紧密地挨在一起，我们都在笑，背后是幽暗的老海。我把照片藏在口袋里，回去后塞到了旅行包里。

照完了相，我想早点回去，小鱼说早呢，你看人家都在，再走走。我们继续走。很快就走过了"小北戴河"划定的区域，到了一道坝子另一边的野海滩上。那里的人不多，都是两个两个走在一起，或者抱在一起，一看就是情侣。海风吹着还有点冷，小鱼挎上我的胳膊，整个人朝我怀里靠。我们赤着脚，踩到一个个干枯的小贝壳上。

走不远就看到水中三所方方正正的石屋子，各有一尺多的石壁

163

淹没在海水里。我们走上去，伸头往空屋子里看，黑洞洞的，海水拍击墙壁发出沉闷的轰鸣。

我问小鱼："这房子是干什么用的？"

"我还出生时就在了。是碉堡，海防用的，当年为了防止日本鬼子再打过来，整天有人待在小屋里站岗放哨。"

"怎么成了这样？"

"后来就废弃了。就是真打过来，这东西也派不上用场。原来是在海岸上的，被海水冲刷，一点一点地往下滑，几十年了，就陷进水里了。我小时候经常在里面玩，那时候海水还进不去。"

哦。物是人非，老海也会变。

"进去看看？"小鱼说。

"算了，"我看看表，八点多了，天差不多要黑了。"你老公要等急了。"

小鱼咕哝了一声，生气地甩下我的手，一个人跑在我前面往回走。海生躺在那里睡着了，至少看上去是睡着了，听见我们叫他，大梦方醒地坐起来，问小鱼现在几点了，他不小心睡着了。

回到家，都不太说话，轮着去卫生间冲了个澡。洗完了我就进了小鱼给我收拾好的房间，打开电视看了一会儿无聊的节目，十一点的时候就打算躺下了。我听到他们的房间里两人在争论什么，听不清楚，好像又吵架了。过了一会儿，小鱼推门进来了，穿一件肥大的睡衣，胸罩都没戴。她坐在我床边，散发出身体的暖香。

"又吵架了？你这样过来不太好吧。"

"没吵，"她说，"他说你好容易来一次，想带你到船上去玩。我说你恐怕受不了，就在海边看一看，游个泳就差不多了。他觉得不好，你是客人呢。"

"不会吧？他知道了不想掐死我才是怪事。"

"他实心眼，当你是我朋友。"

但愿如此，也许我神经过敏了。我的手从她的睡衣里伸进去，闭上眼，微微沁出汗的皮肤，有一瞬间我都觉得这就是我的女人的身体。海生的咳嗽声传过来，我缩回了手。

"快回去吧。"

第二天上午起的都很迟，随便吃了点东西垫垫肚子就中午了。等着小鱼做午饭。吃饭，海生陪我喝了点酒。一喝就多，喝过了就想睡觉。午觉。醒来已经下午三点半了。太阳很好，海生说这会儿海水的温度正适宜游泳，建议我们去游泳。我当然乐意，我从没在海水里游过泳。穿上泳衣下楼，摩托车后轮有点瘪，撑不住三个人的重量，我说我就骑自行车吧。小鱼不同意，说天太热，骑自行车又慢，还不给烤成乳猪，她让海生去修理铺充点气。我们在楼下的阴凉里等。一根烟的工夫海生回来了，后轮还是有点瘪。

"三个修理铺我都跑了，一个都没开。"

我笑笑说："没事，我就骑自行车。"

"还是我来吧。"海生说。

"我来。我没玩过摩托车。"

大太阳底下蹬自行车不是件好玩的事，好在路不远。很多人在游泳。涨潮快结束了，昨天走过的那些沙滩大部分都淹没在水里，老海里满满当当，岸边堆满了泡沫。我们换好了衣服刚打算下水，海生突然说他得回去，过两天就要出海了，他得把准备的任务吩咐下去，让手下的人分头去采买必要的食物、冰块，还得提前把渔具准备好，该修的修，该换的换，该补充的补充。

"实在不好意思，不能陪你了。"海生说。

"该我不好意思，耽误你正事了。你忙，你的。"

小鱼说："你去吧。游完了泳他骑自行车带我回去。"

海生拍了拍我的肩膀，说："那好，就辛苦你了。"他的力气可真不小。

就剩下我和小鱼，这大概是我们两个人都希望的。海生骑上摩托车回去了，看不见了人影了我们才下水。在岸边游。我不敢往深水里走，奔上岸来的一个个海浪让我心里没底。我们不约而同地往人少的地方去，除了脑袋，身子都藏在水里，手逐渐钻进了对方的泳衣里。

"这就是海，"在远离人群的地方我抱住了小鱼，对她说，"我们在海里。"

小鱼闭着眼迷迷糊糊地说："老海。"

在海水里泡了一阵我们就上岸歇一歇，躺在沙滩上晒晒太阳。有人离开老海，有人加入进来，总体上人数开始减少。夕阳将尽的时候我们终于翻过了大坝，到了另一边的野海滩。只有屈指可数的几个人，一两对情侣，几个捡刚落潮留下的贝壳的孩子。我们的身体已经被海水泡白了，手上起了皱。石屋有一小半淹没在水里。

终于，太阳消失了，西半天的云霞落进老海，一半是海水，一半是火焰。我们都不说话，装作捡贝壳的样子来到中间一个石屋前，低着头钻了进去。进了石屋，海水到我们膝盖以上。我们就像一对盼望已久的野兽抱住了对方，石屋里光线暗淡，我们相互寻找，剥落，相互呼唤对方的名字。海水涌进石屋，前赴后继，波浪与石壁相击之声巨大，我们如同置身在一座大钟里面，无边无际回旋的海的声音，仿佛整个老海都涌进了石屋子里。然后小鱼的声音在我耳边响起，越来越大，直到盖住了大海的声音。

从石屋子里出来，天已经上了黑影，野海滩这边空无一人。隔着大坝，有人在尖叫，有人在大笑，纳凉的人玩得很热闹。我们翻过大坝，"小北戴河"又聚集了很多人。没有人知道我们从哪里来。

回到家海生正在做晚饭，听见门响，一身大汗地从厨房里出来。"怎么回来这么迟？"

"遇到一个老同学，拉住了就不放手，我都给聊烦了。"

"快洗个澡冲一下海水，晚饭快做好了。"

女人撒起谎来眼皮都不眨一下，海生却这么好客，他们都让我愧疚。

晚饭是一次丰盛的海鲜大餐。海生刚从海上回来的朋友那里拿来的，最新鲜的，品种繁多，他说要请我尝尝他烧海鲜的手艺。

"今晚一定要好好吃一顿，"海生说，"没时间再做这么多菜了。这几天我都忙，得把出海前的准备做好，他们几个张罗我还是不放心。"

那是我有生以来海鲜吃得最多的一次，也是喝酒喝得最多的一次。小鱼的丈夫在那次饭桌上热情得不得了。他说我来一趟不容易，他不能陪我好好玩玩，很对不住，那就多吃点，多喝点。他一个劲儿地给我倒酒和夹菜，我只能领受，这是男人好客的方式，尽管不太能喝，我还是很喜欢。海鲜吃得更多，的确是新鲜的，海生做的又好，味道完全胜过小鱼的手艺。

小鱼说："海鲜他吃多了会受不了的。"

海生说："这两天都在吃，应该习惯了。再说，喝酒不吃海货怎么行，是不是？"

我说："是。要吃。"

我和海生推杯换盏，大口喝啤酒，大块吃海鲜，直吃了个肚子鼓鼓。实在是痛快。到了睡觉时，还觉得酒肉依然堆在嗓子眼那里。一夜无事。凌晨五点钟左右，觉得肚子有点胀痛，去了一趟卫生间，蹲了一次觉得好多了，我想可能是消化不太好。回房间继续睡，再次起床去卫生间已经七点半了，他们都出门了。小鱼在客厅的桌上留了个条，说海生一早就到县城去买渔具去了，她出门买菜，一会儿回来，如果我起得早就等她回来做早饭。

　　我开始拉肚子，一趟一趟往卫生间跑。小鱼上午九点钟回到家，我已经跑了七趟，每次都是迫不及待地奔向马桶，倾泻完毕觉得神清气爽，可一提上裤子不到三分钟又不行了，肚子里像涨潮一样叫唤，还疼，换着地方疼。小鱼开门进来时，我刚从卫生间里出来，那时候已经没法神清气爽了，两腿发软，身体发虚，浑身冒着莫名其妙的冷汗。

　　我大病将死的样子把小鱼吓坏了，她赶紧扶着我坐下，"怎么回事？哪儿不舒服？"

　　我觉得我一定是在惨笑，"腹泻。我用光了两卷手纸。"

　　小鱼扑哧笑了，心疼地说："让你逞能，这下好了。"她扶着躺倒沙发椅上，到橱子里给我拿药。她倒了两粒药丸让我服下，"这药效果特别好，吃完了就没事了。"

　　吃了药躺着，我一动也不想动。小鱼抱着我的脑袋，抱怨我这肚子拉得不是时候，刚有机会单独在一起了，我就成了个软绵绵的病秧子。她要做早饭，我说算了，就是龙肉和圣水我也没兴趣了。我连抱一抱她的力气都没了。可是我还得坚持起来上厕所。又得去了。事实上那两粒药丸一点作用都没见效，反而更厉害了，三五分钟就得去一次，到了十点多钟，我觉得我连提裤子的力气都没了，真想干脆坐马桶上算了。小鱼很气愤，这药的效果她是知道的，很多亲戚来她家，吃多了海鲜拉肚子，一吃就停，偏偏对我不管用。她觉得我们不能再待在家里了，必须去医院。幸好医院不远，我还坚持得了。

医生先给我开了药，让我服下，接着让我挂水，跑了这么多次厕所，我已经脱水了。拿到药小鱼就叫开了，说这药不行，在家就吃过，不但不行，反而加重了。医生不信，说那是治疗暴食海鲜导致腹泻的特效药，怎么可能没效果。小鱼把药打开，才发现医生开的药和她家里的药根本不是一回事，形状都不同。我吃了药，开始挂水。小鱼让我等一下，她回去把家里的那瓶药拿回来检验，医生说，那不是止泻药，而是清肠败火的，跟泻药差不多。听得我头皮一阵阵发麻。

吃了两次药，挂了两瓶水，感觉总算是活过来了，腹泻止住了。

傍晚时分海生从县城回来，见到我有气无力地躺在床上，问我怎么回事。

"还说呢，"小鱼抱怨，"你差点把他害死，非让吃那么多海货，拉肚子。还有，那止泻药怎么成了泻药？"

海生愣了一下，说："什么泻药？我不知道啊。我从不生病，那些装药的瓶瓶罐罐我都多少年没碰过了。"

小鱼说："怪了，没人动药还会自己变？"

"这事就不管了，反正病也好差不多好了。"我说，"海生兄太好客了，本来打算玩上两三天就回去的，现在看来不行了，一点力气都没有，哪也去不了了。"

海生说："没事，没事。养好了身体再走。"然后去了客厅，从冰箱拿出一瓶冰镇的啤酒，对着瓶嘴一口气喝光了，喝完了对自己说，"渴死我了。"

接下来的两天我什么事都没干，就歇着。吃饭，睡觉，看看电视，和小鱼聊聊天。想干点什么也干不了，身体发虚，胳膊腿都使不上力气。海生还是到外面跑，为他即将出海做准备。不同的是，他回家的次数多了，一会儿工夫就回来一次，而且没有任何规律可循，有时候刚下楼又折回来，说这个忘记拿了，那个丢在家里了，或者买了什么东西送回来，或者回家查一个电话号码，给某人打个电话。刚开始，他出门以后小鱼还关上门，后来我让小鱼别关了，省得来回开门麻烦，越关门他回来的就越勤。小鱼很生气，说：

"你说我怎么能不和他吵架？"

我说："你这样，他怎么能不翻来覆去地往家跑？"

"我怎么啦？还不是因为你！"

"关我什么事？我可是来看海的。"

"你再说！"她不高兴了，上来掐我的脖子，"你想看海到别的地方看去。"

"那不行，这地方的海不是胡小鱼老家的海么。"

她又高兴了，往我身上蹭。我指指大门，推开她，"跑了一天的厕所，我都快成了废人了。"我说。我担心海生说不准什么时候又杀回来一个回马枪。我知道他怀疑上了，也猜到了。昨天晚上我到旅行包里找剃须刀，发现行李的位置和原来不同了，我从来不会把剃须刀放在背包的最底下。我又看了看背包的夹层，钱包、卡和笔记本都在，夹在笔记本里的照片不见了，就是我和小鱼在海滩上的那张合影。我把包翻了个遍也没找到。这事我没告诉小鱼，也没问海生，说出来他们又会吵，大概我连休养生息的机会都没了。

第三天总算恢复过来了，觉得胳膊腿又成了自己的了，我想看看涨潮，看完了就该收拾一下离开了。早上在饭桌上，我提出了我的愿望。

"没问题，"海生说，"午饭后我们就去，正好开始涨潮，是个大汛。再陪你游个泳，明天我也要出海了。"

午饭后简单睡了个午觉，一起到老海去。摩托车后轮还是瘪的，我骑自行车。海滩上聚集了不少人，一些人是来游泳的，更多的是来看涨潮的。老海正涨潮，一浪浪缓缓地涌上来，海滩上的水位逐渐升高，整个大海像一块蔚蓝色的陆地被一点点抬升起来，孩子们光着屁股跑在最前头的浪花里，追逐着叫喊。这就是海涨潮，世界开始动荡不安。

换好衣服，我们准备下水。小鱼说："要不要租个救生圈？"

海生说："哪有大男人抱着个救生圈的！你不会游泳么？"

"还行，"我说，"就在海边游游，要救生圈也没用。"

小鱼租了一个救生圈，我们下了水。慢慢往前走，太浅了游起来别扭。真正涨潮的时候我才发现，实际上海浪不是孤立简短的一浪一浪冲上岸来的，而是一排一排地向前推，前面一排刚过去，后面一排就跟上来，波峰，波谷，又是波峰波谷，连绵以至不绝。我们继续往前走，游游走走。对着这些陌生的排浪，我多少有些恐惧，但是脚还能踩着底，旁边有小鱼，前面有海生，他如鱼得水，远远地游在我们前边，所以还是敢于继续向前。为了不给海浪冲上岸去，小鱼把救生圈举起来，一直到了海水升上了我们脖子处才停下。

"不能再往前了。"小鱼说。然后她用手围成喇叭形喊海生，让他回来。海生在远处游，那里的海水一定能够没过头顶。

一会儿海生就游回来了，他在我和小鱼身边换着花样游。尽管不是特别标准漂亮的泳姿，但实用，一看就知道是和海水玩熟了的人才具备的。他不太说话，懒洋洋地从这边漂到那边，那些浪没法把他推到哪一边去。小鱼和所有女人一样，大一点的海浪涌过来就高声地叫，显得很开心，有时候我们的脚在水底下会勾连到一起。叫完了她就向我讲小时候的事，捉螃蟹，捡贝壳，划小船，游泳，当然还有几次历险，就是她有两次在老海里游泳，差点被淹死掉。

太阳被云层遮住，有一块巨大的乌云从东北方向飘移过来。露在海面上的脑袋此刻也凉快了，是那种让人振奋、催人奋进的凉快。

"往里游游吧，脚够不着底，上上下下全裹着水游着才舒服。"海生建议我们再往里走。

"算了吧，就在这里玩也挺好的。"小鱼不赞成我们过去。

"怕了？"海生笑着说。

我想了想，说："走。"

小鱼改变不了两个男人相同的意愿。她抱着救生圈，我和海生一人拉着一边，把她往深水里拉。脚踩不到底了，周围全是水，海生游得比我快，他不停下我也不能停下。我们被浪托举起来，又被抛下去，缓慢地，曲折地，感觉有点像在梦里。游泳的人群离我们已经很远了，这里只有我们三个。小鱼让我们放下她，她抱着救生圈自己玩。我和海生自由地漂游。

天陡然变了，刚才不过是乌云遮住了太阳，现在云层急剧增厚，黑沉沉的，像墨汁泼到了宣纸上，迅速蔓延了大半个天空。我们的头顶一片蓝黑。涨潮的速度明显快起来，浪开始变大，海浪高高地卷起来，如果不躲开，完全会劈头盖脸地砸下来。我开始害怕了。

"回去吧。"我对游在我旁边的海生说。

"这会儿刚有点意思，潮开始上得猛了。"

我觉得划水和踩水都有些费力了，可是海生还是不愿意回去，他在海水里如履平地。小鱼被海浪慢慢地往岸上推，在浪头落下的时候向我们摆手。她也不害怕，她和海生一样，是在老海里长大的。

我被一个浪头呛了一口，咳嗽半天才说出话来，我对海生说："说实话，我挺喜欢你这样的性格和生活的。"

海生抹掉脸上的水，"说实话，我不喜欢你。"

我只能笑笑，我怀疑他都看不见我的笑，又一个浪头砸下来。我觉得累了，手脚一旦停下来我就会沉下去，或者被水冲走。我想撒尿，但是离岸还那么远，只好调整一下泳裤撒进了老海里。不知道是那泡尿惹怒了老海，还是我心理出了问题，撒完尿立刻觉得周围不对劲儿了。天上开始打雷，远处还有闪电，光和电沉沉地压下来，就在头顶上不远的地方。浪也跟着大起来，身后涌起的浪头巨大，像一排排并列奔跑的马群，昂首嘶叫。我的恐惧立刻填满了嗓子眼，心跳如鼓，我从来没有那么恐慌过。无处立足的恐慌，整个世界动荡不安的恐慌，决决大水漫到鼻子底下艰于呼吸视听的恐慌，它从头到脚在瞬间贯穿了我。

我知道我输了。我不想再和海生耗下去了，开始往岸上游。

我好像还听见了小鱼在声嘶力竭地喊我们的名字。雨点和海浪一起砸下来。我被埋进了沸腾的海水里，当我想从水里钻出来的时候，觉得一只脚被什么抓住了，拖着我往水下拽，我惊惶地转过脸，只有海水，海生不见了，我用一只脚去蹬，那只脚也被抓住了，整个人失去了平衡。我的脑袋嗡地一声，我想我要完蛋了。我被拖着往下沉，张开嘴想喊，海水进入了我的嘴里，然后是食道和胃，最后进入了整个身体。双脚被抓得那么紧，挣扎一点用都没有，火辣辣的海水不停地往鼻子和嘴里灌。世界开始变暗，我觉得心跳在某一瞬间突然停滞了，眼前一下子漆黑一团。

有雨声，有海声，有人的哭声和叫喊声。这些声音由远而近，终于把我惊醒了。我咳嗽着醒来，发现自己躺在海滩上，头顶是一个蓝色的遮阳伞，正在遮雨。小鱼看到我醒了，抱住我的上身摇晃不止，她在大哭，满脸都是水。

"你醒了？你醒了！海生没了！海生没了！"

我愣愣地看着她，旁边围着很多人，一个医生模样的人向我举着他的听诊器。我想起那双手抓住了我的两只脚，身子不由自主地又哆嗦了一下。像是很多年前的事。

"他不见了！"

我费力地转动双眼，海上一片喧嚣，还在涨潮。一艘巡逻艇和一艘救生艇在海面上跑来跑去，发出刺耳的尖叫。

"他把你推上救生圈，就被一个浪头打下去了。"

我看看小鱼，她哭得很悲伤，我的上身和脑袋在她怀里颠簸不止，我歪了歪头，吐出一口海水。

"你们为什么不早点往回游？为什么要往里去？"

"海生？你说海生？"

"他没了！找不到了！"

她说海生不见了。海生怎么可能会不见了？他在老海里活了半辈子，走在水里如履平地，老海就像他的家，他怎么可能在家里把自己丢了呢？又有海水从身体里泛上来，我侧了一下身子，哇地吐起来。好像有源源不断的海水从肚子里流出来，我不停地吐，一直吐到满脸都是眼泪还不能停下来。

2004 年 7 月 8 日，北大万柳

祁家庄

父亲是个浑蛋，好在他已经死了。我把他的骨灰装进棺材，埋到地下；他给我留下一屁股债。两万三千零二十四块三毛，这个赌棍。我也是个浑蛋，父亲在电话里就这样骂我，因为我没有及时给他寄钱，他也不认为我现在有多大出息。自我打号子里出来，整个人像只瘟鸡头低毛耷开始，他就骂我是浑蛋。

但是我带了钱回来，办完父亲的丧事我还有钱。我是决定替父亲还债的。父债子还，我是亲儿子。父亲死在九月底，天刚刚开始有点凉意。他和一群人躲在一间烟雾弥漫的小屋里打麻将，他用左手摸牌。自摸，那一局赢得相当漂亮。当他动用最后的智力，在最快的时间里算出这一次他能把半个月里输的钱都赢回来时，全身的血液都蹿到了他脑门上，心脏的反应有点跟不上。这时候有人喊了一声，警察！除了我父亲，其他的人抓了自己的钱就跑。父亲没跑，毫无内容地大叫两声，趴在了麻将上。他们说父亲一定是被吓死的，因为警察的确出现了。我觉得他是高兴死的，至少八个月他没赢得这么利索了。他的最后一赢没人认账。但他认的账我得替他还。

村里人只加了一件小外套，我却穿了一件休闲西装式的黑皮夹克，里面是白衬衫。热是热了点，这让父亲的葬礼显得相当体

175

面。我把葬礼弄得很简单，不请鼓乐班子，不大宴宾客，这让父亲也与众不同。我借了一台音响，一天到晚用两台大音箱播放哀乐。哀乐播放时，我把父亲弄上车，拉到火葬场，然后抱着一个木质的骨灰盒回来。我把骨灰盒放在父亲的遗像下面，一个人守了一天。到晚上，我觉得应该有个人为父亲哭几声，就听从堂兄的建议，花一百六十块钱请鼓乐班子里的一个女孩在父亲灵前唱了一曲《哭灵》。那姑娘唱得泪流满面，让我好几次都以为死的是她父亲。她的悲恸让我也掉了眼泪。

棺材很小。又不是胳膊腿完整的一个人，我跟木匠说，你就做一口你这辈子见过的最小的棺材，两三个骨灰盒大就行。我抱着棺材去了墓地，白衬衫，黑皮夹克，因为这两种颜色，我的孝衣也省了。培完坟上的最后一铁锹土，我把铁锹扔掉，掏出手机给祁顺风打电话。我说顺风哥，我爸的债可以还了。祁顺风声音里充满了中华烟的味道。

"一小时后到村委会找我。"祁顺风说，"别空着手就行。"

我左肩上扛着铁锹往村委会走。一路上有人围观。外地嫁来的年轻媳妇和十岁以下的小孩，都在向别人打听我是谁。他们知道我是祁老三的儿子，但不知道我是谁。你肯定明白我的意思。十二年前我出门，中间回来的时间加起来也不超半个月。

"这一路你肯定走得风光。"我进了村委会的小会议室，祁顺风贴着我的耳朵说。当然，从明成祖时建村以来，祁家庄没人敢像我这样办丧事。"有能耐有身份的人就是不一样。"祁顺风对围坐在桌边的十来个人说，"要不先欢迎一下我的兄弟祁进步？"大家心不在焉地鼓起掌。

"我是替我爸还债的。"我左手往兜里插。

祁顺风按住我的手，"自家兄弟，不急。开完会再说。"

狗日的真能装。借父亲高利贷时他可没这么轻描淡写，一次次催父亲还债时他也没这么亲热。"我借你还不放心？哪有什么高利贷？"他对我父亲说，"我是副村长。你是我三叔。"父亲觉得有道理，胳膊肘哪能往外拐呢，人家还是村副。贤侄，借我八千就行。多？三叔还得喝点酒哩。

输输赢赢，经父亲手上的钱基本上保持了动态平衡，但八千块钱不知怎么就变成了两万三千零二十四块三毛。父亲找来借款合同认真研究了一遍，曲曲折折的条款里面竟有那么多小机关。签字画押摁过手印的。

"我只表一个态，我本人对咱们祁家村的建设很有信心。"祁顺风说，拆开一包新的软盒中华烟，用左手撒出一排子。"我十分希望更好地为乡亲们服务。能不能选上这个村长倒不是最重要。当然了，为了给老少爷们谋到更大的福利，我得有这么个平台。"

那群人相互看，然后相互借火点烟。

"进步兄弟是支持我的，"祁顺风说，"我兄弟大家肯定都知道。我三叔的好儿子。现在外面都叫他祈总。固定资产上千万，做海产品加工有限公司，是吧进步老弟？看我兄弟这身行头！爷们肯定记得进步兄弟小时候很白，小鸡鸡都是白的；现在这皮肤，古铜色。电视里的有钱人才去晒成这色儿，叫日光浴。男的穿着三角裤衩，女的兜着两把大奶子，往沙滩上那么一躺，黄金海岸，晒太阳。接受紫外线照射。光合作用。就是这样的。进步兄弟，你来了就是支持我。"

我慢慢地把左手往口袋里插。"我来替我爸还债的。"我等着他再次摁住我的手。

狗日的没摁。我心里又没底了。我的钱不够。即便只办了一个无比简陋的丧事，我剩下的钱也很不够了。祁顺风是个狠角色，不是一天两天。他知道我爸是个浑蛋，所以主动借给他钱；他知道我爸是个浑蛋，所以弯弯绕绕地把利息弄得那么高。你别从本家的角度来看这家伙，他对自己亲爹亲妈也下狠手。但他就是有一帮势力，打小就是孩子王，五年级没念完，就开始带一群小喽啰去村东头的松树林边打劫，每人手里握一把小斧头。他说我小鸡鸡白，真事，不过现在黑了。他带着一帮小恶棍拦住我，非脱下裤子让他们瞅瞅不可，要不他会挥起斧头，咔嚓，管他黑白，把我裆里的东西去了。那时候我都十二岁了。想想看，过路还有好几个我的女同学。问题是，我当时真他妈的脱了。他们笑得要趴到地上啃狗屎。他让我一辈子都认为长一个很白的小鸡鸡是个耻辱。这个狗日的祁顺风，这些年发了，带着当年跟在屁股后头拎着小斧头的那群走狗，把周围几个村里的粮食买卖全拿下了。他到你家，不跟你讨价还价，他只负责告诉你一个价，然后站他身后的某个狗腿子的咽炎及时发作了，咳嗽两声。就两声。你就得说，这个价，公道，成交。现在种地的人少了，年轻人都在出门找钱，他开始买地。反正你们也种不了那么多，卖几亩给我，我看就这个价吧。他把左手伸出来，晃几个手指头要看他当时的心情。他用这些地种粮食、栽水果、养鸡，更多的高价转手给做大棚培育的外地人。他一声不吭就成了镇上有名的致富带头人。据说镇长开会时点了他的名，在咱们祁家庄，祁顺风同志是致富带头人。你站在祁家庄的任何角落往天上看，最高的那幢小楼就是祁顺风家。这他妈个浑蛋。

　　我也是个浑蛋。从号子里出来我的确萎靡不振。尽管只在里面待了两年。两年不是人过的日子。我其实就干了三趟，加起来不过六辆现代轿车，还是个副手。渔船离韩国和日本近了，你心里也会痒痒，走私一辆车就能拿到好几万。结拜的兄弟问我："老二，咱俩来两手？"我说好。他是船老大，我听大哥的。那段时间我真的挺有钱，大哥没亏待我。从我在那个渔港第一次见到他开始，他就没亏待过我。那时候到渔船上谋生，我学会了开船。第三个雇主是我大哥。然后我们一起进去了。第六辆现代车从船舱里往外出的时候，一伙条子围上来，就跟说好了来迎接我们似的。"进去过"是个忌讳，相当于"翻船"，一般人不愿雇。我只能重新从普通水手干起，出苦力的那种。海风把我彻底吹黑了，连同小鸡鸡。

我把钱掏出来，说："这是五千。"我还想到另一个兜里去掏，祁顺风用左手摁住我。他像香港赌片里亚洲赌王一样哗地把五十张人民币摊成一个红色的扇面，然后一抄手，又把它们合到一块儿。整齐得像我刚给他时一模一样。他把钱捏起来，用钱的侧面对着会议桌剁两下，推到他右手边的祝千万面前。"叔，耽误你和各位老少爷们的时间了，顺风很是过意不去。"他说，"饭点儿也到了，大家拿去买瓶酒喝吧，想吃荤的买半斤猪头肉。先散了吧，靠各位爷们啦。"

他不看他们装模作样的推让，带我出了会议室。

我把左手伸进另一个兜里，祁顺风摁住我。

"还有。"我说。

"我的钱我还不清楚？"他说，"你坐这儿抽根烟。十五分钟后给我电话。"

祁顺风一路向西走，拐个弯往南不见了。十五分钟后我拨通了他手机。

"杜胜利家。"他在电话里说，一股中华烟的味儿，"杜胜利。来吧。"

杜胜利家新建了大房子，如果不是他下地干活都要探头探脑的老婆站在门楼前，我真想不到杜胜利这辈子能住上大房子。他和我爸一样，天生是个赌棍。九个人占据了床沿、椅子和三条腿的板凳，就这样也显出堂屋十分空旷。别的家具都被杜胜利输完了。五十年来，他从来就没把自家的屋子里赢满过。

我向街坊邻居们点头致意。

"找我有事，进步老弟？"祁顺风递给我一根烟。

"替我爸还钱。"

"三叔借的钱呀，嗨，我都忘了这码事。"他说，"多少来着？算了，多少钱也不管了，还一半就行。那一半当我孝敬三叔了。"他用防风打火机给自己点上一根烟，打火机从右手换到左手。"在座的多少都欠了我一点钱。钱这东西，生不带来死不带走。我祁顺风其实不打算坐地要价，就是想在各位手头紧时帮上一把。不兜圈子了，进步兄弟就是榜样，凡支持我祁顺风的，一概减半。"

"顺风哥雅量，"我及时地把手伸向剩下的四千块钱，临掏出之前，手指头松了松，七八张钱留在了兜里。我把三十多张票子递过去。"代我爸谢谢你了。"

祁顺风用鼻子笑了两声，说："应该的。"

杜胜利说："我欠九千二。"

一个说："我欠六千七。"

一个说："我欠一万三。"

祁顺风摆摆手。"明天投过票再报数。进步兄弟回来一趟不容易，咱哥俩得好好整两杯。祝各位发财啊。"

出了杜胜利家，我问："还有几个会？反正我明天才走。"

"两个。"

"可我只有这么多钱了。"

祁顺风停下来看着我，一个嘴角吊起来笑，"进步你狗日的脑子好使了，敲诈到我头上了？"

"帮着哥哥做事嘛。"我说，从口袋外面感受那剩下来的几张钞票。我不能连坐车离开祁家庄的钱都没有。这些钱我打算给父亲办个像样的葬礼的，进了村看见祁顺风我就知道，这钱无论如何得还，还多少都得还。他跟我说，从古至今的故事里，和尚死了都不能把庙带走。这话有深意，他电话通知我父亲死了时没忘叮嘱我，欠的钱一块带过来。我继续往家里走，在房前左右看看。我爷爷没能生出一个好儿子，但他有个好眼力，他把房子建在了村庄中央，没有比这更好的位置了。父亲骂我浑蛋的时候，顺便安慰了自己："幸好我还有两间好房子，要不养了你这么个儿子还有什么指望。"你用膝盖都能想到，这房子，其实是这位置，会越来越值钱。但你要让祁顺风不高兴了，房子可能会从一天少一块砖一片瓦开始，直到变成一块平地，最后可能连平地都不见了。我临时决定办一个谁都没见过的葬礼。父亲是个浑蛋，我也得说，爸，只能委屈您了。

"要不是弄清楚了一个月你只有两三天能把脚踩在岸上，还真给你这人模狗样的唬住了。三叔整天颠三倒四地跟人磨叨，你混得多么风光，我就是不信。他那点小胆量，你给他点钱，他敢不还我？"

狗日的说着了。有时候海上饭不好吃，比如我现在这情况。但

181

我还是坚信日子会好起来的。我还相信，那个一听说我得在里面蹲两年，立马把我的存折和银行卡卷走的臭婊子，早晚有一天会回来给我系鞋带的。我只要她系，别的女人再好，也靠一边站。我就不信这个邪了。这也是父亲骂我的理由之一，被个女人给玩了。从号子里出来我剁了右手小拇指的最后一节，为了要记住这一点。就像当初被迫脱下裤子露出小鸡鸡后，我立志离开祁家庄一样。因为缺了半截手指，我慢慢习惯了用左手，活生生把自己弄成了一个左撇子。父亲也是个左撇子，他迷信左手摸牌才会有好运气。

现在，口袋里的几百块钱，地处村庄中央的房子，还有后天养成的左撇子，是我全部家当。

"真可以对半还？"

"兄弟我扶正后，一切都好说。"

我决定陪着祁顺风把戏演下去。我们去祁家庄西北角的一户人家，那里聚了一屋子准备听取候选村长施政纲领的正经村民。我穿着西装式的黑皮夹克和白衬衫，我有被海风吹黑的时髦肤色，我还有一场空前的葬礼。没几个人知道这些年我都干了什么。我可以是祁总，就可以是打算造福桑梓的祁总。进门之前，祁顺风把那三千多块钱塞回我口袋。

"为了表示我为祁家庄服务的诚意和建设祁家庄的能力，我真诚地邀来了我兄弟祁进步。望三叔在天之灵安息。"祁顺风说，"进步兄弟是大老板，总经理，董事长，正在筹划为村里建一座康乐中心。进步兄弟只愿意跟我合作，打虎亲兄弟，上阵父子兵，老少爷们都懂的，进步兄弟，你来说几句？"

"我支持顺风哥。我们需要顺风哥这样有激情、有想法的实干家。这次回来太过仓促，家乡变化很大，好。康乐中心也只是个初步想法，还需要与顺风哥进一步磋商。"我在口袋里摸索，手指头又松了松，这次顶多三十张钞票被我放到了那户人家的饭桌上。"抱歉，随身没带那么多现金，只表示一下诚意。给康乐中心征集个好名字，谁取出大家喜闻乐见的好名字，这钱归谁。"

房间里骚动起来。没什么比钱更好使。对这一屋子人来说，谁能给村子里找来钱，谁能让大家过上好日子，谁就是在为人民服务。这效果祁顺风很满意。

接下来我又陪着祁顺风跑了两场。其实是三场，晚上那顿饭是最重大的一场。前两场，一场扮演代表死去的父亲接受借款减免仪式的孝子，一场装作哭着喊着要跟祁副村长合作的有钱人，这世界除了祁顺风，谁我都信不过。第三场是我争取来的，跑了大半天，天都跑黑了，饿得不行。剩下的那四千块钱在我兜里进进出出好几趟，让祁顺风这狗日的看出了门道。他没事就用左手朝我口袋上蹭。可我饿得不行。我想喝两杯。应得的。祁顺风一拍脑瓜，没问题，一会儿有场酒，你再辛苦一下。

在酒桌上，我把先前的所有身份都用上了。不用祁顺风引导。照祁顺风的意思，明天的选举是无记名投票，今晚必须让那几棵重要的墙头草吃上定心丸。我的表演相当成功。即便我少说几句话，这身行头和特立独行的葬礼已经说明了问题。重量级人物做事都极端，比如葬礼，可以铺张到大俗，也可以至简到大雅。我说：

"为了表示对顺风哥的鼎力支持，我决定推迟行程，明天作为祁家庄的一个村民，亲自为顺风哥投上庄严的一票。这些年，叔叔大爷兄弟姐妹和顺风哥对我爹多有关照，为了表示感谢，我要多敬大家几杯，一醉方休。"

真就喝醉了。回家的路上摔了三跤。有两次躺在地上，感受着身底下尖利的石头，满天的星星像刚洗过一样，让人难过，我哭了。接到父亲死亡的消息，同船的兄弟说："穿上你最好的衣服。装也装得体面点。"

过日子不容易，他们是对的。回到家我躺到床上就睡着了，空荡荡的家，我连鞋子都没脱。第二天我被喇叭声吵醒，村委会的广播在宣布投票仪式即将开始。我洗了把脸，把头发梳理整齐，掸了掸裤脚和鞋面上的灰尘去了村委会。今天比昨天凉快。

十八岁以上的村民零散地站在村前的空地上。主席台上铺着红布，镇长亲自到场监督。祁顺风人模人样地坐在台上，跟过两分钟就嘬一次牙花子的谢顶镇长隔一个位置。镇长微笑着对我点头，那是因为祁顺风正指手画脚地向他介绍我。衣锦还乡的兄弟祁进步。有了镇长对我的远距离青睐，村民们在我身后指指点点。我向镇长和祁顺风沉着地挥挥手。

投票开始，每个人把打过钩的纸片往镇长面前的投票箱里塞。我投票的时候，听见镇长笑出了声。镇长笑了，主席台上的人就笑了；主席台上的人笑了，下面的村民也跟着笑了。不知道他们为什么笑。我看看祁顺风，狗日的铁青着脸，没笑。

当场唱票。有人拿麦克风念名字，有人往一块大黑板上写"正"字，唱票员和计票员每人左右都站一个监票员。祁家庄是个大村，计票是个漫长的过程。镇长去村委会休息了。祁顺风板着一脸的横肉走到我跟前，拖着我就往没人的地方去。站住后，他先给了我一拳。"你狗日的来拆我台是不是？"

"天地良心，我投的是你。"

"看你这身狗皮！"他抓着我肩膀，扳了一下，我原地转了两圈。我揪住衣服下摆，尽最大努力往身后看，娘的，衣服啥时候被划破了，皮衣张开一张大嘴，旁边有很多没擦干净的泥点子。人造革就是赶不上真的皮草。

祁顺风把手伸到我装钱的口袋，我立马用手摁住。我们先是盯住对方的手，然后看对方的眼。重叠在一起的是两只左手。

"狗日的，"我说，"你也是左撇子。"

2014 年 1 月 29 日，东海

刊于《作家》2014 年第 10 期

石头、剪刀、布

1

夕阳半落，天低下来，我加大油门赶路，摩托车前的影子越追越长。一辆运砖的卡车过去，尘土漫天，我不得不慢下来，把脸扭到一边，看见了路旁的两家小饭店。两个红衣服的女人站在各自的门前向我招手。我又慢一点，等着尘土缓缓降落，她们几乎同时向我跑来，说："大哥，吃饭不？"

她们热情得都有点不怀好意了，我本能地加大油门，车向前跑了几米。肚子里叫了两声，我感到饥饿难忍。随即慢下来，她们继续在身后喊："大哥！"我扭一下车头，斜穿路面，在对面一家小饭店前停下来。饭店门口空空荡荡，污水都没有，门楣上挂着一块鲜亮的木匾，刀刻出来的三个舒同体红字：吉田家。一个女人听见车响，从屋子里走出来，两只袖子卷到臂弯，右手里捏着几根芹菜。

"吃饭么？"她问。

我点点头，停好摩托车走进饭店。

一共十五张桌子和我这个唯一的客人，我正看墙上一只飞马牌挂钟时，她把菜单放到我面前。墙上的时间是五点五十七分，这是十一月初的下午，摩托车迎着风跑起来已经很有点秋天的味道了。我拿起菜单，再次看到封面上的彩色套印的"吉田家"三个字。

"你们饭店的名字？"我问。

"嗯，"她说，"我和我老公开的，他姓吉，我姓田。"

哦。这名字好。我就是冲着这个名字进来的，它让我想起当年念大学时，在城市的某个繁华地段才出现的日式餐馆"吉野家"。的确像个日本名字。我又看了看老板娘，不是很漂亮，但五官清爽，脸上有种硬和净混合出来的表情。当然不是日本人。

我随便点了两个小菜，一瓶啤酒，一碗牛肉面。她让我等会儿，从吧台后面的一个挂布帘的小门进去，接着就响起刀落在砧板上的声音，如急管繁弦，但节奏温润。刀功不错。

手机响了一声，我从背包里找出来，看到陆鸣发来的两条信息，第一条是：我心里有点乱。第二条是：你跑哪去了？到底打算怎么办？第一条我已经看过了，同样的消息他发了两次。第一次在三点左右，我在一个叫辛庄的镇子上买水喝，刚打开矿泉水瓶盖手机响了。我没回。现在他又追着发。我突然就火了，恶狠狠地回了一条：你他妈的还有完没完！

当初是他动员我一起辞职的。才几天啊，一个月不到吧，就扛不住了，又回头捡起了扔掉的那个饭碗。他以为我不知道。十月初我们来到校长室门前，我问他："真不干了？"他说："当然，早就烦透了。"我说："我也是。"然后一起走进校长室，一声不吭地把辞职报告放到校长面前，校长慢慢地翻出白眼来看我们，没等他下指示，我们已经出了他的办公室，如蒙大赦一般直奔宿舍，收拾东西从此滚蛋。自由了，再也不用看那些可怜的孩子和领导们的脸色了。我们都认为自己是为了反抗和良知才辞职的，那时候我们慷慨激昂，觉得自己义薄云天，甚至疑惑自己竟然能在那种环境下待了四年。

真是太不容易了。工作忙从来都不是问题，年轻人么，别人一天上四节课，我们可以上八节课。问题是，在这个偏僻的小镇中学里，我们的工资实在低得离谱。地方上实行财政包干，我们的工资由镇政府统一发放，在这个生活水平远远低于周围乡镇的地方，我们的工资水平可想而知。这还不算，镇里的领导决定，每个月只发工资的百分之五十六。也就是说，实际到手的工资都赶不上城里下岗工人的基本生活保障费高。还拖欠，正常情况下，十月份我们要排着队去领七月份的工资。为了活下去，有门路的老师就托关系求朋友调到其他地方了，只剩下我和陆鸣这样一穷二白的人死守在学校。就这样领导还不满意，又搞出个末位淘汰制出来，谁的班上期末考试均分最低，继续从工资里往外扣罚金；连续两次垫底，就请你走人。为了这个期末考试的均分，老师之间就差撕破脸动刀子了。能想的办法都想，恨不得替自己的学生进考场。暗地里挤兑别的老师和班级，几乎就是心照不宣的习惯了。这倒不是我和陆鸣辞职的直接原因。在我俩，钱不是最重要的，不是不喜欢钱，而是对钱的需要相对小一些。都是光棍，钱多了也花不出去，又是那种偏僻落后的地方，整个镇子上都找不到一次可以花掉两百块钱的地方。

是为了让辍学的孩子重新回到课堂上来。新学期开始，我和陆鸣配对的班上突然少了十四个学生。刚入学时是五十，初一上学期结束时走了两个，下学期走了四个，现在初二，刚开始竟然只剩下三十个。原来坐在破课桌后面满满当当一教室的孩子，现在隔三岔五地分散在教室的各个角落，稀落，荒凉，像那些掉色多年的课桌

188

一样让人伤心。其他班也多少流失了一些，但都比不上陆鸣和我这个班。就为了这一学期的学费，298元，他们家里拿不出，或者不愿拿。

我们决定去学生家里把他们都找回来。这也是学校的要求，学生流失要被上面狠批的。这是唯一的办法。我们不能眼睁睁地看着他们这么小就流落社会，才十三四岁的年纪。谁都知道最后的结果是怎样。

一天我去买烧饼，烧饼店老板在炉子前打儿子，因为他儿子少收了别人五毛钱。那孩子是我的学生，初一上学期退的学。我说偶尔错一次是正常的，谁能不出个错。烧饼店老板说，他不是错一次了，错了很多次了。再错下去，烧饼炉都得赔进去。我说那你们为什么还不让他继续念书？老板说，头脑好不好使，跟念书有个屁关系，你看我小儿子，就是他弟弟，才上五年级，从来没替我算过错账。出去找学生时，我还跟陆鸣说了这事。陆鸣说，真巧，十四个学生里，就有烧饼店老板的小儿子。

到了烧饼店，老板正在教他小儿子贴烧饼，大儿子挎着篮子出去卖烧饼了。见了我们，老板立马让小儿子到另外一间屋里去，那孩子弄了一脸的面粉，骨碌碌地转着黑眼珠不想走，老板喝了一声，还不过去，那孩子抽了一下鼻子消失了。

"两位老师要买烧饼？"老板说。

"不买。"陆鸣说，"让孩子接着念吧。"

老板乜着眼睛看我们："接着念？拿什么念？"

"不就298块吗？多贴几炉烧饼不就来了？这孩子成绩挺好的。"我说。

"你以为我贴的是钱哪？"老板说，"成绩再好，能当烧饼吃？"

"念好了考大学，你连烧饼都不用贴了。"

"考大学？老师你说笑话吧，咱这地方还能出大学生？出了也轮不到咱们家。我儿子我知道，老祖坟上就没长这根蒿。不想了。"

"万一考上呢？"

"万一考不上呢？这些年钱哪来？还不是得我一个烧饼一个烧饼贴出来？我一天到晚把脑袋插炉膛里容易么，你看看，这毛都被烧得不剩下几根了。"他让我们看他稀拉拉的头发。

"起码多学点知识吧。"

"有什么用？卖烧饼又不是造原子弹。这孩子五年级就没算错过账，这两年都白上了。一学期一两百块钱，你算算，多少个烧饼啊。"

老板像烧饼炉一样不为所动，怎么说都不行，和烧饼炉一样他只认烧饼。没办法，我们失望地出了烧饼店，出门时看见那孩子躲在院子里的大树后头，伸着脑袋偷看我们，黑眼珠还在骨碌碌地转。我转过身对他看一会儿，想起他最后一次数学试卷考了九十八分，比他高的只有一个。

还有一个女孩，辍学的原因是为了省钱以后给弟弟盖大瓦房娶媳妇。我们到她家时，她弟弟只有四岁，还被母亲抱在怀里，抓着母亲的大乳房叫着要吃奶。我问她父亲，为什么不给她继续念，她父亲说，这还用问么，一个丫头，不会学好的，学好了也是人家的，你们看我儿子都四岁了，不攒点钱以后拿什么给他说媳妇。她学习好？那你们供她念吧，反正我没钱。那男人简直就是一个真理在握的无赖。我们依然无功而返。临走的时候，那女孩一直跟着我们走到村外，一路流眼泪。可是没办法。我们上了车要走的那一刻，她才哇地哭出声来。就是在那个时候，我有了甩手不干的念头。真是太没意思了。

十四个孩子我们只找回来两个，也是磨破了嘴皮子才成功的，我们甚至为了让其中一个回来，还担保他一定能考上大学。出了他家门，我和陆鸣面面相觑，我们拿什么去担保？我们又凭什么去担保？总之我们是充分地尝到了荒诞的滋味，几天跑下来，我直想哭。

陆鸣提出辞职是在上报家访结果的时候。他拿着只有两个人名的一张大纸对我说："这鸟活儿，真他妈的不能再干了。"

我说："嗯。"

"不干了？"

"嗯。"

"一块儿辞？"

"好。"

陆鸣开始在办公室里像列宁一样来回走动，突然从口袋里摸出一个五分硬币摊在我眼前，说："国徽朝上就辞？"

我说："好。"

他把硬币一下抛到天花板上，撞下一层灰土然后掉下来，滚了半天才在一个地理老师办公桌底下停住。陆鸣趴在地上，撅着屁股钻到桌底下，像捏着一枚钻石一样谨慎地把硬币平移出来，"国徽。"

我啪地放下手中的书，说："快，写辞职报告。"

交了辞职报告我们就回宿舍收拾东西。除了几本书，被褥和几件衣服，我们各自值钱的家当就是一辆杂牌的廉价二手摩托车和一个待机时间越来越短的手机。若是单从人民币来衡量，可以毫不避讳地说，我们花了四年的时间最终就置办了这两样东西。

我们就这么辞职了，干净利落，像脱掉件衣服，就像当初一腔热情立志献身乡村的教育事业拎着一个包裹来到这所中学一样，多少都有些稀里糊涂。

而现在，陆鸣独自清醒了，在辞职快一个月时，突然发现那个饭碗竟是如此重要，舍不得放不下了，就回去了。这个消息是我母亲告诉我的，她在电话里言简意赅地说，陆鸣又回去了，看你怎么办？

我一个人被抛下时，那种激昂的烈士心态突然就松懈了一大半。我搞不明白为什么。我真的也放不下那个饭碗么？好像不是。我愤怒的原因也许仅仅因为我被背叛了、抛弃了。那种反抗的姿态突然失去了力量和意义，成了一种可笑的举动似的。所以我更加愤怒，又回了一条短信：有多远滚多远！

2

小菜的口味不错，啤酒清凉。我头一回在啤酒里喝出了一股甜味。喝酒的感觉真好。我赌气似的三下五除二把那瓶啤酒干掉了，又要一瓶。这在我的喝酒史上是不寻常的，朋友都叫我"杨一杯"。跟朋友一起喝酒，不管要几瓶，我就一杯。第二瓶喝不动了，我捏着酒杯晃来晃去，整个人像啤酒一样惆怅。辞职那天，我把行李带回家，说学校放几天假。母亲疑惑地看我一眼，咕哝一句就走了。过了两周，我还在家里，整天跷着腿躺在床上看书。母亲觉得不对劲了，问我，到底怎么回事？

"辞职了。"我实话实说，力求声音轻描淡写。

"不是被开除的？"

"不是。主动辞职。"

"辞职了。"母亲说，慢慢地坐到椅子上，"那你以后干什么？"

"再说吧，还活不下去么。"

母亲噌地从椅子上站起来，"无缘无故你辞什么职！你以为有个旱涝保收的铁饭碗容易么！你以为我们把你培养成个大学生容易么！你说辞就辞了。"

我说："我不想干了。我觉得很难受。"

"还能比我们还难受？"父亲抓着一个东西出现在门前，"刚我去借斧头，人家又问了，你儿子怎么整天在家，不是都在上课么？我怎么说？"

我坐起来看着父亲，他手里攮着一把斧头。院子里有一大堆木头要劈。他们说得没错，把我培养成个大学生不容易，尤其在我们这种地方。你都不知道考上个学校为什么那么难，那些孩子一个个看起来都挺机灵，就是念不好书。在我家这一条长街上，我是第一个赖赖巴巴爬进大学校门的人，当然也是第一个端上了铁饭碗的年轻人。街上的家长们都让自己的孩子像我学习。莫名其妙。

"我去劈木头。"我说，下了床，要去接父亲手中的斧头。父亲猛地一抽，银白色的斧刃滑过了他的腿，血流出来。我要去包扎，父亲像木头一样坚定地站着不动，斧头拿在手里，他不让我动他的腿。他说："你劈了我吧。"

我的脑袋嗡地一声，知道问题大了。先去了趟厕所，回来收拾了一个小包，塞了两件衣服、一本书和剩下的积蓄，骑上摩托车就出了门。我得出去躲两天，等他们消消气再回来。这几天我就这么骑着摩托车四处闲逛，走到哪里算哪里。跑路的感觉很不错，外地的树长得都和我们那地方不一样。车子越跑越快，这辈子都没跑过这么多的路。

喝高了。牛肉面端上来，我只能一根根吃，动作迟缓得像个机器人。老板娘问我味道怎么样，我说好。好吃。可我吃不下。我挑着一根面条，看着外面的天昏暗下来。本来打算到前面一个镇子上住下再吃晚饭的，我问过人，说不到二十里就到了。可是当时饥饿难忍，空荡荡的差点把我从车上摔下来。这是今天的第二顿饭。老板娘再次走到门帘后面，哗啦哗啦的洗菜声。

一阵粗犷的说笑声由远及近，一声大笑响起来，一群人堵在了门口，五个男人，灰头土脸的，进来就大大咧咧一屁股坐下来，拍一下桌子喊："小田！老板娘！接客啦！"

老板娘说来了，甩着两只湿漉漉的胳膊从门帘后走出来，"几位，想吃点什么？"

"老规矩！"一个红脸的男人说，胡子比头发还乱，"是不是，你们？"

其余四个人说是，老规矩。看样子红脸男人是他们的头儿。

"好。"老板娘说，"五瓶啤酒五碗肉丝面。"

"别急，妹子，慢慢来。我们不急。"红脸男人说，四个人跟着笑。

但上酒和面的速度很快，先是酒，打开了让他们空口喝，嘴对嘴，杯子都不要。然后一阵叮叮当当，炝、烧、煮，一个大托盘端来了五碗巨大的肉丝面。他们对这个速度很遗憾。他们喝啤酒吃面条，哗啦哗啦一片响声，我还在一根根挑我的面条，外面彻底黑下来。坐在我的位置能看见路对面两家饭店里的灯光，和灯光下几个吃饭的人。

老板娘端了一碗鸡蛋面坐到了我对面，还有一碟她自制的雪里蕻小咸菜，有点辣，正好下饭，她示意我也吃。

他们的脑袋扎成一堆说笑。红脸男人声音大起来："老板娘，你男人呢？不是说今天回来么？"

"医生说，再等一天，明天就能出院了。"

"又到明天了，"一个人笑起来，说话大舌头，"没完没了地往后拖，是不是不回来了？"

"谁说的，"老板娘轻松地说，"骨头的事，总得好好治。急着跑出来，变成瘸子怎么办？"

"瘸子，说你呢。"一个说。

"放你妈的屁！"另一个说，"小吉哪有我瘸得好看。"

一伙人又笑起来。瘸子又说："老板娘，那人是谁？脸挺白啊。"

"我表弟，老家来的。"

"你亲戚不少啊，得空就来一个。老吉当初不是你表哥吗？一表就表成个男人了。"瘸子让大家又笑起来。

"这表弟不会又表成一个新男人吧？"一个说，用筷子指着我。他们在说我。我不知道老板娘为什么要把我说成她表弟。

红脸张大嘴哈哈笑，一口黑牙露出来，"那有什么，白天当表弟，夜里做男人呗！"

老板娘的鼻尖都往外冒汗了，脸涨得通红，小声对我说："你别介意，就算帮我个忙。千万别往心里去啊。"然后放大声音说，"别瞎说，我表弟还没结婚呢，女朋友比我好看一百倍。"

"那有什么，能多睡一个就多睡一个，女人还有嫌多的。"

我站起来，抓着喝剩下的半瓶啤酒，对着桌沿啪的摔碎了瓶底，啤酒溅了我身上和老板娘一头脸。我握着半截锋利的酒瓶子走到红脸面前，指着他："你再说一遍！"

红脸嘴张大了，胸脯起伏了几下，脸还是灰了下去。瘸子压住他的肩膀，其他三个人拽着他胳膊。别动，老大，别生气。老板娘也跑过来，抓着我握酒瓶的手往后拽，表弟，别这样，就是开个玩笑，你别生气，回来吃饭，听话，表弟。她一个劲儿地对我眨眼。我慢慢放下胳膊，依然乜着眼看红脸，我的眼珠子一定是红的。红脸憋了半天，拍了一下桌子说：

"付钱！我们走！"

瘸子指使其中一个掏口袋付钱，他和另外一个一人抓着红脸的一只胳膊，把他拽出了饭店。

他们走后，老板娘松了一口气，说："吓死我了。"又说，"实在对不起，对不起啊。饭钱就免了吧。"

我说不行，该多少就多少，这事跟你没关系。

老板娘说："我也没办法。我老公出车祸腿伤了，在医院里。家里没个男人他们就要欺负。"

我说没关系，坚持付了钱，然后坐下来接着把面吃完。又进来两个客人，我盯着他们看，好像这是我的义务。好在他们只是吃饭。

老板娘忙完了又坐到我对面，问我家哪里，到这边干什么。我说了两百里外的一个地名，告诉她我是游荡，出来玩玩。

"哦，"她说，"一个人出门在外挺危险的，有地方去吗？"

"没有，我想到前面的镇子上找家旅店住。"

"要不，你就住我这边？天都黑透了。"

"不，不，我马上就走。"

"你别误会，"她尴尬地站起来，"我是说，天太晚了，赶路不方便，先凑合一夜再上路。"

"没事，"我放下筷子，伸手抓过包。"我骑得快。"人已经往门外走。

3

车只跑了两公里就没油了。天黑路更黑。周围一点动静没有，只有野地里的虫子在叫，没有车辆和行人。这里本来就是荒野，只是因为有一家砖瓦厂、一家水泥厂才聚一点人气，才出现路边的那三家小饭店。我推着摩托车往前走了五百米就开始喘粗气，我决定回"吉田家"，否则今晚会累死在路上。

老板娘正在打烊关门，才九点不到。她看到我狼狈地走进门前的灯光里，迎出来说："没油了？"

我说"嗯"。

她说："推进来吧，附近没有加油站。"

我把摩托车放到她挪出的三张桌子的地盘上，刚支好，外面进来两个男人，看着关了一半的门，问老板娘："还做生意吗？"

老板娘看看我，我懂她的意思，就说："做。想吃什么有什么。"

两瓶啤酒两碗面就把他们打发了。我奇怪为什么他们都吃面。老板娘说，便宜，方便，下锅就好。都是挣力气钱的穷人，还能吃山珍海味啊。

两个客人走了，老板娘把店门关上，插好。当屋子里就剩下我们两个时，事情就有点麻烦了。"洗洗吧，牙刷毛巾都有吗？"她问。我说有，从包里取出洗漱用品，按她的指点穿过门帘，再穿过厨房，来到一个院子里，中央有一口井，井边一只桶里还剩下一半的水。

洗漱完毕，老板娘告诉我床铺已经整理好，可以睡了。我心里咯噔跳了一下，跟着她来到一间不大的屋子里。一张双人床，一个衣橱，还有一个床头柜，就差不多满了。床上被子都理好了。

老板娘说："你住这里，我睡前面。"

她说的是饭店。

"我住前面，"我退出屋子，"随便有个地方躺躺就行了。"

"你就睡这里。那会儿，让你，受委屈了。"她说。"受委屈"这样的词她似乎不常用。"我住前面，早上起来也好收拾一下。"

我坚决不同意。她犹豫一下，把手从身后拿出来，说："那我们猜拳，石头、剪刀、布，输的睡这里。"

"好。"

两个拳头都藏到身后。她突然问："你出什么？"

"石头。"

"好。"她笑笑说，"一、二、三，出！"

我出的是石头，她出的是剪刀。石头砸剪刀。她输了。

"你真出石头啊？"

"当然，不是说好了吗？"

"我以为你骗我的。"

"我从不骗人。"我说，径直去了前面。

她把六张桌子拼在一起，上面铺了席子和被褥，刚躺上去，身下的饭桌吱呀叫了几声，躺好了就安静了。跑了一天的路，的确累了，我躺倒了就迷糊过去，什么都没来得及想，灯都忘了关。迷迷糊糊中听见老板娘关灯的声音。半夜里我被手机吵醒，坚持不懈地响一支"铃儿响叮当"的曲子。我觉得自己起不来，打算让它响下去，直到不响。这时候灯开了，老板娘穿着睡衣站在开关前，指指我的包。手机在包里。她披散着头发，有种安详粉色的美。我怔怔神，手机不响了。然后又响了。我掏出手机，后悔睡觉前没把它关掉。是陆鸣。

"神经病啊你，"我对着电话说，身下的桌子也开始吱呀吱呀地叫，"半夜三更的！"

"别火，我就两句话，不说我睡不着觉。是我妈逼着我回去的，她去了学校，就差给校长下跪了。你知道的，他们希望我能有点出息，我一点办法没有，我得对他们的下半辈子负责。"

"嗯。"我看了看还站在开关前的老板娘，从睡衣的形状来看，里面是光的。我敢肯定。她看着我的神情像个半夜里起来给丈夫掖被角的小媳妇。"你说完了，可以安心了。"我关了手机。鬼知道是不是陆鸣开脱自己的借口。但我知道，她妈完全有能力做出这种事。她家和我家相距不远，身份和处境差不了多少。

"你，没事吧？"她问。

"没事。"我说，重新躺下。我听见她关了灯，拖鞋空荡荡的擦着地面消失掉。

4

第二天早上醒来，老板娘已经准备好了早饭，早上没什么客人。吃饭时候我开始考虑怎么离开，又问她哪里可以加油。她说镇上。可是镇上那么遥远。

"我带你去。"她说。

"你带我？"

她点点头。她说她要去镇上买菜。她有车。然后我在院子里一堆蜂窝煤的旁边看到了一辆摩托车，比我的新。昨天晚上它就在，被雨布遮住了，我没看见。

"老吉的，有事我才骑。"

她的意思是，坐她的车去镇上买油，再回来骑自己的车。只能这样。车子发动了，她却让我骑，她坐后面，抓着我的衣服。风大，她让我慢点。我们的速度慢得像一辆自行车。这样的速度只能说话。瞎说，想到哪说到哪。她问我昨夜的电话，我就告诉她辞职的事。

"你喜欢做老师吗？"她问。

"还行。"

"那为什么要辞。找到件想做的事不容易。"

"要是你，你也会辞的。"

"不知道。"她幽幽地说。她的嗓门在风里已经挺大了，但听起来还像是声叹息。"你知道我多大了？"

"不知道。"

"二十五。"

竟然比我还小一岁，我一惊，捏了一下刹车，车往前耸了耸，她一把抱住我的腰。

"老板娘。"我说。

"叫我小田吧，"她把脸贴到我后背上，"我开了四年的饭店。这辈子我最大的愿望就是开一家大饭店。很大很大的饭店，所有客人吃完了都满意地离开。"

我不说话，感受她贴在我后背上的脸。她也不再说话，就这么一直贴到镇上。

买完了油和菜，已经下午两点。她挑菜挑得过于仔细，不厌其烦地讨价还价，每压一次价都得意地对我眨眨眼。我反正是个闲人，乐得将大把大把的时间挥霍掉。采购停当了，准备回去，她突然说，还得去医院看一趟老吉，不知这两天他的腿伤好点了没有。我问要不要陪她，她说不要，让我一个人在镇上逛逛，看完了她会找个电话打我手机。在医院门口分手后，我骑着车子在大街上转悠，找廉价的旅馆。看了几家，价格都还公道。又去书店溜了一圈，书都贵得要死，就在书店门口的地摊上花五毛钱买了本过期的杂志，坐在车上随便翻起来。一个侦探小说看得我一头子劲，看完了一抬头，太阳下山了。手机还没动静。我决定到医院门口等她。

在医院门前等了五分钟，才见到小田。我一直盯着大门，她却从后面拍了我的肩膀。"这儿呢，"她说，"等急了吧。"

"还好。老吉呢？"

"就那样，还得过一段时间才能下地。咱们回去。"她上了车，从后面抱住我的腰，"小心车篓里的菜。"

回去刚开门就来了客人，小田看我时目光闪烁。我让她放心，就是走也要打烊后再说。如果红脸来了，我要让他知道，我这个"表弟"还在。他们的确来了，还是每人一瓶啤酒，一碗肉丝面。啤酒和肉丝面是我给他们端过去的。他们只是自己说笑，没惹事，昨天晚上的事就像没发生过。

那晚上我没走。生意不错，一直到十点客人还陆陆续续地来。有一阵子我若不帮她，还真忙不过来。我只能打打下手。十点四十分，最后三个客人离开了，我自觉地去收拾饭桌。小田问我，想吃什么？我说随便，才发现一直是空着肚子在忙。我把所有东西都打扫完，她在厨房里大声说：

"关上店门，吃饭！"

店门关上了，一盆电火锅端上来。热气腾腾地飘出我喜欢的麻辣味。

"你一定爱吃。"她说，往里面放洗好的生菜。

"你怎么知道？"

"昨天晚上我问你能吃辣吗，你说多少辣椒都没问题。火锅一定也没问题了。"

"聪明，看来天生是当老板的料，一下子就抓住了客人的喜好。"

"哪有。"她有点羞涩，回头拿了两瓶啤酒过来，和我一起喝。"其实我不太能吃辣，但我喜欢吃火锅。我喜欢这种热气腾腾的场面，热闹，两个人头扎在锅上。老吉在的时候，我们常吃，忙了一天关上门，两个人围着一个火锅转，真好。一年四季我们都吃。"

"老吉也能吃辣？"

"没你能吃。"

我们突然都不说话了。稀里哗啦地吃，嘴里抽着凉气，把酒喝得像水。不停地碰杯，只碰杯不说话。她比我能喝，两瓶完了，她又开了一瓶。

"练出来了。"她终于开口说话，"开饭店的人都能喝，女人也一样。"

我说好。除此之外我也不知道该说什么。

一共喝了四瓶。我抚着鼓胀的肚子站起来时，两腿有点发飘，打了个饱嗝又坐下来。

"你别动，我来收拾。"小田说，利落地系上围裙。

我就那么坐着，看她来来去去地收拾。洗碗洗锅的声音。酒开始上头，我感到眼皮开始变得宽大和沉重，它们像黑夜一样迫不及待地要落到地上。然后小田过来了。

"怎么说？"她问，用手指了一下这里，又指了一个后面的某个地方。

身体里有个声音让我清醒过来。我跳起来，把拳头藏到身后，"猜！"

她笑了，顺从地藏起右手，"你出什么？"

"石头。"

一起出手，都是石头。再猜。

"你出什么？"她又问。

"石头。"

一起出手，还是两个石头。继续猜。

"这回你出什么？"

"还是石头。"

一、二、三，出。我是布，她是剪刀。我输了。

"你睡卧室！"她很高兴，像一个赢了糖果的小姑娘，接着脸色又黯下来，"你怎么不出石头了？"

"再出就没完没了了。"

她沉默片刻，说："你去洗吧，那边有热水。"

5

洗完澡我去了卧室，躺下。小田在门外说，床头柜旁边有水瓶，渴了自己倒。我说好，还要再说点什么，继续爬升的酒劲让我的舌头笨重无比。我想不会这么快就睡着吧，就睡过去了。

半夜里口渴，我眯着眼去找台灯，突然摸到了身边一个柔软的东西，吓得立马醒了。月光从窗户里照进来，一个人躺在我身边。我赶紧坐起来。

"你醒了？"小田说。

"你怎么到这儿了？"我打开台灯的时候，她也坐起来，用手遮着眼。被子从她肩膀上滑到腰间，我看见睡衣里起伏的阴影。过了一会儿她才把手拿开，眼里水汪汪的。

"我一个人在那边睡有点怕。"她说，把被子往身上拉了拉，低着头，在被子里抠自己的指甲。"你不介意吧？我只占一小块地方，你看，我自己带被子过来了。"她掀着被子给我看，我却看到了露出的两截丰白的大腿。

"没事，没事。"我说，去找水瓶。杯子里不知什么时候剩下的半杯凉水，加上热的，温度正好，我一口气把那杯水喝完。然后说，"不早了，睡吧。"随手关了灯。

哪里还能睡得着。我平躺着，一动不敢动，她的呼吸声在我右边，却无处不在。我强迫自己数小羊。一，二，三。一，二，三。我的数学比念小学时还要差，老数不好。完全是鬼使神差，我都没想到我会突然睁开眼。睁开眼的时候我看见另一双眼，悬浮在我右上方，里面有两盏明亮的灯。我没有惊叫，仿佛已经觉得理所当然。我在犹豫是否闭上眼的时候，两盏灯灭了，一个柔软沉重的身体压到了我胸前。我的脖子上多了两只胳膊。

"其实，我是一个人觉得难受，"她结结巴巴地说，"你知道的，就是孤单。"然后我听到轻轻的抽泣声。我够到台灯，打开，看到小田泪流满面。

"你别这样，别哭。"我手足无措，不知道该不该把她从我胸前移开。女人的哭，我从来都不知道该怎么办。

"没事。"她说，"一会儿就好了。"她果真就伏在我身上哭，声音变大，然后变小，我的胸口被压得麻木时，她用扑哧一笑

204

结束了漫长的哭泣。"你就这样一动不动呀，累不累？我没事了，就是有点难受。吓着你了？"她离开我的前胸坐起来，用手理散乱了的头发，脸上亮晶晶的一片。

我伸出手，一把将她拉到我身上，抱住了她的腰。她的睡衣像睡衣里的皮肤，我感到了它的润滑和温度。她啊啊地叫了两声，声音不大，左手摸摸索索去找台灯，啪，世界黑下来。我们同时回到了夜里。

6

第二天饭店到中午才开门，我们赖在床上不起，抱成一团睁着眼说话。

"这是我开的第三家饭店，前两个都砸了，最长的一个也只有十三个月。"小田说，"我一直都想有一个自己的饭店，我想把它经营好，让所有的客人都喜欢来吃饭。真的，你不知道，看着客人一次次来我的饭店我有多开心。所以，我要把这个饭店坚持下去，不管发生什么事，都要坚持下去。"

她说，她从十五岁起就辗转在好多家饭店里干活，先是打扫卫生，刷盆子，然后端菜，站在门外招揽客人，后来就做领班，十几个服务员归她管。还当过一段时间厨师，那是因为饭店里的厨师辞职了，一时找不到合适的，她就顶上去了。谁都没想到她做的菜那么好吃，她可是一天正规训练都没受过。但只有她自己知道，几年来不断地出入厨房，看一点就记一点。她把能学的都学到手，她要开一家自己的饭店。

原来她是有点钱，几年下来积蓄的，可惜被前面两个饭店折腾光了。她还不太懂饭店其实不仅是饭店，只会经营饭菜是不够的。今天出点这事，明天出点那事，三次两次就把饭店弄散了架。弄砸了两个饭店之后，她发现过去自己的野心太大，也太急了，太想做出一个自己的饭店了。她只是把它当成事来做，而不是当成家来经营和体贴，失败是不可避免的。经营这家饭店时，她开始把它当成家来维持。刚开张那段时间，她只能卖卖面条、馄饨和包子，根本没条件去炒菜，更别说做一两桌像样的酒席了。情况有所好转了，才雇了一个厨师，兼做杂事，但那样开销比较大，挣的本来就少。她整天都在想如何改变这种状况。后来她喜欢上一个男人，那个男人也喜欢她，两人一起经营小饭店，就把厨师辞了。饭店的情况好起来，她自己的感觉也好起来。终于有了家的感觉。现在之所以取名"吉田家"，也是缘于当时的那种好感觉。

"是老吉？"我问。

"不是，"小田神情黯淡，"姓高，只三个月就走了。"

高田家。我在舌尖上转动这三个字，也不错。"为什么走？"

"他觉得守在这地方经营一家小饭店没意思，没希望，烦了，就走了。"

"他一直，都爱你吗？"

"谁知道。反正走了。不止他一个。"

"你是说——"

"还有秦田家。"

我想问是否也走了，迟疑一下又打住。

小田也不吭声，过一会儿才说："他们从来就不把这当成家。他们反对饭店叫这样的名字。"

"还好遇到了老吉。"

她嘴角动了动，笑一下，看看表说："得起了，一会儿客人该来了。"

我真是净拣不开的那壶提，老吉都住医院了。

7

我在"吉田家"住下来，日子过得很不错。每天就是帮着打打下手，端茶倒水洗洗盘子拖拖地，隔一天骑摩托车带小田去镇上买菜。既不要牵挂辍学生，也不要想着领导和同事的那张莫名其妙的脸。一天忙活下来，没有负担，却很充实。看着自己的劳动转变成客人的随口赞誉以及摆在眼前的钞票，虽然不多，依然一分一分都让我生出结结实实的成就感。晚上还可以抱着一个温润的身体入睡。说实话，我有点迷恋这样的生活。

家里打过来两次电话，一次是母亲，一次是父亲。母亲说，你到底在哪里？多大的人了，你要让我和你爸操碎了心才高兴？没工作可怎么行？我说我不想干了，现在很好，你们别操心了。隔一天父亲又打电话，说，你还鬼混，赶快给我回去认个错，好好教你的书。当时小田就在我身边，父亲的声音她听得很清楚。

我说："爸，我没有鬼混，我在过一种有意义的生活。"

"屁，还有意义的生活！"父亲说，"别跟我玩文的！"

"没玩文的，"我说，但还是表达得更通俗一点，"我是说，我正在过着好日子。"

"屁，你能过什么好日子！你给我回来。你回不回来？"

"我不回，"我抓住小田的手，"真的在过好日子，以后再跟你说。"

父亲又说："屁！"

我已经把电话挂了。

"真不回去？"小田说。

"不回。"

她从后面抱住我，脸贴到我后背上。

饭店里的活儿我很快就熟悉了，做起来挺溜。红脸他们真以为我是"表弟"了，态度好多了，只是偶尔会试探一句，你怎么还不走？我说，等表姐夫回来再说，表姐一个人忙不过来。他们又问老吉什么时候能回来，我说这得医生说了算。这时候我就体会到了男人的作用，有时候的确是女人无法完成的。

在饭店里的第十天，我和小田去镇上买菜。买完菜经过书店，我说了一句，你好像很多天没去看过老吉了。小田看我一眼，立马把脸扭到一边，说，有人照顾他，我去了也帮不上忙。你不是想买旧杂志么，去看看吧。她不再说这话题。她不说我也不说。我当然更不愿继续提这个茬。这些天一直有种担忧潜伏在我心里，我知道有，但从不去仔细琢磨，更不想让它浮出水面。每回来镇上买菜我都暗暗使劲，如同在用力躲一个东西，这种躲避的念头让我在离开镇上时，总有绝处逢生之感，车子也骑得飞快，怕慢了被一只手又拉回去。小田暧昧的回答我不明白。宁愿不明白。

回去的路上她突然让我停下来，然后下车站到我对面，盯着我的眼说："我要跟你说句话。"

"说。"

"老吉没有骨折，也没有住院。"

我看着她，等着接下来的宣判。

"他走了，和他们一样。"

我长出一口气，心虚地笑了起来。"上车。"我说，发动了摩托车。

小田不再抱我的腰，而是抓着扶手。为了抵抗风，她把声音放得极大，几乎是在喊。她说，老吉的确是出了点车祸，就在饭店附近，开卡车的是个女司机，经常在他们饭店吃过路饭。那天擦到了老吉的腿，她主动提出带老吉去镇上医院拍个片子，看伤着骨头没有。老吉就跟着去了，上了车再也没有回来。小田说，后来她想想，老吉根本没什么伤，不过是破了一点皮，他爬上车的动作和平常一样迅捷，哪里是骨头出毛病的样子。他就这么走了，摩托车都不要了。但是她得对所有人说，老吉只是去了医院，他出了车祸。

到饭店门口，小田刚好讲完老吉。她把菜都拎到自己手里，对我说："你想走，现在就走吧。"

"如果不想走呢？"

小田不说话，只是越来越用力地咬自己的下嘴唇。

"不想走，那就把菜拎进去。"我自问自答，捏着嗓子学她的声音，伸手接过她手里的菜。还没接稳她就松了手，一下子抱住了我。她把菜扔掉了来抱我。我听见有东西破碎的声音，我说："完了，鸡蛋碎了。"

小田掐着我两肋的肉，满眼是泪，说："让它碎。让它碎。"

8

下午三点钟左右，我正帮小田剁饺子馅，教务处主任打来电话。主任说，回来吧，别耍小脾气了，落下的课还等着你来补呢。我把空闲的左胳膊搭在小田的肩膀上，告诉主任，哪有什么小脾气，主要是担心误人子弟，所以，还是另请高明吧。

主任在电话那头嘎嘎嘎地笑："我只是例行公事，通知你一声，可以回来上班了。我可不是求你。"

我也嘎嘎嘎地笑。挂了电话，小田问我："你们领导？什么意思？"

"什么什么意思？他早就不是我领导了。"

"我是说，无缘无故为什么给你打这样的电话？"

"脑子装了饺子馅了呗。说实话，那地方，没几个头脑好使的。"

第二天中午，水泥厂的一个工人来饭店订两桌酒席。他们车间的一个小头目升官了，要在晚上下班后庆祝一下，让我们提前准备。小田犹豫接不接，我说还用想吗，当然接。就接了。对我和小田来说，这无疑是个有难度的大工程，不仅是上菜速度，饭店里现存的菜也不够。我让小田现在就开始用手头上的菜提前做，我去镇上买其他的菜。小田又犹豫了，要跟我一起去。我说不能浪费时间，我又不是找不到菜场。她含含糊糊地点头，我临出门她又嘱咐，快点回来，还问一个小时够不够。我让她别担心，我一定会准时保质保量地拿出两桌好饭菜的。

车速很快，买菜的速度也快。核对完清单，我准备发动摩托车往回走。手机响了，是陆鸣。听起来陆鸣的心情相当不错。

"昨天在学校里看见你妈了。"

"你说什么？"

"你妈没跟你说？她好像是从校长室出来，不过我不能肯定。提着一个大空包，膝盖上还沾着土呢。"

我头脑嗡地响起来，像谁在里面敲了一面铜锣。"陆鸣，"我说，"你他妈的——"

"别这样，人民教师得懂文明讲礼貌，不说脏话。"

"你他妈的给我住嘴！"

"算了，没必要。都一样。有什么办法呢。都那样了。"

都那样了。这大概是我最痛心的地方。都那样了。我掐了电话开始发动摩托车，踹了好几脚也没弄响。真他妈出鬼了。都那样了。是啊，陆鸣也不是一点道理没有，都那样了，有什么办法呢。我想象母亲提着一个空包膝盖上沾着土，眼泪一下子冲出来。我知道没有退路了，一点都没有。都那样了。我骑在一声不吭的摩托车上连抽了三根烟，每抽一根就把车篓里的菜拿下来一包。要么回家，要么回饭店，没别的办法。所有的菜都拿下来，车发动了。我骑着车跑了大约一百米，猛地急刹车，掉过车头，车横在路上。我看见路边的几包菜，它们像训练有素的士兵一样排列整齐，风吹起塑料袋的袋口，它们集体向我招手，动作整齐划一。我想起出门时小田心神不宁的模样，一咬牙一跺脚，转一下车头，加大油门，松开了刹车，车飞出去。

2005 年 12 月 18 日，北大芙蓉里

霜　降

　　不知道哪来的规矩，胡天成非说霜降这天要吃藕。一定要来啊，他在电话里再三嘱咐。我不想麻烦他们两口子。这次回来，给爸妈报了个县里的旅行团，去云南，我爸想去西双版纳看看。送走老人，我一个人在家，懒得开伙，我说路边小店吃一嘴得了，反正明天一早就走。胡天成说不行，李苏红不答应；明天走今天也是霜降，老同学多年不见，总得喝两杯。就这么定了，老窑厂，往前五百米；我可下水了啊。胡天成挂了电话。

　　起码十年没见胡天成了，李苏红更久，初中毕业了就再没见着。长相倒记得，我们做过一年同桌，满月脸，哪个角度看过去都有扑上去咬一口的冲动。当年班上一大半早熟的男生对爱情的终极梦想就是倒插门，插到门前有棵花椒树的那个院子里。李苏红家住镇上，出生前一天，她爹在自家的墙头下栽了棵花椒树，老头子想要个儿子。当然还是失望。李苏红她姐嫁出去了，轮到李苏红，必须找个上门女婿。我们班男生没事就往镇上跑，回到学校，身上就有一股隐约的椒麻味。大家相互掏对方口袋，谁兜里都有几片花椒叶。可怜那棵花椒树，秋风没开始吹，枝叶就光了。说来惭愧，那会儿我也跟他们一样，张嘴闭嘴爱吃麻辣。

　　谁知道真把花椒吃到嘴的，竟是胡天成。我怀疑李苏红本人也想不到，那个整天佝偻着腰对着墙角喀喀喀咳嗽，单薄得像张相片的小个子，九年以后成了她的老公。当然，九年后胡天成腰已经挺直了，块头突然就硬邦邦地大了好几圈。五年前我陪爸妈采办年货，在老家的集市上见到他，想象力用爆了我也不敢确定眼前的卖鱼汉子就是胡天成。他一把拍住我右肩膀，说：

"我就知道是你，大文豪。"

我掸了掸他留在我羽绒服上的潮湿细碎的鱼鳞，"可我不知道你是谁啊。"

"叔叔知道。"胡天成说。

我妈说："你爸没跟你说？你同学，小胡，胡天成啊。"

我看看我爸。我爸说："我真没跟你说？"

算了，就不为难老爷子了。我说："看我这记性，老同学啊。"我说"老同学"时，还是没能把那个小纸片胡天成过渡到眼前的"老同学"。我盯着他的喉结看。没错，是胡天成。当年马不停蹄地咳嗽了三年，胡天成整个人都被咳小了，唯有喉结凸出来，在他的细脖子上失了控地占了半壁江山。现在他的脖子粗了，喉结看上去依然触目惊心。

"十几年没见了吧？"我说。

"十五年，"胡天成冻得通红的右手五指张开，在我眼前摇晃三次。冬天的阳光照上去，手上的鱼鳞闪闪发亮。"叔叔阿姨总在我这里买鱼，常说起你。"

车水马龙，叫卖和鞭炮声此起彼伏，扯着嗓门说话也不敢确保对方一定能听见；胡天成的生意又好，摊位前摆满了各种鱼，活的、死的，解冻的、冰镇的，河鱼、海鱼，还有老鳖和莲藕，每种年货前都蹲着一堆人在挑挑拣拣。不耽误胡天成的好生意，寒暄几句就告辞了。接到他的电话已是一年后了。

　　某天下午，我在报社抓耳挠腮地加班发稿，接到老家来的电话，一句"大文豪忙不"我就知道是谁了。我说哪有什么大文豪，正经点儿，但丁、歌德、曹雪芹和托尔斯泰早死了。

　　胡天成说："你是大记者啊。"

　　"记者也没了。"

　　三年前我就不当记者了，总算熬成了编辑。现在一年写的字加起来都填不满两封情书。胡天成的情报过时了。不怪他，我爸妈向来分不清记者、编辑和作家的区别，在他们看来，手里攥支笔就是"写稿子的"。

　　"记者不当了？"

　　"你有需求？"

　　"也没什么大事，"胡天成在电话那头停顿了点一根烟的时间，"是李苏红提议，想借兄弟的如缘大笔给写两句公道话。"

　　如缘大笔是什么笔？想了想，胡天成说的该是"椽"，这家伙把老师教的那点学问都还回去了。高中毕业胡天成没考上大学，到南方混了几年，回老家承包了一片鱼塘。反正据我爸说，过得比我好。在我爸看来，天天有鱼吃、顿顿有酒喝，就是共产主义的好日子。

　　"李苏红？"我怎么听着这么耳熟？

　　"我老婆，想起来没？"胡天成说。你老婆我哪想得起来。他又空出了点根烟的时间，见我还是没反应，只好说，"咱们的同班同学，你同桌。"

　　我的小肚子突然疼了一下，像剧烈的肠扭转。个狗日的，把我同桌搞到手了。"手段可以啊，天成同学。"天地良心，我真是由衷赞叹。

"见笑见笑，"胡天成呵呵起来，他的得意挂在肥硕的腮帮子上，看不见我也知道那笑抖成了啥样。"一个巴掌拍不响，狼狈为奸么。谁让你们这群王八蛋都考上了大学。"

好吧。问题是留在老家的也不是你一个，单你胡天成占了花魁。"唉，鲜花插在了那啥上了，"我装模作样地说，"我就违心地祝贺你一下吧。"

胡天成笑起来，还有一个女人的笑。电话里传来李苏红的声音："看看人家大记者，就是有见识。你不是要跟大记者说吗，说呀？"

"去，男人说话别乱插嘴！"胡天成的声音明显是扭到了一边，现在又转回来，"兄弟，不做记者总有做记者的朋友吧？"

事情说简单也简单，说复杂也复杂。

我们镇的老窑厂前些年突然倒闭。承包商趁着月黑风高，卷走所有值钱的家当，第二天一早工人来上班，老板不在了。上个季度的工资还欠着呢。工人火了，操着铁锹锤子把办公室砸了。砸也白砸，承包商像一滴水蒸发上了天。镇派出所拖上县公安局，满世界找，折腾了一年，"屁消息没有"，消停了。烧窑的大烟囱上都长出了草。厂房也散的散、塌的塌，没烧透的砖坯都被周围的村民运回家盖了房子。厂区荒草蔓生，野茅草深得可以养两百头狼。当年取黄土做砖坯挖出的一个个深塘，也那么荒着，长满了水草、芦苇和菖蒲，大风吹来，煌煌巨响，仿佛埋伏了重兵。没人把这块荒弃的土地当回事，胡天成看上了。他跟窑厂所属的村子承包了挖出的那几个大水塘，养鱼。

后来他跟我说，就是脑子抽筋，李苏红喜欢吃鱼。我说你别扯淡，李苏红还喜欢金银首饰呢，你怎么不去抢周大生？他几乎是白拿了那几个鱼塘，一包二十年。承包商跑路，村里正愁没法跟上头和老百姓交代，更重要的是，村里想不出招把那些深塘给填上，那就是一个个光天化日下的大伤口。村委会恨不得倒贴胡天成。

要说这小子天生也是个做事的料，两年下来，鱼塘就被他收拾得整整齐齐。那些坑简直就像他跟前窑厂主串通好挖出来的，深水里养鱼虾，浅水处养老鳖、栽莲藕，一板一眼。鱼塘之间的空地上，培植了各种花木，远看像个花圃。为了把他的小帝国经营好，胡天成在鱼塘边盖了几间大瓦房，家都搬过来了。那一大片荒地立马换了面目，废弃的老窑厂突然就吃香了，据说好多本地和外地的小老板都冲过来，竞标要拿下老厂区。最后被隔壁镇上的一个姓高的老板拍下了。

"什么姓高的老板，"胡天成在电话里说，"就是他娘的村主任的小舅子。"

"说这话要负责任的。"我提醒他。

胡天成口气立马软了，"就算不是小舅子，那也是拐弯抹角的亲戚。村主任他老婆就是那镇上的。"

不管啥关系，老窑厂被拿下了。高老板把荒草割了，倒掉的墙砌齐，漏雨的屋顶补上，一群工人开进来，开始生产麻刀。我猜绝大多数人都没见过这东西，听可能都是头一回，那就顺便普及一下。麻刀不是刀，是一种纤维材料，用麻刀机或者竹条抽打成絮状的麻丝团，掺在石灰里以增强材料连接、防开裂能力，提高材料的强度。古建筑的修建时用的麻刀灰，指的就是白灰膏、麻刀和青灰组合起来的一种灰浆。从这些信息里，你可能已经预感到，如果这东西飘出来，肯定是个污染。胡天成一家和他们的鱼，眼见着从隔壁的一间间大厂房里腾云驾雾地飘过来麻刀，心下有点急。还没想出个解决的好法子，高老板又上马了新项目，开始做水泥了。从建麻刀厂浩大的阵势看，胡天成认为，水泥厂才是高老板的目的。狗日的是冲着这个来的。砖窑厂烧石灰，的确怎么看都在逻辑。

问题是，水泥厂的污染比麻刀厂大得那还真不是一点两点，是要人命的。胡天成到最靠近老窑厂的鱼塘里捞了几条鱼，剖开肚子一看，麻刀和石灰已经搅拌到了一起。我的老同学不淡定了，到老窑厂找高老板理论。

"找我屁用？"高老板坐在大班椅上转了一圈，"厂子从村里租的，产品是上头批的；老子在自家的地盘上端个碗，又没吃到你的饭桌上。"

"你污染！"

"污染？我是扒开你嘴往里塞麻刀了，还是朝你鱼塘撒石灰了？"

讲不通。胡天成去找村委会，希望村里出面协调一下。村主任抓着脑袋说，这事不好办啊，承包他窑厂跟承包给你鱼塘一样，都是组织讨论敲定的，白纸黑字。

"那也得讲环保啊。"

"环保能当饭吃？"村主任说，"高老板是利税大户。再说了，你要非钻进水泥生产车间，再环保那也污染啊。"

这肯定是穿一条裤子了。胡天成决定跳过村委会直接找到镇里，骑着摩托车就去镇上派出所报案。值班警员听他说了一半就笑了，这算哪门子的案子，派出所管抓人，不管环保。胡天成想想也是，环保局只有县里才有，在镇上，只能找镇长、镇委书记。胡天成就去了镇政府，直接奔镇长办公室去了。门卫拽他胳膊都没拦住。镇长脾气很好，给他倒了茶，还递了一根白沙烟，花十分钟听完他的冤情，说：

"先回家，日子该怎么过还怎么过。我们班子成员研究研究。"

胡天成等了半个月，半点消息没有；一个月过去，一点消息也没有。知道这事黄了，他就跨上摩托车，顶着大风去了县城，跟环保局副局长掰扯了半天。副局长说，环保是大事，问题很严重，一定要认真调查严肃查处。第二天村主任找上门来，说胡老板的脸挺大啊，副局长亲自打电话给镇长，镇长又电话到村委会，让给个说法。

"你们说法了么？"胡天成问。

"说法了呀。"村主任说，"我们把情况一五一十给领导摆了一下。领导说，这样啊，就影响他一家？让他搬了不就是了？树挪死，人挪活。越挪越健康。"

"你们的说法呢？"

"听领导的。"

村主任比胡天成大一岁，但皮肤白，说话又细声细气的，看上去比他小好几岁，这让胡天成很生气。"我要不挪呢？"

"开个价。"村主任凑到他耳边，"拿了钱你们井水不犯河水。"

"也是领导的意思？"

"别什么事都麻烦领导。领导忙着呢。"

胡天成真开了一个价。他跟我说，听了报价，村主任转身走了。

"多少？"我问。

"抢银行呢你！"村主任快转过胡天成的屋角，扭回头跟他说。

218

这是村主任第一次来他家。之后又来过两次，替高老板讨价还价。胡天成坚决不松口，要一次就得狮子大开口，否则吃人嘴软、拿人手短，以后他怎么污染你都得忍着。忍就要有个忍的价。

胡天成给我打电话，想让我帮忙找个媒体给曝个光。既然领导不搭理，周围又没个帮手，他一个人孤掌难鸣。县里的媒体他找过，不是说现在都是见光死吗？县里的报纸和电台根本没拿正眼瞧他，理由是：不具有典型性。跟最近的鱼塘也隔着两三百米呢；他跑你地盘上烧石灰，我们就报，这才是新闻。胡天成就想到了我，自己人办这点事，问题应该不大吧。

惭愧，我也没办成，不是因为我不当记者了。我怂恿同事报了选题，选题会上头一个就被否了。觉得这都不是个事。污染了一条河，那是个事；呛着了半个村，也勉强是个事；现在基本上就是一个人的生意影响了另一个人的——该谈谈该打打，二一添作五，自己解决吧。

"情况就是这么个情况，"我在电话里跟胡天成说，"老兄自求多福吧。"

胡天成对着他的二手诺基亚手机哼了一声，"我就不信弄不上一个好价钱。"

显然没弄上。打电话回家，我妈说，胡天成的鱼养得好好的呢，我爸去买鱼，他经常额外送一条。石灰厂依然在呼通呼通冒着烟。

某一天村主任又来了。这次不谈赔偿，谈承包。村主任说，旁边有个麻刀石灰厂，的确不是个养殖的好地方，要不就别养了吧，转让。胡天成问，转给谁？村主任说，高老板。小火苗立马窜上胡天成的脑门，他往门外一指：

"滚！"

村主任滚了，滚走了又滚回来了。隔三岔五地滚来滚去。高老板想把鱼塘这一大片地也吃掉，他不便直接找胡天成谈，村主任是最合适的第三方。村主任是个敬业的斡旋者，每次来都苦口婆心地劝，该说的都说了。他扳着指头给胡天成数，只有三种可能：一是维持现状，各干各的，老死不相往来；二是胡天成接受现在的赔偿，拿到钱别再吭声，继续各干各的，老死不相往来；三是转让鱼塘，拿一笔钱，到别处发财去，各干各的，也可以老死不相往来。

因为老同学托付的事没办成，我觉得挺不好意思，过了一阵子才硬着头皮给胡天成回电话。聊起现状，我问胡天成的想法。胡天成说，他还坚持那个听起来像天文数字的价码，封口的价高，转让费更高。

"高老板那边怎么说？"

"根本不露头，"胡天成那天肯定多喝了两杯，说话时舌头有点大，"狗日的知道自己耗得起。没事就派那猪头来跟我磨，讨价还价。让你磨，我磨死你个狗日的！"

"那个村主任姓朱？"

胡天成没回答我，他的嗓门突然大起来："愣着干吗？洗碗去！"接着我听见李苏红的声音，李苏红说："滚一边去！"同时传来的是一声惊慌的狗叫。想必李苏红顺脚踢了他们家的狗。霜降那天下午我去胡天成家，见到了那条叫大黑的狗，个头不小，但很温驯，一直摇着尾巴跟在胡天成儿子屁股后头跑来跑去。这么温驯的狗，那声惊叫一定很是委屈。胡天成在电话里响亮地吐了两口痰，然后跟我说："他妈的那个猪头，三天两头往这儿跑，都快混成家里人了。李小成见了他，欢喜得像见了亲爹。"

我点上根烟。

"狗日的会玩，把小东西逗得团团转。"

霜降那天我头一次见到李小成，八岁，虎头虎脑的。天黑之前一直绕着一个个鱼塘跑，两腿间夹一根树枝当马骑，身后跟着大黑。

他们还住在鱼塘边，准确地说，住在鱼塘间。那一大片空地，他们盖了个精致的小院子。我从老窑厂边经过，按照胡天成电话里指点的方向看过去，只看见一排杨树，胡天成栽植的。他对麻刀和石灰的污染做了抵抗的努力。很多年前我经常走这条路去镇上中学，那时候我、胡天成、李苏红谁也不会想到，若干年后我们会变成什么样，更不会想到当年红红火火的窑厂成了生产麻刀和石灰的地方。必须承认，邻镇的高老板有两把刷子，起码厂房打理得很好，一点看不出想象里一个乡镇企业可能有的寒酸破败相。他用外面窑厂烧制的红砖灰瓦建造了新厂房，用比红砖更红的颜料粉刷了旧砖瓦厂房的墙壁。但污染他管不了，离老窑厂几百米我就闻到了辛辣沉闷的石灰味。工人在厂区走。拖运石灰的卡车从大门进来出去。过了老窑厂的院墙，再经过那排直往天上钻的杨树，就看见了胡天成的家。

鱼塘边种着各种花木和菜蔬。带着大黑疯跑的李小成看见我，停下来，对西南方向喊了一声。然后我听见胡天成的声音：

"大文豪，这边！"

我循声把自行车直接骑到一个水塘前。水位很低，胡天成穿着橡胶下水裤从一片枯黄衰败的荷叶间直起腰身，右手在水里涮了涮，举起一段长约一米的莲藕，白生生胖嘟嘟的。

"泰国花奇，"他说，"口感清脆、微甜，没有渣，生吃像水果，煮熟了面得你舌头都能化掉。今晚就它了。"

他把泰国花奇莲藕扔到我脚边，弯腰去采另一段。旁边突然有个微弱的男声："给口水吧，渴死了。"吓我一跳。前后左右找，才发现鱼塘边的柳树上绑着一个人，三十多岁的样子。就在他舔着嘴唇吧唧嘴的时候，一坨淤泥直直地甩到他嘴上。胡天成说："你他妈的闭嘴！"他又捞起一坨淤泥还要再甩，我赶紧对他摆手，举着藕挡到了那人前面。不管他是谁，绑起来还用淤泥伺候都不合适。

那人呸呸呸地往外吐，嘴、牙和下巴还是黑的。我都闻到了那成分复杂的淤泥味。那人都快哭了，对我说："兄弟，求你了，帮我松个绑。"

"个死猪头，"胡天成又攥着一段莲藕直起腰，"再让我听见你说第二句话，直接把淤泥塞你嘴里你信不信？"

姓朱的村主任立马不吭声了。半下午的太阳依然很好，朱主任的脑门上被晒出了油。裤裆处湿了一块，看来被绑有一阵子了。李小成夹着树枝又跑到这边，胡天成对他挥挥手，哪儿宽敞去哪儿跑，别在这地方瞎转悠。他从水塘里爬上来，捡起扔上来的那截藕：

"走，进屋去。"

"这位朱主任——"

"咱们兄弟进屋喝茶去。"

"老同学，你这不合适啊，两兵交战都不斩来使。"我跟着胡天成走到院门口。

"李苏红，人呢？茶泡好没？老谭来了！"

"好了好了。"李苏红从厨房走出来，撩起垂到眼前的一绺头发。"呀，大文豪来了，蓬荜生辉啊。"

我把岁月和乡村生活想象得过于残酷了，李苏红虽然没有活在时间和环境之外，但比起同龄的女人还是要年轻一些；比念书的时候胖了，但就算二十年不见，迎面走在大街上，我也应该能一口叫出她的名字来。胡天成把两根藕递给她，去压水井前脱下水裤洗手了。我问李苏红，外面的那个朱主任是咋回事。

李苏红说："问他！"

胡天成听见了，说："问我？你他娘的还好意思问我！"

"胡天成，"李苏红一把将两根藕摔到砖头砌的走道上，"今天当着老同学的面，你把话说清楚，我怎么了我？"

我差不多知道怎么回事了，赶紧让胡天成住嘴，捡起藕把李苏红往厨房推。李苏红抹了把眼泪，嘟嘟囔囔地说，我招谁惹谁了我。他来是跟你谈判，你们爱怎么谈怎么谈，他离婚也罢，死了老婆也罢，跟我有什么关系？一个大男人，事情处理不好，倒来怨我！我就劝李苏红，过程这是在乎你呢，隔壁这厂子，搁谁眼皮底下都闹心，你就多担待点。李苏红说，我哪天不担待他？不担待我会跟他来这荒山野岭过日子？老谭你出门喊一嗓子，除了大黑，你能喊出条狗来都算你有本事。结婚多少年了，他还在为倒插门那点事跟我找别扭，你说倒插门算个屁啊。我都跟他说了，实在想不开，等我爹妈死了，我让小成改姓胡，不姓李了。

从厨房出来我又去劝胡天成，我说你可不能再欺负我同桌了，人家李苏红多么情深义重、深明大义啊，换个女人，一天得跟你急眼十八回。别攥着珍珠不当宝贝，这要被咱们班男同学知道了，肯定排着队过来跟你拼命。胡天成用鼻子笑了笑，说，端着醋碗当红糖水喝，心里头谁酸谁知道。我还想着让他尽快把朱主任给放了。私自把人给绑了，这算犯事，人大小也算领导。但胡天成在气头上，欲速则不达，缓缓再说。没想到给缓忘了。

天地良心，真给缓忘了。那场酒啊，喝得叫一个痛快，用时髦的话说，是爽歪歪，是嗨透了，是酷毙了。我一直想问胡天成，为什么霜降这天非得吃莲藕，喝着喝着也喝忘了。故乡的桃林大曲，真不比茅台差；而李苏红的厨艺又那么好，满桌子的主要食材只有两样，鱼和藕，但蒸、煮、煎、炸，凉拌、清炒、红烧、热炖，一盘盘一样样，李苏红给整出了差不多二十个菜，一道菜一个味，我感觉就是吃了一次满汉全席。

一边喝一边聊，同学相见，分外眼热，我们把自己都给聊哭了。李小成坐在一边，扑闪着羞怯的大眼，完全搞不明白他爹妈和这个谭叔叔吃错了什么药，说着说着就唱，唱着唱着就跳，手舞足蹈。如果他坚持在饭桌前坐到了我们三个全倒下去，肯定看见谭叔叔至少拥抱了他妈妈三次；当然，谭叔叔也真诚地拥抱了他爸爸起码两次。我不知道李小成那顿饭吃了多久，到了后来我怀疑他爹妈都把他忘了。想不忘也不行，我们最后都喝趴下了。

后来我认真理了一下头绪，我想知道怎么就喝成了那样。是李苏红先哭的，然后是胡天成，接下来是我。李苏红哭得有道理，她委屈，朱主任三天两头过来，是找你胡天成拉锯，跟她半毛钱关系没有；就算他心怀鬼胎，那也是他自己的事，你怪我理他，我怎么能不理他？你卖鱼卖虾整天不在家，我跟大黑得守着这几个鱼塘啊，打个招呼你总得嗯一声吧。你以为我想整天待在这荒郊野外？这哪是过日子，我这是在坐牢啊。胡天成挥舞着酒杯说，苍蝇不叮无缝的蛋，一个巴掌拍不响，豺狼来了你有好酒，别说那个猪头，就是隔壁的高老板，要知道有这等好事，没准也把这说客辞了，自己亲自上阵了。我就劝胡天成，不能这么想，夫妻坦荡，相互信任是第一要务，多牢固的婚姻也经不住捕风捉影、疑虑重重。胡天成抱着我，把一杯杯桃林大曲直接变成了眼泪，流了我一肩膀，语重

224

心长地跟我说：

"兄弟，道理我都懂，可你就是说不清。这几个破鱼塘，我花了多少气力，我就想把事给做好。你做不好，你怎么都做不好。就这几条鱼，我是挑最远的鱼塘捞的，近的没法吃，运到集市上我心里都打鼓，我胡天成他妈的是在害人哪！我真是够了，我是够够的了！"

我对李苏红摆摆手，让他在我肩膀上多哭一会儿。要隔三岔五给男人一个淌眼泪的机会。我以为胡天成就这么一说，酒醒了该怎么跟老窑厂耗下去就怎么耗下去，当年咳嗽他都坚持那么久，这事肯定扛得住。离开老家一个月，接到他电话，胡天成说，转了。我问多少钱？一半，胡天成说。过了足足一分钟，他才接上下一句：你不知道做好一件事有多难。

那天晚上我也说过这么一句。我说，你俩知足吧，你们不知道做好一件事有多难。我说的婚姻。我离了，没扛过五年。结婚时我说，挺得过五年再要孩子，免得让孩子受苦。那时候就是说着玩，少年意气，没怎么走心。真就没挺过去，四年十一个月的最后一个周五，去了民政局。搞不明白为什么就过得支离破碎、磕磕绊绊、捉襟见肘、六神无主，两个人怎么努力都像同一极的磁铁，靠近的唯一后果就是把对方推得更远。我跟他俩说，你们不知道做好一件事有多难。然后我左胳膊抱着胡天成，右胳膊抱着李苏红，把脑袋垫在他们并排的肩膀上，嗷嗷大哭。

那会儿只是喝到位了。我还想着是不是劝劝胡天成，把朱主任给放了，也算给李苏红个面子，但再倒满一杯就喝冒了。这世界上就只剩下了三个人。想必胡天成和李苏红也如此。

醒来时已经半夜了，外面黑得发蓝，手机断电了，手表也不知道去了哪里。我歪在藤椅里，口干舌燥，浑身酸痛。我说水，谁有水？胡天成在桌子底下，躺在地上还跷着二郎腿。李苏红趴在她做的一桌好菜的空当处，被我吵醒后抬起头，半张脸上印着套袖上牵牛花的纹路。她猛地站起来，说：

"小成！小成呢？"

我看了一圈，小成不在。李苏红已经从卧室跑出来，李小成既不在自己的床上，也没在她和胡天成的房间。她往院子里跑，敞开被酒烤干的嗓门喊儿子的名字。我对着桌底下踢了一脚，快起来，你儿子不见了。要不是头顶有张饭桌，胡天成都能一个鲤鱼打挺跳起来了，他的酒全醒了。家门口鱼塘一个连着一个，每个鱼塘都能要了孩子的命。

胡天成把家里的手电找出来，分我一个，胡天成担心我不熟悉地形，让我就近找，他俩去远处的鱼塘边。乡村的夜黑得干净，辽阔的天空上星星跟水洗过一样，弯月在远处。我喊着小成的名字，间或叫一声大黑；大黑也不见了。

突然想到了朱主任，我往荷塘边走。离荷塘一百米左右，灯光里跑进一个活物，是大黑。它跑到我跟前，蹭一下我的腿，咬住我的裤脚就往前拖。当时真把我吓坏了，我想小成肯定出事了。影视剧和小说里都爱用这种桥段，但凡狗拽着人走，肯定没好事。我对着黑夜高声喊叫胡天成和李苏红。其实不必这么高门大嗓，夜深人静，咳嗽一声都能响好几里地。

我跟着狗往前跑，跳跃的灯光里反倒看不见多少东西。大黑停下时，我的手电筒正对着那棵柳树。树根前只有一堆凌乱的绳子，朱主任不在了。大黑哼哼起来。我把灯光对准它，看见它旁边一张简易的长椅上卧着李小成。椅子是胡天成用几块木板拼制的，这家伙竟然也会风雅；长椅可坐可卧，荷叶飘香时候端上杯茶，在飘拂婆娑的柳荫底下，那感觉应该相当不错。

李小成右侧睡姿，蜷缩成一团，两只小胳膊抱在胸前，眼皮和鼻翼在灯光底下动了动，又平静了。我走到椅子前，准备把他抱起来时，看见椅子上落了浅浅的一层霜。淡淡的白霜在长椅上勾勒出了他八岁的小身形。胡天成和李苏红正朝这边跑来。

2017 年 11 月 17 日，昌平南口

南京，南京

陌生的炎热

如果我记错了，那一定是热晕了头。我一再向陆轶重复这个毫无意义的推理，以证明我还是认识南京的，同样，南京也认识我。我们在鼓楼口腔医院门前转来转去，转到哪里都是在太阳底下。一点树荫都找不到，正午的太阳劈头盖脸地烤着我们，水泥路面一片惨白。陆轶热得满头满脸都是汗，和我一样，T恤湿漉漉地裹在身上。他认为一定是我记错了，既然卢晓东说好了十一点钟在医院门前等我们，现在都十二点半了，为什么连个人影都看不到。我怎么知道。我和陆轶刚从中央门车站出来就给卢晓东打了电话，他说马上就去医院门前，可是现在我们找不到他。陆轶把背包扔到医院门前的石阶上，沉重地坐在谁留下的一张报纸上，坐下去又跳起来，石阶烫屁股，然后重新谨慎地坐下来，一口气喝下了大半瓶矿泉水。反正都是热，坐着热总比站着热舒服一点。

从35路车下来，我们已经在这里等了足足一个小时，卢晓东并未如他所说的那样，穿着大裤衩和拖鞋来欢迎我们的到来。我怀疑他是一时半会儿没等到我们，就回去睡了，这是他从神经衰弱之后就养成的习惯，不睡午觉整个下午和晚上都没精神，像一只病恹恹的瘟猫。陆轶不同意我的看法，因为卢晓东在电话里说，他十点钟才起床，精神好得不知干什么才好，参加国际马拉松比赛都不会有问题。陆轶说，即使他神经衰弱到家了，熬上三四个小时总可以吧，我们得相信他好歹还是个男人。

好吧，姑且相信他是一个男人。我把背包放到石阶上再次开始向行人打听石城宾馆的位置。卢晓东说了，我们的宾馆就在医院旁边，他在医院门前等我们，也就是在宾馆门前等我们。可是我在医院附近前前后后找了四次，只找到了麦当劳、茶楼和商场之类的东西，哪有什么石城宾馆，连个公共厕所都没找到。

"小姐，请问你知道这附近有一家石城宾馆吗？"

那个年轻的姑娘警惕地看着我，胳膊夸张地甩了几下。她竟然一声不吭，打着遮阳伞扭着纯洁的屁股走了，像一枚性感的大蘑菇向前飞快地移去。她是个哑巴吗？要不就是被男人纠缠惯了，见到男人本能地提高了警惕。

"大妈——"

我刚开口，臃肿的老太太就向我摆手："我们家什么都不缺，空调冰箱彩电，连洗衣粉绣花针都有，你还是找别人吧。"她没打伞，甘做正午的一块蓬勃的海绵，源源不断地渗出汗水来。她老人家把我当成推销员了。

我的兴致丧失了一大半。上海的一个朋友说得好，现代社会的交往危机很大一部分来自女性，小丫头怕拐卖，大姑娘怕骚扰，老太太怕推销。我不想再去找一个小女孩来验证朋友的结论，陆轶已经在对我一脸坏笑了。谁让我夸下海口，说南京这地方我像熟悉自己家一样熟悉？我在这里读了大学，几乎坐遍了全市每一路公共汽车，只有没出现的地名，没有我不知道的地方，哪怕旮旮旯旯的角落我也钻过。陆轶说那太好了，他从没来过南京，一切靠我了。我的口显然夸大了，这下好了，毕业才两年我就成了南京的陌生人，连一个繁华地段的宾馆都找不到。人丢大啦。陆轶心安理得地坐在那里，把屁股下的报纸遮在头上，他不敢乱动，尽管一直抱怨。他是个方向盲，在陌生的地方他会越转越陌生。

天实在是太热了，这热也让我陌生。我记得读大学时也很热，但不知是因为记忆力下降还是别的原因，那时的炎热退到层层的时光之后，变得有些茫然和陈旧，因而觉得那热也存着凉爽的质地，不像现在，热得让你恶心，让你活不下去。我抹了一把汗，冲上去拦住一个拄着拐杖的老头，大概只有这样唯欠一死的老头才有足够的安全感。

"老大爷，您知道石城宾馆在什么地方吗？"

"什么？"他用手挡住阳光，让我的声音进入到他阴凉的耳朵里。

"石城宾馆。"

"噢，没听说过。"

老人家严肃地摇摇头，点着拐杖继续走了。

此后我又问了一个骑自行车的中年男人，我猜他应该是本地人，因为他脚上穿着一双拖鞋，上身只有一件小背心。他也不知道。他说他已经在这附近住了快十年了，没听说过还有这么一个宾馆，金陵饭店倒是知道，他对我笑笑，说："告诉你也没用，估计那地方你也住不起。"

"谢谢你的提醒，"我说，"为了省事，看来我只能去金陵饭店了。"

我不打算再问了。说得没错，我住不起金陵饭店，腰包瘪得让人害羞。我是一名中学教师，从事着一种与钱无关的职业。我住的是石城宾馆，卢晓东已经为我们订好了房间，他说条件还可以，三人间，有空调、电视，还有桌椅和床铺，最关键的，他说，价格便宜，这比什么都有诱惑力。我很高兴，甚至有点激动，你听听，石城宾馆。那可是宾馆，我无比相信宾馆这两个字。既然是宾馆，即使比不上金陵饭店，总比招待所这样一听就让人想起大通铺的旅店高级吧。最关键的，我还想再说一遍，便宜，还有空调。在火炉南京的夏天，空调和水一样重要。我要去找石城宾馆和卢晓东。我让陆轶别乱跑，以防卢晓东来了看不到人，我到转盘对面去看一看，也许他等得不耐烦了去邮政大厦买报纸看了。

太阳晒得我头脑发晕，有点恍惚，阳光白花花的，着了火似的缥缈不定。我把剩下的半瓶水浇到头上，省得突然中暑倒在川流不息的车轮子底下。柏油路面晒得发软，走起来深一脚浅一脚。车子经过，发出撕扯路面的噼啪声。我绕过转盘，正准备随着人流向左边的邮政大厦走过去，听到有人叫我的名字。一声，又一声。我停住，向右边寻找，半天才在可口可乐广告牌下发现挥舞着报纸的卢晓东。他的眼镜像两只小太阳，送过来耀眼的白光，这家伙果然穿一双拖鞋，上面是沙滩裤和T恤。

身后响起一串愤怒的喇叭声，行人通过的时间已过，一溜汽车挤在我身后。我对第一辆汽车摆摆手，从车前慢腾腾地走向可口可乐广告牌。人热得懵懵懂懂，像午觉睡了一半被叫醒了。

"你们怎么现在才到？我都等了两个小时了。"卢晓东打着哈欠说，他还是忘不了午觉。

"我们在医院门前找你，你跑哪去了？什么石城宾馆，没人听过这鬼地方。"

"那儿，"卢晓东用报纸指着前面的一幢楼。"鼓楼医院，再前面就是石城宾馆。"

是我搞错了，我和陆轶找到的是鼓楼口腔医院，卢晓东说的是鼓楼医院。相隔不过两千米，可是差大了。他们两个一起取笑我："还在这儿上了四年学呢，看来是白混了四年。"

真他妈的，我还以为南京跟自己家一样熟呢。

石城宾馆

其实就是一个稍微大一点的旅馆，先前的名字就叫"石城旅馆"，最近一两个月才改成宾馆的。从宾馆外面的装潢可以看出，墙是旧的，周围的图案也是旧的，"石城"两个铜字也是旧的。在这些破落的背景下，只有"宾馆"两个字是新的，金灿灿的，喜气洋洋地跻身"石城"之后。

"这是策略，"小魏老板颇为自豪地介绍说，"我们要跟上形势，现在中产阶级正在崛起，中产阶级的梦也在崛起。我们可以提供好房间供有钱人居住，也可以提供烂房间供穷人做梦。他们花很少的钱就能住进宾馆，这对他们辛苦的一生是多么大的安慰。多好。我姐她就没想到，名字一改就有点意思了吧，看看我的客人，包括你们，不是都来了？"

他坐在我们的房间里，两嘴角冒泡大谈他的生意经。小魏二十七岁，竟然是我的校友，不幸的是没能毕业，因为情感腻滥，同时和三个女孩关系不明，最后搞成了一锅粥，收拾不了就被学校开除了。这样也好，他对自己目前的状况很满意，他姐姐去了日本，临走时把石城旅馆送给了他，小魏就成了老板。他决定好好干，起码要干得比他姐姐好。

"怎么样，还满意吧？"小魏说，"有问题只管找我，咱们是师兄弟，别客气。"

"很不错，"我说，"挺满意的。"

不过我还是觉得这"宾馆"的帽子扣得有些大了，倒显得宾馆的头脸寒碜了。这里没什么东西，破落而陈旧。一共四层，能住人的只有三层。一楼只剩下一个小厅，服务台后面像模像样地挂着几只石英钟，时间跑得快慢不一，注着"北京""纽约""东京""伦敦"等字样。完全没有必要，洋鬼子是不会到这里住的，除非是到南京来捡破烂的乞丐。小魏和一个年轻的女服务员整天就坐在服务台里的空调下，在破空调发出的轰隆隆的噪音里调情。一楼的另一大半租出去了，这也是小魏的赚钱方略，一对夫妻租去开了一家拉面馆，站在宾馆门前就可以听到那个兰州来的小个子老板砰砰地用面条拍打不锈钢案板。

在我后来的观察中，最终没弄明白二楼到底住了哪些人。靠近楼梯口的几个房间是被长年包下的，门上大大小小地各嵌一个灰暗的铜牌，写着：××县或××市驻宁办事处。多数是县名，几个市名也是县级市。常能看见一两个男女从门里出来，在门户大开的空隙里可以看到里面的摆设，像贫困的农村小学的校长办公室，简易的桌椅上堆着一摞乱七八糟的纸册，除此之外是一张凌乱的床和炊具，还有锅碗瓢盆和切了半截的青菜，一个男人穿着西装短裤，光脚丫子跷在办公桌上。此人远离家乡，十分寂寞，伤感得连烟也不想抽了。往里是相对的两溜更深更多的房间，常会大人小孩一口气出来三四个，一看就是一家子，穿着打扮上看，大人们多少和下岗有点关系。再就是学生了，多是附近几个大学的，暑假准备留在南京挣点钱花，集体租了一间房子，睡高低床，过着和学校宿舍一样的日子。二楼有些乱，除了办事处的几个人，很少能见到熟悉的面孔，每次走过楼梯口遇到一个陌生人时，我都在猜测，这家伙是不是刚刚才住进来。二楼的流动性太大，我怀疑小魏也分不清他的宾馆里到底住了哪些人。

旅馆能够改名宾馆，四楼是小魏理直气壮的最现实的理由。他花了本钱把四楼的房间重新装潢了一遍，楼下的宾馆简介中美其名曰标准间。四个两人间，其余的都是标准单人间，当然，里面摆的都是双人床。这些房间我没进去过，只在到楼顶晾衣服时偶尔经过。除非每次我经过的时候都恰好人少，我敢说，四楼上生意最好的时候也没住过五个人。它们没能如小魏想象的那样受到中产阶级的青睐。中产阶级都跑哪去了？卢晓东的解释很有道理，他说四楼的价位高得快赶上三星级了，条件却烂得要死，头脑有毛病的人才会住到那里。室内的条件也许不错，但周围的环境实在不敢恭维。四楼是顶层，防晒层的作用几乎等于零，加上空调干巴巴不懈地吹，房间里干燥得像一张纸，抓一把焦脆得咯咯响。而且闷，我看到一个服务员从某个单人间里换洗被罩浴具出来，扶着门框大口喘气。四楼只有一半用来做客房，另一半是空地，充当整座宾馆的公共阳台，横七竖八地拉了十来道绳子，洗过的衣服只能拿到这里来晾。

关于三楼，就是我和陆轶、卢晓东住的一层，条件高不成低不就，介于楼上标准间和楼下的混合宿舍式的房间之间。这一层集体宿舍消失了，标准间也绝不会有，都是普通的两人间、三人间和四人间。后来我们才知道，如果你想在这一层的某个房间里玩出点花样，比如把它改造为单人间或者双人间，或者混合宿舍，随你的便，前提是你必须把整个房间都包下来。也就是说，除了卧具之类的费用单独结算外，这一层的房间不再按人头收费，而是按房间结算，价钱自然比二楼要高很多。我们的房间里贴满了足球明星照，贝利、马拉多纳、齐达内、菲戈、贝克汉姆、劳尔等，还有曼联等俱乐部的球员合影。小魏说，之前这房间住的是三个南大的学生，一口气住了半年，能折腾呢。

当然还有其他客人，比如三个小护士、几个公司的代理商、来去无定的普通游客，以及来鼓楼医院就诊的外地病人。如此杂多的身份挤满了宾馆二楼，认识的，不认识的，在灯光昏暗的走道里时不时要撞到一起。

乔迁之喜

刚进石城宾馆时，我们住的是314房间，四天以后搬到了隔壁316，原因是陆轶被连续三个紧急电话召回了家，他没法再在南京待下去了，而小魏恰好需要一个三人间出租，请我们帮忙让出314。

应该补充解释的是，我们三个来南京是参加考研辅导班的。据已经考上研究生的同事说，如果真想从这个鬼学校逃出去，就考研吧；如果真想考上研究生，就参加辅导班吧。他像为辅导班做免费广告，说辅导班的老师都是对考题深有研究的专家，有的甚至一度作为某年试卷的命题人，再说了，有人领路总比独自在黑暗里摸索要强，不就是花点钱么。

我们当然想考上，有病乱求医，就报名参加了暑期考研辅导班。我们的担忧在于，学校的这一关难过。不知道天底下的中学是否都和我们所工作的学校一样，总想把你拴牢，一直到你老得跑不动了为止。校长说了，考什么研，想跑？没门儿。如果不是犯了不可饶恕的错误，或者教学质量实在不堪入目，四十岁之前辞职也休想。这是制度，校长对此做了解释，所谓制度，就是死框框，没什么价钱好讲，遵守也得遵守，不遵守也得遵守。你是人民教师，要对得起自己的职业良心。还有什么好说的？校长定下的简直就是"第二十二条军规"，制度是死的，别指望辞职、考研，又不能吊儿郎当去犯错误，因为教师还得有起码的职业良心。好好蹲着吧，安心站在讲台上。

可是我们不能安分，总想换个地方待着。说出来真让人难为情，我们的良心多少有点问题，背着学校开始从事另一项活动，比如现在，偷偷来到南京参加考研辅导班。

陆轶被学校紧急召回是他的不幸，谁让他学的是计算机。谁都知道搞计算机是个不错的行当，挣钱的机会多如牛毛，哪个愿意待在一所普通中学里找罪受，走了就意味着没了，所以是学校的一级看守对象。我们学校只有两个计算机教师，陆轶和一个姓文的女教师。文老师不需要担心，现在正挺着大肚子在家恭候儿子的到来，让她跑也跑不动，而且她老公是学校的教导处副主任，大小是领导家属，这点觉悟总该有的。让人不放心的是陆轶，小伙子二十四五岁，极不稳定的年龄，而且光棍一条，什么事都干得出来。我和卢晓东猜测，十有八九就是因为这个才把他召回去的，大概他最近的行踪让领导深为疑虑了。公开的理由是学校临时决定开办一个暑期电脑兴趣班，让陆轶回去加班。陆轶家人说他去江西亲戚家了，领导说那就让他赶快回来，坐飞机也得回来，眼看开班了。陆轶母亲没办法，两天连打三个电话，就把他揪回去了。

因为我们提前几天来了南京，所以陆轶回去时辅导班还没开始上课，临走时他让我们帮他把听课证退了，反正没法去听了，大概今年考研的事也要泡汤。陆轶离开的当天中午，小魏就来到我们的房间，请我们帮个忙，换到隔壁的316房间，那个房间里只有两张床，而这里有三张，陆轶的那张空着也是空着，不如让给他做桩生意。

"真不好意思，"小魏说，"有个朋友打了招呼，有一家三口要来宾馆住一两个月。贵的住不起，差的又不愿住，三人间都租完了，只好请你们帮帮忙了。"

我看看卢晓东。

卢晓东说："没问题，听从老板的安排。"

小魏说："爽快，多谢了，有空请你们吃西瓜。现在过日子啊，真他妈的不容易，不就为几块钱么。"

我们拎着背包搬到了316。我们很高兴，是乔迁之喜。这里的条件要稍好那么一点，电视的图像要比314的清晰。意外的收获是，我们终于和鼓楼医院的三个小护士住到了对门。卢晓东早就在电话里告诉我，我们房间的斜对门住着三个小护士，其中一个长得很不错，书看累了欣赏一下还是颇可以养眼的。遗憾的是，来了几天了都没能仔细看一眼卢晓东说的那个漂亮护士。她们的工作很忙，神出鬼没的，难得见上一面，晚上听见她们叽叽喳喳地回来了，来不及开门去偷窥一下，门已经关上了，大夏天的，她们不愿意让别人看到点什么。现在好啦，卢晓东说，住上了对门，我们就把门敞开，你们总不能不经过我们眼皮底下而去土遁吧。

她们不会土遁，而是一一从我们面前走过。不去上课也不愿出去时，我们的门敞开着，尤其是中午和晚上，以便光明正大地欣赏。小魏对我们门洞大开有点意见，因为这样热气就会涌进来，空调就要加大马力工作，会耗掉他更多的电。但是他不好意思说，只是偶尔经过我们房间时，装作瞎扯两句，说天真热或者吃过了之类的废话，随手把门关上了。他走了我们再把门打开。她们终于不得不从我们眼前走来走去，穿着白大褂或者不穿白大褂。

搬到316的第三个晚上，我和卢晓东逐个欣赏了她们。十点钟左右听到她们说说笑笑走上楼梯，我们坐在桌前装模作样地看书。一个清脆干净的声音从喧闹里脱颖而出，咯咯地笑，哎哟哎哟地叫着，好像被谁搔到了痒处，笑完了就说："哎呀小点声，别打扰了别人。"

卢晓东说："就这个，最漂亮的。"

三个女孩来到门前，自然而然地都向我们的房间瞟了一眼，随后挤在她们自己的门前，相互催促着对方开门。一个穿粉红连衣裙的女孩，堪称高大肥硕，尤其是颤巍巍的胸部，不免有点咄咄逼人，难得的是她留一条长辫子，因为天热盘在后脑勺上，一圈圈的像卧着一条黑蟒蛇。正在开门的是个瘦子，营养不良的身体，五官和关键部位都没能及时发育完全，好在个头不是很矮，潜力还是有的，哪一天各部位觉醒了，应该是个比较像样的姑娘。她大概有近视，撅着淡黄色的裙子在寻找锁眼。卢晓东指的是最靠近我们房门的那个，一个饱满到位的姑娘，身上闪烁了一点少妇似的影子。皮肤不错，新藕一般丰腴的手臂扇动着手帕，太热了，她说。她的头发显然染过了，淡淡的金黄色，不长不短，刚好可以用一枚大抓梳卡住。上身是紧绷的掐腰短袖衬衫，下面是半长的裙子。在胳膊挥动之间不时闪现腰部的一圈皮肤，细腻柔和的白。我无故地觉得那是一个激情四溢却又平稳的身体，一定是经历了生活的诸多幸福，只有幸福的身体才会如此雍容，散发着不可捉摸的祥和的诱惑，和她清朗的眉眼一样，看着如饮红茶，舒服又有点温热。

238

"不错，"我说，"你的眼光不错。"

卢晓东自豪地笑笑，踌躇满志地说："看我的，早晚搞定。"

"舒月，给我扇扇，急了一身的汗。"开门的女孩说，她的钥匙还在辛苦地摸索。

"不急，不急。"漂亮的护士把手帕对着她摇晃起来。

卢晓东用笔在纸上画着，说："舒月。"

隔壁的一家三口

住进314的果然是一家三口。一个四十多岁的男人，见了人会无故地讨好似的笑一下。另一个是二十岁光景的女孩，清纯而又哀怨的那种，好像肚子里咽下了不少苦水，眼泡稍稍有点肿。她叫那个男人为爸。叫爸的还有一个大约十岁的男孩，个头倒不小，但一看就是个白痴，脑袋的形状不免奇怪，怎么端详都不周正。最能标志他的白痴身份的是两只眼，和几乎所有白痴一样，两眼的距离远得让人透不过气来，两道目光从来不能同时落到同一个方向，所以无法分辨他到底是在看什么。他瓮声瓮气地叫那女孩：姐。

他们到来的时候，我和卢晓东都在房间里，门敞开着。小魏和一个服务员把他们领过来，经过门前对我们说："你们的新邻居来啦。"

我和卢晓东不好意思不出去见识一下。那个剃平头的男人汗流浃背地拎着一个蛇皮大包和一只皮箱，衣服溻在身上，见到我们，急匆匆地笑笑，说："打扰你们了，请多关照。"

我们没有立即回房间，而是心照不宣地站在原地，都想仔细看一看拎网兜的女孩。网兜里装满脸盆、衣架、饭盒、牙刷等日用品。女孩看了我们一眼，很快又低下头去，对身边用力摇着玩具拨浪鼓的男孩小声说："别闹。"

不错。我和卢晓东会心地相视而笑，算是对那女孩做出了较高的评价。男孩不听她的，转过脸来对我们嘿嘿地笑了几声，一串口水乘机挂了下来，他幸福地说："爸。"

我不敢武断地认为男孩搞错了对象，因为我分不清他的眼到底看到了什么。他的两个瞳仁位置不同，说不定他的视野要比一般人宽阔得多。他对我们的无动于衷表示了愤慨，哼了一声转过脸去，对那女孩说："姐。"

小魏故作仁厚地拍拍他的脑袋，说："小家伙真可爱。"

男孩急速地对他做了个鬼脸，说："爸。"

吓了小魏一跳，眉头一下子就上去了。那男人抱歉地对小魏说："不好意思，我儿子他头脑不好使，就会说两句话，见谁都是这样。你多担待。"服务员把门打开了，他们一家子进去。女孩进门之前又回头看了我们一眼，搞得我心里咯噔跳了一下。那男人堆满笑容，进门时再次向我们客气："打扰你们，真不好意思。"

小魏在隔壁交代了一番，经过我们房间时，说："这房间还行吧？帮个忙，他们一家是外地来的。"我们答应着，说没问题。小魏顺手把房门关上了。

我和卢晓东开始了讨论，原因是我们都有疑惑：他们三口人竟然住同一个房间。床铺当然是足够了，问题是那女孩是大姑娘了，尽管衣着朴素，但已经显出美丽和成熟，怎么能和一个四十多岁的男人同居一室，就是父亲也不合适，我们都知道，女人的事总是比较麻烦，她们也习惯把自己的生活弄得像有无数的秘密。

"大概是为了节约开支。"我说。

"谁知道呢，这年头什么事没有，"卢晓东暧昧地说，"不过那女孩倒是不错。"

我们的学习生活

毫无疑问，来南京是为了参加考研辅导班。我和卢晓东时刻牢记我们的身份，是学子，不是观光的游客。我们相互强调这一点，以便互为对方提醒和鼓励。做学生的时候就成绩平平，现在离开学校两年了，学习的感觉更是忘得一干二净，常常在看书时生出老大徒伤悲的悲壮感。这种悲壮感刺激着我们，去听课，看外语，背政治，复习专业课。日子不多了，我们得玩命地干。

开始的一段时间很令自己满意，集中体现为生活十分有规律。该上课就去上课，一大早起来匆忙去听课地点抢座位。我参加的是外语辅导班，卢晓东参加的是政治辅导班，听课地点相隔甚远，时间上也不尽相同。外语辅导班设在河海会堂，比较近，步行要半个小时，坐公交车只需十分钟，但中间要转车，我怕麻烦，常常步行。起床后在楼下的拉面馆前来杯豆浆、一根油条、一个摊煎饼，穿着T恤和运动短裤，手提袋里装着纸笔和学习资料，外加一把折扇。如果不备扇子会中暑死在课堂上。两千多号人挤满了河海会堂的楼上楼下，一片光溜溜的胳臂和腿，去迟了只能坐在走道上。不知是什么原因，现在是个人都想考研，我看到无数年轻和年老的脸，一例被汗水浸得湿润，像雨天里扔在窗台上的一团团草纸。这种时候我又不可避免地生出悲壮感，心里嘀咕着，如果考不上，就让我马革裹尸，倒毙在考场里吧。所有人都踌躇满志，舍我其谁地抢着座位，仿佛此刻已经提前把通知书装到了口袋里。看到这些信

241

心饱满的斗士，我就免不了要绝望，因为绝望而悲壮，壮怀激烈就更玩命地干了。会堂里的空调形同虚设，根本感觉不到，它只给我们送来了一个比夏天还炎热的夏天，若不是啪嗒啪嗒摇着扇子，我连喘口气都不方便。

他妈的，都疯了，卢晓东说他那里也一样。他在南航会堂听政治，离宾馆远得要死，坐车也要四十分钟，为此他痛苦不堪，他有神经衰弱，起得太早要头痛。中午又没办法睡午觉，时间短促，只能在哪个树荫底下铺张报纸，象征性地把屁股放在上面打个盹。上完一天的课后，他回来就成了一只痛不欲生的瘟鸡，满脸憔悴的困意，不停地砸着脑袋，气都短了。这时候他就会邀我去散步，到鼓楼广场放松一下。我一脸坏笑地鼓励他，说古人是朝闻道夕死可矣，你总还有条命在，知足吧。他就会长叹一声骂道，真他妈的，死了倒省心，考什么鸟研！

话是这么说，第二天依然去会堂折磨自己。既然命都快搭进去了，不到考场上摸摸试卷岂不太他妈的可惜了么。卢晓东说，既然进了考场，总得考出个像样一点的分数，否则就太对不起自己了。所以我们还是应该勤奋，没课的时候他就会收拾课本叫上我，走，到南大看书去。

辅导班隔三岔五地开课，断断续续要一个多月的时间，中间有很多空闲时间，我们都是去南大找教室自修。这里离南大不远，出了门往前走，第一个十字路口右拐就到了。

暑期的南大学生也不少，留在南京打工赚钱或者考研。为了这批好学的同志们，学校特地开放了几幢教学楼作为自修室。我们混迹其中，以便在疯狂的学习氛围里分享一点刻苦的刺激。那些天在南大还真看了不少书。晚饭也在南大食堂吃，和年轻的学子们围坐一桌，觉得自己真像那么回事了。于是有点遗憾要考的学校不是南大，否则满可以用力感受一下南大的氛围，提前做个南大人。当然，前提是能考上。

可是这种事谁知道呢。学到哪儿了心里都没数，至于考试结果，只有去问导师啦。导师是什么？我俩都不知道。因此在复习的间隙，常要发出浩叹，我们这样屁也不知道的人考他妈的什么鸟研呢？我们在夜晚的南大校园里无奈地东游西荡，经过一段段有路灯和没路灯的水泥小路，偶尔也会斜穿一片草坪或花园。这种时候往往比较好玩，我们会听到茂密的灌木丛里发出激烈的喘息声，枝叶发出闷热的哗哗声。这些震撼人心的声音在我们到来时戛然而止，连众多的蚊虫叮咬他们也不敢用力拍打。也有旁若无人的，在草坪边的椅子上就接起吻来，痛苦的模样仿佛在干一件体力活。我们不是存着歪心思去偷窥，实在是累了想在旁边的一张长椅上歇歇脚。我们一边聊天一边看着他们，直到我们坐累了他们还在继续，一定是满身大汗。南京的夏夜，接吻也是件苦差事，但他们似乎可以持续一个通宵。

"服输吧，"我站起来说，"咱们该走了。"

卢晓东感慨地说："连这种劲头都没有，还考什么鸟研。走，喝两杯去。"

我们收拾了书本出了校园，来到附近一家名叫"稻草人"的酒吧里。此刻稻草人酒吧的夜生活刚刚开始，灯红酒绿地挤满了人。我们在角落里找了个座位，要四听啤酒，一人两听，坐在理查德·克莱德曼舒缓轻幽的琴声里喝起了啤酒。吧台背后的墙上果然挂着一个巨大的稻草人，举着幼稚的大手欢迎每一位到来的客人。酒吧里的装潢像非洲的某个部落，用的材料是原始的稻草、麦秸和树皮之类的东西，墙上挂满了奇形怪状的根雕，还有眉飞色舞的脸谱。如果不是高脚杯和服务小姐后现代的打扮，真以为到了黑人首长的客厅里。服务小姐的大部分皮肤都摆在暧昧的灯光下，让喝酒的人心驰神往。

卢晓东抓着啤酒说："看她们的衣服，覆盖率之低都快赶上撒哈拉大沙漠了。"

"应该向她们致敬，经济发展离不开女同胞，她们为我们国家节约了多少布啊。"

"我想起了舒月，那个小护士，嗯，不错，"卢晓东微醺地说，"真他妈的，考什么鸟研！"

我看看表，十一点半。"快走吧，"我把剩下的啤酒喝完，"回去还要洗澡，迟了就没热水了。"

洗澡问题

我们急匆匆赶回宾馆，小魏和长一对招风耳的女服务员正趴在服务台上打瞌睡。听到我们的脚步声，小魏迷迷糊糊地睁开眼。"你们怎么现在才回来？"他说，"洗过澡了吗？"

"没有。"

"电已经停了。你们凑合着冲个冷水澡吧。"

"没问题，"卢晓东说，对着刚刚醒来的服务小姐夸张地炫耀胳膊上稍稍有点样子的肌肉，"我们身体壮。"

经过二楼，我们发现浴室的门敞开着，里面黑灯瞎火。太好了，现在浴室正闲着。卢晓东让我上楼去拿换洗的衣服和毛巾香皂，他在这里等着，先把浴室占下来。这种事我们常干，没办法。

除了四楼的几个标准间有室内浴室外，二楼和三楼的人都得到二楼的公共浴室来洗澡，有个先来后到的规矩。原来宾馆里还有两个浴室，就是正对着二楼楼梯口的那间，男女分开。现在坏掉了，整天锁着门，能派上用场的只剩下门外的一块大梳妆镜。我们从浴室里出来，都在这块镜子前梳理头发，偶尔也挤掉几个潜伏已久的粉刺。房间里没有镜子，我们也懒得买，如果需要正衣冠我们就跑下楼来照。

为了解决洗澡问题，小魏临时在二楼房间尽头修了一个简陋的浴室，装了两台玉环牌热水器，公用，男的来了男用，女的来了女用，进了门就把门闩插上。后来者只能等，把脸盆象征性地放在门前占个位置，然后要么返回自己的房间，要么站在大镜子前照镜子打发时间。再后来者依次放下他们的脸盆，一长串地排下去轮号。

因为男女混用，浴室就显得复杂，尤其是挂衣服的墙上和纸篓子里。我们通常都是一起去浴室，卢晓东总不忘提醒我看一下纸篓，那里面多半会扔着几块卫生巾之类的东西，也有不愿再穿的内衣。更有意思的是，常有粗心的女人把换下的内衣忘在了浴室墙上的挂钩上。它们羞怯地悬挂在那里，日复一日地对着川流不息的男人和女人展览。

那天晚上我们就见到了一副胸罩。我把浴具和换洗衣服拿来时，卢晓东已经进了浴室，门虚掩着。我推门进去，卢晓东指着衣钩上摇荡的胸罩说：“猜猜，这东西是谁的？”

“我怎么知道？反正不是我的。”

“一定是舒月的。”卢晓东顺手抓了一把，又放在鼻子上闻了闻，“还有香味，你闻闻。”

我不好意思去碰那东西，就问他：“你凭什么说是舒月的？”

卢晓东颇为自信地说："第一，这东西尺寸比较大，你看看；第二，它是淡蓝色的，我看她戴过，有一天我从她身旁经过，透过米色的衬衫看到的，哇，我当时都快叫出来了，一派壮阔隐约的蓝色。"

果然没热水了。我们用冷水潦草地冲了冲。洗澡时，卢晓东喋喋不休地一次次说起舒月的名字。正说着，外面有人敲门。我俩裹着毛巾来到门边，听到一个女声在问："有人吗？"

是舒月的声音。卢晓东指了指墙上的胸罩得意地笑了。

"有人。"我说。

外边响起一串远去的拖鞋击打地板的声音。

"应该开门让她进来，"卢晓东说，"不过你得出去。"我们重新来到喷着冷水的莲蓬下，卢晓东又说，"靠，我对她他妈的真有感觉了。"

和白痴握手

去广场散步是卢晓东热衷的一件事。他的神经到了南京似乎更加衰弱了，脑袋紧张了一天，傍晚时分他就受不了了，发紧发涨，用他自认为专业的描述说：脑袋成了紧箍着一圈铁皮的老树根。医生说，这种病仙丹也不能一蹴而就，只能调养，让绷得过了头的神经逐渐地恢复它的弹性和功能，就像弹簧一样。医生建议，要经常温和地刺激和活跃神经，让它们放松放松再放松，比如洗热水脚，再比如散步，实行脚底按摩。卢晓东坚贞不渝地执行，他太希望把这看不见摸不着的鬼毛病赶快治愈了。他每天洗两次热水脚，三伏天也不例外。此外就是散步，而且他发现一处极好的散步地点，就是鼓楼广场，那里有一条鹅卵石小路。

傍晚时分，鼓楼广场聚满了纳凉的市民。这是南京最大的一个市民广场，而且地处中心位置，人是少不了的。广场上有雕塑、花园、奇形怪状的虬槐、芭蕉、长椅、休闲聊天的茶吧和露天MTV，此外的空隙里穿梭游动的都是人，也有主人们牵着的哈巴狗。

广场空旷巨大，傍晚太阳落尽，夜风来临，我们穿着T恤、大裤衩和拖鞋来到广场东边的鹅卵石小路上。广场上的男人都这副打扮。小路上主要是老头老太太的天下，他们把拖鞋放到路边的草坪上，赤着脚在鹅卵石上缓慢地行走，一圈接着一圈。据说此种锻炼方法效果极好，活血健体，脚底神经众多，相当于人的第二个大脑。向前走，或者向后退。渐渐有中年妇女加入进来，她们羞于赤脚，便穿着丝袜来回走，嫌石子硌脚的，特地做了一双薄底的软鞋。更年轻的纯粹是凑热闹了，兴之所至走上几圈，受不了硬邦邦的石子就只好从小路上下来。小路上的人太多了，川流不息的人群，因此成了广场上的一大景观，很多人跑过来观看，旁边的椅子上、石阶上坐满了观众，像在欣赏一桩大型的行为艺术。

这种散步显然是卢晓东想要的。他脱了鞋子汇入人流，跟在老头老太太后面，头一点一点地走下去。半个小时以后，他离队了。摸着太阳穴告诉我，效果不错，脑袋果然轻快不少。我也尝试过两次，终因受不了石子硌脚而放弃了。

卢晓东散步的时候，我通常坐在石阶上看人。如果没有稀奇古怪的事情发生，我的注意力都在年轻漂亮的女孩身上。必须承认，在夏天，南京的确是个美丽的城市。姑娘们把她们的美无私地展现给这个城市，济以夜晚朦胧的光影，完全可以说六朝古都佳丽如云，当年的秦淮河畔恐怕也望尘莫及。因为姑娘们新鲜美妙的胳膊腿都坦陈在我们的眼睛里，而那时的粉黛却是长袍大袖，每一寸肌肤都珍惜地藏在绸缎绫纱的下面。

美女看多了也会倒胃口，我就去寻找些新鲜好玩的人来看，常常就是隔壁住的那个小白痴。只要不下雨，他几乎每个晚上都去鼓楼广场，他喜欢人多，他热闹地在别人身边走来走去，摇着陈旧的拨浪鼓。

白痴第一次来广场是在他们一家住进石城宾馆的第二个晚上。卢晓东已经完成了他的健脑运动，我们正坐在石阶上瞎聊，看到他们一家三口从广场西边走过来。那个男人的右手搭在女儿的肩上，女孩牵着弟弟的手，白痴的右手摇着拨浪鼓。男人姓冯，小魏告诉我的，小魏叫他老冯。老冯看到我们，手立刻从女儿肩上落下来，对我和卢晓东点头微笑，说你们也在呀。我们站起来回礼，说随便看看。女孩看我们一眼就低下头去，倒是小白痴不怕生人，摇着小鼓向我们喊爸。女孩轻轻地打了他一巴掌，他悻悻地转过脸去，把鼓摇得更响了。

他们大约只是到这里来熟悉一下环境，因为以后就没再看到过他们。小白痴却喜欢上了这里，每天傍晚都一个人跑过来玩。好在广场离宾馆很近，父亲和姐姐不需要担心。他们没时间管他。老冯大概一直都在忙着找工作，早出晚归，有时午饭都不回来吃。有一天我坐车从新街口经过，看到一个男人在路边卖报纸，好像就是他。老冯的女儿都待在宾馆里，每天洗洗衣服，照看弟弟，宾馆都很少出，菜都是老冯买回来的。他们新买的煤气灶放在房间里，看架势要长住了。空闲的时候她会看电视，我去厕所时经过他们的房门，偶尔会听到他们的破电视在说着含混不清的话。

纳凉的人喜欢调笑白痴，因为他总是胡乱地喊爸和姐。只要有人问他：小白痴，我是谁？他就会脱口而出：爸，或者姐。男的就是爸，女的就是姐，不管对方年龄如何。白痴慷慨的为人子和为人弟的热情让纳凉的人乐此不疲，争着让他叫他们爸或姐。往往他从一个地方开始叫，要一直把一溜人叫个遍。他们很高兴，看着他马不停蹄地一路叫下去。他也很高兴，好像真有那么多爸爸和姐姐。他叫得兴奋，小鼓响亮地摇下去。我和卢晓东对小白痴甚为不满，为什么逢人就叫爸和姐呢。可是他是白痴。而那些调笑白痴的人我们又无法谴责他们，是白痴自愿的，他们只要拿出一块口香糖、几颗瓜子、半瓶水，甚至对他笑一下，他就忍不住把别人尊为爸爸。

白痴也有不高兴的时候，一是别人逼他叫某女为妈，另一个是觊觎他的拨浪鼓。觊觎他的小鼓的人不多，那东西又旧又破又难看，脏兮兮的，别人懒得碰它。一旦谁不识好歹向它伸过手去，小白痴会立马向后一跳，瞪大两只焦点不同的眼睛怒视对方，傻气中显出几分杀气，一改笑嘻嘻流口水的形象。而对方对小鼓兴趣实在也不大，便缩回了手，笑眯眯地问他：叫我什么？

他响亮地回答："爸！"

常见他发怒都是别人让他叫妈的时候。一个风起大雨将至的晚上，我坐在离白痴不远的地方，他的面前是一对恋爱中的年轻男女。小伙子问他："你叫我什么？"

"爸。"白痴说。

"叫她什么？"

"姐。"

"不对，"年轻人说，搂着他的女朋友，"应该叫妈。"

"姐！"

"叫妈。"小伙子说，他的女朋友只是羞涩地笑，装模作样地捶打男友的胸膛。

"姐！"小白痴简直是愤怒地喊起来，甚至拉开了打架的姿势，前腿弓后腿蹬，小鼓都举了起来。"姐！"他大叫。

小伙子很难堪，猛地站了起来，"怎么，要打架？"

小白痴毫不示弱，脖子涨得通红地喊："姐！"

周围立刻围上来一圈人，大家都很兴奋，白痴生起气来原来也很可怕，他们想看他到底能愤怒成什么样。小伙子的女朋友显然认为作为这样的当事人很不合适，硬是将骂骂咧咧的男朋友拽出了人群。观众不免扫兴，好戏刚开了场就落了幕。不甘心的好事者打算上前逗白痴发火，他却对地上吐了一口唾沫，梗着脖子从人群里挤了出来，肥大的T恤一肩高一肩低地吊在身上。

小白痴不知在哪里转了一圈，十分钟后，他孤独瘦弱地向我们走来，然后同样孤独瘦弱地站到我面前，然后突然涨红了脸向我伸出他的孤独瘦弱的右手。这一次他没叫爸。我一下子蒙了，他伸着手要干什么？我顺手把喝了一半的绿茶递给他，他没要，我更纳闷了。

"他要和你握手呢。"卢晓东开玩笑地说。

我有点胆怯，我还从来没和白痴握过手，不过我还是伸出了手，谨慎地握住了他的手。既然他姐姐敢牵他的手，我为什么不敢，有那么一会儿我的头脑里出现了他姐姐好看的手，我的手就逐渐放松了。白痴咧开嘴笑了，流出一串口水。

卢晓东说："看他高兴的，终于找到同志了。"

他竟然很温顺地一直握着我的手，他把拨浪鼓放进短裤兜里，左手抓着半瓶绿茶。他很高兴。风越刮越大，大雨不远了。我问他，回家？他可爱地傻笑着，和我们一起回了宾馆。

此后，他就算和我们熟悉了，经常溜到我们房间来看电视。他喜欢看动画片，他们的电视看不清楚。我不知道他能否看懂，只见他托着下巴规矩地蹲在地上，一直张着嘴开心地看，口水流个不停。问他好看吗，他就傻傻地笑，两道目光四分五裂。他不再叫我们为爸，什么也不说，只是傻笑，流口水。正看着，老冯或者他姐姐一叫他的名字，他会立刻跳起来，连个招呼也不打就跑出去了。一会儿工夫，他又溜到我们门前，磨磨蹭蹭地进来蹲到地上。然后又听到爸爸或姐姐的呼唤：

"小山，回来。"

摇摇打来了电话

卢晓东在房间里亮开嗓门喊我，说有电话找我。我甩着湿漉漉的两手从水房跑过来，问他谁找我？卢晓东说，还能是谁，当然是沈摇摇同志啦。

我："喂，摇摇，我在洗衣服。"

摇摇："真辛苦，同情你呀。"

我："有什么办法？没人帮着洗只好自己洗了。"

摇摇："下次帮你洗。真打算考研了？"

我："当然，不考研我毛病呀跑南京来。"

摇摇："定下来考北大啦？"

我："没办法，还有什么更好的学校吗？"

摇摇："吹大牛。好啦，多少天没想我了？"

我："时刻想着沈摇摇，一天至少二十五个小时。"

摇摇："瞎说，我不信。"

我："真的。夜里做梦都想，我梦见自己在梦里也想，所以夜里都是两个我在想你，一天下来总有二十五个小时吧。"

摇摇："不和你贫嘴了。告诉你一个好消息，老妈默许啦！"

我："默许什么？"

摇摇："当然是我俩的事了，前提是你得考研。要是你能考上北大我们就得救啦。"

我："又是考研，早晚把我逼成范进。"

摇摇："生气啦？先委屈一下吧，做出点奋发有为的样子来。我再去磨磨老妈好了。"

挂上电话我连衣服都不想洗了。又是他妈的考研。考个鸟研啊。我和摇摇从大四开始谈恋爱，三年了一点进展都没有。她家的大门严严实实地对我关闭着，她妈像个门神守在三楼顶上，原因是我不长进。所谓不长进，说的是我的工作。一个穷教书的，一个月工资还不够下两次馆子，能有什么出息。家庭一般，人也一般，工作还如此不像样，唉，罢了罢了，这样的人别想进我家的门。她老人家显然认为我配不上她的宝贝女儿。摇摇在电视台工作，编导，偶尔也去客串一个十分无聊但收视率很高的娱乐节目的主持。门面不必说了，在小城里连条狗都认识她；薪水更别提，一个月挣的钱我要干三个月的活儿。所以她妈心里十二万分的不平衡，总以为是摇摇闭着眼睛掉进了我设下的陷阱里。她老人家以为女儿中了邪了，如果不是碍于党员的身份，说不定会去请一个大仙来给摇摇驱鬼。摇摇的爸爸对夫人言听计从，二十多年来不懈地坚持"两个凡是"，在大街上见到我眼皮都不甩，他是搞生物的，对苍蝇的兴趣比对我要大得多。好在他只是跟着摇两下旗子喊上几声，所以我们的工作重点还是她妈，我开玩笑说她妈是一座半封建的堡垒。

摇摇说，我们得想办法攻下这座堡垒，并且做了明确的分工。她的任务是从内部渗透腐蚀，我则是从外围攻坚，武器只有一个，就是考研。摇摇说，她妈引用了莎士比亚的名言证明教书匠的平庸，莎士比亚说：如果你什么都不能干，教书吧。她妈还说，这是一个人尽可师的年代，文盲都能跳上讲坛，我凭什么相信你能有出息？要是个大学教师还可以商量，一个小中学教师，算了，说什么好呢？她拒绝和我们讨论。她说得很明白，有无数人消耗了一生，即使死在讲台上也不过是个中学教师。所以摇摇再三考虑之后，说：跳出来吧，给你自由。想跳出来，那么考研吧。我的确也不想再干下去了，一看到成堆的作业我就头晕，见到红墨水就犯恶心。

好了，我不是在为自己找借口。大家都知道，现在教师这个行当越来越成了体力活，而且还要求具备屠夫一样坚强的心理素质。我没有，我从小就不敢杀鱼，我也不忍心折腾那些孩子。所以就不想干了。可也不愿整天听到有人在耳边唠叨考研考研，好像不考研就没活路了，这两个字和试卷、作业、红墨水一样让我喘不过气来。但我还是仓促上阵了，就像两年前仓促走上讲台一样。

舒月

想结识一个人其实很容易，比如舒月，住对门，只要舌头一转打个招呼就可以了，关键是找到一个合适的机会。卢晓东等了一个多星期终于等到了一个好机会，有点俗套，但是实用，他当然不会放过。

晚饭过后我们正准备去南大自修，天突然下起了雨。南京的夏天经常如此，气象专家也搞不清到底什么时候会下雨。雨点又大又白，噼噼啪啪砸着窗户上方的雨篷。舒月从外面跑回来，一路甩着头上和身上的水，裙子局部贴在了身上。她敲门，喊着室友的名字，半天也没动静。又敲，声音巨大，还是没动静。看来她没带钥匙。我们听到她嘀咕着：不是说好了在宿舍等我的吗？

我们猜测她一定有什么重要的事，否则不会漫无节制地敲到现在。我对卢晓东示意，英雄救美的机会来了。卢晓东尽管至今光棍一条，但他有若干次前科，在情场上绝对是个老手，从他自信的微笑里就能看出来。他理了理头发走到门前，说：

"她们好像出去了，有什么需要帮忙的吗？"

舒月的转身稍稍显出一些吃惊。"噢，谢谢，没什么事，"她说，"她们说好了等我回来，雨伞在里面。"

"既然说好了，大概很快就会回来的，到我们房间坐一会儿，等等吧。"

舒月的犹豫可以理解，"会打扰你们的。"

"没事，"卢晓东说，坚持着邀请的手势，"只要不嫌我们房间乱。你可以看看电视。"

盛情难却，舒月也就进来了，坐在卢晓东搬过来的椅子上。

"都认识吧？"卢晓东说，"大家都是邻居，别客气。我叫卢晓东，他是我朋友。"

舒月对我们矜持地笑笑，说："我叫舒月。"然后就不说话了。

我缺乏和陌生人打交道的能力，而此刻唱主角的是卢晓东，让他发挥。在我听来，卢晓东就是在没话找话说，但得承认，能把废话说得如此从容自然和真诚，也是需要一番功力的。

"我们的房间有点乱吧？是不是换个频道？"

"挺好的。男孩子的房间大概都这样。"

我们的出发被无限期地推迟，因为我猜不透卢晓东还有多少废话要说。他们像审问一样一问一答，卢晓东总能找到无聊而又亲切的问题。比如你是哪个地方的人，待在南京多久了，对南京印象如何，这里的生活是否习惯，等等。不知是否被卢晓东问烦了，舒月开始不停地看手表，偶尔也看看窗外，外面除了雨还是雨。

"你有急事？"卢晓东问。

"还有点事要办，她们怎么还不回来？钥匙和伞都锁在房间里了。"

"要是很急就用我的伞，反正我也不用。"

"那多不好意思。你真的不用？"

"不用。今晚我们都不出门。"

卢晓东把我的伞递给她。我的伞是到南京后刚买的，比他的新。卢晓东的那把破伞早老得不像样了，作用甚微，天上下大雨，伞底就下小雨。他慷慨地把我的伞借出去了。他说我们不出去了，可是去南大是他先提出来的。这家伙。

"没问题，"我说，"无条件支持老兄的追月计划。"

那个晚上我们没去南大，他的伞实在不堪一用。卢晓东认为他的计划已经迈出了十分重要的一步，戏开场了，下面就看如何趁热打铁地唱下去了。他很兴奋。一把伞先借再还，借和还之间就有了无数的可能性，前景一片大好啊。我说你先别得意，说不准人家已经有主了。卢晓东认为我纯属杞人忧天，都21世纪了，讲究竞争上岗，有男朋友怕什么，结了婚还可以离呢。没错，只要人是活的，就什么事情都可以发生。受了卢晓东的感染，我也静不下心来看书，草草地翻了几页就和他起劲地聊起来。电视开着，演的是连续剧《不要和陌生人说话》。

晚上十点，舒月把伞送回来了，随之而来的是谢谢和一个大西瓜。多好的姑娘，知书达理，连我们想吃西瓜都猜到了。她没有在我们房间多作停留，不过没关系，我们都能感受到她的存在，她把已经晾干的伞整整齐齐地折叠好。只有女孩子才会有这种能力。卢晓东对这些精致的细节很满意，他有足够的经验证明它们的微妙，按照他的理论，只要女孩子不讨厌你，你就有了百分之五十的希望了。现在他的希望已达百分之七十，他又说，马上就会升到百分之八十。

他把大半个西瓜切好了送过去，一共六块。他想得很周到，舒月和她的室友一人两块。不能脱离群众，就像娶老婆要先搞定丈母娘一样，他得把另外两个小护士哄开心了，她们是重要的群众舆论基础。外因常常会深刻地影响到内因，从而导致矛盾的发展拐上另一条道，哲学书上就是这么说的。卢晓东是在活学活用，理论联系实践。

半个小时后卢晓东回来了。小心翼翼地关上门，对着我拍起了大腿，真他妈的，他说，爽，我坐到了舒月的床上，屁股大概都熏香了。那两个傻丫头，还以为西瓜是我买的，乐得屁颠屁颠的。

"舒月表现如何？"我问他。

"不错。她总不能当面就对我说，我爱你吧。"

这类话我只听一半，卢晓东向来感觉良好，除了考研他骂骂咧咧外，天底下的事在他眼里都是泥塑的金刚，一巴掌下去就得现原形，除非他不想干。就像考研，那是形势所迫，谁他妈的想念那几本鸟书啊。

不管怎么说，卢晓东的步子是迈出去了，而且大有一日千里之势。据我所见，他们的关系很不错，我和他在走道里、楼梯口或者宾馆外面的路上遇到舒月，他们都会停下来聊上一会儿。如果正好是吃饭时间，卢晓东便会谦恭地请她赏光，共进晚餐或午餐，舒月谦虚一下也就跟着我们去了，尽管只是拉面或者盒饭，她吃得依然很开心，被卢晓东逗得咯咯地笑。

有一天下午我听课回来，看到卢晓东留下的字条，他说今晚请舒月去长江大桥附近的一家酸菜鱼馆吃晚饭，就委屈我一个人随便找点东西打发一下肚子吧，南大也不去了，我一个人去好了。结尾是他的口头禅：考他妈的什么鸟研啊。

晚上十一点我从南大自修回来，进了宾馆就被小魏叫住，他推着眼镜问我怎么一个人回来了？小卢呢？

"出去玩了。"我说。

"和舒月一起去的吧？"

"你好像什么都知道嘛，"我开始上楼，"你这老板干得可真是敬业哪。"

"哪里，"小魏说，和我一起上了楼，"舒月可不是好鸟，你得提醒小卢。我姐临走前告诉我，别惹舒月，她有点那个，那个你懂。曾和泰州一个办事处的什么科长勾搭在一起，被人家老婆发现了，当场抓奸，据说门被踹开时她还坐在科长身上死去活来地上蹿下跳呢。"

"真的？"

"骗谁也不能骗师弟你呀。再说，舒月跟我无冤无仇，我脑子又没坏。"小魏的语气和神情显得极为真诚和坦荡，好像舒月是和我扯上了关系。他说完时我们已经到了三楼，他拍拍我的肩说："我就不上去了。"

我对小魏的说法将信将疑，按理说老板不应该对客人说三道四，而且舒月怎么看也不像他所描述的那样是个忘乎所以的疯狂女人。可是人心隔肚皮，就是妓女脸上也不留记号。我疑疑惑惑回到房间，卢晓东还没回来。我一直不赞同卢晓东在南京瞎搞，我们只是一个过客，只待一个多月，犯了错误连补救的机会都没有，拍拍屁股就走人又太过分，至少不是人民教师该干的事吧。卢晓东却满不在乎，你以为人是个什么东西，谁敢说明天出门就不会被车撞死？活一天算一天，要是能把以后的事都想清楚了，我敢打赌，谁也不愿活到明天天亮。

　　也许是吧。

　　我等到十一点半卢晓东还没回来，就独自去浴室冲了个冷水澡。穿好衣服刚出浴室，看到门前摆着两只水瓶，舒月站在大镜子前等着。我对她笑笑，说不好意思，现在里面没人了。她问我还有没有热水，我说早就没了，我冲的是冷水澡。正说着，卢晓东从楼上下来，一手一只水瓶。

　　"你干吗？"我说，刚问过就发现自己的愚蠢。

　　"舒月担心水冷，我帮拎两瓶开水。"卢晓东说，酒气还没消尽，"你这家伙，洗澡也不等我一下。等一下，我把水拎过去就回来。"

　　舒月有点羞涩，这从她端着盆走向浴室的步态可以看出，她把每一步落得都很谨慎，身体稍显僵硬。

　　回到宿舍，我问他吃得如何，他抹着嘴说，不错。我本想把小魏的说法透露一点给卢晓东，可又不知该怎样委婉地表达出来，只好开玩笑地说："你们的爱情进展到哪个部位了？"

　　"怎么，不平衡了？"卢晓东捏着一根牙签躺在床上，空调真是个好东西，我们简直是生活在春天里。"上火了吧？建议你赶快让沈摇摇过来救火，来迟了眉毛都烧没啦。"

我就不好再说什么了。我不能管得太多，否则我的转达没准会招来一个吃醋嫉色的罪名。卢晓东去男厕所接了两盆水草草地冲了个澡，回来后四仰八叉地往床上一躺，舒服得闭上了眼，他对着天花板说："多么美好的生活啊，爽！喂，我说，明天晚上我不去南大自修了，你自个儿去吧。考他妈的什么鸟研！"

第二天晚上他没和我一起去南大，以后再也没去过。那些个晚上他干了什么我不得而知，显而易见的是，他和舒月是渐入佳境了。我在房间的时候，舒月也经常过来玩，有时候我从外面回来，也会看到他们两人在聊天或者看电视。

发现他们有实质性的进展是在一个晚上。听了一天的课，吃过晚饭我又去了南大。到了十点左右，脑袋涨得实在难受，一个字也看不进去，索性收拾书本回了宾馆。卢晓东不在房间，我想他大概和舒月一块儿出去玩了。他们经常一起出去，晚上散步我不再和卢晓东一起了，那样会成为他们的累赘。

太累了，我想洗个澡早早睡下歇歇。于是没等卢晓东就端着脸盆去了浴室。浴室门关着，里面有人。门外没有挨号的脸盆，也就是说，下一个就是我。我站在大镜子前等着门开。大约六七分钟，门开了，舒月抱着脸盆从里面出来，身后的门又关上了。她看到了我，停了一下，继续理着潮湿的头发向这边走过来。

"里面还有人？"我问。

"有。"她说，面色绯红，像刚蒸过桑拿。她走上了几个楼梯又停下来，对我说："你先回去吧，恐怕还要一会儿时间。"

我说："没事，我就在这里等等，回去也干不了什么。"

她不再说什么，低着头上楼了。

没有舒月预料的那样长，不到五分钟门就开了。让我惊奇的是，走出来的不是一个女人，而是一个男人，是卢晓东。他看到我也愣了一下，说："今天回来这么早？"

"头疼，看不下去。"

他又问："什么时候到的？"

"刚下来，"我说，"我还以为你出去了。"

相遇在楼上

天突然暗了下来，狂风乍起，很快一场雷阵雨就要来临了。这段时间都这样，简直成了规律，上午艳阳高照，烤得人要蜕一层皮，到了下午五点钟就开始风雨大作，来一场痛快淋漓的雷阵雨，七点左右又风轻云淡，整个南京开始进入一个清洁舒朗的夏夜。风起的时候我跑上四楼收衣服。楼顶上挂满了花花绿绿的衣服，我是第一个收衣服的人。大风拉扯着晒干的衣服，像一个人攀着绳索奋力摇荡，上衣横斜，裤子们绷紧双腿站了起来。

三两下把我和卢晓东的衣服收好，正要走，看见地上飘过来一只粉红色的胸罩，被风推着一圈圈地翻滚。我想起了舒月的淡蓝色的胸罩，这个会不会是她的？也许卢晓东能认识。不管它是谁的，现在的问题是，如果我不把它捡起来，它就会被风推下楼去。可是这种东西，除了摇摇的，我从没碰过别的女人的，我也只给摇摇收过一次这样的衣服。我犹豫了片刻还是捏着带子把它拎了起来，想找个合适的地方把它挂好。然后我就看到了老冯的女儿站在通向楼顶的门前，我一紧张，胸罩掉了下来，但本能使我又迅速把它抄了起来。

"被风吹掉的，"我的争辩使我觉得自己可笑，"我只是想把它重新挂好。"

"我看见了。"因为羞涩她的脸色微红。她走过来，从我手里抓过胸罩，猛地藏到了身后。"谢谢你。"

那东西竟是她的。我含混地支吾一声，向门走去，听到她说："你叫穆鱼？"我站住，转过身，答非所问地说："你叫冯小猜？"

我们都笑了，彼此点点头，我就从楼上下来了。我把衣服叠好，听到小猜从门前经过，她哼起了歌，好像是《紫竹调》什么的，声音很好听。有点意思，做了这些天的邻居，竟然不相往来。其实也不是一点往来没有，比如小山在我们这边看动画片，她常会站在门前叫弟弟回去，只是我们没有直接对过话。最常见的对话都是转述，比如我说，小山，快回去吧，姐姐叫你吃饭了。我知道她的名字就像她知道我的名字一样。早上老冯离开宾馆，照例在出门前再把事情交代一下：小猜，这件事要做；小猜，那件事你留个心；小猜，别让小山到处乱跑；小猜，晚上我回来要很晚，你和小山先吃饭，别等我；如此等等。我知道了她叫小猜，冯小猜。很好听的一个名字。

卢晓东不在，小山准时跑过来看动画片。看了一大半，小猜来到门前，她叫小山回去吃晚饭。小山托着下巴看得非常认真，不理她。我对她说，进来坐吧，小山上瘾了，很快就结束了。小猜扶着门框犹疑地进来了，窘迫地坐到我递过去的椅子上。

"你们的电视真清楚，"小猜说，两只手不安地放在膝盖上，"小山天天来看动画片，不烦你们吧？"

"我们也看，"我说，"小山挺有意思的，还跟我一块儿散步哪。"

"他就是喜欢热闹，本来应该我带他出去玩的，可是到了晚上我常没心情。"小猜的神情有些黯淡，大约是体会到了生活的难处。老冯每天都在外面跑，毫无疑问是去找一条可以支持生活的来钱的路子。

"别想得太多，你应该放松点。"我把教师的职业病用上了，给她做心理疏导。"过会儿请你去散步，也许心情就会好多了。"

"一起去？我觉得……"小猜的话只说了一半，她似乎不相信我的话，还有不好意思。

"没事。一起带小山走走。"

他们饭后，我们一起去了鼓楼广场。这是我和小猜的八次散步中的第一次。散步让人心情愉快，小山高兴是理所当然的了。我看了一天的书，放松一下大脑也很有必要，因为散过步还要继续看书。小猜的快乐是层层递进的，一点一点地生长饱满起来的。第一次去散步她也高兴，但主要还是伤感，我看得出来。出了宾馆她在马路边上站了一会儿才走。她说，我都好多天没出门了。言语低沉，颇有老人回首往事的苍凉。在广场上她很少说话，有些开心，却也心事重重。大约走了二十分钟，小猜提出来要回宾馆。他该回来了，她说。她指的是她的父亲老冯。

以后的散步中小猜的心情慢慢好起来，时间也渐渐延长。她开始说话，她其实是一个很可爱的女孩，伶俐，清净，对世事所知甚少。每次都是她先提出来要回去，她担心老冯回来了。她总是说，他该回来了。我想小猜是个孝顺的女儿，知道心疼父亲，他在为一家人的生计东奔西跑。小猜说，他一直都在找工作，这种试一下，那种试一下，希望能找到最适合他的又能赚到钱的工作。有一次小猜竟问我是否有门路，帮她找一份工作，因为我好歹对南京有点熟，她不想整天待在家里吃闲饭。我说你千万别提这事，我现在还因为这事被卢晓东笑话呢。我自以为在南京混过几年，其实屁也不懂，连鼓楼医院这么大的地方都找错了。而且这年头城市的变化比天气还要快，出了门我都带上地图，免得转了向找不到回家的路。小猜也就提过这么一次，后来就没再听她说起过。老冯大约也不允许她出门工作，否则他不会不带回点信息，而且小山是个白痴，把他一个人留在家里也不是个事。

如果说小猜对我没有吸引那绝对是胡扯。二十岁左右的青春少女，清秀的五官，曼妙的身材，淡淡的暖香，这些姑且不论，单是她常常欲言又止略显忧郁的神情，以及体贴周到的心灵，都是极合我的审美趣味的，我不是瞎子，所以不能视而不见。也就是说，与小猜和小山散步绝不是出于人道主义的帮助，也不仅仅是找个伴儿一起聊天散步，更主要的是，和小猜在一起时我心情极为舒畅，并且在心底里时不时冒出个惊心动魄的幻想来。充满温柔和惊险的日子多少让人不忍释手。我不会胡来，可是一起散步总是可以的吧，我安慰自己，何况大家其乐融融，连小山都高兴。

所以我们又去看电影了，这是小山的要求。我们沿着鼓楼广场随便向西走了不远，就到了和平影视城。几年前我曾和同学来看过电影。小山看着影院门前大幅花花绿绿的海报和成堆的人群，兴奋得大叫，指着大门嗷嗷地央求我们，他要去。小猜拦住弟弟，说不行不行。她没说为什么不行，或许是担心回去太迟了不好交代。但是小山的热情不减，不让他进去他就会坐到马路上大哭。我说让他看一次吧，回去了我和你爸说，就说我带你们去的。

"不行，"小猜慌乱地摇头，"你千万别说。"

怎么啦？偶尔看一次电影也不是什么大不了的罪孽，不就回去迟一点么？我请客。

"别。"小猜说。我已经去了售票处。

《决战中的较量》，风靡全球的大片，票价二十五元。我把票买回来小猜就没法再说什么了。她一声不吭，反倒不着急了。多大的事，不就是一场电影么？

拍得不错，我喜欢看，和所有的大片一样，电影里也有一段曲折离奇的爱情故事。当男女主人公有情人终于相遇时，小猜突然抱住了我的胳膊。我惊讶得一动不敢动，感受着短袖T恤下她的发烫的脸，然后是蔓延开来的液体，她流眼泪了。我以为她只是被影片感动得不能自已，便坦然领受了她的依赖。可是影片结束了，放映厅里的灯亮了，观众开始散场时，她依然不撒手。她看不见别人，她闭着眼伏在我的胳膊上，泪水横流。

"别哭啦，那只是电影，都是瞎编的，"我小声劝她，"该回去了。"

她摇摇头，说："不回去。"

我感到了她的双唇在我皮肤上吃力地滑动。我坐着不动，不敢动也不想动，感觉真好，我用另一只手去抚摩她的头发，她的脖颈，和裙子外面的脊背。她是摇摇之外唯一和我如此亲密的女孩。想到摇摇，我赶紧说，该走了小猜，就剩下我们三个了。同时暗暗用力，把胳膊挣脱出来。小山用他的永远无法拉直的目光看着我们，他什么都不懂，却咧开嘴笑了，一串口水乘机而下。

一路无话。小猜低着头走在我前面，和我保持半米的距离，那个动情的小猜不见了。宾馆里的石英钟显示的时间是十点三十五分。上了三楼她突然停下，直直地看着我，说："我不叫冯小猜，我叫石小猜。"

"什么？"我蒙了，"石小猜？"

"石小猜。他是我继父。"她冷冰冰地说，拉过小山的手先走了，把我愣在最后一级楼梯上。继父。她哭了。冷冰冰地说。我有点乱。不能瞎想，不能瞎想，我告诫自己，拖着两条腿向房间走。我听到了老冯在门里吼了两声，紧接着小山哭声扬起。我在门前停下，除了小山渐趋弱小的哭声，他们的房间里很安静。

下午两点，陆轶敲门

我们正在睡午觉，被敲门声惊醒了。我去开门，门外站的竟然是陆轶。我说你怎么来了？陆轶说我为什么不能来？卢晓东，快起来。他一把掀开了卢晓东的毛毯。卢晓东对他的到来同样惊讶，你不是要上课吗，怎么又回来了？

"有两台电脑坏了，我来买几样配件，明天就回去。"陆轶说，"你们的小日子过得很爽嘛，在空调里睡大觉。换了房间也不和我说一声，害得我敲错了门。听到里面一个女声说等一等，我想坏了，你们两个家伙一定是从外面召来了不三不四的女人。开了门才发现不像你们的房间。那女孩告诉我你们住在隔壁。喂，我说，那小姑娘感觉不错呀。卢晓东，你没和人家瞎搞吧？"

"我对她没兴趣。"卢晓东打着哈欠说。

"他是忙不过来，"我说，"现在他整天喊腰疼。"

"瞎说。我可不像你，吃着碗里看着锅里，对小猜眉来眼去的。"

"小猜是谁？"陆轶问。

"就是你看到的隔壁女孩。"

"穆鱼你可别胡来，沈摇摇知道了不把你掐死才怪。"陆轶说，"前天在大街上见到她还聊了一会儿，她说没问题，家里那头她扛得住，就看你的了。"

"你可别信卢晓东的鬼话，我一片痴心天地可鉴。只是和隔壁的小猜一起散散步。回去你可别给我瞎掰了。"

陆轶说："我能干那事？下午都没课？好，晚上我请你们撮一顿。"

陆轶的状态很不错，一点儿也找不到当时被迫回家的沮丧。想通了还是发了？总之感觉是不一样了，有点气宇轩昂了，有点居高临下的从容了。

"到了南京没转向？"卢晓东问。

"转什么向，出了车站就打的，一路凉飕飕地到了这里。"

"款起来了嘛。我俩还要挤公交车，挤不上就用脚量，"我说，"贫富差距怎么几天就拉大了呢？"

"公款。反正报销，不坐白不坐。"

不知道陆轶报销的具体包括哪些费用，反正晚上我们是心安理得地随他去开荤了。这段时间不是豆浆油条煎饼就是盒饭拉面，单调乏味，吃得我痛不欲生，食欲大减，体重急剧下降，都快瘦出风骨了。他请我们到湖南路的图门王烧烤城吃涮羊肉。大夏天在空调和电扇底下吃火锅实在是太过瘾了。南京人会吃，三伏天也有很多人围着火锅转，穿着大裤衩和老头衫，汗流浃背地涮。也有索性革命到底，老头衫甩到一边，光着上身猛吃海喝。陆轶知道我们最近肚子里缺了不少油水，一个劲地怂恿我们吃，忙着给我们倒冰镇的啤酒。

"也是公费？"卢晓东问他。

"就算吧。校长希望我来招安哪。"

"招什么安？"我嘴里还吞着一大块羊肉，"他老人家知道我们在考研？"

"韩校长是谁？几十年下来都把两眼修炼成X光了，翘一翘尾巴就知道你要拉什么屎。他早知道了。"

"让我们现在就卷铺盖回去？"卢晓东问。

"没有。韩校长只是说，希望你们能够安心教书，人民教师嘛，起码职业精神还是应该有的。不过也没强求，临来时他说你们的日子大概过得不怎么样，让我给兄弟们送一顿油水。喏，就是面前的这摊东西。"

我说："这么说你是彻底叛变了？不考了？"

"两三年内大概不会考了，"陆轶转着啤酒杯说，"韩校长说下学期学校面临大发展的重要时期，工作任务比较重，希望我能担任团委副书记一职。应该集中精力恪尽职守啊。"

"乖乖，果然是升了，来搞官民同乐了。"我举起酒杯提议，"为陆轶兄弟变成陆书记干一杯。"

卢晓东也说："也不错。考研真他妈不是人过的日子，我整天担心脑袋什么时候会爆掉。在哪不是混口饭吃。"

卢晓东说的是实话。因为谈恋爱和该死的神经衰弱，他几乎把书本都放下了，每天睡前都咬牙切齿地对我说，今天又是一个单词都没看，他妈的考什么鸟研！

我们吃得肚大腰圆，三个人拖拖拉拉喝了二十瓶啤酒，午夜十二点从图门王出来，头大脸大，两腿发飘。在出租车里卢晓东不停地叫着头痛，他像打鼓一样敲着脑袋，吓得司机不断回头看我们。回到宾馆，陆轶到小魏那里开了一个标准间，四楼的406房间。他说得让我们洗个热水澡，享受一下三星级待遇。

四楼的房间根本不像我想象的那样是个蒸笼，我们把空调调到15度，时间不长就清爽如春。比我们那里好得太多了，房间中央是一张巨大的双人席梦思，在上面跳舞都没问题。陆轶舌头也开始打结，他说我们兄弟，今晚，就，就横在一，一张床上，说，说说话。他希望我们坚持到底，好好复习，能考就考，别像他那样半途而废，他是停下了。他把二十九寸的纯平彩电打开，里面播放的是什么内容我实在是看不清楚，蔫蔫地想睡觉。喝多了。我一喝酒就变得简单了，智商急剧下降。打开热水器轮流洗了个澡，在房间里叫了一通，又聊了一会儿，不知道说些什么，也不知道什么时候睡了过去。

早上八点半我们横七竖八地醒来，陆轶问我们还去不去听课，辅导课早就开始了。我说算了吧，去了也找不到位子，下午再说吧。卢晓东舒展开四肢，大声喊着："真他妈的爽啊！有了钱我也来爽一把。406，我记住了。听课? 听什么鸟课! "

钟点房

这世上赚钱的路子总比花钱的途径要多，理由很简单，如果没人去赚，你的钱往哪儿花? 小魏的四楼标准间没能像他预想的那样生意红火，向往中产阶级的人一定不少，但是勒紧裤带来冒充中产阶级的人不多，日子过得紧巴巴的，谁会打肿脸来充胖子。生活早就教会了我们，做人可以不实在，但过日子你得实在。四楼空空荡荡的标准间把小魏给急坏了，他原本指望它们成为他的聚宝盆。这下好了，整天闲在那里，怎能不急? 穷则思变，祖宗教训过的，小魏在某一天突然头脑发亮想出了奇招，用大字在宾馆外头打出了一条广告：本宾馆提供钟点房。

钟点房不是小魏的独创，很多宾馆旅社都干过这事。高考期间尤见其多，为离家较远的考生提供舒适便利的房间，以便他们睡个好觉，养精蓄锐。我对"钟点房"三个字欠考虑，想当然地认为不过是为需要午休的劳动者行个方便，夏天中午长，午觉比午饭还重要。所以进进出出石城宾馆从未多加留意，直到有一天我带了一位女同学来询问住房情况，才知道钟点房里还有那么多弯弯绕绕。

那位女同学大学和我同班，我们是在考研辅导班上遇到的。她说她没想到我也来听课，我说我也没想到，然后我请她吃了顿饭。吃饭时瞎聊了一通，她说她现在住在河海大学招待所，一般的房间卖光了，她只好住一个晚上一百块钱的高档间，住得她心疼，心疼得都睡不好觉。尽管是开玩笑，但能说出这种话你就知道我的这位女同学是多么朴实的一个人，可惜她已经结了婚。看到她第一眼我就知道，她和我一样，过得都不怎么样。既然都是穷人，话就好说多了。我说我现在住的宾馆价钱还比较合适，不知还有没有空房，我帮你打听一下。她说太好了，六人间、八人间都行，越便宜越好，总得给孩子省点奶粉钱吧。吓我一跳，我的八字还没一撇，人家都搞出后代来了。分手的时候她主动提出和我一起过去，顺便到鼓楼看一看，毕业以后她很少到南京来。我懂她的意思，她是希望若有可能今晚就住进来，这样就可以省下好几袋奶粉了。

我把女同学带到石城宾馆，她夸张地说，这宾馆很不错嘛。我笑笑，说还是能住人的。小魏在服务台前与服务员调情，多少天来他都在干同样的事。我问他还有没有便宜的房间，三人间、四人间都可以，我的这位同学想住。

小魏扶着眼镜打量我的同学，说早就没有便宜的房间了，只有四楼上的标准间。突然他又恍然大悟似的一笑，暧昧地说："师弟，住什么住，我给你安排一个钟点房，半价，时间延长到两个小时，怎么样？"

　　我当时没弄明白是怎么回事，心想这小子头脑出问题了。我的聪明伶俐的女同学不干了，冲着他骂了一句流氓，转身就出了宾馆，搞得我和小魏都很难看。然后我明白了，原来是这么个钟点房。我追出去请她息怒，她气鼓鼓地说："这样肮脏的地方不要钱我也不住。把我当什么人了！"

　　"不好意思，不好意思，"我一个劲地赔不是，"他是和我开玩笑，我们常开玩笑的。"

　　这话更让她上火，"你们开玩笑也别开到我的头上！"说完她头也不回地走了。她没去鼓楼，而是原路返回河海大学。

　　"小魏你太过分了，什么人的玩笑不好开你非开她的玩笑，人家那么年轻，而且还有一个正在吃奶粉的孩子。太过分了。她可是我的同班同学，你的师妹啊。"

　　"真对不起，我还以为你们要干那事，"小魏笑嘻嘻地说，"别气了老弟，这种女人不要也罢，都结过婚了，连孩子都有了，什么事不懂？还装腔作势以为自己是处女呢。"

　　他让我哭笑不得。这时候进来一个有点谢顶的男人，三十岁左右，右腮上生了个瘊子，上面长了一丛茂盛的黑毛。我觉得这人真有意思，头发都转移到脸上了。他大大咧咧地喊着小魏，一身酒气。我正愁没话和小魏敷衍，趁机开步上楼。

　　晚上我把女同学来宾馆的事讲给卢晓东听，他听了大笑，说小魏这鸟人，真他妈的流氓，以为别人都跟他一样，管不住自己的裤腰带。说过以后，他忽然问我："那钟点房真能这么优惠？半价？还延长到两个小时？"

"小魏是这么说的。你有兴趣？"

"自家兄弟我就不瞒你了。舒月不愿意在她们房间，更不愿意在我们房间，她怕被人看见。"

"那好办，说好了时间，我不回来就是。再不放心就把门从里面销上，我想看也进不来。"

"她还是不愿意，"卢晓东说，"她总感觉你的床上有一双眼睛在看着我们。"

"那没治了，你就去弄个钟点房好了，也不错，二十块钱。挺好的，价格便宜，量又足，你可以天天用她。"

"你以为我买大宝呀。"卢晓东说。

卢晓东果真去弄了个钟点房，二十块钱，两个小时，绝对优惠。他要的是406房间，就是上次陆轶过来住的那间。他说过要去爽一把的，现在机会来了，一举两得。我不知道卢晓东和舒月一共去了几次，最后一次我是知道的，他们不幸被抓住了。

他们是在中午一点钟被抓住的。说起来实在蹊跷，很少听说扫黄会在中午时分冲进哪家旅馆的，而石城宾馆虽说不太上档次，好歹也不是个黑店和大车店。可是他们就来了，直直地冲上四楼，砰砰砰敲响了406的门。

"开门！开门！检查了！检查了！"

他们听到外面粗犷的男声。可怜他们正忙得不可开交，突然的惊恐让他们不知所措，敲门声和喊声坚持不懈，然后他们才反应过来，浑身湿漉漉地到处找衣服。他们两个刚穿上内裤，门就开了，显然是用钥匙打开的。他们竟然没把门销上。冲进来一伙人。卢晓东穿着内裤惊惧地跳下了床，赤着脚踩在地毯上。舒月则慌忙地用毛毯把自己围住，胆怯地缩在卢晓东身后。他们看到提着警棍的三个便衣，旁边站着头低毛茸的小魏，手里拎着一圈钥匙。

一个便衣用警棍指着卢晓东和舒月，说："我们是警察，扫黄办公室的。有结婚证吗？"

卢晓东一声不吭，他从没遇到过这种事，想都没想过。

"有吗？拿来！"

"没，没有，"卢晓东说，抓起裤子就要套，"她是我女朋友。"

"穿什么裤子！有胆量脱下来就别急着穿。她是你女朋友，谁能证明？"

"小魏，"卢晓东仿佛找到了救星，"魏老板能证明。"

"他们是在谈恋爱吗？"那个人问小魏。

"不知道，"小魏说，"我只知道他们要开房。"

"非法同居，谁知道你们是不是卖淫嫖娼关系。反正都违法，跟我们到局里走一趟。"

卢晓东慌了，两腿开始哆嗦，浑身上下没有一块稳定的皮肉，他当然不想去。"同志，警察同志，"他说，"我们是两情相悦，我们的确是正当的恋爱关系。能不能从宽处理？"

那人犹豫了一下，和身边的两人耳语了一番，说："看你们年纪轻轻的长相，的确不像卖淫嫖娼，这样吧，为了你们的名声考虑，每人罚款一千元，以示警诫和惩罚，下不为例。听清楚了吗？"

"同志，一千元太多了吧，我们都没有什么钱。"

"是啊，同志，"小魏也为他们求情，"一人一千是有点多。"

"多？去了局里就不止一千了。你们想去局里？还有你，魏老板，竟然干起了拉皮条的买卖！罚款两千，一分也不能少。别叫，再叫就四千。"

都不吭声了。卢晓东哪来的钱，他带来的钱花得差不多了，前天还和我说要向我借五百块钱。他急得直搓手，说怎么办？怎么办？倒是舒月镇定了，她让卢晓东别着急，她会想办法的。卢晓东十分感激，说你先垫上，有了钱我就还你。舒月说，傻话，还什么还，我的不就是你的么？她裹着毯子下了床，抓起一堆衣服往洗手间走。

"往哪儿走？事情还没了结就想走？"那人用警棍拦住她。

舒月把警棍推了过去，平静地说："不穿好衣服我怎么给你们拿钱。"

后来是舒月筹了两千块钱交给了那三个便衣。我吃过晚饭从南大回来，被浓烈的烟味呛得直咳嗽，卢晓东正躺在床上抽烟。神情疲惫，一直精心护理的分头也乱了，一缕缕迷离地垂下来。他很少出现颓废的状态。

"我栽了，被人逮住了。"他的眼茫然地看着飘升扩散的烟雾，"我们被警察堵在了屋里。"然后他断断续续给我讲述了当时的情景，讲完了就骂小魏，说小魏这狗日的不讲义气，出卖了他们，他追舒月舒月不理他他就丧心病狂，不惜浪费两千块钱也要让舒月和我难看。狗日的小魏，他坐了起来，咬牙切齿地说，早晚我杀了你个狗日的。

"还有那个鸟便衣，妈的这世道变了，什么样的鸟人都能当警察，头上的毛还没痦子上的多，张嘴就是臭不可闻的酒气。哪天找了机会我非捅死他不可！"

卢晓东说的那个鸟便衣让我想起了那天看到的那个人，他和小魏称兄道弟，亲热得像双胞胎。我没敢把这事告诉卢晓东，他太激动了，再受刺激没准会出乱子。没办法，总有人要做倒霉蛋。

车祸

小山从鼓楼广场出来，越过路边的低矮的防护栅栏，他想抄近路，从马路中间穿过跑回宾馆。比小山速度更快的是一辆黑色轿车，像个飞速滚动的擀面杖。广场上纳凉的人都听到一声钻入骨头的刹车声，等他们弄明白声音是来自一辆黑色轿车，轿车已经以更快的速度逃之夭夭了。轿车跑了，小山留了下来。人们甚至没听到他叫上一声。此刻他像一只包烂了的饺子躺在马路上，死了。就这么简单。可怜的小山不应该待在这种地方，车来车往的，头脑灵光的人在大城市里一天也不知要被撞死多少，何况他一个白痴。他那三心二意的眼神大约没法让他专心地生活在这世上。

死去的人就不去说他了，逢人就叫爸和姐的小山，和我一起去鼓楼广场散步的小山，蹲在我们房间里托着下巴看动画片的小山，不声不响地死了。我知道这个消息是在第二天，因为没人传播这个消息。死个人有什么稀罕，这么大的南京哪天不死上几个，病死的，捅死的，上吊的，投河的，还有钻到轮子底下的，谁有精神关注这些。我从南大回来也比较迟，十一点多了，冲了澡就睡了。第二天一早，因为要听课我起得很早。去洗手间时经过老冯他们房间，听到老冯大声呵斥："哭什么哭？哭能哭活啦！"然后是小猜悲痛欲绝的抽泣。

我觉得奇怪，但是端着脸盆就走过去了。洗漱完毕从洗手间回来，看到老冯从房间里出来，对着里面说："你别去了，我一个人

274

够了，还有警察呢，我一定会要到一大笔钱的。不行，你哪儿也不能去，就待在家里！"说完他把门砰地带上，理着掖在裤子里的白衬衫出去了。小猜的哭声还在继续。老冯拐下楼不见了，我才敲响小猜的门。

"出了什么事？"我问小猜。

"小山死了。"小猜说，两眼红肿，散乱的头发上扎着一块黑布条，脸大概都没洗，整个人都是一副昨天的陈旧模样。"小山被车撞死了。"她又哭起来，扶着桌子浑身打战，两腿似乎支撑不了体重。我放下脸盆去扶她，她倒在我肩上。"小山死了。"她又说。

我向来不大会安慰人，只能机械地说着节哀顺变的套话。安慰她时我是真心的，小山其实是很可爱的，一个可爱的生命，一觉醒来就再也看不见了；小猜也是该节哀顺变，以往她虽不是显得多么健康活力，但绝不至于现在这样虚弱不堪，好像深秋突如其来的一场大风，满树的银杏叶子黄得绚烂，纷纷坠落了。她完全憔悴了。我问了一些关于车祸的情况，她说她知道的也不多，都是他处理的。她只看到了小山的尸体，已经面目全非，那个拨浪鼓还在，已经被汽车碾碎了。那是他们的妈妈生前给小山买的，多少年了小山一直都不愿放下，再好玩的东西他也不换。小山的尸体如何处理她目前没法知道，他说警察自有安排。那辆肇事的轿车后来被抓到了，司机已经被关起来了。他说一定要狠狠地敲他一笔，这样以后的日子就好过了。

"小山是我的亲弟弟，"小猜说，哭声又放大了，"以后我再也没有亲人了。"

我把她扶到床上，让她躺下，身体才是生活的本钱。眼下她需要好好地睡上一觉。

"睡不着，"她说，悲痛地抓过我的手，"你在这儿坐一会儿好吗？我觉得周围都空了，连个倚着的地方都没有了。"

我点点头。桌上的闹钟告诉我，快七点半了，我想今天的课是没法去听了，小猜需要有个人在身边。看过电影之后我们不知为什么就疏远了，为在电影院里的她抱着我的胳膊哭？还是因为老冯的怒吼？说不清楚。就像两个人逐渐熟悉起来时相互都有感觉一样，疏远起来也有感觉，那种刻意保持距离的谨慎和不自然，于是两个人就被莫名其妙的东西一寸寸拉远，直到某一天其中一个装作没看见擦肩而过的对方，从此疏远便成了陌生，而且是心安理得的如同本质一样的陌生。我和小猜在疏远。小山照例过来看动画片，小猜叫他吃饭时也来到门前，但再也不从容走进，她惊慌地站在那里，让我不敢邀请她进来。我没有邀请，她索性连门前也不来了，只在房间里喊起了小山的名字。在走道和水房里也会遇到，只是笑笑，尴尬里有迅速逃离的打算。现在什么事都没有了，小山的死把一切卑微可笑的戒备和顾忌都打碎了。小猜无声地抽泣，忽然一翻身把我的手压到她脸下，我感到了她手指的拉扯和牙齿的力量。我紧张起来，但坚持不把手抽回来，忍着，此刻她比我更需要这只手。

卢晓东什么都不知道，他在房间里喊我回去，一定是我的电话，我听见电话铃响了一阵。我对小猜说马上就来，接过电话就来陪她，把手抽出来，手上的眼泪她用纸巾擦干净了，她没说对不起。我端着脸盆回到自己的房间，卢晓东已经起来了，穿着整齐。

"我的电话？你不是不出去吗？"

"待不下去了，我得出去躲一躲。先接电话，摇摇的长途。"

我拿起电话。

"你的课还有几天？"摇摇问。

"加上今天还有三天，不是告诉你了吗？"

"别听了，赶快回来吧，越快越好。"

"出了什么事？"我立刻警觉了。

"我妈要和你谈谈，这两天她心情好。我担心过了这个村就没这个店了。"

"不行啊，老师正在讲短文写作，你知道我的英语写作有多烂。"

"那我不管，反正和你说了，机会错过了别怨我不努力。"

"再通融一下嘛，从长计议，说不定听了写作我就能考上北大了。贿赂一下丈母娘，回去后我给你报销。"

"好吧，我再试试，让老妈再高兴两天。不跟你说了，我得上班了。叭。"

摇摇在电话里亲了我一下就挂了。我挂上电话，看着正在找书的卢晓东。你去看书？我问他。看书，他答应着。这两天他很少和舒月在一起，通常都是一个人躺在床上看看电视抽抽烟，散步也要拉着我去，他似乎在和舒月疏离。他知道我会问舒月的事，所以坦率地说，我在躲着她，你别骂我，我也不想被抓住，谁他妈的知道还能遇上这种鸟事。我说要把两千块钱还给她的，可现在我他妈的拿什么还？女人啊，你轻易千万别去惹她，粘上身了打摆子都抖不掉。说实在的，我都想回去了，这鸟日子是没法过了。考研，考研，他把书砰砰地摔到桌子上，考他妈的什么鸟研！

"小山死了，"我说，"车祸。"

卢晓东一屁股坐到床上，半天才回过神来："真的？怎么说死了就死了呢？昨天不还是好好的吗？还蹲在那里看电视。"他出神地盯着小山蹲过的地方发了一会儿愣，突然把装好了的书包用力掼到我的床上，"考研！考他妈的鸟研！"一头栽倒在床上，摸索着找烟盒，他又要抽烟了。

走吧

　　我再次来到314房间，小猜已经起来了，梳洗完毕，坐在床前等我。她问我有事吗？我说问题不大，家里一点小事，要我尽快回去。我也不清楚为什么不说是我女朋友摇摇让我回去，我从未在小猜跟前提过摇摇，甚至没提过我有女朋友这回事。

　　"你要走？"她站起来问我，"什么时候？"

　　"还没定。时间不会太长，我只剩下三天的课了。"

　　她直直地看着我，两只手在身边吃力地抖动，脸色慢慢泛起潮红。大约半分钟的工夫，她忽然冲上来，即将扑到我身上的时候又及时停住了，"你带我走，"她的声音激动以致结巴，"我跟着你，到哪儿都行。"

　　女人的决定不需要像男人那样驴拉磨似的转圈子，她的决定让我震惊。现在轮到我直直地看着她了。

　　"我说的是真的，我决定了，"她言辞甚至激昂起来，"你带我走，走到哪里我都跟着你。"

　　她没说喜欢我，更没说爱我。她还小，至多二十岁吧，她还不好意思对一个男人说，我跟你走是因为我爱你因为我喜欢你。她在做出决定的时候我才发现，她其实还是一个孩子，一脸天真的果敢和坚毅。我知道问题来了，努力像兄长那样对她微笑。

　　"瞎说，你知道外面的世界是什么样子？你知道我是好人还是坏人？"

"我不管。我就知道你是好人！"她终于抱住了我，"只要你要我，我就跟着你。"

不能这样闹下去了。我推开她，严肃地说："你不能一时头脑发热就随便做出什么决定，以后也不行。"我让她坐下，她不干，更坚决地抱住我，这回她哭了，又是伤心欲绝地哭。我觉得我的严肃显得无耻而又可笑，我知道了这些天来心底里藏着的那一点猥琐的东西了，它会伤害一个单纯的女孩。

"我知道你看不起我，我就知道你看不起我。我和他住在一起所以你看不起我。可我也是没办法，我什么都不懂，我哪里都不敢去。离开他我就不知道该怎么活下去。我知道你看不起我。我没办法，我还有个弟弟，小山是我亲弟弟，我不能丢下他不管。他占了我，他把妈妈也气死了。为了永远占着我他带我和小山离开了家。他带我到处跑，他到哪里我就得到哪里，我得把小山带大，我知道他是白痴，可是他是我亲弟弟，我唯一的亲人了。你让我怎么办？小山死了，我什么亲人都没有了。他说小山死了我们就会得到一大笔钱，以后日子就好过了。我不想用小山去换钱，小山都没有了我要钱干什么？我不想和他过好日子。我不想和他在一起。我从十七岁就被他占着。我从十七岁就想走，可是我到哪儿去？小山怎么办？我不能把小山饿死在路上。小山死了，我什么都没有了，我可以走了。你带我走吧，求求你了，我是真心真意想跟你走的。你要我干什么都行，我能做饭、洗衣服，我也能工作，还能，我们还能生孩子。我想有自己喜欢的家。求求你了，带我走吧。"

我痛恨我的残酷冷静的双手，它们把小猜推开了，它们让小猜坐下。她叫石小猜，就像她坚持的那样，不叫冯小猜，她不想和他有什么关系。

"你冷静点，小猜，"出奇的冷静让我也结巴了，"我们不能把问题想得太简单了，你要冷静。你想想我能把你带到哪里？"

她侧身歪倒在床上，脸对着枕头，哭着说："只要你愿意带着我，你到哪儿我就跟你到哪儿，再苦我也甘心。我知道你看不起我，我知道谁都看不起我，嫌我不干净，连小山都不理我了，他是看不起我才去死的。"

她的哭声让我揪心，她的小山也让我揪心。我流出了眼泪。我不应该再使她伤心，她已经够不幸的了，可是我能做什么？我说小猜你别哭，谁都没有看不起你，在我眼里你是一个干净纯洁的好女孩，真的，可爱，长得也好看，你不能胡思乱想。

小猜停止了哭声："你答应了带我一起走？"

我说："你让我再想一想。"

她立刻高兴了，在泪水之下露出了让我心碎的笑。"我就知道你会带我走的。"她把脸羞涩地埋到我怀里，"你知道我喜欢你，你也喜欢我，是不是？"

我含混地应了一声。我还能说什么。

中午我请小猜到肯德基吃了午饭。她从没去过肯德基，什么都不懂，一切听我的安排。我在点食品和饮料的时候偶尔回过头看她，她安静地坐在那里，手放在腿上，她心安地对我微笑，像摇摇那样满足地看着我微笑，她们的微笑都让我心动。不同的是，摇摇的微笑让我放松，而小猜的微笑让我沉重，让我感到生活的重量和一个人活着的艰难。我没说谎，我在收银台前泪水漫溢双眼，这些泪水真诚却一钱不值。我买了一大堆东西，肯德基所有的食物每样买了一份，我想让小猜都尝一尝。自从得到小山的死讯，她一直没吃东西。

吃东西的时候我不敢抬头，怕看到她的那种表达爱的满足的眼神。那种眼神既像来自我的妹妹，又像来自我的母亲，当然，更多的像来自摇摇。也许只有小猜这样的女孩才会有这样的目光，她什么都知道了，却什么都不懂，她十分年轻，却已经老了。

从肯德基出来，她磨蹭着走在我身边，忽然难为情地说："我挽着你的胳膊，行吗？"

我犹豫片刻把胳膊抬起，让她的胳膊伸进来。她紧紧地抱住我的左臂，脸也贴了上去。"我很早就渴望能够挽着一个人的胳膊走路。"她说着就哭了，问我，"你说这是真的吗？"

"真的。"

"嗯。"她使劲地点头，仿佛用上了一生的力气，"我回去要好好睡上一觉，起来了就收拾。"

我见过很多女孩，她们已经习惯在社会上游走，到了小猜这样的年龄就变得不可知了，你猜不透她们到底在想什么，她们想要什么。但是小猜不一样，几年的幽闭生活把她从她们中间显著地区分了出来。

回到宿舍，卢晓东告诉我摇摇半个小时前打来电话，让我回来后打过去。卢晓东说，摇摇的声音挺高兴的，看来是件好事。应该是吧，因为此前她从不让我打电话到她家，担心被她爸妈接到。我也不敢打，被她爸妈的冷脸吓怕了。我拨过去，真不幸，是摇摇她妈接的，我硬着头皮说了声阿姨好。她说是穆鱼呀，你在南京？我想和你谈谈。正说着，电话被摇摇抢了过去，摇摇说，你赶快回来，妈现在心情不错，是吧妈？我妈后天出差，半个月呢，想在出差前和你聊聊我们的事，妈，是吧？我听出来了，老人家的心情果然不错，否则摇摇不会这么和她说话的。

"有戏？"卢晓东问我。他在外面逛了一个上午，准备睡过午觉接着逛。

"我得回去，"我说，"丈母娘发话了。"

躺下以后我没能像往常一样很快睡着，头脑里乱成了一锅粥。我是突然决定马上就走的。我跳下床，穿着内裤就开始收拾书本和行李。卢晓东也没睡着，他已经几个中午睡不着觉了。

"你在干吗？"

"回去。"我说。

"课不听了？"

"不听了。"

卢晓东摸上一根烟点着，抽了两口扔到地上。"我也走！"他跳起来，也开始收拾行李。

"舒月怎么办？"我问他。

"凉拌吧。只能这时候走了，她在上班，下了班我还往哪儿走？"

东西很少，还是一个背包。我让卢晓东动静小点，我轻轻把门锁上。小猜的房间里寂静无声，她的午觉幸福吗？我在她的门前站了好长时间，也许我该给她留张字条，可是纸条上写什么呢。我希望此刻她能及时醒来，但更希望她梦得更沉。她不应该知道一个午觉过后这个世界就变得面目全非了，因为我确信知道她醒来后看到眼前的世界会是什么反应，而她却是要如实看见一切的。卢晓东催我快走，别婆婆妈妈了。我婆婆妈妈吗？我时常愿意大哭一场，比如现在。

下了楼我们把钥匙交给坐在沙发上打瞌睡的小魏。他对我们的离开十分惊讶，他知道我们什么时候该离开，日子还不到。小魏揉着眼打着哈欠，说："你们怎么不早说，我提前把账算一下，还要给你们退钱哪。"

"不用了，就两三天了，没几块钱。就当送包烟给你抽了。"

"那多不好意思，"小魏说，他丝毫没有退钱的意思，看到板着脸的卢晓东，他说，"小卢你也走？舒月也一起走么？"

"老子走了，"卢晓东冷冷地说，"魏老板可以跷起腿来睡觉了，不用担心有人再来扫黄了。"

"小卢还生我的气。我也是没办法，法律总不能说改就改吧。做生意也不容易，你多包涵。舒月也一起走吗？"

"这跟魏老板有关系么？还想再抓？等我下次来了再说吧。"

小魏尴尬地笑，显出几分得意，"你看小卢，"他说，"真是的，你看小卢。"

出门白花花的阳光让我们眩晕，怔了半天神才站稳脚跟。汗跟着就出来了。大街上的行人和车辆像在光和热里飘游，世界显得极不真实。卢晓东看看我，向一辆出租车举起了手，我点点头。我们要打的去车站。钻进凉爽的车里时，我想到了小猜，正在午睡的石小猜。

2002 年 11 月 14 日在北大万柳

天上人间

1

子午是我表弟，下了火车在出站口等我，脚边一个拉杆皮箱。半个小时之后，我还没到，他把箱子拖到电子屏幕下看整点新闻。新闻结束了是漫长的广告，之后有两个不相干的人在做访谈，说北京的房价像失控的热气球，想停都停不下来。我表弟就笑了，狗日的让你们住去，住死你。然后又是新闻。世界上有很多他不知道的事，很好，都跟他无关。只有我跟他有关。除了电视上看见过的国家领导和明星，在北京我是他唯一认识的人。说好了我四点十分在出站口接他。整点新闻播了三次，子午站累了，摸烟的时候发现盒子里空了，然后感到身上冷，像披了一层凉水。火车站的大钟沉郁地响起来，七点，天黑下来，新闻联播开始了。子午向四周仔细看，灯火，车辆和人，我的影子都没有。他有点慌，摸出一张字条去找公用电话，第二次打我手机。还是关机。他彻底慌了，对经过身边的一个环卫工人说：

"你认识我表哥吗？他叫周子平。"

那老师傅茫然地摇摇头，听不懂我表弟的话，他一急把家乡话说出来了。子午只好努力卷起舌头，用普通话重说一次。老师傅还是摇头。子午把经过身边的陌生的脸都认真看了一遍，拖着箱子一路小跑又回到出站口。新一拨下车的旅客浩浩荡荡地拥出来，还是没有我。子午都要哭了。

这是两年前的事。我表弟第一次来北京，投奔我。那天晚上他在出站口和电子屏幕之间来回走，一直走到屏幕上什么节目都没有了，车站广场上除了数得过来的几个人，只有十几只塑料方便袋在风里走。他从箱子里拿出一件厚夹克穿上，坐在箱子上睡着了。我还没到。子午醒来时天快亮了，屏幕上重新开始播报新闻，女主持人用像玻璃一样客观的声音说，世界的某地正在打仗，几十万人无家可归。子午身上落满露水，头发垂到额头，他觉得自己是那几十万人中的一个，还没见到亲人就已经与亲人失散了。我是他表哥，他是我姑妈的儿子。

子午没等到我。那天我进去了。被警察撞上时，口袋里有一个半成品的硕士毕业证，落款是北京师范大学。我还没来得及找人做好毕业证的封皮。一个脑袋半秃的中年男人预定的，他想用北师大的牌子做梯子，爬到副处长的位子上。要价一千。他想压到八百我没同意。一千块钱换一个副处，一本万利都不止，副处可以贪多少公款啊。他答应了。我很高兴，这个证赚上八百都不止。我靠给别人办假证为生。那天我的问题出在贪上。从事这行当以来，我时时告诫自己的，就是不能贪，适可而止。那天中午我其实是要找人做封皮的，偏偏就头脑一热，又在人民大学和当代商城之间的天桥上站住了，想再揽一笔生意，多赚点晚上给子午接风。我们哥俩有几年没一块儿喝酒了。

就给撞上了。一根烟都没抽完。桥上风大，我侧过身想躲躲，两个大盖帽就从南边的引桥上来了。都没法躲，也不能反抗，天桥好几米高，不敢跳。有些警察你得佩服，他们就有判断你不是良民的直觉，摁住了就从我裤兜里搜出半成品的假证。我喊冤抱屈都不管用，先带到局子里再说。我把牙咬得咯嘣咯嘣响，梗着脖子坚决不承认是办假证的，我只是想找人办个假证，那半成品是个样品，我想跟人家说，就做成这样的。不能实话实说，性质不同。他们好像不信，但我死不松口，而且一个半成品说到底也不算个大事，就把我扔到里面去了。那时候子午正在电子屏幕底下看世界各地的地震、海啸、战争、军事政变和一夜挣到数不清的钱。

到了里面就音信不通。我想这下子午苦了，他一个人孤苦伶仃的都不知道往哪儿去。我每天都惦记着他。十五天后我出来，满脸胡子往火车站跑。从中午等到晚上九点，没看见一个长得像子午的人。我表弟一表人才，脸皮白净，宽肩窄臀，能长成他那样的不多。为了不埋没这个好皮相，他在县城玻璃厂上班的时候还做过两天明星梦，要去当演员，县剧团没要他，声音不行，一张嘴就像吐出一张张砂纸。这才死心。我在出口处抽了两包烟，然后疲惫地回到住处。

第二天买了个二手手机，之前那个被警察弄丢了。生意得重新开始。我一路往火车站走，一边走一边把新号码往犄角旮旯里写，希望能被更多想办假证的顾客看到。我在火车站又待了大半天，人来人往的眼睛都看疼了，还是没等到子午。就给姑妈打电话，姑妈说，不是在北京么，就打过一次电话回来，问你的手机号。也就是说子午还没回去。我继续等。

火车站是我唯一可能等到他的地方。北京像个海，要漫无目的地找子午等于是在捞针。接下来的一周，我一直在火车站附近晃悠。直到周六下午，四点左右，一个头发乱糟糟的小伙子弓腰驼背地出现在出站口，空洞地向四处看，那样子好像已经在这里等了很多年。衣服斜吊在身上，扣子掉了一半，红底子的小背包被泥土染成灰黑色。我试探地喊一声子午，他突然抬起头，像狗一样警觉灵敏地找，看到我时，空荡荡的眼神里立马有了内容。子午踉踉跄跄地跑过来，抓住我的胳膊，眼泪哗哗地下来了，嘴唇一直抖，半天才出声：

"哥！"

他一边哭一边说，总算找到哥了。弄得我心里挺难受。比我印象里的表弟瘦多了，双眼皮都成了三眼皮。他说他知道我一定会来找他，所以一有空就会在下午四点左右过来，那是他出站的点儿。他来了很多次，有时候经过广场时，也会瞅两眼。

"你住哪儿？"我问他。

"随便哪里，哪儿能卧下一个人就住哪儿。"

"箱子呢？"

"在旅馆。"子午说，"没钱付房租，被老板赶出来了。箱子扣在那里。"正好我们经过一家小饭店，子午咽着口水说，"哥，我想吃顿红烧肉。"

好，咱们吃。子午肚子里真被刮干了，满满一大碗红烧肉一个人全吃了，两嘴角油水源源不断地挂下来，看得我直犯恶心。吃完了我们去子午住过的旅馆。一对老夫妻开的，楼上和地下室都有房间。子午住的是地下室，最便宜的。房间里摆了四张高低床，子午睡在东北角的上床。老板娘看见子午就叫起来："钱！钱！老头子，那小子来了！"

"什么？"老板在另一个房间里喊，"他还敢来！"

子午要往我身后躲，我按住他的肩膀。哥有钱。老板干瘦着一张脸，抓着一个油腻腻的账本送到我面前。五百。对子午已经是个大数目了。钱到了事就平了。我们拎着箱子离开。子午说他恨死这些家伙了。我问谁？他说都恨。老板，老板娘，大楼，马路，商店，汽车，连走路的人和路边稀稀落落的树都恨。

我懂，无路可走时你会觉得全世界都是敌人。这样的日子我过得比他多。经过一个地下通道，他指着卧在角落里的一个疯子对我说，前几天那里是他的位置。我抓住了他的肩膀，他是我弟弟。我的表弟子午。子午说，要不是偶尔能找到个卖报纸的差事，早该要饭了。一路上他都跌跌撞撞地跟在我身后。到了西苑我租的住处，他一屁股坐到我床上，长吁一声："妈的，吓死我了！"他说北京太大了，这些天他走到哪儿都想着回火车站的路，怕把自己弄丢了。

2

在早市买了一张折叠床，子午住下了。他头一次来北京，我带他简单逛了一圈。偶尔有生意找上门来，我就告诉他要如此如此。

办假证其实挺容易，眼神好使一般就问题不大。通常的程序是，我把小广告打出去，等着兔子主动撞上来，或者是到大街上揽生意，见着可疑的人就问，先生，办证吗？毕业证、驾驶证、通行证、护照，什么证件都有。对上眼了就找个僻静的地方谈价钱。对方要预付定金，然后我就按照要求去打印室和小工厂制作，最后交货。实在复杂得我一个人摆不平，再去找别人帮忙。那都是做大生意的人，你能想到的东西他们都能弄出假的来。这样的生意我一般不接。不想搞得太大，夜长梦多人多嘴杂，保不齐哪个环节出纰漏了，那比害眼要厉害。所以我尽量一个人就把能做的做好，从接活儿到制作，坚持做小生意。我认为这是办假证这一行必备的美德。日进分文发不了大财我还发不了小财么。

那几天我不停地向子午讲解北京。北京很复杂，太大，交通又不好，我就带他看了看海淀，像北大、清华、人大、北外、民族大学、首都师大、硅谷、双安商场等，这些都是要经常活动的地方。也不断地给他树立同一个原则：戒贪。一贪准坏事，那得把自己搭进去。我就是活生生的例子。子午一个劲儿地点头。一圈走下来，子午说好多了，不那么怕了。这就好，贪会坏事；怕，你又干不成事。我表弟头脑好使。

我表弟头脑一向好使，也就因为太好使反而一事无成。我也一事无成，那是理所当然的，我清楚我很平庸，子午不一样。小时候他念书，姑妈在学期考试之前半个月跟他说，考好了给你买啥啥啥，他一准进入前三名，就靠十来天的突击。这个诱惑姑妈要是忘了，他可能就把倒数前三名给你考回来。任课老师都说，陈子午是个怪才，成绩跟老头的大裆裤腰似的，要大能大，要小能小，弹性十足。后来我姑妈的利诱慢慢刺激不了他了，他就随心所欲地学，懒懒散散，抽烟喝酒都学会了，但不是那种打架斗殴的坏小子，最后竟也赖赖巴巴考上了电大。他在那里玩了两年，随便挣了张毕业证就进了县里的玻璃厂。当时效益还不错，在我们县里算大型企业，但是说完就完，厂长带着一堆钱跑了。剩下的人死撑着，干到哪天说哪天。他从制作车间被调到清洗部门，就是在清水里涮瓶子。一大池子水，一大堆玻璃瓶子，哐当哐当地洗。一帮老娘们干的活。那些老女人整天开他玩笑，都往腰以下走，弄得他很恼火，三番五次要求调回去。领导说不行，坑都满了，你就委屈一下蹲在水池子边上吧。子午一着急，敲碎了瓶底拿瓶子锋利的上半身要挟领导。这哪儿行，往公安局一告这就是犯法。子午待不下去了，干脆辞了职，想起来要跟我混。

我们那地方来北京混的人很多，都说首都的钱好挣，弯弯腰就能捡到。通称为"跑北京"。办假证的，做小生意的，还有干其他莫名其妙事情的，这些具体的人，被称为"跑北京的"。我就是个"跑北京的"，现在子午也是。

我们住的地方不太好。没办法，北京的房子比人值钱。一个破落的四合院，我租其中一间，除了几件简单家具什么也没有。因为屋小，为给子午摆下一张床，还把一张破写字台给搬了出去。其他几间屋里住着另一个办假证的、一个三天两头出差的推销员和一个修自行车的。修自行车的老铁长一张厚脸，络腮胡子长到下巴处整齐地停下了，像电视里常说的行为艺术。子午第一次见到他，跟我说，这哥们真会长。他修车的家伙装在两根铁条焊成的大筐子里，筐子分别挂在自行车后座的两边。我感兴趣的是，老铁每天推出去和骑进来的往往不是同一辆车，像玩魔术一样。事实上，除了和另一个办假证的文哥经常走动，我跟其他邻居几乎都不来往。他们之间也不来往，见面点下头。我和文哥是闲人，办假证的都闲，每天有大把的时间不知道怎么用。文哥是湖北人，高兴不高兴都爱来两段豫剧。湖北人唱豫剧，那感觉有点诡异。没事干的时候我就让他唱，其实我不爱听。但我总得找点事干。听戏的时候看着乱糟糟的门外，几只野猫挺直尾巴像仪仗队一样庄严地从院子里穿过。我一遍一遍地猜哪一只是公的，哪一只是母的。文哥常感慨，这大城市把人闹的，一个院子里都半个月不搭话。他小时候那多好，端碗饭能吃半个村，回来碗里还是满的。

我把子午带到他屋里，"我表弟，老哥多照应点啊。"

"你表弟就是我表弟，没二话。走，给表弟接风。"

我们就去了胡同口的小酒馆。文哥是老江湖，四十九岁，一喝酒舌头就大。文哥说："小老弟，子午啊，听老哥的话，干这行，胆要大。大胆，大胆，再大胆，钱就来了。"手跟着挥起来，像列宁在十月。子午点点头，又看看我。我说，先听文哥的。

回到屋里我赶紧给他洗脑，钱老二，人老大，安全最重要。胆子太大要死人的。子午也点头。看样子是都明白了。

3

收拾停当了我开始带着子午办假证。晚上通常出去写广告。那时候假证这行里还没兴起随手贴的带背胶的印刷名片，主要是手工，拿支粗签字笔或者喷漆在合适的地方写。广告牌上，公交站牌上，天桥台阶上，楼房的墙壁上，觉得合适了才写。广告语很简单，"办证"两个字加上联系电话。夜里人少，广阔天地大有可为，但我们适可而止。太张扬了会惹警察和城管不高兴。他们要是较起真来给你打电话，也是个麻烦事。不像现在，小广告你可以随便贴，警察习以为常了，都懒得打电话抓你。

子午不喜欢喷漆，那东西操作起来要眼疾手快。他喜欢用签字笔，慢悠悠地写，他的字写得比我好。写完了电话号码，陡发兴致他也会写一两句别的话，比如：北京有点大；车跑得太他妈快了；我想发财，你想不想。有一晚上想起电大时的女同学，前女朋友，随手写了一句：每次转身，你都不在。我看了后跟他说，喜欢就再追。他闷着头，在下面又写了一句：说好跟我过一辈子，现在你钻进了别人怀里。有点酸，我胳膊上的鸡皮疙瘩都起来了。我没吭声。这小子心还挺重。

我觉得子午干这行还是有天分的。等到一个月后他独立干活的时候，有一天我们经过一个烤红薯摊，他停下来买了一个巨大的生红薯，我和烤红薯的师傅都纳闷，这种爱好的人不多。子午说有大用。回到住处，他把红薯削成长方体，用小水果刀挖挖剔剔，竟然整出了一个大印章，蘸了下黑墨水，赫然在白纸上印出了我们的小广告。

这绝对是个发明，一下子提高了打广告的效率，像领导用印章代替签字一样，轻轻一按，搞定。据我的观察，在办假证这一行里，子午应该是第一个使用印章广告的。他找人刻了两枚砖头一样大的广告印章，一枚他的，一枚我的。再打广告就一手印章，一手蓄足墨汁的海绵盒子，一下一个。后来越来越多的同行跟在我们屁股后头举起印章。子午是有贡献的。但有了印章子午兜里依然装着签字笔，想起来还会顺手写上两句。这是爱好和习惯，像吃完饭叼上根牙签，不一定是牙口不好，叼的是一个酒足饭饱的感觉。

行外的人都认为办假证是多凶险的事，其实到我来北京时，已经没那么严重了。据老革命说，最初办假证这一行源于刻章。私章和公章，合法的不在这范围内。因为合法的印章只能按市价来，人家坦坦荡荡地来，你没理由抬价。假的就不一样了。你心里有鬼，你想偷梁换柱鱼目混珠，你想用这个看起来一模一样但实际上是伪造的印章捞钱、干坏事，你就得付出代价。付出你心怀的鬼胎价和篆刻印章的风险价。私刻公章犯法，条文里有。一个公章几千。最初刻章的人捞海了。然后智慧的人民想，这章你要盖在一张纸上，那张纸一般也不会是真的，为什么不顺便把你想要的那张纸也做出来呢。比如伪造的公文，美化过的成绩单，还有通知单、缴费单、质检证明，等等。那张纸就出来了。一张纸，两张纸，很多张纸，加个隆重的大红塑胶封皮就成了证件。假证问世了。

这个过程当然比我说的要漫长，好几年才发展起来。你当然也可以说，伪造的东西几千年前就有，圣旨还有假的呢，皇帝死了一帮太监专干这种事。你说得很对，可我不是说现在么，古人的事我管不了。反正办假证这一行是起来了。越来越盛行，那是因为人们越来越需要，谁不想不花钱就拿到缴费凭证？谁不想一天书都不用念就拿到博士文凭？

有假的就有打假的，新出现的假一定是被打得最厉害的。最初那拨造假的没少被折腾，被戴大盖帽的整天盯着，所以一概鬼鬼祟祟，一看就是非法的。而且一个个都得眼观六路耳听八方，一看情况不对立马撒腿狂奔。你还得时刻提防警察查房。外来人口，要看你的暂住证、身份证，弄不好遣送回老家。生活和工作的环境相当恶劣。很多人一不小心失了手，就进去了，三年五年的说不好。当然，风险带来暴利，前辈们发大了。就我知道的，第一批入行的人大部分都成了老大，自己不干活，手下一大帮小兄弟帮他干，打广告，揽生意，制作，接头交货，每个环节都有人干，完全是完善的企业化管理，一条龙。这样整法，钱赚得没边。野心勃勃的老大会用这些钱去做别的生意，搞搞房地产，或者去山西弄个小煤窑，都有可能；没什么追求的，就在家里数钱玩。

现在干这行的多了，大小二猴都来撞运气，像我。分烧饼的越来越多，抢到手的就越来越小。我就挣点小钱。当然风险也随之变小，司空见惯了。到处贴着小广告，电视和报纸称为"城市牛皮癣"，每一座天桥和街道拐弯处都有人问你"办证吗"，就跟路边抱孩子的女人突然冲上来问你"要毛片吗"一样。太多了，警察也就无所谓了。真要都抓起来，那得把全北京的拘留所都挤爆掉。

这么说不代表就没有风险，有，只是相对小了点。两年前，子午到北京一个月后，风险就相当大，一度吓得我们窝在屋里几天不敢出门。严打，整顿，创建精神文明，重大会议和活动期间，风声就会很紧。一阵一阵的。那段时间正好赶上整顿市容市貌热火朝天地发动起来，根本不敢四处打广告。我和子午在小屋里喝了一个星期的酒，决定还是出来，亲自到街头揽生意。文哥胆子大，该怎么出去还怎么出去，一天都没闲着。他说，老婆孩子在老家伸手要钱呢。闲着也是闲着，站街去。

同志们都把搭讪揽生意叫"站街"。这个词啥意思你一定知道。我们站街去。子午跟着我实习，其实我已经放手让他干，需要改进的地方才吭一声。他聪明，差不多了。我们站街去，在海淀周围转悠。路口、天桥附近、大学门口，见了可疑的人就凑上去："哥们，要证吗？"把声音放低。我们站街去。对方往往比我们还恐惧，所以我们能一眼看出他的可疑。就像文哥说的，这年头，害怕的不是妓女，是嫖客。话糙理不糙。我们站街去。

正面接触顾客，子午的天赋更容易凸显出来。他普通话好，尽管只是个电大，基本功还是在的。一个月他的舌头就学会拐弯了，能跟老北京一样"儿、儿"和"丫、丫"了。子午形象也好，西装一穿，不打领带也像新郎。如果头上再来点摩丝，手里多个公文包，冒充IT白领进中关村上班都没问题。适合公关。像他说的，有亲和力。能亲能和有力量，好。只要对方真想办证，一般不忍心拒绝他。他开的价可能高了点，但你会觉得一定值。在海淀，你很难找到外表上比他更可靠的办假证的。这是我表弟。

风声紧，还是做成了几桩买卖。挣的钱一部分给子午置办了必需的用品，衣服、手机等，剩下的几百块钱我让子午寄回家。让家里放心，子午辞职是正确的，他在北京没有任何问题。我姑妈一辈子待在老家那个小地方，一年都难得去一趟市里，更没来过北京，她不由人地就把首都想象成是你死我活的地方。大城市嘛，竞争多激烈，人吃人了。寄钱回去就是告诉姑妈，就算人吃人，也是子午吃别人，不是别人吃子午。

4

几单顺当的生意做完，问题就来了。来得莫名其妙。我和子午错误地估计了形势，觉得风声紧要的时候我们都能屡战屡胜，接下来环境逐渐宽松，毫无疑问要财源滚滚的。哪知道有人盯住我们了。有一天下午我们在人大东门的天桥底下，子午刚开始和一个顾客搭上茬，一个反穿夹克衫的小伙子摇摇晃晃地凑过来，对那顾客说："兄弟，你办证？我这儿更便宜。"

到嘴边抢肉，过分了，严重违反了我们的职业道德。子午脱口就说："我比他还便宜。"

"咱们试试？"反穿夹克斜眼看天。

"没问题。"

但是客人转身就走，连连摆手说不要了。本来他就尴尬不自在，这犯法的事。子午气坏了，口气硬起来："找事是不是？"

"找什么事？我找生意。"反穿夹克把手插裤兜里，吹着口哨摇摇摆摆走了。

子午要追上去，被我拦住。忍着，坚决不能出事。那小子我从来没见过，搞不清来头。我拽着子午离开那里，步行到北大南门外。也是做生意的好地方。我有一天在南门外不挪窝接过三桩生意，都是大家伙，不是要北大的硕士毕业证就是博士毕业证。有个人开始要硕士毕业证，我说没问题，博士的也好办。他说那就博士吧，反正也办了一回。我说那是，都北大了，那还不要最好的。幸亏博士后不是个学位，要不他很可能就要了。我找了一块干净的马路牙子坐下来抽烟，子午装出看报纸的样子，经过身边的人他觉得合适就问一句。一个钟头过去，全都摇头，个别人还夸张得像避瘟神。四点半左右，子午终于和两个女孩聊上了。

开始她们遮遮掩掩，欲说还羞。很多客人都这样。没必要，我们又不是领导和检察官。过一会儿子午招呼我过去，她们要两个港澳通行证，而且要香港入境处盖过章的，他不知道该开多大的价。我就把她们带到路边靠北大南墙的僻静地方。"定金每个证一千，"我对她们说，"交货时每个再付一千。"

"两千一个？"胖一点的女孩说，"别漫天要价啊，我们都是土生土长的北京人，行情早摸清楚了。"

那口音，我打赌出不了胶东半岛。舌头硬邦邦的，说话时拼命往后拉，普通话说得还没我好。"就知道瞒不过你们北京人，"我说，"换了别人定金起码一千五。"

瘦一点的女孩说："我朋友办一个会计资格证才四百。"

"你要吗？我三百就给你办。"我递给子午一根烟，"你要去的可是香港和澳门哪，快赶上出国护照了。"

"我们不是真要去。"

"我知道，想去凭这个也去不了，但我得做得跟你们已经去过了一样真实，是不是？"我用胳膊肘捣了捣子午。

"小姐，这已经是最低价了。前几天，"子午说，做着样子看我，"上周二吧，一个河北的什么局长刚从我们手里取了货，港澳通行证，还两千五呢。"

就这么定了，十天后交货。她们都准备掏钱了，反穿夹克鬼魂似的突然冒出来。"小姐，"他笑嘻嘻地对两个女孩说，"要什么证？我这里至少便宜一半。"

"你他妈怎么又来了！"子午火了，搡了他一下。

"我为什么不能来？"反穿夹克理理夹克，"你做你的生意，我做我的生意，又没到你口袋里抢。"

"你他妈的比抢还恶心！"

那两个女孩惊恐地说："不办了不办了。"拉扯着小跑走了。

反穿夹克反而笑了，声音像鹅叫。"想动手？"他说，"仗着人多是不是？"

"你到底想怎么样？"我把子午拉到身后，站到反穿夹克跟前。

"我们老大说，想在海淀混，每个月交一千块钱。要不走人！"

"说梦话吧你？海淀是你们家的？"子午说，"我看你丫是欠抽！"闪出来就要动手，我赶紧把他抱住。然后看见斜对面的小区里走出来五六个男人，其中一个我见过，同行，也是在中关村这一带活动。我觉得不妙，拽着子午的胳膊就跑。我们一定是被人惦记上了。子午没看见他们，以为只有反穿夹克一个，他一个人就能把他扔得四脚朝天。我来不及跟他解释，死活拖着他跑到硅谷门口。那里人多，他们就是跟上来也不敢动手。

"哥，你什么时候变得这么胆小？"

"他们五六个人。"

"十个又怎么样？狗日的我揍扁他！到手的钱又没了。坏了我们两回生意。"

"钱可以慢慢赚，"我说，"他们是冲着咱俩来的。"

"凭什么？哥，这才到哪，我们不能窝囊成这样。"

"没什么窝囊的，"我又递给子午一根烟，"我也奇怪，他们为什么单单盯上我们。"子午气鼓鼓地往外吐烟圈。"没事，"我拍拍他的肩膀，"今天差不多了，找个地方喝酒去。说实话，就是他们不坏事，那两个证我们可能也做不了。"我没做过港澳通行证，见都没见过。要做，首先得找到母本，就是原装的真证。这东西不好找。

"那你为什么还要收定金？"

"试试。找不到再把钱退给人家。"

"要是不退呢？"子午突然来了兴致，"这样我们慢慢地可不就发财了？"

"别瞎想。"我说，"咱可不能做那缺德事，得讲信誉。有句话怎么说的，就是小偷也讲职业道德。对，盗亦有道。我们只拿别人答应给我们的钱。"

"哥，别把自己抬那么高。咱就是一办假证的。"

"那也得守办假证的规矩。"

子午撇撇嘴，好，守规矩守规矩。

晚饭后回到西苑，子午待在屋里看那台两百块钱从旧货市场买来的电视，我去了文哥的屋里。这个四合院不大，只要敞着门，从我的房间能看见文哥在他屋里的大部分活动。一个阴天下午，雨下得人万念俱灰，我一觉醒来觉得无聊得要死，一歪头看见文哥的屁股正对着门不停地哆嗦。哆嗦半天，他猛地转身，下身赤裸地亮在门前，一股东西落到雨地里。他站在门边闭着眼享受了半天才提上裤子。有意思，这老东西，生活很有情调啊。上厕所的时候我特地经过他门前，没头没脑地问他，文哥，大阴天的，想不想女人啊？他警觉地向门外看了看，雨不大，该在的东西都在。他就笑了，个王八蛋，笑话老哥？没办法啊，不是虎就是狼，自己动手丰衣足食嘛。你小子不想？我笑笑，没说话。从那以后我和文哥的关系就近了一层，不少风声就是他告诉我的。今晚去他那里，就是想问问，江湖上是不是出事了。

我跟他说反穿夹克。

文哥犹豫半根烟的工夫，说："兄弟，你的脾气我知道。你还是换个地方吧，丰台，宣武，石景山，哪都行。"

"啥意思？"我问，对我来说，海淀就是北京，换个地方没准我路都找不到。这两年搬过几次家，但始终在海淀打转，离不开，也不愿往其他区跑，"老哥你给我两句明白话。"

"你要不问，我还真开不了这个口，"文哥说。眉毛直往上挑，一挑额头上就添了三五条皱纹。有一回说到他眉毛已经呈八字形了，他说原来不是，起码是平着长的，人一老皮肤就泄，眉毛就掉下来了。他的眉毛一挑我就知道有难堪事了。"现在生意不是有点淡嘛，一紧就这样。有俩哥们就从丰台拉过来几个人，跟个帮派似的，收保护费。这事几百年前就有，你该知道。"

"咱们可都是干一行的，犯不着自己搞自己吧。"

"那是你的想法。哪一行其实都一样。生意不好做，总得挣钱。保护费是一笔。不交？那更好，都走了海淀就剩这一帮子，没人抢生意了。"

"操，什么世道！"我在文哥屋里转了两圈，"那你呢？"

"我答应了。要不怎么说开不了口呢。"文哥把头低到裤裆里。过去他老说，奶奶的，五十岁的人了，除了戴大盖帽的，怕谁呀！要挣钱，就得抓一个是一个。现在，他把快五十岁的脑袋低到裤裆里，抬起头的时候说："要不，你就应了吧。挪个窝还不知道哪天能挣到钱，搬家三年穷啊。"

"他们不就几个人嘛，咱们一块对着干，我不信能把我们怎么着！"

文哥捋起袖子，小臂上有一道瘀紫的伤痕。然后撩起上衣，肋骨上也有一块。"前几天的事。"他说。被打了他一直都没吭声。"不软不行啊。老婆孩子还等着钱。"

他的惭愧显而易见，低头等我说话。我只咳嗽了一声就回了自己的屋。子午问我脸阴着是不是撞上鬼了，我说没有啊，我在想明天去趟颐和园吧，就几步路，也没带你去玩过。我只是想空下来一天好好想想。这种事过去从来没遇到过。

"好啊，好啊，早想去了。"子午说，指着电视，"哥，你帮我看看那女的会不会跟她同学上床，我去撒泡尿。憋死我了。"厕所在胡同口。如果一大早去干大事，要排老长的队。

5

第二天子午说，颐和园不去了，他想去买个CD播放机。他一直喜欢听怪兮兮的歌。像梦话一样的说唱歌曲，他一哼出声我就觉得我们是两代人，尽管我只比他大五岁。买完CD机一定还要去买CD唱片，因为他年轻；我就不去了吧，因为我老了。有时候真觉得老了，比如现在，我犹豫不定。我当然不愿意加入那个收保护费的队伍里，太他妈可笑了，但也在担忧换个地方的代价。一切都得从头开始，而子午刚刚尝到挣钱的甜头，我希望他能顺利。我跟父母和姑妈保证过，让子午越来越好。

一上午我都坐在电视前面。没装有线，房东说，要装有线，房租还得提。就几个频道，我换来换去就把上午时间忙过去了，什么都没看到。子午发来短信，他在外面吃。我给自己煮了一袋方便面。子午来之前，我几乎每天都有一顿饭是方便面。方便，想啥时候吃就啥时候吃。现在子午不喜欢这东西，我们就下馆子。午饭后眯了一会儿，决定出去看看。在院门口看见老铁推着一辆陌生的七成新自行车进来，我说老铁这就下班了？老铁说没哪，回来喝口热茶。过一会儿我从公厕里出来，老铁端着他的玻璃大罐子茶杯走在前头，自行车不见了。

硅谷门口永远都一堆人。我四处找反穿夹克，没有。后来想想，一伙好多人呢，未必都要反穿夹克冲在最前头。走到北大南门外那条路上，只看见一个有点面熟的同行，看来他们收效显著。我就在路边站住，像往常一样问往来的行人，要证吗？站了一个下午，没人找茬，也没人搭茬。一个生意没做成。所有人在今天下午都不需要假东西。

晚上子午回到西苑，除了耳朵上多了一副CD机耳塞，跟往常没有区别。但他拿掉右边的耳塞突然跟我说，他想分出来单干。我一下子没明白过来，他解释了一下，就是我干我的，他干他的。不行，当然不行，根本不需要考虑。这种时候。过了这一段再说。

"我已经做了一单，"他从口袋里掏出四百块钱，"这是定金。一个驾照。"

"子午，听哥的话，最近有点乱。你要用钱我这里有，随你拿。"

"不缺。"

"那为什么不能再等等？"

"那我说缺钱好了吧？我说我想自由支配我挣的所有钱好了吧？"子午鼻尖开始渗出细碎的汗珠。从小他就这样，一急鼻尖就冒汗。

"过了这段再说。"我只能重复这句话。两个人面对那一伙强盗总比一个人要安全。子午不明白黑吃黑最后结果会有多可怕。我刚来北京那年，一个哥们活活被另外两个办假证的踢死了，理由是他抢了他们的生意。那哥们是多仗义的一个人。子午才刚刚开始，他不懂。"这样，以后挣的钱放你那里，可以随便用。"

"我不要。该谁的就是谁的。我决定了，你要不答应，我明天就搬出去。"

好吧。都这样了，我只能妥协。他是我弟弟。然后我出门去买烟，一个人在马路上转了两个钟头。回来时子午已经睡着了，CD机还在放。我把他耳机取下来，翻身的时候他吧嗒几下嘴。小时候他就这样，老是做梦吃东西。那时候他喜欢跟在我屁股后头玩，干了坏事就推到我头上。说柿子是我偷的。说邻居家的玻璃是我打碎的。说五块钱是我弄丢的，他用那五块钱买了一把玩具枪。当初我就没打算让他来北京，姑妈也不同意。我们那地方"跑北京的"每年都有几个进去，短的三五个月半年，长的三五年都有。姑妈恨不得天天守着这棵独苗才放心。子午死活要来。我妈在电话里说："子午少了一根头发，我看你就别回来了。"

早上起来，我再次让他别单干。他眼皮一翻："哥，昨晚说好了的。"

我们出门。他坐332路公交车，我坐718路，他先走。到了下一站我赶紧下车，换上他之后的一辆332。得盯紧他。他在黄庄下车，我也下，远远跟在后面走到双安商场，我去了马路对面。我一个生意没做，只盯着对面。看子午说话打手势的样子，应该很熟练了。这个我不担心，我担心的是业务之外的安全问题。一上午他和四个人长时间交谈过，起码应该谈成了一个吧。中午时分，突然收到他一条短信："你累不累？"

我回他："啥意思？"

他回："跟了一上午了。过来吧，一起吃午饭。"

操，他早发现了。我去了对面，一眼瞥见反穿夹克从四通桥底下经过，突然想起来，一上午很太平啊，子午那边也没事。奇了怪了。"你跟着我干吗呀？"子午说，"我又不是小孩，你就不能让我单独干点事？"

"怕你出事。"

"能出什么事，光天化日的。这是首都。过去没见你这么婆婆妈妈的啊。"

婆婆妈妈。说得好。子午个头比我高，学历比我高，智力和口才都比我高，真需要我婆婆妈妈地护着么。"放心，"子午又安抚我，"你忙你的，有事我会给你打电话的。"

"刚看见那小子了，他怎么没动静了。"

"都忙赚钱了，谁有工夫理会咱们。你不会闲得自己送上门吧。"

那倒是。我和子午正式各干各的了，但我尽量离子午近一点。几天都没事。同行少了，我们的生意就多了。有几次反穿夹克和另外几个面熟的家伙从我旁边经过，他们没有表示，我也不拿正眼瞧他们。但我想清楚了，只要他们找茬，我也不会手软，不管他们几个人，反正子午不在身边。谁也不能总让人欺负。

因为各干各的了，中饭和晚饭也就经常不在一块吃。聊天主要在晚上，说说一天的收成。子午挣得比我多，我很高兴。为此我给姑妈打了电话，告诉她子午是个好同志。姑妈说，你得看好他，这孩子，心野着呢。我说野点好啊，有闯劲，像我这样那能有啥出息。电话过后三天，我在万寿寺附近一个临街的小馆子里吃午饭，几个人从门外经过，我低头继续吃，忽然觉得其中有个人像子午，放下筷子跑出来，他们一伙人已经不见。我给子午打电话，问他现在哪里。他说打印社，正请人做一个技师证，有事？没事，午饭吃了？没有。好。挂了电话我回去继续吃。

子午越来越让我放心，我不再跟着他。那天上午没出门，看电视，然后睡了一个漫长的午觉。小型的沙尘暴刚过去，北京的春天一下子浓得化不开，天高云淡，一出门就有脱衣服的冲动。我把夹克和毛衣搭在胳膊上，随便上了一辆往北走的公交车。我在农业大学那站下来。很快接了一个生意，要农大的函授结业证。没问题。拿到定金先买了包烟，刚点上，离校门不远有一伙人在吵架。我凑上去，看见反穿夹克、文哥和另外几个人围住两个陌生人，看那架势他们要打，反穿夹克的手已经伸到其中一个的身上了。都不要猜，那两个一定是不愿交保护费的。还是躲开为妙。我往公交站牌走，竟然看见子午站在一棵树的后面，伸着脑袋，他也看见了我，就从树后走出来。

"哥，你也过来了？"子午说，从口袋里掏出耳机，"我刚到。"

"他们在干吗？"我指着闹哄哄的那一群人问他。

"不知道。我刚到。"

不知道最好。我让他跟我一起离开，免得招惹上麻烦。子午有点为难，说和客户约好了在这里碰头。我让他给客户打电话，到前面见，打车费我报销。子午跟我一起上了车，那时候他们已经打起来了。那两个可怜的哥们。

我担心的事终于来了，来了就让你头皮发麻。子午跟着反穿夹克他们一起把别人打了，文哥也去了。群架。那是个周六傍晚，我等子午回来吃饭，说好了一起去东来顺吃火锅。很惭愧，都说东来顺有名，我在北京待几年了也没去过。我想有名的馆子应该也贵。但是子午想吃，那就去。天擦黑他还没回来。我打他手机，一直没人接。正当我在院子里绕圈，院门开了，文哥抱着左胳膊进来，黑着脸看不清表情。他径直进了我的屋，让我把门关上。

在灯光底下我才看见他身上有血，夹克也穿反了。"妈的，搞上了，"文哥说，"帮我扶下胳膊。"我托着他胳膊，他开始脱他的土黄色双层夹克，他反穿是因为外面的那层右胸口一大团被血浸湿了。"那狗日的不禁打，一拳过去，鼻血就停不下来，我抱住他脑袋让别人打，弄了一身。"文哥说，"哎哟，轻点。"他另一只胳膊紫了一大块，被人用板砖砸的。

"子午，"我一下子慌了，"是不是，也打了？"

"操，这记性，差点忘了。就是来告诉你这事。应该问题不大，我来的时候都跑了，对方有一个趴在地上，不知死了没有。我只看见他眼珠子挂在鼻梁旁边。后来就顾不上了。"

"你说子午？"

"啊？不是。对方那个狗日的眼珠子被拍出来了。真没看见，一大群人，乱打一气，我哪看得清。在清华西门外，不到西门，往圆明园来的那条路。对对，小桥那儿。"

我扔下文哥就往外跑，出胡同开始打车，快到清华西门附近的那个小桥时下了车。这段路上的车辆向来不是很多，今天尤其少，要不他们也不会在这里打群架。靠近圆明园那一边的路旁有一摊血，在路灯下黯淡发黑。那摊血让我陡然心动过速，我不知道那当中有没有子午的。我在周围放声大喊子午的名字，喊得整个人都空空荡荡了，还是没回答。偶尔有车经过，速度都会放慢，他们一定以为我是疯子。

在那大约十分钟里，我脑子里至少想到了十八种结果。我希望子午能占到最好的一种，毫发无损，现在还和早上出门时一样活得好好的。但这可能性相当小，他正是热血沸腾的年龄，实在没有理由不冲上去。我给文哥打电话，他说子午还没回去，他正收拾东西，马上去火车站，先离开一段时间。他担心当时他们把那人一砖头拍死了。文哥让我帮他照看一下房子，一会儿把下一个季度的房租放我床头，帮他交上。风声过去了就回来。多保重啊。多保重。听得我更急了。我就一路往回走，走几步喊一声子午。快到西苑，手机响了，对方说他是公安局的，问我认不认识陈子午。我听到身体里有根绳子断了，嘣的一声。我说是我表弟，他在哪儿？

"公安局。"

我打车直奔公安局。子午在铁栅栏的另一边，整个人极度虚弱，长头发盖在恐惧的眼上，他说："哥，哥，我没打架，真的没打架。"嗓子跟我一样沙哑。我多少放了点心，起码人没事，胳膊腿和脸上都是完整的。

警察跟我说，他们在事发现场附近发现了我表弟。当时子午正倚着圆明园的高墙低着头呕吐，面前一大摊没消化完的汤汤水水，绿汪汪的胆汁都呕出来了。当时人差不多跑光了，有一个趴在地上，头部和脸部重伤，左眼迸出。现在医院救治。有人打电话报的警。

我说："我表弟说了，他没打架，就是经过时看见的。他从小晕血，因为吐得难受才停在那附近的。"

"我们会继续调查，嫌疑人暂时还不能离开。"

我又要求见了子午一面，让他放心待着，没问题，我会跟他们说清楚的。记着，你只是个过路人。我的意思他明白，我希望他能坚持到底。子午绝望地点点头。他哪里经过这阵势。"哥，"子午说，"你得把我弄出来，我一分钟都不想待了。"我说好。你一分钟都不想在里面待你跟他们混在一起干什么。

可我哪里有那本事。回西苑一路都在想哪个熟人和朋友可以帮上忙，一个都没有。我在北京的朋友差不多都是站在警察对面的人。回到住处，接到文哥在火车站发来的短信，说不好意思，走得急，房租给忘了，让我给他垫上，回来就还我。没问题。回完短信我就坐在床上发呆。子午还是太嫩，应该向文哥学习。

然后手机响了，一个客户说，明天他临时出差，要的货只能回来再取了。我说好。正好没这个心思。挂了电话突然就想到了一个警察，我给他办过一个本科毕业证一个硕士毕业证，硕士的是他本人的，本科是她老婆的。警察也需要证书，因为他也想过上更好的日子。但这家伙牛，上来就说他是警察，别想在他身上动刀子宰。我当时有点蒙，竟然有警察跟我打这种交道。搞不清他到底是不是，干脆有枣没枣打一竿，只收了一个本科的钱。他觉得我这人还挺实在，给他面子，就说有事可以找他。我把手机里的号码一个个往下翻，没有姓居延的。我记得他是这个复姓。我把床腿挪开，垫床腿的砖底下有个薄薄的通讯录，通常我只把一些大客户的联系方式记在上面。放床腿底下是为了防止警察突然袭击。在最后一页才找到，拨号时我已经大汗淋漓。

对方那边很吵，有唱歌的声音。我是周子平，给您办过两个证，一个本科的，一个硕士的。对方沉默了几秒钟，说："等一下，我出来说。"皮鞋踩地的声音。背景安静下来。他还是那样洒脱："还记着我的号啊。什么事直说。"我也没客气，把事情说了。我强调子午没打架，只是路过。"就路过？"他呵呵地笑。我猜他笑的时候另一只手一定放在腆起的大肚子上。

"绝对没动手，"我妥协了，"只要能弄出来，多少钱都行。越快越好。"

"应该不贵，不就打个群架么。当然了，要弄出来就是没打。这事不归我这摊子管。我先跟一哥们问一下。"三四分钟后，他打过来。"明天去领人。五千。"中间停顿一下，吸一口烟的时间。"咱两不相欠了。从现在开始，你不认识我，我也从来没找你办过什么证。"

"没问题。我已经忘了您的号。"

6

子午从里面出来，我拍拍他的肩膀什么也没说。他为了我俩才跟反穿夹克他们混到一起的。可是我没钱请他吃上一顿红烧肉了。所有的钱都拿出来也不够五千，我连夜从朋友那里拿了一千二。现在我两手空空，打车的钱都不够，口袋里也只有二十。我们去了成都小吃，我吃了两笼包子，他一个没动，脸扭到一边说不饿。见到吃的他就想吐。

昨天他们说要和另一拨人打架，那几个人联合起来抵制保护费。当时子午一点没感觉到怕。他学着反穿夹克和文哥，手里拎块板砖。动起真格的他立马抖了，他们打架都是举起板砖就上，半分钟的工夫就搅成一团。子午吓得只往后躲，他从来没经过这种厮杀，怕弄出人命来。举报电话就是他打的。

"手机呢？"

"扔到圆明园墙里面了，"子午为自己的胆怯难为情，"当时吐得跑不动，腿直软。看见他们过来，顺手就扔到墙那边了。我就是不想惹麻烦。扔了之后好像还听到手机响了，当时很多虫子都在叫，可能听错了。"

那是我打的。还算清醒。"你真晕血？"

"晕什么血？我是看着那家伙眼珠子血淋淋地挂在鼻梁上恶心的。哥，你一辈子没见过那么恶心的东西。就挂着，晃来晃去。"

子午手势做到一半，喉咙里窜出一串咕噜噜的声音。幸好肚子里没货，声音出来了也就完了。搞得我也跟着反胃。子午说，当时他回头跑，跑不远就忍不住，跌跌爬爬蹭到墙根下，呕得昏天黑地，都想干脆把脖子撕开，手伸进去把肠子、胃啥的一把掏出来扔掉拉倒。那哪是吐啊，简直就是把自己从里到外反个儿。

吃完饭子午回去睡了一觉。我把电视抱到旧货市场卖了，一百。一百块钱对我们都很重要。子午要卖CD机，我说不行，这玩意儿拿到手就掉价，卖了顶多一半的价，亏大了。能把这两天打发过去就成。拿到钱，我和子午买了门票进圆明园公园，在他扔手机的地方做地毯式搜索，没了。被哪个王八蛋捡走了。子午觉得他连累了我，出了公园就要去大街上找生意。我说你省省吧，虽然出来了，难保不会再有事，文哥那种老杆子都跑老家躲了，你还是老老实实给我待屋里，哪也不许去。我把他送回西苑，一个人坐车到北太平庄找生意。

那两天我跑了好几个地方，一个收保护费的都没有，总算他妈的太平了，但也没找到一个正经生意。不过还是收了一个要办"文学大师"证书的小伙子的定金，一千。那年轻人说，他毫无疑问已经是当代的文学大师了，但是别人不给他这顶光荣的帽子戴，所以他要自己给自己戴，因为他深刻地认识到了自己的价值。他有十部长篇小说，四部在《红楼梦》之下，六部在《红楼梦》之上。如此高的文学成就，难道还不算文学大师？我说算，百分之百算，就是外星人来了也没话说。算就给我办，你开价。两千，定金一千。我咬了好几下牙才开这个口的。没问题，不就是两千块钱么，我随便一本书出来，没三五百万根本打不住。他咔嚓咔嚓当场就点了十张老人头给我。我激动成啥样，我面前站个疯子都应该知道。可他不知道，他说书出了一定签名送我一本。

　　我们有钱了。

　　这小子走火入魔了，那眼神就不对。《红楼梦》我还真不太知道它的价值，没完完整整看过，念书时不用功，时间都花在武侠小说上了，惭愧。但我知道也不是谁都能说整就整出一部来的，而且还六部在它之上。太离谱了，满打满算他也就二十三岁。这个证我可以随便搞，自己设计都成，但我不会给他办，这钱不能骗。我就借一千块钱应个急，小兄弟，谢谢了，过几天手头活泛了就还你。我会告诉你，兄弟，没找到"文学大师"证书的母本，钱退给你。再多说一句话，兄弟，曹雪芹有啥好当的？还要到处借债过日子。

　　靠这一千块钱我和子午把最艰难的几天熬过去了。回去时我给他买了开胃的话梅、酸梅、杨梅、山楂糕、山楂片、果丹皮，香辣豆腐条、香辣鸡胗、麻辣凤爪、久久鸭脖子，一大包提回西苑。子午看了酸得直流口水，一塞到嘴里立刻有不良反应，又像鸽子一样咕噜咕噜叫开了。我就让他吃香辣的。其实他一直不能吃辣，但是那天他吃了，而且吃得轰轰烈烈，看得我都直咽唾沫，后悔没给自己也买一份。所有辣的一扫而光，子午抹抹嘴说："哥，麻辣的最好吃。"

这就好办了。每天回来我都给他带一大包麻辣食品，也给自己带了一份鸭脖子，这东西我相当爱吃。我的生意很快进入正轨，维持两个人的日常生活毫无问题，就把文学大师的定金退了。大师既失望又伤心，说找什么母本呀，做得庄严好看点不就成了？

"那不行，"我谦虚地说，"我这点想象力哪行。"

"那好，我来设计，"大师说，"反正我有那么多想象力也用不完。"

"还是算了吧，我怕做不好。"

"没事，做不好还做不坏么。你随便做，只要'文学大师'四个字印得大一点就成。"

我终于扛不住了，钱塞给他就走。小兄弟，希望你不进医院也能把自己的头脑调整好。我一边走一边真诚地感谢他。我们的生活好起来了。我又买了一台旧电视，比上次那个大三寸；给子午买了新手机；他的食欲和胃恢复了正常，就是变得嗜麻辣了，不过问题不大，花椒和辣椒都不贵；因为打群架那件事再也没有消息，风声也过了，收保护费的那帮家伙散了，消失不见了，子午也开始出来干活了。感谢你，小兄弟，大师不是自己封的。

7

办证。吃饭。睡觉。警惕着不被警察盯上。生活正常起来。

闲的时候我看电视子午听他的CD，或者正聊着天同时走了神，一起发呆。很多次我都产生同一个感觉，就是这样的日子已经过了无数年了，而且还将无数年地过下去。一个人在这浩瀚无边的城市里待了无数年，还将再待无数年。一个人像一只蚂蚁。像沙尘暴来临时的一粒沙子。这种多愁善感的时候我就特别感谢子午，他在我身边；但同时也为此愤怒，他也待在这里，是一只蚂蚁旁边的另外一只，是沙尘暴中一粒沙子身边的另外一粒。我的表弟，像我一样，早早地被这个城市淹没了。

有时候我看着正听CD的子午，觉得他陌生。那一场群架之后，他好像有了后遗症。瘦了，头发长了，人显得柔弱，见到警察就有点胆怯。可能他根本就不适合干这行。

天开始热的时候，文哥听说百无禁忌，就从湖北老家回来了，西瓜正大规模上市。这一趟探亲假把他养肥了，老婆伺候得好，床下的活都舍不得让他干，整个人胖了一大圈。因为胖，他空前地想吃西瓜，一到晚上就抱着个西瓜跑我们屋里来吃。有天晚上我们正捧着西瓜在啃，突然听到外面一声大喊：

"不许动！举起手来！"

三块西瓜都掉到了地上。这是职业病。我们面面相觑，很快就反应过来。文哥说，找我的，跟你们没关系。他抹抹嘴站起来要往外走，我让他别出去，话还没说完，子午噌地跳下床，鞋子没穿就往外跑，穿过黑暗的院子继续往院门跑。然后听到他叫了一声。我赤着脚跑出去，几道光柱从头顶上射下来，屋顶上站了十几个警察。子午在院门前被两个警察扭住胳膊，正拎着往光亮处拖。子午一个劲儿地叫哥。我大喊："子午！"

文哥说："子午没事，板砖是我拍的。"然后对警察说，"没他的事，放了他。"

所有的光柱一起对准文哥，一个雄壮的声音说："你就是老铁？"

文哥说："不是。"

从院门外又冲进来几个警察，三两下把文哥和我押了。他们又重申一遍，谁是老铁？我和文哥在灯光里对了一下眼，原来是老铁犯了事。两颗心就放下来。老铁的屋里是黑的，昨天晚上好像亮过。记不清了。谁会记着眼皮底下的事。灯下黑。

那天晚上我们被带到了警察局里。老铁真犯了事，抢劫，劫的还是警察。看起来老实巴交的，没想到啊，真是开了眼了。最初老铁和那个姓王的警察扯上关系，是因为王警察在值勤时踢了老铁的修车摊子一脚。老铁咕哝一句，王警察认为是骂他的，老铁坚持说没骂。事情最后不了了之，但老铁就和王警察飙上了。他认识王警察，就在附近的派出所工作，经常骑着一辆九成新的女式自行车上下班。老铁逮了个空就把那车子给搞来了，改头换面弄成一辆男式车。具体弄成什么样我不知道，很可能那辆女车和改装后的男车我都见过。老铁的车子推出的和推进的通常都不一样，我分不清楚。他把改装过的车子自己用，整天放在修车摊旁边。竟然被王警察认出来了。他车子丢了以后，四处打探。都偷到自己头上了，实在很没面子。王警察在老铁的自行车的大梁上发现了一张棉袜子的广告贴纸，指甲大小，他女儿拆新袜子时顺手贴上的，一年多了都没掉。老铁篡改车子时没注意到这个小细节，被抓了个正着。证据确凿，而且一看车子就刚刚组装过的。老铁死不认账，王警察懒得跟他上纲上线，把男车骑走就拉倒了。

事情到这里就可以结束了，可老铁不。他有想法，过两天又把王警察的男车弄过来。要在过去，他倒手就卖了，现在他偏不。跟王警察耗上了，决定死磕到底。继续改头换面，弄成一辆看起来像但又找不到确切证据的女车。这就是他要的效果，还摆在修车摊子旁让王警察看。王警察当然会过去，他知道这车子的一部分零件是自己的，所以车子也就是自己的，但是找不出理由。老铁忘了，人家一身警服就是理由。王警察找了个同事，一个拦住老铁，一个推上自行车就走。霸王硬上弓，老铁一点办法都没有。但换了个时间他就有别的办法。

我猜整天笑眯眯的老铁其实就是想出口恶气，没想到越出越长收不住了。他想不开，还得把变了好几次的车子给弄到手。王警察每次上班都把自行车放在一楼同事的门口，不再随便扔，偷是不行了。偷不行，只能抢，从王警察手里活生生地夺过来。老铁就这么干的，认死理了。他拎着一个大扳手，昨天晚上埋伏在王警察回家的途中，突然跳出来。该王警察倒霉，住在一个偏僻的地方，前后都找不到一个人。本来老铁只想把自行车夺过来，扳手用来威慑和壮胆。抢夺时争执不下，偏偏远处传来人声，老铁一急，对着王警察脑袋就是一扳手。老铁骑上车就跑。

今天傍晚，王警察在医院里醒来，费了好大的力气才想起老铁的那一扳手。然后公安局开始确定搜索范围，半夜三更爬到屋顶上，包围了整个院子。在警察局里，我们三个没东西可说，老铁家几口人我都不知道。威逼利诱一番没结果，就放我们出来了，临走时嘱咐我们一旦发现老铁行踪，立刻汇报。我们一直点头。出来时天快亮了，天光不明，子午的脸是灰的。

文哥死里逃生一样的快活，西瓜掉下来的时候他还以为后半辈子要在里面过了呢。为了庆祝自由，他坚持要请我们吃油条喝豆浆。我不置可否，他就问子午。子午看看我，我说好吧，吃完了回去睡觉。

那一觉睡得扎实，到下午我才醒来。子午已经起了，坐在我床边的椅子上抽烟，看见我醒来就掐灭了烟，叫一声："哥。"我翻了个身。"哥，"子午又说，"你，是不是觉得我胆子太小，老想着自己？就是，自私？"我慢慢坐起来。他这么一说，我终于发现为什么这段时间莫名其妙地觉得心里堵了，自从上次子午从警察局里出来就这样。没错，是胆小，是自私。我尽管不赞同他冒险，但我希望他能勇敢，不胆怯，遇到事情不要两手一摊就跑掉。我希望他是一个仗义的人。我看了他半天，我表弟，也许他还没有真正长大。我对着他伸出两根手指，子午递过来一根烟。

"慢慢来吧。"我说。

抽完那根烟，我又躺下来。再醒来天已经黑了，日光灯在亮，子午刚进门，他说，哥，你醒了？起来吃点东西吧。我就闻到了"麻辣一锅香"的味道。这是胡同口一家小饭店的招牌菜，主味麻辣，菜随便点，土豆、藕片、海带、鸭血、牛肚、豆腐皮等，一锅烧。我们都喜欢吃，懒得出去了就打个电话叫外卖。还有鸭脖子，子午又说。我从床上起来，看见子午的脑袋在灯光底下闪闪发亮。他刚剃了光头。

剃了光头的子午英气勃发，精神多了。我喜欢看到一觉醒来之后的子午。一切可能重新开始。这多好。

8

七月底我回了一趟老家，母亲托人给我介绍了女朋友，要见一面。女孩各方面还都不错，临时工，在一家小超市里做营业员，跟子午一样大。没成。这是第四次没成。前面三个各有原因。第一个觉得我这样长相平庸，这没办法，天生的。第二个说我像个闷葫芦，你说我们头一次见面我跟你说啥？对方倒是挺能说，天文地理、巴以冲突一直到化妆品，可在我听来，除了化妆品那点知识可能还靠点谱，其他一概胡扯；化妆品我确实不懂。第三个问我一年内能不能把三居的房子买到手。操，我哪有本事，我李嘉诚、任志强啊。

超市营业员第一次见面就黄了，原因是我说这几年没攒下什么钱，而在她看来，跑北京的挣钱如流水。她很直接，我也很直接，的确没存下钱，我也不知道钱他妈的都到哪里去了。我懊丧地回到北京。说实话，我早就想找个老婆了，有个家生活可能会是另一番样子。我得时刻想着挣钱、存钱，想着如何安顿一家人现在和将来的生活，像文哥那样。他能挣也能花，但花得心里有数，不该花的从来不花。

下了火车回到住处，已经到了吃晚饭的时间。子午还没回来。我没跟他说今天回。放下包冲了个冷水澡，还是觉得烦躁，决定出门走走。三番五次被甩能不烦躁么。我手插口袋慢慢往前晃，出了胡同上马路，我也不知道去哪儿。回家一周半，西苑没有变化。大酒店门口停了一溜车，有钱人在里面吃饭。练歌房里年轻人在唱歌。我忽然有种无所事事的空虚，得找点事做。就上了332路公交车。在终点站西直门下车，出了站随便乱走。我跟着脚走，反道，直行，过马路，再直行，拐弯，过马路，面前是一家小夜总会。看到闪烁不定的霓虹灯，我就对自己笑了，右脚踢了一下左脚，狗日的，就让我不学好。心里空落落的原来是想着这地方了。一年前我和朋友来过一两次，他非拖着我过来，他说我这样的光棍再不来看看，那等于慢性自杀。那哥们后来进去了，身上三个证。他说过这地方安全，我也觉得挺好。

值班经理是个女的，半老徐娘，居然还认识我，握了手说："好久不见了，在哪发财？"

我笑笑："有点事，刚回来。"

"怎么说？要休息一下？"

我继续笑笑，说有点累。经理说，那得找张床躺躺，就对旁边的服务生打个手势。我跟着服务生到了另外一个楼层，服务生推开一扇门，十来个女孩穿着低胸裙子在喝饮料，笑作一团。我指着裙子最低的女孩说，就她。

服务生说："不再挑挑？"

我重复一遍："就她。"转身继续往前走。

我摸摸口袋里的钱，在沙发上坐下来，开始抽烟。这地方也就工薪消费，我心里有底。女孩先从门外露个头，纯情地说："大哥，您找我？"我招手让她进来，她刚坐下，我就把烟掐了，说："脱。"速度有点快，女孩有点愣。我也愣了，竟如此果断，我觉得自己此刻的长相一定更加平庸，而且恶心。恶心就恶心吧，我有种把自己扔出窗外随他飘坠的快意。快了点么？没办法，你憋了大半年你也急。那哥们进去之后，我就再没经过这个门口；子午来到北京后，我就更没想过了。不能把子午带坏。

两次之后，我把掐掉的烟重新点上，抽完了觉得想上厕所。这种简易的包间没有洗手间，只能去外面的公共卫生间。下床时对女孩说，等下，再来。女孩一听，都要哭了。

我撒完尿，正打算出来洗手，一个看起来挺清纯的女孩走到盥洗间，对着水池吐了几口，开始洗手，一个男人站在外面，让她快

317

点。那声音很熟。我身体里的哪个地方咯噔响了一下，伸出半个脑袋往外面看，一个光头。子午。我赶快退回洗手间。那女孩洗完手进了女厕所，我一直等到她出来，走掉。她走出盥洗室就被外面的男人揽住了肩。那个光头，不会错。我跟在后面，看见子午的手从女孩肩膀上下来，温情地趴在她的屁股上，然后进了离我不远的一个包间。门关上。

我的心情一下子坏了，进了房间就脱裤子。女孩说："能不能轻点？"看上去她也就二十出头。我直直地看着她，她往被子里缩了缩，被子拱动，拽出一条刚穿上的丁字裤来。我一屁股坐到沙发上，过了一会儿站起来，转过身开始穿裤子。出门时把一百块钱放到了那条丁字裤上。

我在外面逛了很久，回到西苑时接近午夜。子午还没回来。打手机，半天才接。在哪呢？哥你回来了？你也过来吧，这地方还不错哪。"在，哪，呢？"我一个字一个字地重复。

"怎么了哥？旅馆，就是扣我箱子的那个旅馆。"

四十分钟以后，我打车到了那里。子午正坐在床上看电视，我推门进去时他站起来，说："哥，这床大吧？"是挺大的，我俩的床并一块也没这么大。很凉快，空调打得够低。我上来就是一脚，踹得子午后退几步坐回到床上。"哥？"子午都没回过神来。

"你跑这边干什么？"我的脸拉得有半里路长。

"我要享受一下，"子午理直气壮地说，"当初我只能住地下室，还被他妈的老板扣了箱子。我对他发过誓，有钱了我一定会回来，我要住最好的一间客房给他看。不就两间破屋子么，有什么了不起。"甩手就把电视遥控器扔到复合木地板上。

"这些天就干这个？"我捡起遥控器，在手里转来转去。

"还做了三单生意，就是没挣多少钱，"子午给我倒了杯茶，烟也递上来，"我出来其实是躲查房的。你刚走三天就有人来查房，要看暂住证，我哪来那东西。扯了个谎说是到北京找你的，就跑出来了。文哥说最好躲几天，他们还会去的。我就想起这里了。"

"没别的了？"

"没了。还能有什么？"

我的遥控器就甩过去了，砸到他的光头上。你小子还跟我玩这手！

"你疯啦？"子午从床上跳下来，赤着脚站到我面前，比我高，他捂着脑袋的指缝里渗出了血，"砸我干什么！"

"你他妈的找小姐去了！说，找没找！"

我以为他会抵赖。我希望他死不认账。我弟弟。没想到他跟我一样喊起来："我他妈的找了又怎么样！我为什么就不能找？我就找！我明天还找！"子午声音慢慢低下来，腔调拉长，蹲下身的时候差不多要哭了，"我为什么就不能找？她给我打电话说，那人不要他了，只要我答应她把那狗日的腿打断，她就嫁给我。我成什么人了？捡垃圾的？别人不要了才往我怀里送。还要我替她报仇。我成什么人了，我为什么就不能痛痛快快地去找别人！"

"你是说，你那女同学？"

子午蹲在地板上开始小声地哭，不说话。看来是她。隔壁有人擂墙，声音含含混混地传过来，都几点了，还让不让人睡觉！子午站起来对墙踹了一脚，再踹一脚，又踹一脚，大喊，睡你妈个头啊！那边陡然不吭声了。他还要再踹，被我拉住了。"好了，不说这事了。"我觉得自己有点莽撞，不该上来就发作。我递给他一根烟，"我也不是好人。也去了。"

子午一脸泪水就笑了。"哥，你是不是经常去那种地方？"

"没有。一共三次。"男人说话没必要遮遮掩掩。

"我两次。前天晚上一次，今晚一次。就被你撞上了。那女孩长得有点像她，在大街上看见的，我就跟着，一直进了那地方。开始只是想多看她几眼。"

"以后别去了，"我说，"你那同学，怎么回事？"

"我也不知道，突然就给我打电话，问我喜不喜欢她。这还用问吗？不喜欢她我当初跟她在一块儿干吗？她说好，那就替她把那男的做了，一条腿就行，两条腿更好。做完就嫁给我，彩礼都不要。不答应，拉倒。本来我都让自己忘得差不多了，她又跑出来。"

"她怎么知道你电话？"

"打到我家问的，说是我同学，聚会想联系我。"

"神经病。怎么打算？"

"当然不能干。我是喜欢她，可也没理由做掉人家两条腿啊。"

那就好。那地方别再去了。这女人我看也别拉拉扯扯了。明天给你办个暂住证，假的没用，得真的。当然得要，你不是北京人。没那么多为什么。好好赚两年钱，回家找个合意的好姑娘。你还年轻。我俩斜躺在那张巨大的床上，有一句没一句地说话。我说不出更多的大道理。我能说出的都是你看见过的生活，你也能说，说得一定比我还好。困意慢慢上来，我就睡着了。

子午的暂住证折腾了好长时间才办好。要房东的产权证和身份证的复印件，要排人，要跟他们说明身份、理由等一系列问题。拿到产权证和身份证的复印件就费了不少嘴皮子，房东不愿意，怕我们拿出去为非作歹。子午都烦了，这么久，枯树都发芽了。他差点跟办事人员吵起来。终于办好了，子午拿到手就扔到地上，连着踩了十几脚才拿起来装进口袋。

9

这之后，子午就变了，有了江湖气。我不知道这好还是不好。我也不知道是他天赋里的野气发作，还是那个光头把他怯缩的生活照亮了，或者是找了一次小姐就增进了勇气、强壮了神经。因为据我的那些不学好的哥们说，找过一次小姐之后，整个人的世界观都会变。对我来说，在一定程度上也适应。第一次进入夜总会挑出一个女孩，我几乎是咬牙切齿地克服了过去的那个自己，你必须突破一个底线才行。我给一个旧的周子平松了绑。那是一道坎。

偶尔子午还会去找夜总会的那个女孩，他不再避讳。开始的时候他跟我说，哥，我想去看看她，让我去吧。好吧，也算情义之举。到后来，他直接就说，哥，我想去，难受。脸上已经完全是一个男人的表情了。但他这样说时，态度坚决，行色果断。你阻挡不了。他完全可以不跟我说就去，但他跟我说了。那个女孩的意义此刻在于，她有一副女人的身体。我同样不知道这好还是不好。不需要女人身体的男人肯定不是个正常男人，但是，当他是我表弟，他要成为一个嫖客，在我看来比我自己胡来一次要严重得多。我知道这很没道理，可不由人啊，他是我表弟。一想到我是做哥哥的，立马就想端出为他负责的做兄长的架子来。

在学校里多年养成的清净干爽之气在子午脸上消失了，子午的皮肤变厚，变糙，毛孔在一夜之间张大。安静的时候脸上也会出现阴影和线条。文哥说，过去没看出来啊，你们表兄弟长得还挺像。他说的是我俩脸上的阴影和线条。事实上，子午的阴影比我大，线条比我冷、比我硬。他长得比我好。过去是英俊，现在，用时髦的词说，是酷。他开始喜欢像高仓健一样，有事没事就把T恤衫的领子竖起来，出门坐车要戴墨镜。我觉得他身上憋出了一股劲，扑通扑通地跳，而且还在继续膨胀。前女朋友还会给他打电话，他接电话的表情越来越无所谓，甚至有点烦。他经常重复的一句话是：都过去了。或者是，过去的就让它过去吧。然后借口吃饭、出门、洗澡等理由来挂电话。有一天吃饭我问他，还没搞定？

"有钱就让她打吧。"子午说。

"还让你做掉那家伙的两条腿？"

"早就不提了。她说只要我回去，要不答应她过来，什么都无所谓。"

"那不挺好，破镜重圆。"

"我没兴趣了，"子午表情平静，像在说别人的事，"好马不吃回头草。三条腿的蛤蟆难找，两条腿的女人多得是。"

子午想开了。"是不是有别的目标了？"

"没有。我要找个北京的。"

我笑了。想法很好，可我们这样的暂住户，要啥没啥，北京的女孩哪那么好找。都说北京女孩打死都不愿往外地嫁，宁愿在家蹲着，那也是蹲在皇城根下。"好笑么？"子午翻了一下眼皮，"什么暂住证、外来户、盲流、京漂，去他妈的。"过一会儿又说，"哥，我想明白了，文哥说得对，大胆大胆再大胆，赚钱赚钱再赚钱。等我赚够了钱，就娶个北京老婆，在北京安家。我干别的营生去，开公司，做老板，开他妈的十家旅馆，第一次来北京的穷人全他妈的免费，想吃的吃，想住的住，想吃多少吃多少，想住多久住多久。"子午的语气冷静，一点不像头脑发热。到底是年轻人，没有不敢想的。我们的确是两代人。再老一点，像文哥，我敢断定他睡着了都没能力做如此雄伟的梦。于是我说："好。"

子午逐渐改变了往日懒散的生活习惯，从体育用品店里买来哑铃和拉力器，早晚都光着上身哼哧哼哧地练，然后一身大汗去冲冷水澡。要挣钱就得有个好身体。不知道他从哪里看来这句话。除此之外他还坚持看《北京晚报》，一天一份。听音乐的风格也变了，那种类似说唱艺术的娘娘腔歌曲基本不听了，听摇滚，重金属，耳塞一进耳朵血液和筋肉都跟着跳的那种；或者雄壮的，刘欢，韩磊，腾格尔。反正他生活变了，向大的、重的、强硬的方向走，他凡事要有自己的主见，像换了个人。接生意的胆子也变大，过去太复杂的我们都不做，现在他也接，当然价钱也高。为了做一个证他甚至愿意跑到平谷和房山找人做。

有天傍晚他给我电话，问我在哪，我说北大，在未名湖边交货。他说就待湖边，他马上到，正在从石景山回海淀的路上。刚做完一个高难度的证，挣了，相当可观。要请我吃饭。见了面我们一起出北大西门去找馆子，路上碰巧撞上文哥。老家伙有公交车不坐，一肩膀高一肩膀低地用脚走。"这怎么了？"我问，"给小姐踹床下了？"

"操，别提了，"文哥气呼呼地说，"遇上一个检察官，屁钱没捞着。"

"活该。你也太嚣张了，跟公检法玩。"

"接活时我哪知道他是什么鸟检察官。刚交货，他啪地把证件亮出来。操，威胁我呢！我一个屁没敢放，眼睁睁地看他把证拿走。"

"告他个狗日的！"子午说。

"屁！你敢告？再说，他不是给自己办的，要证的是个女的，骚里骚气，八成是二奶。"

"别人能搞我们，我们也可以搞别人啊。"子午说，"办个警察证，交货的时候亮出来。对方不怕，拉倒；要怕，就吓唬一下，私了还是公了？那些胆小鬼，多半得上当，他们拿假证去招摇撞骗也犯法。"

"子午，又瞎整，那种事哪能干。"

子午撇撇嘴说："说着玩。安慰一下文哥嘛。文哥，一块喝酒去，就当压惊。"

他让文哥挑地方。文哥一听有酒喝，精神立马好了，要去承泽园。喝啤酒，吃烤串，外加麻辣烫。文哥说的地方我知道，在承泽园门口，万泉河桥旁边。白天我常经过那里。文哥说他有个晚上在那里吃过，一个字，爽；两个字，很爽；三个字，我们一起说，非常爽。穿过北大西门对面的蔚秀园，老远就闻到烤串和麻辣烫的香味。

那地方夏天的晚上像个夜市。烤串，麻辣烫，水果，报纸杂志，盗版光盘，煎饼果子，大饼，小馄饨，小饰品小玩具，还有一家露天的大排档，大师傅把炒瓢颠到头顶上。热闹繁华的烟火气。文哥带我们到靠近承泽园门口的那家麻辣烫摊子前，喊一声：

"老板，十瓶啤酒，三只碗！"

老板应声来到，拿出四个小板凳，三个围成一圈，中间一个上面搭了一块形状不规则的薄木板，那就是桌子了。然后是十瓶燕京啤酒和三只碗，每只碗上套一个透明的塑料袋，以示卫生。文哥指着热气腾腾的两口麻辣烫方锅说，自己挑，想吃什么拿什么，不管荤素，五毛钱一串。那麻辣味早闻得我和子午口水直流。文哥是常客，挑得快，挑完了就让师傅烤串，羊肉、牛肉、鸡心、牛板筋、腰子一样不落。尤其腰子，文哥说男人得多吃，补，现在闲着用不上，哪天忙起来，现吃就晚了。

味道真是好，满汉全席都比不了。没杯子，就对着瓶嘴喝。冰过的啤酒，透心凉，不是一般的舒服。麻辣烫的生意相当好，除了我们这样的大老爷们三两个搭伙，主要客人还是女人，尤其是姑娘。那热气腾腾的两锅，前后围了两三层，老板和老板娘都忙不过来了。所有的菜都串在竹签上，各种肉片、猪牛的下水、鸡蛋、鱼丸、肉丸、鸭血、香肠、火腿肠、豆腐、豆腐皮、蒿子秆、香菜、萝卜、平菇、海带、茼蒿、金针菜，菜场有的锅里基本上都有。随便吃，吃完了一起算账，数竹签，一根五毛。

那顿酒喝得痛快，我们熬走了几十拨人。挑了六七次麻辣烫，又加了五瓶酒。到十点多钟，三个人都高了。文哥忽然色眯眯地笑起来，歪着嘴，费力地拖动大舌头说："屁股。一堆圆鼓鼓的屁股。嗯，好看。"我和子午没听懂，文哥就指给我们看。他面对麻辣烫摊子坐，我们转过身，看见五个穿制服裙的姑娘围在方锅前，一个个伸长脑袋，撅起屁股。文哥说得没错，圆鼓鼓的，好看。包在裙子里面，甚至能看见内裤边缘印在粉红裙子上的痕迹。裙子长及膝盖，十条胖瘦不一的小腿移来移去。身材都不错，应该是附近哪个单位的，集体出来吃麻辣烫。然后她们叫起来，咯咯地笑，好像在抢什么东西。

"她们笑了，多好听！"文哥挥着手，像在演讲，一边打着酒嗝。"那屁股，多好看！嘿嘿。"

我打一下他的手，"别嘿嘿了，吓跑了都。"

文哥说："跑了好。跑了我去追。"

一个姑娘尖叫起来："我的平菇！给我！给我！"

其他人都说："谁拿你平菇了！"

老板娘说："这就煮，一会儿就好。"

尖叫的姑娘说："哪是一会儿，好几分钟呢！"

子午喊起来："我这有，你要不要？"

尖叫的姑娘转过脸，长得挺不错，细高挑，短头发。"谁啊？有病！"

"病没有，"子午笑嘻嘻地说，"平菇有！"

尖叫的姑娘气冲冲地走到我们简陋的酒桌前，溜了一眼，对子午翻了个巨大的白眼，说："去死！"然后一颠一蹦地回到方锅前，同伴的姑娘都捂着嘴笑。

我和文哥也笑起来。我说："子午，挨骂了吧。"文哥说："子午，送过去。"我一定是喝得没章法了，竟然也跟着怂恿子午："对，送过去。"子午真就端起装着平菇的碗站起来，歪歪扭扭地走到尖叫的姑娘面前，双手把碗送出："平菇，给你吃。"尖叫的姑娘又尖叫一声，一巴掌把子午的碗打掉在地上。"去死吧，你！"她说。我担心子午下不来台会动手打人家，赶紧跑过去要拦，子午却蹲下了，把竹签一根根捡起来，乐呵呵地说："你不吃，我吃。"

那群姑娘又笑起来，暧昧地起尖叫的姑娘的哄。那姑娘说，有什么好笑的！一甩手，走了。文哥凑过来跟我说，他奶奶的，大姑娘就是好，屁股怎么扭都好看。

10

第二天很迟才起床。起来后子午吧嗒吧嗒嘴问我，他昨晚是不是喝大了？我说都大了。他又回味半天，说，好吃。要不今晚还去？他健身，我们吃早饭，各奔东西，已经是中午了。傍晚他给我短信，七点承泽园门口见。我到那儿时，子午已经摆好了桌子。

啤酒、烤串、麻辣烫，外加两块大饼。很舒服。我们慢悠悠地吃喝。生活挺好。尤其看见所有人都沉浸在烟火中，那种贴心都让我有点感动了。和别人一样，此刻我和子午也生活在繁华的生活里。在其他时间里，我们刻意地接近或躲着大家，那是有预谋的，和你一样，我们也想从这个世界里得到一点东西。我们一直在某个小小的角落潜伏着，即使淹没在人群里，内心里也知道自己十分醒目，就像一枚枚企图楔入正常生活的生锈的钉子。很多人迟早会找你算账，通常是警察，偶尔也会是普通人，当然那是你出了问题。比如子午，有天下午五点半钟时，就在大街上被两个人追着跑。

在傍晚。北京的傍晚不是个好时候，堵车，拥挤，下班的表情疲惫，人和车一整天的耐心和平静此时已经全部用光。在我们已经吃过三次麻辣烫之后，准备要去吃第四次。约好六点在承泽园门口见面。我从林业大学坐上公交车，五点四十，快到北大西门时，子午打我电话。他在电话里气喘吁吁地说："哥，哥，在哪？有人追，追我！一个人搞不定，他，他们，不撒手！"

"到北大西门了。你在哪？"

"在跑。我往硅谷，那边，跑，你，来接，接我！"

我关上手机就让司机停车，我要下去。离站牌还有一段距离，司机说不能停，这是规定。我哪顾得了那么多，对着车门踹了一脚，大喊："开门！"声音大得把我自己都吓着了。一车的人都往我这边看，旁边的售票员直往后撤。司机猛踩刹车，他也被吓着了。那段时间电视报纸都在说，恐怖分子到处干坏事，世界很不太平。"开门！"我又喊一声。售票员对司机说："开，开了吧。让他下去。"堵在后面的车一个劲儿地摁喇叭。司机只好开了车门。我跳下车的时候听见女售票员啐了一口，说："什么人哪，丫就一傻逼！"

北京人骂这话听起来特别刻薄，但我没时间理会她，撒开腿就往硅谷方向跑。北大西门到海淀桥这一段，一年到头堵车，这会儿正是高峰的峰顶，挨排排的车在鸣笛，干跺脚走不动。我在车缝里钻来钻去，跑到海淀体育馆附近，看见子午从车缝里钻出来，他跑的是反道。我一边喊他的名字，一边跑着招手。他看见了，速度明显加快，后面的两个男人追得的确挺紧，手里拎着家伙，既像榔头又像勺子。子午到我面前时，我对他喊，拐过去，打车走，我来应付。子午犹豫一下，继续向前跑，刚拐到芙蓉北路上，那两个男人就到我面前了。我一把抱住最前头的那个。

"哥们，哥们，"我用力抱紧以免被他挣开，"有话慢慢说。跑急了伤身体。"

我怀里的哥们对另一个说："快追！追！"

那哥们追了几步停下来，子午已经钻进出租车了。他挥着手里的家伙怒气冲冲地对我来了，果然是长柄勺子。接着我就闻到怀里的那哥们一身的油腥味。他嗷嗷地叫，让我放手。我放了他，掏出烟要递过去，拿长柄勺子的那家伙一把打掉了。我捡起来，又给刚刚抱在怀里的哥们递过去，他手里拿一把铲子。"哥们，有话慢慢说。我弟弟他年轻，不懂事，您多包涵。有事找我。"

"好，这可是你说的。还钱来！"勺子说。

"什么钱？"

"那小子办证不好好办，"铲子用铲子指着子午打车的方向，"冒充警察诈我兄弟！"

一听就知道是真的。文哥前两天的教训转眼被现学现卖，也太快了点。为了不惹有关人员注意，我把他俩拉到前面的大自然花卉市场里说话。卖花的小姐以为我要买花，我说先随便看看。哥们说吧，到底怎么回事？勺子说，也不瞒你，我想办个红案证书，有证人家饭店才要，就找那小子。他接了，昨天交证的时候突然拿出一个警察证，说他是便衣，专门抓我这种用假证扰乱社会的。他抓住我这只手，就这只，要送公安局，我哪知道轻重，蒙了，死活不跟他走，我头一回干这事，我冤不冤我！他说不想去也行，交五百块钱罚款。我把裤裆里的钱都搜出来，也就剩三百块钱。他说三百就三百吧，收下了。证也没给我。放了我之后，我就觉得哪里有点不对劲儿，警察罚完钱你得给我个单子吧，我不能不明不白啊。回去跟我朋友一说，也觉得有问题，今天就到那附近等。小子胆还挺大，打完一枪还不换地方，我就知道不是个好鸟，冒牌的。果然，咱俩一露面，他拍屁股就跑。哥们你来说，我前前后后花了六百块钱，连个证都没摸着，我他妈的是不是冤大发了？你说，我冤还是不冤？我们他妈的挣钱也不容易啊，一铲子一勺子弄出来的。拿铲子的哥们又对我挥了挥铲子。

"六百？"我晃晃右手的大拇指和小指。

"六百！"勺子理直气壮地把他右手的大拇指和小指推到我面前。

我掏出钱包，三个夹层都找了，只有五百五十块。"不好意思，"我说，"要不给我个电话，明天我把那五十给哥们送过去？"

勺子看看铲子。铲子说："算了，少五十就少五十，就当交了个朋友。"

勺子说："那好，就五百五。"接过钱他和我亲切握手，分手的时候还语重心长地说，"哥们，让你弟弟别瞎搞，干一行讲一行。别为了那点钱坏了名声。不就点钱么，算啥，花纸一张。是不？"

我一个劲儿地点头。是是。

这屁股算是擦干净了。完了我给子午打电话，搞定了，我在承泽园门口等他，一定得过来，要不我可得脱裤子当了。子午到了承泽园时我已经开始喝酒了。他坐下来，听说我给了他们五百五，立马跳起来。"操，那孙子，我一共就拿他五百！"子午说，"狗日的，我找他算账去，反过来敲我们了！"

我把一瓶啤酒对地上猛地一蹾，底掉了，啤酒流了一地。"你给我坐下！你能敲别人，别人为什么不能敲你？"

子午嘟囔着坐下，用牙咬开一瓶啤酒一口气喝了半瓶。"我不是想多赚点么。"

"有你那样赚钱的吗？拿来！"我伸出手。

"什么？"

"拿来！"

子午磨磨叽叽从口袋里掏出假警察证。这小子，做得还像模像样，真的似的。子午要穿上警服，真没人会怀疑他不是人民警察。我掏出一根烟，点火的时候先点上了假证。子午要抢已经完了。塑胶封皮烧起来快，火苗很快就爬上来。

"哥，你干什么？"

"我跟你说过，咱老老实实挣钱，别玩那些歪门邪道。"

"歪门邪道？"子午从鼻子里冷笑出声来，"都是犯法的事，偷和抢有区别么？"

那一瞬间我真给子午问倒了。没错，我们干这个也不是人间正道。法律说了，不许这么干。可是。其实我没有那么多可是。

"你说得对，性质是一样的，"我说，"但是，程度不同。偷和抢判的年数不一样，你一定知道。收别人送过来的钱，在我理解，跟拿着刀去逼人交钱，也是不一样的。办假证是一个罪，办了假证还冒充公安，是更大的罪，你知道吗？"我喝了一口酒，吃了一串牛肉丸麻辣烫，"再说，你又不爱听了。还是那句老话，职业道德。假如说你去绑架，钱拿到了你得放人，你不能钱拿了还撕票。这不对。"我拉拉杂杂地说，也不知道说清楚了没有。

应该是说清楚了，因为子午说："哥，你是这一行里的圣人，哪天办假证合法了，我一定推选你去做劳模，全国劳模。"

"那事我没兴趣，要被全国人民看着。我怕被人看。"我谦虚一下，气氛好了就算和解了。

喝完一瓶酒，子午去挑麻辣烫，又让师傅烤串。坐下来他忽然伸长脖子问我："要是我想在短时间内多挣点钱，怎么办？"

"有点困难。你想干吗？"

"谈恋爱。"

"有目标了？带给哥看看？"

"我也就见过一次。"

"靠谱吗？"

"靠。我让它靠它就得靠。你也见过的，就那天晚上要吃平菇的那个。"

我觉得这太不靠谱了。就见过一次，还让人骂了一顿，其他一无所知，这也能谈恋爱？恋爱我是谈得比较少，没什么经验，但我总知道得有个八九不离十吧。你知道人家多大？有男朋友没有？说不定都结婚生孩子了。就算单身，人家凭什么非要跟你谈？到底年轻。一点办法没有。但子午明明是一张成熟男人的脸。他的表情正大庄严。"哥，你为什么非要八九不离十才觉得可以去做呢？"子午很严肃地跟我说，"她有没有男朋友、结没结婚、生没生过孩子有什么关系？我那个都发过誓了不照样跟别人跑？什么事都有可能，只要你想。"

　　子午说这话的时候脸上风轻云淡。正因为这个无所谓的表情，反而让我觉得他有点不好琢磨了。于是我说："人家若是有家庭，你可别乱来。"

　　"行了哥，又职业道德是不是？别抱着你那套老八股不撒手。爱情里头没职业道德，要有，那也是你想，还是不想。"

　　这小子，还一套一套的。但我还是认为这事严重不靠谱。我不跟你争，看你这把火能烧几分钟。你连人家在哪儿住哪儿都不知道。

　　"我等。"子午顿顿他的碗，我才发现他挑了满满一碗平菇串。"我就不信她不来。"

　　"你不是要找北京的姑娘吗？"

　　"那舌头卷的，那刻薄劲，绝对是北京人。"

11

　　那天晚上没等到。子午一次次去挑平菇，为了让那姑娘找不到平菇跟他搭茬。他几乎把那晚上所有平菇串都包了。喝到十一点，那姑娘也没来，她的同事也没出现。我跟子午说，还真当回事了，回去吧，还得举哑铃呢。

我想子午头脑热一热这事就过去了，没想到他动真格的了，每天晚上都过去，下雨天也不例外，因为下雨天麻辣烫摊子照样开。摊子摆在一个大棚底下，白天那地方修车、修鞋、配钥匙，晚上他们走了，麻辣烫来了。我陪子午连续又去了四次，开始是想看他到底能否成事，后来只是为了一顿痛快的晚饭。表弟认真要谈一场恋爱，我这做哥哥的当然要支持。

那四次里我没见着尖叫的姑娘，倒是等到了几个她的同事，还穿那身好看的制服裙。眼看那几个姑娘也走了，尖叫的还没来，子午怕失去机会，上去跟她们搭讪。都认识，那晚被骂了嘛。子午说你们女孩子为什么都喜欢吃平菇？她们说，就喜欢呗。

"那我请你们，"子午说，"不过你们得告诉我个事。"

"好。吃完了再说。"她们明显在集体捉弄子午。但子午装作没看出来，该怎么请就怎么请。一共花了他三十块钱。她们说不好意思放开了吃。吃完了，一个说："人家有男朋友了。"另一个说："都快结婚了。"又一个说："别想了。"还一个说："不过，多请我们吃几次，说不定还有机会啊。"然后几个人笑成一团。

"她人呢？叫什么名字？总可以说吧。"

"才几串就想知道名字，太急点了吧？请假回外婆家了，什么时候回来我们可不知道啊。"

子午得到的另一个信息是，她们都是附近一个疗养院宾馆里的服务员。那家疗养院我知道，我们经过它门口好多次。子午谢过她们，邀请明晚继续过来吃。她们果然就来了，大老远就捂着嘴乐。不吃白不吃。子午花了四十。她们说，看在麻辣烫的面子上告诉他，明天就该上班了。叫什么不能说。子午第二天真就去疗养院找她了，在大厅的服务员标兵的光荣榜里看到她的照片和名字：闻敬。子午向值班经理打听，经理说请假呢。那帮丫头把他涮了。子午忍着不生气，晚上照样请她们吃。吃完了他说，做人要厚道啊。她们就笑起来，说快了快了，明天准上班。

白天子午挑吃饭的点儿去疗养院门口等，直接进去找怕影响人家工作，还可能弄巧成拙。她总归要下班吃饭的。午饭没等到，他去北大附近站了一会儿街，接了一单小生意，晚饭的点儿又跑回来。等到了。闻敬和几个同事端着饭盒一出宾馆大厅，他就叫她名字，后面的同事赶紧嬉笑离开。闻敬径直走过来，第一句就是："你有病啊！"

子午摸了摸脑袋，说："我找了你很多天。"

"去死！"闻敬转身就走，走两步又停下来，"以后也别骚扰我同事！"

子午晚上又去了麻辣烫。约我一块，我没去，这段时间总喝酒吃麻辣，胃有反应，上厕所干大事都不利索。据他说，闻敬和一帮同事去吃麻辣烫了，只是一看见他扭头就走，小皮鞋咯噔咯噔地响，一个人回疗养院了。子午挺住了，继续给那一帮丫头买了单。她们吃完了觉得有点对不住子午，就说，闻敬好像没有男朋友，不过她好像对你不感冒，其实你挺帅的。子午回来跟我说，当时他感动坏了。一个胖丫头见他不说话，不负责任地鼓励他一句，要不你再试试？女人嘛，哪有攻不下的。她们就笑她，干脆攻下她算了。子午谢过她，坐下来继续喝啤酒，决定再攻一下。

那段时间子午白天晚上都在承泽园附近转悠，他发现闻敬家就住在海淀体育馆旁边的芙蓉里小区。小区楼下是一个开放的小公园，公园里有一处石头设置的景点，很多块巨大的条形石，横着排竖着摆，猛一看既像圆明园的大水法废墟遗址，又像我在报纸上看到的那个神秘的英格兰巨石阵。巨石阵旁边有个巨大的喷泉，只在重大节日才会出水。冬天我经常和几个朋友到那里晒太阳，眯缝着眼抽烟，北方的太阳晒得人浑身无力，神仙似的。现在轮到子午去了。如果我们碰头，白天一般是在巨石阵，傍晚通常就是麻辣烫摊子。有一天子午跟在下班的闻敬后面，一直看她上了楼。然后六楼的一扇窗户打开了，露出一张脸，随即窗户又关上了。子午没看清那张脸，但他断定那就是闻敬。她家住那栋楼的最顶层。

　　然后子午想到了最俗也最管用的一招，送花。

　　我没给哪个女人送过花，送不出手。满大街都是人，你拿着一束花像猴一样被大家盯着看，感觉一定很不好，一想我就浑身炸痱子，出汗的方式都变了。子午拿得出手，这点我很佩服。他说不就花么？假证跟炸药似的，我都整天拿在手上。公园旁边就是花卉市场，那时候北大的畅春新园研究生公寓还没有开始建，花卉市场生意很好，硅谷周围飘满花香。子午挑红玫瑰和香水百合送，每周总要送两次。他不直接迎着闻敬的面送上去，而是在她回家之前或者回家之后送到她家门口。进楼要刷卡，他只好等别人进去和出来时混上去，放下花就走。有时候实在没人进出，他只好硬着头皮拨她们家的对讲机，捏着嗓子说："您好，闻敬小姐家吗？我是花店，有位先生给您预订了一束鲜花，请您下楼取一下。"等闻敬下了楼，子午已经跑掉了。

　　子午的等待和送花工程持续了两个月，深秋都到了。北京的天开始高，云开始淡，空气开始发干，落叶满地，北大西门里的两棵连抱的银杏树金黄耀眼，如同燃烧一树的黄金火焰，树底下则像铺了一圈黄金。那一天子午远远地跟在闻敬后头，闻敬突然转身，说：

"你玩够了没有？"

子午说："你忙你的。"

"我连你叫什么都不知道，你老跟着我干吗呀？"

"我叫陈子午。"

"讨厌！没见过脸皮这么厚的。"

"有人比我还厚。"

然后闻敬就笑了。一笑就露馅。子午眼泪哗地就一眼眶，他知道有戏了。

闻敬经常幸福地向我转述这段对话，她说你表弟的脸皮怎么就这么厚呢。我说不知道，打小他的脸皮挺薄的，见女同学脸都红，谁知道见了你突然就厚起来，那一定是一物降一物。死敌，克星。闻敬就更幸福了，眼角眉梢都是子午所有者的灿烂的笑。子午的脸皮突然如此之厚也让我想不通，别说人，就是一条狗摇了几个月的尾巴还没人理，那自尊心也受不了啊。所以我问子午："实话实说，秘诀在哪？"

子午冷静地说："我女朋友就是这样被那个混蛋抢过去的。"

"比你还厚？"

"厚多了。不光送花，还请人帮他写情书，一天两封。那肉麻话说的，一般人神经都扛不住，要是你，看完非疯了不可。"

噢，我就明白了，实践出真知。接下来我高度警惕："你不会就为了把人家闻敬弄到手才这样干的吧？"

"不瞒你，哥，开始我就是想，就不信搞不到北京女孩。他妈的，凭什么。追得久了，才真正喜欢上她。要不我哪撑得了这么久。"

子午的确是硬撑到现在。一直围着闻敬转，生意撂得差不多了，挣一个花一个，又没积下老本。眼下他连一千块钱都拿不出来，为此他比没追到手的时候更焦虑。追要花钱，追到了更得花钱。我说没问题，应急的时候找我。子午说不行，这几年你也一分没攒，以后找女朋友、结婚、生孩子，都得靠现在。我说咱别想太远，我都三十了还没动静，这辈子说不定就光棍过去了，攒钱有屁用。子午还是不愿意。会挣到钱的，他说，当务之急是，怎么样让她死心塌地。子午说这话时像个老谋深算的家伙，一道冷光从眼里进去，经过脸从下巴出来。吓我一跳。

12

他们发展得不错，具体到哪个部位了我不好问。我是大伯子，不着调的话不能说。我就知道他们"快了，快了"。子午挂在嘴上的，像安慰我也像给自己打气。有天晚上，月亮又大又好，月光落到地上跟铺了一层水似的，看了让人想家。子午出去找闻敬了，我一个人在屋里抓老鼠。平房就这点不好，夏天受苍蝇、蚊子和蟑螂害，天冷了受老鼠害。我屋里的老鼠半夜里喜欢拖着一张纸到处走，拖拖拉拉的声音像有人穿拖鞋在走路。你想想吧，睡得迷迷糊糊有人穿着拖鞋在你床边走来走去，那个恐怖。得坚决镇压掉它们。我把原来吃饭的小桌子搬开，正撅着屁股准备往老鼠洞里灌水，子午带着闻敬来了。这是闻敬第一次来我们住处。屋里乱糟糟的一片，现收拾都来不及，真是丢人丢到家了。

我让子午招呼她坐。"不好意思，你头一次来就赶上阶级斗争，"我努力让自己也让闻敬放松点，"灌完水就好。"

闻敬说："没事，哥，你忙。"

子午说："没时间忙了。"他把半桶水都灌进去，顺手把桶倒扣在洞口，"哥，收拾一下我们去圆明园。"

"半夜三更去圆明园？"我说，"你把桶扣那干吗？"

"闻敬说夜游园才好玩，月亮堂堂的，人少园子大。"

好嘛，一恋爱就浪漫了。闻敬说有条小道可以进园子，得翻一道墙。正说着停下来，屋里响起吱吱嘎嘎声。我到处找声音的来源，子午往小桶上一指，原来是老鼠淹得受不了，爬出洞要往外跑，拼命地抓桶壁。闻敬说，看你弟弟，坏死了。子午说，这才到哪儿，我还有更坏的你不知道。好了好了，该走了。出门时正赶上文哥倒洗脚水，问我："还出去？"

"逛圆明园去。"

"我操，那地方，找鬼呀。"

都说圆明园里过去死了好多人，皇帝住的地方，妃子、丫头、太监可没少给他们弄死。闻敬带我们从一条巷子里进去，然后再拐，再拐，反正我是晕了，就到了一个死胡同里。胡同底有个公共厕所，老远就闻到臭味。闻敬说一年前她跟一帮老同学来过，翻过厕所旁边的墙就是。墙不高也不矮，墙根有根枯藤，正好踩着上去。我先爬上去接应，因为闻敬一个姑娘家爬不上去，上面得有人拽着她手，下面还得有人托着她屁股往上送。我当然不能托她屁股。我爬上墙，另一边立刻开阔了，道路、树丛、小桥、湖水，在幽幽的月光底下诡异地展开了。哥。子午在下面小声叫我。我骑到墙头上，发现离我手很近的地方堆了一坨坨东西，竟然是大便。一定是从这厕所里直接甩上来的。看来大家都知道这是不花钱进园子的捷径，圆明园的管理人员设防了。我抓住闻敬的手，不由自主地哆嗦了一下。清凉，柔腻，娇小。但我头脑里突然出现的却是夜总会里那个小姐葱白一样的大腿。闻敬一脚踩空，尖叫一声。我骂了自己一句，让她踩好，子午用点力。

夜晚的圆明园大得让人难受，死一样的安静。影视和图片里的以及想象中的景物在月亮地里无谓地睡着了。深夜十一点半，没有管理人员在巡逻，但我们不自主地怕，声音往低处压，再压。风从水面上吹过来，凉飕飕阴森森湿漉漉，像有很多潮湿透明的小手拂过我的脸。闻敬有点怕，抱紧子午的腰，子午把她搂在怀里。闻敬开始还小声地向我们介绍她从小听来的圆明园故事，越说速度越慢，逐渐前言不搭后语。走神了。他们的脚步也在走神，绕过水，走过桥，我听到哪个地方有声怪异的鸟叫，转过身去找，再回头他们已经不见了。

我一个人在巨大的园子里晃荡，后悔跟他们一起来了。这么好的月亮对我其实没有意义。这样的夜晚，我应该睡觉、看电视，或者随便找个地方喝点酒。四周空无一人。一个人面对浩浩荡荡的月光无论如何是件让人悲伤的事。过去的那些年，我在这样的好月亮底下都干什么了。想不起来，就像第一次迎头撞上一大片月光似的。本来一直想去的地方陡然就没有兴致了。我随便走，有一搭没一搭地抽着烟。当年的圆明园极尽繁华，所以皇帝们才乐意来这里住，要是也像现在这么孤寂冷清，打死他们也不会来。

正走着，突然从灌木丛里钻出来一个黑影，吓得我心脏都蹦到嗓子眼里了。我后退了好几步。是个人，一看就是傻子，流浪汉，现在就穿着一件军用棉大衣，头发乱蓬蓬的，像顶了一个喜鹊窝。"烟。烟。"他伸手向我要，嘴半张着歪在一边，兜不住口水。月光照不到他嘴里，一个不规则的黑洞。我往灌木丛里看，中间有两床烂被子。一定还有其他的墙头可以爬，要不这傻流浪汉是没法进来的。他倒会挑地方。我递给他一根烟，帮他点上，然后又给了他几根。他呵呵地笑，吐烟的时候伸长下巴，舍不得它们这么快地离开他的嘴。

继续往前走，我小心地防备，担心哪个黑暗的角落里冷不丁再蹿出个人来。这么大的地方，不藏几个人是不可能的。你没看见，是因为他们没有及时地跳出来。

慢慢就走到大水法那里了。很多石头高高低低散乱地矗立在夜里，阴影处看起来充满可怕的玄机，让我想起小时候见过的乡村里的乱坟岗子。我试探着往那边靠近，上一次看它是几年前，刚来北京的时候。第一个月挣的钱全花在传说中的景点上了。我靠近，再靠近，听见了奇怪的声音。两个人的粗重的喘气声。天大地大，人还真不少啊。我放轻脚步，慢慢往声音发出的方向走。走到一半，突然想到可能是子午和闻敬，我停下来。我想转身走回去，可是有个东西拽着我的脚。向前走，再向前走。那个东西说。我顺从地向前走，绕过一块雕琢精美的大石头，看见两个人在动。上面的那个裤子堆在脚踝上，光屁股上下耸动。底下的那个人死死地抱住上面那人的腰，一条白腿泛着幽蓝的光，从躺着的大石头上垂下来。她的嗓子里有混乱的声音发不出来。子午和闻敬。我转身离开，越走越快，直到任何声音都听不到。我对着路边的一棵树送出拳头，疼痛一直贯穿到头皮上。

我很恶心是不是？我既觉得自己恶心，也难受得要死。难受得把眼泪都憋出来了。不是身体的欲望让我难受，而是心里空荡荡的感觉让我难受。那是两只手伸出去，什么都抓不到的空落。那些跟我一拨来北京的，一部分人早就回去了，一部分人做大了，发了，或者改行了。我还两手空空地在北京的街头乱走，站街。所有的繁华近在眼前，但是距我却极其遥远。我不知道这些繁华具体都是什么，也许不是女人，也不是金钱，那它到底是什么？我在水边蹲下来，开始洗脸，把脸上的角角落落都洗到了。然后坐在一块石头上开始抽烟。

一根烟抽完了。我平静下来，就像什么都没发生过。就像这几年里的任何正常的一天一样。子午和闻敬从身后过来了，子午说，哥，你怎么坐这儿？冷死了！闻敬掐了他一把，子午哈哈地笑起来。闻敬小声说，讨厌！

从原路返回，翻过那堵放了大便的墙，我感觉重新回到了北京。本来我想找一找傻流浪汉进入园子的通道，打算从那地方出去，但子午说那太耽误时间，闻敬急着回家，怕挨爸妈训。我们翻过墙，先打车把闻敬送回家，然后打车回西苑。路上子午说：

"哥，搞定！"

"你俩的事？"

"应该没问题。她还是第一次呢。"

13

他们关系一直很好，用如胶似漆来形容应该不过分。看得出来的。在谈恋爱方面子午显示了良好的耐心和温柔，他把闻敬照料得妥妥帖帖。时间对他们来说，快也快，慢也慢，因为日常和沉醉，世界变了他们也浑然不觉。事实上世界也没怎么变，还那样，晃晃悠悠天就凉了，冷了。

如果你不在风雪天出门，北京的冬天还是蛮舒服的。屋子里有暖气，外面阳光也好，这种好天气让你觉得一切都有可能。生意也会很好，因为拖了一年的事情都急着要了结，想办假证的会主动找上门来。手写和印章的广告不怎么用了，改用口取纸，广告写在上面，有背胶，随便往哪里一拍就行。这种小广告快捷、方便，跟北京一起现代化了。但子午口袋里还装着签字笔，他还有到处乱写的习惯。我偶尔会在广告牌上或者光滑的墙面上看到他的字。他写北京是个好地方，写他喜欢一个女孩，还写一些莫名其妙的话，比如，突然拿到两百万你第一件事干什么？比如，修路为了通畅，但所有的路现在都很堵。比如，报纸上说，一头猪变成了象，我们都知道是假的。还有，假如你去圆明园，建议你躺在那些大石头上。等等。

我们几乎每天都能找到点生意，大小而已。我和子午依然在海淀一带活动。他喜欢围着疗养院和芙蓉里转。闻敬上班的时候我们去站街，烦了或者没生意就去巨石阵晒太阳。北京冬天里的太阳很好，阳光毫无阻碍，劈头盖脸地就落满一身，穿过棉衣照进骨头里，一照后背就开始嗞嗞地往外冒油汗。大自然花卉市场开始要拆，花一朵朵地从温室里被搬走，北大打算在那里建研究生公寓。我们晒太阳的时候经常免费给北大规划公寓，觉得应该建成什么样的楼房最好看，想来想去也没能想出"蛋壳""鸟巢"那样匪夷所思的形状来。我们也经常去吃麻辣烫，但不太喝啤酒了，凉。要喝就喝白酒，二锅头，一口下去就是一溜火线，从舌头一直烧到胃里。

子午偶尔夜不归宿。挺好。年轻人满身的力气，需要夜不归宿。文哥此时就会跑到我房间里，大惊小怪地说我操，子午老婆长得不错，有点意思。这话他说了不下三十次。本来我打算把老铁的那间屋租下来给子午住，闻敬来了也方便，但想想又算了。这院子里都是大老爷们，见到女人眼里恨不能伸出手来。老铁跑了以后，再也没露过面，除了两床烂被子，值钱的家当早带跑了。就没打算回来。房东又安排进一个房客，公司的小职员，戴眼镜，挺清高的好像，整天仰脸望天不搭理我们，不知道脑子里在想些什么。不理拉倒，缺谁不一样活。

我一直担心的是，闻敬家里不同意他俩的事。虽然该干的事都干了，但这年头，有几个能把裤腰带守到洞房那晚的，所以这也不算个事。等我知道闻敬父母不同意，冬天已经过完了。草长莺飞，杨花飞舞，沙尘暴都到了。

反对的理由都不要想。子午是外地人，还是个办假证的。老两口接受不了。我也觉得有点悬，可能源于我一贯的自卑，你想，职业和出身，没办法。但子午和闻敬有信心，都决定要在一起过一辈子。子午说，只要你扛住红旗不动摇，我来解决你爸你妈。闻敬说，只要你敢往上冲，我就能挺住。子午说，好。闻敬也说，好。为了向闻敬父母表示决心，两人决定出来租房子。就在承泽园里，一居室。子午他们到西苑来收拾东西，正值一天中沙尘暴最疯狂的时候，漫天黄尘，风也大，马路上一个接一个的旋风涡，垃圾袋像鸟一样在半空里飞。我刚从院子里逮了一只野猫进屋，想让它抓两只老鼠。子午和闻敬灰头土脸地进来了。

"哥，我想搬出去住。"子午说。

"啥意思？"我看闻敬也跟在后面，想是不是有什么地方让人家不高兴了。

"你别多心，哥。"闻敬说。这丫头我很喜欢，爽快，不跟你玩弯弯绕。"就是想给爸妈一点压力。我们也想经常在一起。"

我当然支持。子午的家当很少，两个人两只箱子就拎走了。但搬完之后我的屋里倒是空了一大块，心里跟着空了更大的一块。

其实我不希望子午走，你不知道，在这么大的城市里举目无亲，有一个伴是多么重要。本来我想过去帮着一起收拾房子，想想又算了，看到他们更大的房子我可能会更难受。一居室，对我来说已经很大了。更大的空空荡荡。这种烂天气，一个大老爷们也免不了要多愁善感。我把他们送到马路边，我说，常过来玩啊。子午也有点不舍，闻敬替他说，哥，回吧，有空也到我们家里看看。她说"家里"，沙尘暴的春天也一下子温暖起来。多好的姑娘。

后来我倒是常去。子午让我去喝酒吃饭，有时候我在硅谷附近做生意，到了吃饭的点儿，也会买点鸭脖子、鸭翅或者叫一份水煮鱼外卖带过去。闻敬的手艺不错，尤其是红烧鲫鱼和麻辣鸡胗，每顿饭都吃得我百感交集。所以我想，以后真要能找着老婆，得挑个厨艺好的。进一步又想到别人总结出的那个道理：一手好菜就能守住老公。你让他想着，从一张嘴开始，一直想到肚子里。他永远跑不掉。

他们租的房子离麻辣烫摊子不远，从巷口往里走，两百米，三楼。一个月一千五，这是个不小的数目。看起来他俩还应付得了。除了房东提供的几样大件，没添什么新东西，沙发倒是新的，那是因为子午喜欢躺着看电视和报纸。闻敬两头跑，有时回自己家里住，在哪儿住那得看那几天和爸妈的关系如何。通常很僵，所以大部分都住在承泽园。她爸妈跑到他们的房子里闹过几次，威胁闻敬时说：你再跟他混在一起我们断绝关系！威胁子午时说：你再缠着我们女儿，我们去公安局告发你！当然一直没有忍心断，也没忍心告。究竟还是自己生养成人的，骂完了还是自己的孩子。子午也懂事，他的态度相当好，脸上赔笑，低头随你怎么骂就是不吭声。

子午甚至给闻敬爸妈写了一封信，拿出他平生所学，打了草稿再认真誊抄，大意是：他会一辈子对闻敬好，决不负她；会好好挣钱，尽快换个正当体面的工作，让闻敬尽快过上好日子；他会孝敬好二老，当亲爹亲妈一样奉养。他写得很真诚，自我感觉不卑不亢。

写这封信之前子午问过我，写信合不合适。我说当然合适，他们不愿意跟你坦诚交流，总得有个表达自己的方式啊。我觉得合适的原因还有一个，那就是子午一手不错的字。这很难得。我一直认为所有字写得好的人学问都不会低。希望闻敬爸妈也相信这个貌似有理的逻辑。子午写了，特地强调了钱，他会拼命挣钱，两三年内把房子问题解决。子午私下里跟我说，说到底不就是钱的问题么？要是手里攥着一千万，他们想什么我给什么，我就是他妈的黑社会，她爸妈一个屁也不会放，没准一天咧三次嘴迎我进家门呢。有了钱，没人管你是干什么的。

这封信写完之后，子午和她爸妈之间突然就平静了。他们不再闹到门上来，有事找闻敬就打电话，如果闻敬不在家，啪地就挂电话，跟子午没一句废话，当他不存在。不知道闻敬爸妈是不是在乎钱。反正子午跟我说，哥，看出来了吧，没有人不爱钱的。别以为北京这地方又怎么样，哪儿都一样，最后都要钱来总结发言。我说别瞎猜，人家也不会傻到连你的空头支票都相信。大概闹不动了。女儿都睡过去了，还能怎么样，总不能一天到晚磨嘴皮子。

"还是因为他们看出来我有钱途。"

"钱呢？"我说，"我看看？"

"你放心，哥，我不会让你们失望的。"子午都咬牙切齿了。

自从子午咬牙切齿地要挣钱，我们见面的机会就少了。见也多是在街头的某个拐角处碰见。他忙，一打电话就说他要去站街、去制作证件、去交货，想一块儿喝两杯都没机会。打到他住处，一般都是闻敬接。有几次天都晚了，子午还没回来，闻敬说，去丰台了，去宣武了，去房山了。操，这小子连房山都去。在我见过的办假证的人里，子午差不多是最拼命的一个了。我跟闻敬说："让他悠着点，银行也不是一天挣出来的。"

"我说很多次了，"闻敬说，"我说爸妈现在已经不太反对了，他们从来也没提过钱的事。可他不信，说我在骗他。哥，有空你说说他，咱不能为了钱不要命啊。"

我给子午打电话，他根本就不理你的茬。"你不懂，哥，"他说，"他们想要什么你不明白。"

我觉得子午内心里还有顽固的自卑，因为自卑导致自负，他以为他是对的，以为钱可以把所有问题都解决。但我跟他说不拢，他不听你的这出戏。他觉得他比我懂得北京，比我知道怎么样才能在北京这种地方扎下根来。一点办法也没有。慢慢地，我跟子午越来越远，最多有过一个月没联系。他忙着赚钱，我也忙着赚钱，还要忙着安慰文哥，陪他喝酒聊天，帮他解解闷。文哥离婚了，老婆提出来的。听到这消息我都呆了，他老婆四十五岁，这把年纪突然提出来要离婚，而且刻不容缓。她威胁文哥说，不离就让他戴帽子，绿的。这是大问题。文哥火速回家，像子弹一样快，东西都没来得及收拾。他说这女人能整，最好她说什么你信什么。十天以后文哥回来了，离完了，也像子弹一样快。这次他说的是：这女人能整，最好她说什么你做什么。回来了以后文哥的难过才涌上心头，在家里他憋着，觉得自己还挺悲壮，一见到我立马老泪纵横。文哥说：

"兄弟，老哥我瞎了！"

我说怪谁，让你在北京待这么久。老婆三天两头让你回去你不回，这下好了，不用回了。还"瞎了"，这是你们湖北话么？你活活让北京给坑了。

"我也没闲着啊。我给她们娘俩挣钱，像小偷又像强盗，今天躲明天避，我容易么我。"

"现在容易了，光棍一身轻。"

挖苦完了，我开始安慰文哥。五十岁的男人掉眼泪，那一定是伤到心里去了。我说节哀顺变吧，有走的就有来的，钱难挣不是还挣了一堆么。毛主席说得好，世上无难事，只怕有心人。放下包袱，开动机器，备战备荒为人民。继续干吧。文哥悲伤地说，兄弟，别的还能怎么办？走，喝酒去。我差不多安慰了一个月，文哥的情绪才稳定。人老了，安慰起来难度也大了。平常看起来硬邦邦的，其实里面最软，一碰就烂。

有一天闻敬突然给我打电话，让我过去吃饭。我一进门就傻了，新添了几个大家伙，超薄液晶电视、豪华音响、电脑，还有一台跑步机，都闪动着鲜亮的高科技的光芒。我说你们改行卖电器了？闻敬说，子午刚买的，让哥过来看看，一块儿吃个饭。好长时间没聚了。子午正在倒腾电脑，从网上下载歌曲，然后打开，刘欢的《好汉歌》。大河向东流。风风火火闯九州啊。我问子午哪来的钱？挣的啊。在哪挣的？还能在哪。干什么挣的？还能干什么。

"怪了，我干这么多年了怎么就没发现它能一下子挣这么大的钱呢？"

"那是你。"

我就无话可说了。在办假证这方面，子午的确比我强。

14

那顿饭吃得爽歪歪。疗养院姑娘的手艺就是不一样。吃完了闻敬去上班，我跟子午剔着牙坐在沙发上聊天，一边看液晶电视里的智商在五十以下的娱乐节目。大，清晰，有钱人的感觉很好。可是，我越看越觉得不对头，子午怎么会这么快就有一大把钱呢。我挺起腰，准确地将牙签扔进废纸篓里。"子午，"我说，"跟哥说实话，哪来的钱？"

"不是说了么，假证。"

"什么样的假证？"

"你就别问了。"

"一定要问。说。"

"别人送的。"

谁会送给一个办假证的钱。子午说，一个公司的经理送的，三万。他运气好。

半个月前接了一单生意，交货是在对方单位不远的街道拐角。对方是小职员，正交货，小职员忽然把子午拉到一棵树后，说，别动，有人。躲在那里大气都不敢出。子午伸着脖子看见一个西装革履的男人挺着小肚子从本田车里出来，拎着公文包往斜对面的大楼走。子午觉得那人挺眼熟，尤其是他尖溜溜鸭蛋壳似的后脑勺，一般人很难长成那样。谁呀？子午问。鸭蛋后脑勺进了楼那小职员才说，我们头儿，部门经理，刚提的，厉害着呢，被他发现就死翘翘了。子午说，我好像认识他啊，什么学历？小职员说，硕士，比我这假的厉害多了，正宗的中国人民大学国际金融专业研究生。

"姓刘？"

"你真认识啊？"

"那就对了。"当时子午有种强烈的自豪感。这是职业的光荣。

"牛得很。训人的时候从来都是背对着你，屁股底下那老板椅能转十八圈。"

这事说完就算了。交完货他在周围溜达一会儿，突然就想去看看鸭蛋后脑勺到底是怎么牛的。他给刚才那个小职员打了个电话，让他下楼带他上去，他想看看刘经理，老熟人了。小职员带他进去，一路叮嘱让子午别把他办假证的事捅出去，捅出去他就完了。子午说没问题。小职员把他带到刘经理的办公室门口就回去了。子午敲门，里面说进来。推开门子午先看见的是鸭蛋后脑勺。刘经理。鸭蛋后脑勺慢慢转过来，两只眼猛地开始放光。你是？不认识了？我是陈子午啊。噢，你好你好。他们亲切握手。然后刘经理关上门，脸一下子撂下来，你来干什么？

"没事。顺路上来看看。"

有人敲门。鸭蛋后脑勺对着门外说："我有点事，等会儿再来！"门外的高跟皮鞋咯噔咯噔走远了。"你想怎么样？"

"不想怎么样，就是过来看看你。"

刘经理盯着子午，手指在宽阔的紫红色老板桌上敲来敲去，然后坐下来拉开抽屉。一捆钱像薄砖头一样放在桌面上。"这个你拿走，"他说，"以后别在我面前出现。"

子午眼都大了。天地良心，他当时的确没想到会出这事，都结巴了。"我不是，为这个。"

"嫌少？"鸭蛋后脑勺又从抽屉里摸出一捆，推到子午面前。

"不是我要的，他主动给我的，"子午跟我说，"哥，你别训我。你看，我也没办法。不拿不行啊。不拿他一定不相信我。那我就拿，不拿白不拿。正好又有人敲门，那家伙看我还站着不走，急急忙忙又从抽屉里拿出一捆，说，这是极限了，再玩下去我可要报警了。我就把钱装口袋里了。你别怪我，我跟他说过谢谢了。那家伙从抽屉里摸钱出来跟玩魔术似的，我怀疑我继续站下去，他会源源不断地摸出钱来。哥，你看你还是要怪我。跟我没关系呀，他心虚怪谁。"

"那你也不该拿。"

"又来了。现在不是我想拿，是他非要给。我不收他心里不踏实，没准回过头算计我。上午他又给我打电话了。"

"还要给？"

"那倒不是。让我给他写个条，收据，加保证书。彻底把这事了了。"

"赶快写了送过去。这种事以后别干了。"

"我才不给他送，想要自己过来取。这点钱也没买着啥东西，全自动洗衣机我还没买。天冷了，闻敬洗衣服我还心疼她的手。"

"好了，你打住。别跟闻敬说，谁也别说。你先给我保证，不再瞎搞，出了事闻敬怎么办？人家可是不管不顾一头钻到你这里的。"

"我知道。我不也为了她嘛。哥，我清楚，我还得挣钱，就是他父母答应了，没钱我在他们家也直不起腰来。"

子午还守着他的逻辑，相当顽固。我说不通这个表弟。回去以后，我一直隐隐地替子午担心。这小子心野，说不好。所以我隔三岔五给他电话，揪着耳朵盯他，也算有半个家的人了，凡事得想清楚。他让我放一千零一个心。他没让我失望，四个月后，他告诉我，他和闻敬决定领证，挣到房子的首付再举行结婚仪式。这四个月里，风平浪静。

风平浪静。这是个好词。那段时间想到子午和闻敬，我就觉得最好的生活其实就是这个"风平浪静"了。你还想要什么。你还能要到什么。

领证那天我去了，他们一辈子的大事。我买了一包鸭脖子坐在车上，边看景边吃。麻辣的味道真好。我表弟结婚了。北京这几年变化实在太大，短时间内看不出来，眼光往远里放，沧海桑田就出来了。我刚到北京那会儿，海淀这一片到处都是野地和平房，低矮破旧，自行车过去都能卷起尘土。才几年啊，海淀桥往南一幢幢楼房竖起来，一夜之间从土里长出来似的。到处都是钢筋水泥混凝土，到处都是在阳光底下闪闪发光的玻璃。北京越来越像一个巨大的玻璃城，走到哪里都能感觉到阳光照在身上。因为玻璃无处不在，阳光也就无处不在，北京的气温在一天天升高，像房价一天天在涨。子午要结婚了。他即将如愿以偿地把家安在北京，非常好。北京离他比我近，北京跟我没关系。那一包麻辣鸭脖子吃得我心里五味杂陈。我在想，也许我真该回老家了，找一件值得花一辈子的时间来做的事情干。三十而立，成家立业。我三十都过了，还是两手空空。

民政局在双安商场对面。结婚的人很多，有喜气洋洋的，这很正常，本来就是喜事嘛；有心事重重的，我就不太明白了，好像别人搞他们的拉郎配似的。我想跟那些心事重重的人说，这种事都露不出来一个笑，还是回去吧。我只见到闻敬一个人，脸颊红扑扑地坐在大厅里的椅子上。看得出来，她有点激动。只要真想结婚，这种事放谁身上都激动。她招呼我坐下，说子午半路上接了个电话，有点事先去处理一下，马上就过来。太混蛋了，还有什么事比这个还重要? 我说, 要给他打电话。

"他说很快就回来。"闻敬拦住我, "他说你总教训他, 干一行讲一行, 得敬业。领完证他就不再干了, 想找一个好工作。"

不干了好。早该这样了。我的目光躲躲闪闪, 是我把他带进来的。然后我看见闻敬包里的喜糖, 我就说: "能不能让我提前吃两颗?"

"看, 我都忘了, "闻敬说, 赶紧把喜糖拿出来给我。"他说我们得隆重点, 所有的喜糖都是上等的巧克力。"

巧克力就是好。我把两块一起放嘴里, 那个甜, 齁得我牙根发疼, 眼泪都出来了。我表弟今天结婚了。那个甜啊。那些看起来像新郎新娘的人, 走来走去。天也好, 基本上感觉不到风。在北京, 没风的日子几乎是难以想象的。空气里充满没有来由的香甜气息。

十点半了子午还没回来。眼看着一对对新人进去了又出来, 我和闻敬都急了。我给他打电话, 半天没人接。刚断掉, 手机响了, 是子午。"在哪儿?"我很生气, 钱不是在任何时候都重要的。

"哥, 哥, "子午断断续续地说, 声音里像灌进了风, 哗哗啦啦听不清楚, 那声音把我吓坏了, 他又说, "闻敬, 闻敬。"

我把手机赶快给闻敬。闻敬说: "子午, 你在哪儿? 你在哪儿? 子午你在哪儿?"子午一直没有回答。闻敬喂了半天, 只听到子午在手机里咕噜了一声。"哥, 子午是不是出什么事了?"闻敬把手机直往我手里塞, 整个人都抖起来了, 一瞬间就泪流满面。"哥, 子午是不是出事了? 哥, 子午他在哪儿?"她突然感觉很不好。

我哪里知道。再拨子午的手机, 一直没人接, 最后自动挂断。连拨三次。我问闻敬是否知道子午去哪了, 她说不太清楚, 就听他在电话里呜噜一个地名, 好像是六郎庄那边的什么地方。六郎庄在四环外，再往外走就是一片荒地。我怀疑当时我的头发都竖起来了。我猜是出事了，赶紧征求闻敬意见，问她要不要报警。闻敬已经没主张了，筛糠一样抖。报，报。

三个小时后，我们和警察在离六郎庄两公里的野地里找到子午。仰面朝天，两条腿呈现痛苦的弯曲状，左手抓着地上的荒草和泥，右手握着打开翻盖的手机。人已经僵硬了，两眼圆睁看着天空。脖子底下有道刀口，血染红了新买的白衬衣和咖啡色西装，头底下的泥土都是潮湿的，颜色紫红。新买的皮鞋上蹭了很多泥。闻敬看到子午，尖叫一声人就瘫软下去，包掉在地上，巧克力撒出来。花花绿绿的一地。接着闻敬开始哭，可她的哭声出不来，噎得脖子一挺一挺的，我拍她后背她也哭不出来。警察让我把她架到一边，找个地方坐着顺顺气。不远处有条小路，路边有两块大石头，我把闻敬架过去。她一点反应都没有，像个植物人。刚要坐下，我看见石头上有一行字，子午的笔迹，不会错的：

老婆，今日坚决收手，从此我们天上人间。

"子午的字！快看，子午写的字！"我指着石头。闻敬缓慢地扭过头，身子剧烈地抖几下，突然哭出来。尖叫一样的声音出来了，像竹子一样一节一节地往外长。

案子破起来没遇到太多麻烦。公安人员从子午的手机里调出所有号码，一个一个核实调查，很快就找出凶手。一个报社分管广告的业务主管下的手。审问时那人说，本来没起杀心，只是子午胃口太大，一再敲诈。他们见面时说好了付最后一次钱，但他看到子午穿着那么光鲜来收钱，很不痛快，就骂了他一句，其实没什么，就是关于她老婆的，子午火就上来了，然后两人扭打起来。那水果刀是子午口袋里的，应该是用来应付危险情况的，他干这个，应该有个防身的准备。那人在扭打时无意中摸到了，情急之下就掏出来，对准子午的脖子就一刀，没想到切断了大动脉。一看见血他也吓坏了，撒腿就跑，跑到路上才发现刀在手里，就找了个水沟扔进去。警察找到了那条水沟，打捞出了那把水果刀。的确是子午的。

石头上的那行字，应该是子午在等对方的时候随手写下的。

根据警察的调查，被子午敲诈过的有九人之多。办假证的时候就留下了他们的联系方式。警察又搜查承泽园里的房子，搜出了子午藏在沙发底下的一本手机大的通讯录和一本存折。通讯录上有一大串名字和电话，其中一部分人警察已经联系过，被敲诈过的名字后面都打了勾。存折上一共十九万两千三百元。

15

子午出事以后我一直失眠，睡不着，一闭眼就是子午，他在我眼前一遍遍从小长到大。第一次看见他我才五岁，刚记事不久，那时候子午刚出生，脸皱巴巴的像个小老头，我很不喜欢，不想再看第二眼。后来他长开了，慢慢就好看了，简直是变成了另外一个人。他喜欢跟在我后头拍着小手，喜欢把脑袋抵在我的屁股上说，牛牛拉拉到家没？他说到了吗？我说没有。后来他长大了，有了小小的坏心思，凡做错的事就往我身上赖。我已经习惯了有个弟弟要我承担责任。他长高了，变成大人了，然后按照自己的方式生活，一切逐渐与我无关。然后就是到北京来，我们又成了兄弟，哥哥和弟弟，但是他从我的生活里再次逸出去，我有点难过，更为他担心、高兴和自豪，我希望他一帆风顺。一帆风顺，可是我的弟弟，一下子戛然而止。一个人戛然而止。我想得脑袋疼鼻子发酸。我睁开眼，睁开眼又想该如何向姑妈姑父交代，如何向我父母交代。他们两天后就来北京。我如何说得出口。

那几天我不断地给闻敬打电话。其实我也不知道该说什么，只是想让她知道，子午留下的巨大的空虚有人愿意和她一起分担。这个甚至比她还痛苦，他是子午的哥哥，他看着子午长大成人。我说到姑妈来京的事，闻敬主动提出和我一起去接站，她哭着说，她想看一看子午的父母。她还说，得让他们挺住。

我在她家楼下等她。她下来的时候我心冷得难受，她把一根黑布条钉在衣袖上。多水灵饱满的一个姑娘，施了淡妆，但收拾过了还是干。头发，脸，整个人，都干，只有眼睛还饱满，又红又肿，眼泪永远擦不完。她像一张旧纸片从楼上飘下来。她说：

"哥。"

我眼泪就出来了。我把自己耗在北京还不够么，还把子午也带来。

2007 年 3 月 27 日，芙蓉里
2008 年 1 月 6 日，海淀南路

图书在版编目（CIP）数据

莫尔道嘎 / 徐则臣著. -- 成都：四川人民出版社,2018.7
ISBN 978-7-220-10804-4

Ⅰ.①莫… Ⅱ.①徐… Ⅲ.①中篇小说-小说集-中国-
当代②短篇小说-小说集-中国-当代 Ⅳ.①I247.7

中国版本图书馆CIP数据核字(2018)第113305号

MOERDAOGA
莫尔道嘎

徐则臣　著

策　　划	徐晓亮
责任编辑	张春晓
整体设计	张　妮
责任校对	韩　华
责任印制	祝　建
出版发行	四川人民出版社　（成都市槐树街 2 号）
网　　址	http://www.scpph.com
E-mail	scrmcbs@sina.com
新浪微博	@ 四川人民出版社
微信公众号	四川人民出版社
发行部业务电话	（028）86259624 86259453
防盗版举报电话	（028）86259624
照　　排	最近文化
印　　刷	成都东江印务有限公司
成品尺寸	143mm×210mm　1/32
印　　张	11.5
字　　数	270 千
版　　次	2018 年 7 月第 1 版
印　　次	2018 年 7 月第 1 次印刷
书　　号	ISBN 978-7-220-10804-4
定　　价	58.00 元